SHARON BOLTON

Winternacht

AF178123

GOLDMANN

*Buch*

Olive Anderson hat die Frau noch nie gesehen, die sich in einer kalten Winternacht ungefragt an ihren Tisch im Restaurant setzt. Dem Kellner gegenüber behauptet die Fremde, mit ihr verheiratet zu sein. In Wahrheit ist Olive die Gattin eines angesehenen Politikers, doch ihre Ehe mit Michael Anderson hat sich bereits nach einem halben Jahr in einen Albtraum verwandelt. In ihrer Einsamkeit lässt Olive sich auf ein Gespräch mit der Unbekannten ein. Und die scheint einige Geheimnisse aus Michaels Vergangenheit zu kennen. Zum Beispiel, dass in seinem Umfeld schon mehrere Frauen verschwunden sind. Und Olive könnte die Nächste sein …

Weitere Informationen zu Sharon Bolton
sowie zu lieferbaren Titeln der Autorin
finden Sie am Ende des Buches.

# Sharon Bolton

# Winternacht

## Thriller

Aus dem Englischen
von Marie-Luise Bezzenberger

**GOLDMANN**

Die englische Originalausgabe erschien 2023 unter dem Titel
»The Fake Wife« bei Orion Fiction, an imprint of
The Orion Publishing Group Ltd, London.

Penguin Random House Verlagsgruppe FSC® N001967

2. Auflage
Deutsche Erstveröffentlichung Januar 2025
Copyright © 2023 by Sharon Bolton
Copyright © der deutschsprachigen Ausgabe 2025
by Wilhelm Goldmann Verlag, München,
in der Penguin Random House Verlagsgruppe GmbH,
Neumarkter Straße 28, 81673 München
produktsicherheit@penguinrandomhouse.de
(Vorstehende Angaben sind zugleich Pflichtinformationen nach GPSR)

Umschlaggestaltung: UNO Werbeagentur, München
Umschlagmotive: © Ebru Sidar/Arcangel, © Isabel Hutchison/Alamy Stock
Photo, © FinePic®, München
Redaktion: Dr. Ulrike Brandt-Schwarze
LS · Herstellung: ik
Satz: GGP Media GmbH, Pößneck
Druck und Bindung: GGP Media GmbH, Pößneck
Printed in Germany
ISBN: 978-3-442-49544-3

www.goldmann-verlag.de

*Für unsere Lexy,*
*die eine wunderbare Überraschung war,*
*und auch für Jane und Lisa.*
*Willkommen in der Familie.*

# Teil 1

## Das plötzliche Verschwinden der Olive Anderson

# 1

An dem Tisch saß eine der schönsten Frauen, die Olive je gesehen hatte. Sie war groß und schlank, ihre saphirblauen Augen waren von dichten schwarzen Wimpern umrahmt. Und das unter derart perfekten Brauen, dass sie mit einem ultrafeinen Pinsel aufgemalt worden sein könnten. Waren sie nicht, stellte Olive fest, als sie näher kam – sie waren echt. Rote Lippen formten einen geschwungenen Amorbogen.

Während Olives kurzer Abwesenheit hatte sich der Speisesaal gefüllt, es war heißer und lauter geworden. Die Gäste mehrerer Weihnachtsfeiern waren eingetroffen. Das sollte an sich kein Problem sein, sie hatte sich einen Platz gesichert, bevor sie kurz hinausgegangen war, nur …

Nur war ihr Platz von einer Frau besetzt, die sie noch nie gesehen hatte.

»Ich glaube, Sie sitzen an meinem Tisch«, sagte sie mit fester Stimme – einer Stimme, die keine Widerworte duldete –, lächelte jedoch dabei.

Die Frau war ein bisschen älter als Olive, vielleicht so um die achtunddreißig. Ihr bürstenschnittkurzes Haar war schwarz und sah aus, als würde es sich locken, wenn es wachsen dürfte. Ja, definitiv, ein paar längere Strähnen hatten nämlich auf ihrer Stirn einen vollendeten Kreis geformt. Sie trug einen Pullover von derselben Farbe wie ihre

Augen, und selbst mitten im Winter hatte ihre Haut die gesunde Bräune eines Menschen, der im Freien arbeitet. Sie roch nach kalter Luft. Ihr Blick begegnete Olives, und zwei horizontale Linien erschienen über diesen exquisiten Augen.

»*Ihr* Tisch?«, fragte sie.

Ganz flüchtig sah Olive, wie ein rascher Blick sie streifte – irgendjemand in der Nähe ahnte eine Konfrontation – und spürte, wie ihr die Brust eng wurde.

»Ich hatte meinen Mantel auf den Stuhl gelegt.« Sie senkte den Blick zu dem Stuhl, auf dem die Frau saß. »Auf diesen hier.«

Die Mundwinkel der Fremden sanken herab, als sie sich herumdrehte. Mit übertriebenen Bewegungen beugte sie sich zur Seite, um den Boden unter dem Tisch in Augenschein zu nehmen, und gab Olive dabei Gelegenheit, hautenge Jeans an sehr langen Beinen und Cowboystiefel aus braunem Leder zu betrachten. Im Stehen musste sie über eins achtzig groß sein.

Mit einem Funkeln in den Augen, das verschmitzt oder auch boshaft sein konnte, wandte sie sich wieder Olive zu. »Sicher?«

Na schön, von Olives Mantel war nichts zu sehen, aber sie hatte ihn ganz sicher nicht an, und sie wäre auf keinen Fall ohne Mantel vom Anbau aus über den Parkplatz gelaufen. Diese Zicke hatte ihren Mantel versteckt, um sich den letzten freien Tisch zu krallen.

»Hier, Madam. Entschuldigen Sie, dass Sie so lange warten mussten. Ich musste eine neue Flasche aus dem Keller holen.« Der Kellner war aufgetaucht wie eine Ehrenrettung von höchster Stelle. Er stellte ein großes Glas Rotwein ab, dann zog er den freien Stuhl unter dem Tisch hervor und bedeutete Olive, Platz zu nehmen. »Sie gestatten.«

Olive gestattete und war froh, dass sie nach der Fahrt hierher geduscht und sich umgezogen hatte. Dass sie okay aussah, denn der Frau auf der anderen Seite des Tisches quoll das Selbstvertrauen aus allen Poren wie Käse aus einem überbackenen Sandwich. Als Olive sich setzte, spürte sie, wie ihr Fuß einen der Cowboystiefel streifte, und zog ihn heftig weg.

»Und Ihren Mantel habe ich aufgehängt, ich hoffe, das ist Ihnen recht«, fuhr der Kellner fort. »Er ist vom Stuhl gefallen, und ich wollte nicht, dass jemand drauftritt. Er hängt neben der Bar. Ich kann ihn holen, wenn Sie möchten.«

»Nein, ist schon in Ordnung, vielen Dank.« Olives Blick wich nicht von den Augen der Frau auf der anderen Seite des Tisches. Sie ließ ihre Augenbrauen emporklimmen und wartete auf eine Entschuldigung, die nicht kam.

»Und für Sie, Madam?«, erkundigte sich der Kellner.

»Scotch mit Soda«, antwortete die Frau, und ihre Augen ließen Olives nicht los. »Mit ganz wenig Eis.«

Der Kellner bemerkte die Spannung zwischen ihnen beiden entweder nicht, oder er ignorierte sie absichtlich. »Davon haben wir draußen ja genug, ich weiß, was Sie meinen«, bemerkte er. »Möchten Sie dann beide bestellen?«

Olive bemerkte, dass Speisekarten gebracht worden waren, während sie fort gewesen war. Die Frau im blauen Pullover nahm ihre und gab sie dem Kellner zurück. »Rib-Eye-Steak, bitte. Blutig. Mit extra Pommes. Und ohne Pilze, dagegen bin ich allergisch.«

»Kein Problem. Und Sie, Madam?«

»Ich …«, setzte Olive an. *Ich bin nicht mit dieser Frau zum Essen verabredet,* hatte sie sagen wollen, doch eine plötzliche Bewegung hielt sie davon ab.

Die Frau ihr gegenüber hatte den linken Ellenbogen auf den Tisch gestützt und das Kinn zwischen Daumen und Zeigefinger gelegt, sodass ihr Ehering sehr sichtbar war. Ihre blauen Augen schienen sich zu verdüstern, die Farbe von Schiefer anzunehmen, als sie auf Olives linke Hand hinabstarrte. Auf den Ring, dessen Olive sich auch nach sechs Monaten noch immer sehr bewusst war. Und es konnte Einbildung sein oder der Wein, den sie vorhin schon in ihrem Zimmer getrunken hatte, aber lag da eine Frage in der Art und Weise, wie diese blauen Augen den ihren begegnete? Vielleicht sogar eine Aufforderung?

»… ich weiß nicht recht«, fuhr Olive fort. »Was gibt es denn für Veganer?«

Falls dem Kellner irgendetwas merkwürdig vorkam, so merkte man es seiner Stimme nicht an. »Ein Risotto mit geröstetem Kürbis und karamellisierten Zwiebeln. Sehr zu empfehlen.«

Olive war keine Veganerin, sie wusste nicht genau, warum sie überhaupt gefragt hatte.

»Ich nehme auch das Rib-Eye-Steak, mit reichlich Pilzen.« Sie gab ihre Speisekarte zurück.

»Und eine große Flasche Mineralwasser«, sagte die Frau auf der anderen Seite des Tisches. »Meine Frau muss morgen früh raus.«

Der Blick des Kellners huschte mit jähem Interesse von einer zur anderen, ehe er ganz leicht lächelte und ging. Eine

Sekunde des Schweigens, dann noch eine. Olive öffnete den Mund, um zu fragen: *Was zum Teufel soll das werden?*, aber es kam kein Wort heraus.

»Wie war dein Tag?«, erkundigte sich die Frau. »Du siehst angespannt aus.«

Der mysteriöse ungebetene Gast würde den Tisch nicht verlassen, so viel war klar. Und hatte Olive nicht zu lange gezögert, um den Kellner jetzt zu bitten, einen anderen Platz für sie zu finden? Vor allem, nachdem sie sich gerade eben als die Ehefrau dieser Person hatte bezeichnen lassen.

»Alles so gelaufen wie geplant?«, hakte die Frau nach.

Es war unwahrscheinlich, dass im Speisesaal noch ein Tisch frei war. Wahrscheinlich gab es in der ganzen Stadt keinen freien Tisch mehr, nicht so kurz vor Weihnachten. Sie zahlte doppelt so viel wie sonst für ihr Zimmer und war schon versucht gewesen, es sein zu lassen. Aber der Gedanke an noch einen Abend zu Hause, an noch einen Abend, an dem sie so tun müsste, als freue sie sich, Michael zu sehen, nein, das war einfach …

»Planet Erde an meine Frau.« Die Frau mit den Saphiraugen lächelte über ihren eigenen Scherz, und ein Grübchen erschien in ihrer linken Wange.

Es lief also alles auf die Frage hinaus: War ein einsames Abendessen in einem vollen, vorweihnachtlichen Hotel wirklich das, was Olive in diesem Moment wollte?

»In Carlisle war's schön, wie immer«, sagte sie. »In Lancaster nicht so. Die Fahrt hierher war ganz schön haarig. Ich glaube, bevor das Wochenende vorbei ist, sind in ganz Nordengland sämtliche Straßen unbefahrbar.«

Sie wartete darauf, dass die Frau sie fragte, was sie beruflich mache, sich nach Details erkundigte – der übliche Tanz zweier Fremder. Nur waren sie ja keine Fremden, nicht in diesem sonderbaren Spiel, zu dem sie aufgefordert worden war. Sie waren verheiratet.

»Und wie war's bei dir?«, fragte sie, ehe sie als Zugabe ein versuchsweises »Schatz« nachschob. Es klang seltsam und gezwungen. Ihre neue Gefährtin konnte das hier besser als sie.

Besagte Gefährtin seufzte und schaffte es sogar, ein gelangweiltes Gesicht zu machen. »Hartlepool ist einen Monat in Verzug, und dann noch der übliche Ärger mit den Jungs in Darlington. Andererseits haben sie die Arbeitsschutzbegehung überstanden.«

Sie war in der Baubranche. Sachverständige oder Bauleiterin. Vorausgesetzt natürlich, dass sie die Wahrheit sagte.

»Die Lamas sind schon wieder ausgebrochen«, fügte sie hinzu. »Ich muss wohl mal mit Jim darüber reden, einen höheren Zaun zu ziehen.«

Vielleicht sollte ja dieser ganze Abend in irgendeinem komischen Fantasieland spielen. Vielleicht sollte Olive vorgeben, Neurochirurgin oder Astronautin zu sein, denn wenn man das Spiel schon spielte, dann konnte man es doch genauso gut richtig spielen.

Ein Bild blitzte in ihrem Kopf auf: Michael zu Hause in seinem Arbeitszimmer, der eine endlose Liste mit E-Mails aus seinem Wahlkreis abarbeitete. Wie er das Gesicht verzog, wenn irgendwo anders im Haus lautstarker Streit ausbrach. Wie er die *Find-My Friends*-App aufrief, um sich zu vergewissern, dass Olive heil angekommen war und sich

Sorgen machte, weil sie bei so grässlichem Wetter unterwegs war. Eines von Michaels Lieblingsthemen waren die Gefahren der nordenglischen Winter.

Warum in aller Welt spielte sie hier irgendwelche Spielchen?

Ihr Handy meldete eine SMS. Rasch schaute sie auf das Display, doch es war nicht Michael, nur eine Erinnerungsmail von ihrem Fitnessstudio, dass sie ihren Vertrag verlängern musste. Und inzwischen unterhielten sie sich – über Lamas.

»Wie weit sind sie denn gekommen?«, fragte Olive, gerade als der Kellner mit einem Glas Whiskey auf einem Silbertablett kam.

»Fünf Kilometer die Straße runter, bevor ein Autofahrer die Polizei verständigt hat. Danke.« Die Frau umfasste ihr Glas mit der rechten Hand. »Die Jungs von der Farm haben sie zusammengetrieben und zurückgescheucht.«

Jetzt waren sie also ein Ehepaar mit zahmen Lamas. Olive spürte ein unbekanntes Kitzeln im Bauch, den aufkeimenden Drang, laut zu lachen. »Sind sie okay?«, wollte sie wissen.

Die Fremde kratzte sich am Hinterkopf und trank einen Schluck Scotch. »Ja. Lass uns nicht über die Lamas reden. Was macht dir zu schaffen?«

»Mir macht gar nichts zu schaffen.«

Die Frau beugte sich zu ihr vor. Wieder roch Olive einen Hauch Draußenluft, und darunter etwas wie Granatapfel oder vielleicht Sandelholz, aber verblasst, als wäre sie direkt von der Arbeit gekommen, ohne zu duschen oder sich umzuziehen.

»Du redest hier mit *mir*.« Die Frau stellte ihren Drink hin, verfehlte jedoch den Untersetzer, weil sie den Blickkontakt nicht abbrach, nicht einmal für den Bruchteil einer Sekunde. »Du beißt andauernd die Zähne zusammen, deine Schultern sitzen fast an den Ohren, und du kaust schon wieder an den Fingernägeln.«

Olive schielte nach unten. Ihre Nägel waren völlig hinüber. Und was den Rest anging – nun, wenn man bedachte, wie sich ihr Abend gerade entwickelte, war es ja wohl kaum überraschend, dass sie angespannt war. Vielleicht wurde es allmählich Zeit, dem Ganzen ein Ende zu machen. Sie könnte sich das Essen aufs Zimmer bringen lassen, Michael anrufen, sich wieder in die Normalität zurückzwingen.

Als spüre sie, dass Olive sich ihr entzog, beugte die Frau sich noch weiter vor, bis Olive ihre Whiskeyfahne riechen konnte. Für jeden, der ihnen zusah, würde das intim und vertraut wirken. Die Interaktion zweier Menschen, die sich in- und auswendig kannten.

»Hey.« Die Stimme der Frau war zu leise, um jenseits des kleinen Tisches gehört zu werden. »Es gibt nur einen Grund dafür, dass wir in ein Hotel eingecheckt haben, das fast bei uns um die Ecke ist.« Sie schaute sich in dem lauten Saal um und schnitt eine Grimasse. »So kurz vor Weihnachten.«

Eine Sekunde lang war Olive kurz davor, in Panik zu geraten. Diese Frau wusste, wo sie wohnte. Nein, das war unmöglich, das war ein Zufallstreffer gewesen wegen Olives leichten nordöstlichen Akzents.

»Und welcher war das noch mal?«, fragte sie herausfordernd.

»Um zu reden.« Die Fremde entspannte sich, lehnte sich zurück und griff von Neuem nach ihrem Glas. »Kotz dich richtig aus, Babe. Tu so, als sei ich deine beste Freundin. Immer raus damit, alles ist erlaubt.«

Und war es nicht genau das, was Olive brauchte: sich bei einer besten Freundin auszukotzen? Nur konnte sie ihren echten Freundinnen auf keinen Fall sagen, dass ihre Warnungen und Bedenken sich zu hundert Prozent bewahrheitet hatten. Und dass sie nach sechs Monaten Ehe – einer Ehe, von der alle ihr abgeraten hatten –, in einer unmöglichen, erbärmlichen Lage gewesen war. Nein, was sie dringend nötig hatte, war, bei einer Wildfremden, die sie nach diesem Abend nie wiedersehen würde, so richtig Dampf abzulassen.

Sie beugte sich vor und war dankbar, dass sie sich die Zähne geputzt hatte, bevor sie zum Essen hinuntergegangen war. »Deine verdammte Schwiegermutter«, zischte sie.

Das verdutzte Stirnrunzeln erschien wie erwartet, und Olive wartete darauf, dass die Fremde eine Formulierung hinterfragte, die ihr ganz sicher merkwürdig vorkam. Stattdessen zog sie ein Gesicht und nickte in stummer Anerkennung der Tatsache, dass Olive tatsächlich nicht unrecht hatte, so illoyal das auch sein mochte. Verflucht, sie machte das echt gut.

Ganz kurz fragte Olive sich, ob es wohl als heilsame Erinnerung dienen würde, über Gwendoline zu sprechen. Ob dies sie wieder in ihr wirkliches Leben zurückzerren würde, das Leben mit Problemen, die angegangen werden mussten. Und ihr wurde klar, dass sie nicht dorthin zurückwollte, noch nicht.

»Was hat sie denn jetzt wieder getan?«, erkundigte sich die Frau.

Eine Frage, die fast unmöglich zu beantworten war. Mit der Mutter von Michaels verstorbener Ehefrau umzugehen, war, als sterbe man an tausend kleinen Wunden. Nur wenig, was sie tat, reichte für eine berechtigte Beschwerde aus, doch ihre Taktik – eine Mikroaggression nach der anderen, Tag für Tag – würde jeden fertigmachen: Sie fiel Olive ständig ins Wort, ließ ihre Wäsche im Regen auf der Leine hängen, richtete Nachrichten von ihren Freundinnen und sogar von ihrem Mann nicht aus, knallte mit den Türen, wenn sie nach dem Nachtdienst schlief, regte sich lautstark über jeden Film auf, den sie sich im Fernsehen anschaute. So viele Gemeinheiten, unter denen man wählen konnte.

Olive entschied sich für: »Sie versteckt meine Post.«

Die Fremde runzelte die Stirn. »Sie tut *was*?«

»Wenn irgendetwas für mich kommt, versteckt sie es, bunkert es mehrere Tage lang, und dann liegt es wie durch Zauberhand auf der Fußmatte, als hätte die Post es verkramt.«

»Und woher weißt du, dass die Post es nicht verkramt hat?«

»Weil das zu oft vorkommt. Nie bei Einschreiben, weil ich die zurückverfolgen könnte. Ich hab's dir nicht erzählt, aber sechs Geburtstagskarten sind verspätet angekommen. Und ich weiß von allen sechs Leuten, dass sie sie nicht zu spät abgeschickt haben. Sie wollte mir den Tag versauen.«

Olive konnte hören, dass ihre Stimme lauter geworden war. Was an ihrem Geburtstag geschehen war, wurmte sie immer noch. Das hier half tatsächlich, wie eine bizarre Therapie. Es fühlte sich toll an, sich das alles von der Seele zu reden. Während der letzten sechs Monate hatte sie zu viel in sich hineingefressen.

»Und die Mädchen sind auch keine Hilfe.« Olive merkte, wie sie immer mehr in Fahrt kam, als wäre es jetzt, wo sie einmal angefangen hatte, schwer, wieder aufzuhören.

»Sie sind doch noch Kinder«, versuchte die Frau abzuwiegeln. »Für sie war das alles doch auch nicht leicht.«

Wieder ein Zufallstreffer. Diese Frau konnte nicht wissen, wie alt ihre Stieftöchter waren.

»Das verstehe ich ja. Das haben wir auch gewusst. Und mit den Mädchen allein würde ich ja auch klarkommen. Sie sind keine fiesen Gören, natürlich nicht. Aber Gwendoline … ich weiß nicht. Es ist, als ob sie sie noch bestärkt. Die beiden sehen, dass sie sich gemein verhält, und wissen, dass sie auch mit so was durchkommen.«

Das Gesicht der Fremden war jetzt vollkommen ernst – die perfekte Zuhörerin.

»Und mir reicht's. Ganz ehrlich, ich will morgen nicht nach Hause.«

Und war das etwa nicht die Wahrheit?

»Und was willst du dann?«, wollte die Frau wissen. »Was soll ich tun?«

Olive stellte ihr leeres Glas hin. »Du kannst nichts tun. Das weiß ich. Wir können es nicht ändern. Ich kann es nicht ändern.«

Der Kellner kam mit ihrem Essen.

»Rib-Eye-Steak blutig mit Pilzen für Sie, Mrs Anderson.« Der Mann hatte im Gästeverzeichnis des Hotels nachgeschaut, um ihren Namen in Erfahrung zu bringen. Das war eine höfliche Geste, doch es bedeutete, dass die

Frau ihr gegenüber jetzt wusste, wie sie hieß. »Und für Sie ohne Pilze, Madam.«

»Sieht toll aus, vielen Dank.« Die vorgebliche Ehefrau lächelte zu dem Kellner hinauf.

»Kann ich Ihnen sonst noch etwas bringen?« Der Mann schien sich länger an ihrem Tisch aufzuhalten, als es streng genommen nötig war.

»Alles gut, danke.«

»Guten Appetit.« Der Kellner bedachte sie beide mit einem Lächeln, blieb noch einen Augenblick stehen und ging dann davon.

»Okay«, sagte die Fremde.

»Okay – was?«

Die Frau nahm ihre Gabel und spießte ein Pommes auf. »Okay, wir ziehen aus. Was immer du willst, du brauchst es nur zu sagen, das solltest du wissen.«

Olive merkte, wie ihr beinahe ein freudloses Lachen entschlüpft wäre. Als könne der Albtraum, zu dem ihr Leben geworden war, so einfach in Ordnung gebracht werden.

## 2

Der vorderste Mann brach die Haustür auf. Gebaut wie ein D-Zug und allem Anschein nach genauso unaufhaltsam, holte er mit der Ramme aus und ließ sie nach vorn schwingen. Das Krachen zerriss die Stille der Nacht, und der festliche Kranz an der Tür, eine kunstvolle Spirale aus Christrosen, weißen Disteln und Eukalyptus schaukelte wild.

»Polizei!«

»Polizei! Weg von der Tür!«

Wieder krachte die Ramme, und dann ein drittes Mal, übertönte fast, aber nicht ganz das Gebrüll von über einem Dutzend Stimmen. Polizeirazzien waren eine sehr laute Angelegenheit.

Das Eichenholz rund um das Schloss zerbarst, und die Tür schwang auf. Der zweite Mann, bewaffnet und in voller Kampfmontur, schoss wie eine Pistolenkugel ins Haus und riss dabei den Kranz vom Haken. Hinter der Tür rannte er nach links. Der dritte Mann folgte ihm und bog nach rechts ab. Der Raum hinter der Tür war hell erleuchtet, die Eingangshalle eines Hauses, das einer wohlhabenden Familie gehörte. Bei denen, die noch draußen waren, hämmerten die Herzen und brodelte das Adrenalin – sämtliche Officers der Einheit konnten es kaum erwarten, ins Haus zu kommen.

Alle bis auf einen.

Der Lärmpegel stieg.

»Polizei, Hände hoch!«

»Polizei, rauskommen, sofort!«

Einer der Männer hatte so etwas noch nie gemacht, einer hätte alles dafür gegeben, jetzt, genau in diesem Moment, wieder Dienst als Verkehrspolizist zu schieben. Er atmete tief durch, und die Nachtluft brannte in seinen Nasenlöchern. Dann schaute er sich ein letztes Mal in der Winternacht um. In der kalten Brise konnte er einen Hauch Salz von der Nordsee her riechen und Holzrauch von einem nahe gelegenen Bauernhof. Das Haus stand auf einer An-höhe, doch rund um ihn herum waren in der Finsternis nur wenige Lichter zu sehen. Die gewaltige Weite der North York Moors war einen Steinwurf weit entfernt.

Der Vierte, der das Haus betrat, rannte die Treppe aus Eichenholz mit dem gedrechselten Geländer hinauf.

Der fünfte Mann – der Neue — rutschte fast auf dem he-rabgefallenen Weihnachtskranz aus. Eine Hand, glitschig vom Schweiß, umklammerte den Griff der Heckler & Koch G36. Die andere hielt den Lauf ruhig (mehr oder weniger), als er sich wieder fing und zur Seite trat. Während der nächsten paar Minuten bestand seine Aufgabe darin, die Haustür zu bewachen und sicherzustellen, dass niemand außer seinen Kollegen das Grundstück verließ.

Ganz einfach, redete er sich ein. Nichts weiter dabei. Nicht einmal er konnte das vermasseln.

## 3

Eine Stunde nachdem Olive Platz genommen hatte, war die namenlose Fremde noch immer genau das. Sie hatte ihren Namen nicht genannt. Ihre »Frau« würde ihn natür-lich kennen, und wenn es eine Möglichkeit gab, ihn ganz subtil in Erfahrung zu bringen, so war sie Olive noch nicht eingefallen.

»Verrat mir ein Geheimnis«, sagte die Fremde, nachdem sie aufgegessen und Olive etwas mehr als die Hälfte von ihrem Steak geschafft hatte. Den Rest schob sie auf ihrem Teller herum und versuchte vergeblich, ihn kleiner aussehen zu lassen, als er war. Ihr Magen schien sein Missfallen an dem, was sie tat, zu äußern. Andererseits glitt der Wein ganz leicht hinunter, also war ihr Magen vielleicht ebenso durcheinander wie sie.

»Du kennst doch alle meine Geheimnisse«, konterte sie.

»Unmöglich.«

Die Frau streckte die Hand aus. Olive sah diese Hand – mit Sommersprossen und rauer Haut an den Fingerspitzen – wie in Zeitlupe auf ihr Gesicht zukommen. Völlig gebannt beobachtete sie sie wie ein kleines Säugetier eine sich wiegende Schlange. Finger streiften Olives Wange, und eine Haarlocke wurde hinters Ohr gestrichen, dann verweilten sie an ihrem Hals.

»Ich mag deine Ohren«, sagte die Frau. »Die sind sexy. Aber das weißt du ja.«

Im Speisesaal war es heiß geworden, oder so kam es Olive zumindest vor, und das Kondenswasser, das an den dunklen Fensterscheiben herabrann, erinnerte sie auf ungute Weise an die Schweißrinnsale, die ihr beharrlich den Rücken hinunterliefen. Schon seit einer ganzen Weile hätte sie gern ihre Jacke ausgezogen, hatte aber Angst vor dem Signal gehabt, das sie damit aussenden würde. Ausziehen suggerierte Entspannung, vielleicht sogar den Wunsch, ihren Körper zur Schau zu stellen.

Ihre Tischgefährtin hatte keine solchen Hemmungen. Der blaue Pullover hing schon lange über ihrer Stuhllehne und hatte ein enges schwarzes T-Shirt enthüllt. Sie gab sich alle Mühe, nicht hinzuschauen, aber Olive konnte nicht anders, als die vollen, hohen Brüste der Frau sowie ein kleines Seepferdchen-Tattoo auf ihrer rechten Schulter zu bemerken.

Sie hatte sich nach dem Tattoo erkundigen wollen, hatte sich sogar eine Formulierung ausgedacht, die nicht gegen die Spielregeln verstoßen würde: Du hast mir nie erzählt, warum du dir ausgerechnet dieses Tattoo hast stechen lassen. Doch sie tat es nicht, denn etwas über den Körper dieser Frau zu sagen – zuzugeben, dass sie das Tattoo bemerkt hatte –, das fühlte sich an, als würde eine Grenze überschritten.

Es hatte sie zutiefst schockiert, sich bei dem Gedanken zu ertappen, wie diese Brüste sich wohl in ihren Händen anfühlen würden.

»Na, komm schon«, drängte die Fremde. »Ein Geheimnis.«

Olives Wange und ihr Hals kribbelten noch immer. »Wenn ich das tue, verrätst du mir dann eins von deinen?«, fragte sie.

Die Frau zuckte die Achseln. »Ist ja nur gerecht. Du zuerst.«

Wieder hoben sich die Brauen der Frau, täuschten Überraschung vor, dabei hätte Olive alles Mögliche sagen können: *Ich arbeite schon seit Jahren für den Inlandsgeheimdienst, mit sechzehn habe ich meinen Mathelehrer verführt,* und diese Fremde hätte keine Ahnung, ob es stimmte oder nicht. Es war signifikant, dass sie beschlossen hatte, mit etwas Wahrem aufzuwarten, das war ihr klar.

»Seit Monaten tue ich so, als ob ich es toll finde«, fuhr sie fort, »weil ich weiß, wie wichtig es dir ist und wie viel es dir bedeutet, dass wir gemeinsam Spaß damit haben können, aber ich zitterte jedes Mal wie Espenlaub, wenn wir rausfahren. Mir wird schlecht, selbst wenn das Wasser ganz ruhig ist und wenn das Ding sich auf die Seite legt, wenn es das tut, was du kränken nennst, oder ...«

»Krängen«, verbesserte die Fremde und verriet Olive damit, dass sie etwas vom Segeln verstand, wer immer sie auch war. Und vielleicht auch, dass sie ebenfalls nicht gern segelte, denn ihre Augen waren kälter geworden, und die Linie ihres Unterkiefers wirkte härter.

»Ich bin immer überzeugt, dass wir gleich kentern und dass ich ertrinke, und dann hasse ich dich«, fuhr Olive fort. »Ich hasse dich dafür, dass du mir glaubst, wenn ich behaupte, es macht mir Spaß, und ich hasse die Mädchen, weil sie das alles so mühelos hinkriegen, und ich hasse Gwen dafür, dass sie sich andauernd darüber auslässt, wie gut ... na, du weißt schon.«

Sie hatte nicht gesagt, konnte es unmöglich sagen, aber ... o Gott, die Erleichterung, diese Gefühle in Worte zu fassen!

»Das scheint mir etwas zu sein, worüber wir schon früher hätten reden sollen«, bemerkte die Frau.

Und sie hatte recht. Olive hatte so viel für sich behalten, ihr Groll wurde allmählich toxisch und zu einer Bedrohung für alles.

»Wie hätte ich dir etwas sagen können, das dazu führt, dass du mich weniger liebst?«

Die Frau öffnete den Mund, um irgendeine Plattitüde von sich zu geben, die Olive im Augenblick wirklich nicht hören wollte.

»Du bist dran«, sagte sie, um das zu verhindern.

Die Fremde antwortete nicht gleich, und Olive hatte einen Moment Zeit, um festzustellen, dass die Feiernden um sie herum entweder leiser wurden oder allmählich den Saal verließen. Irgendwo im Hotel dröhnte Discomusik, und viele der Gäste hatten sich dorthin aufgemacht. Der Raum, den sie zurückließen, war mit Weihnachtsfeier-Treibgut übersät: zerrissene Papierhüte, Luftschlangen, die feucht und schlaff auf dem Teppich mit Paisleymuster lagen, fleckige Papierservietten, ausgeweidete Knallbonbons und Proseccokorken.

Nach über einer Minute, als Olive schon nachhaken wollte, antwortete die Frau.

»Ich habe das hier geplant.«

Olive lehnte sich zurück und merkte, wie ihr Blick hart wurde. Also war das Spiel vorbei.

»Ich habe dich gesehen, als ich reingekommen bin, wie du allein hier gesessen hast. Ich habe gesehen, wie du aufgestanden bist, um zur Toilette zu gehen, und ich habe es drauf ankommen lassen.«

»Warum?« Es war also kein Irrtum gewesen, gefolgt von ein bisschen übermütigem Unfug. Diese Frau hatte das alles geplant, aus irgendeinem Grund, der noch nicht klar war, den sie aber bald kennen würde. Und Olive hatte viel zu viel Wein getrunken.

»Weil es sich angefühlt hat, als hätte jemand mein Innerstes gepackt und es einmal ordentlich verdreht, als ich dich gesehen habe«, erwiderte die Frau. »Und mir ist ein ganz verrückter Gedanke gekommen.«

*Frag sie nicht, was für ein Gedanke. Das hier ist schon entschieden zu weit gegangen.*

»Ich dachte: *Da ist sie. Endlich.*«

Olive war sich der Bewegung um sie beide herum bewusst, Personal, das sich bemühte, den Speisesaal aufzuräumen. Doch sie konnte den Blick nicht von den Augen der Frau auf der anderen Seite des Tisches lösen. Sie wartete darauf, dass der Zorn sich einstellte, die Empörung – was zum Teufel glaubte die, mit wem sie es hier zu tun hatte? –, und sie wartete vergeblich.

»Kann ich Ihnen noch etwas bringen?« Der Kellner war wieder da.

Olive konnte nicht sprechen. »Zwei Brandys bitte«, sagte ihre Tischgenossin. »Wir nehmen sie mit aufs Zimmer.«

»Kein Problem.« Der Kellner verschwand.

»Gehe ich zu weit?«, wollte die Frau wissen.

Ja, viel zu weit. Sie war verheiratet, und was sie mit Michael hatte, war viel zu wichtig, um es jetzt aufs Spiel zu setzen.

Und trotzdem, sie war *so* unglücklich. Und so betrunken. Und das hier fühlte sich mehr und mehr wie etwas … Unausweichliches an.

»Ich habe Zimmer Nummer sieben«, sagte Olive. »Auf der anderen Seite vom Innenhof.«

Die andere Frau stand auf. »Ich hole deinen Mantel.«

# 4

Die Frau, die namenlos war, schaute unwillkürlich kurz zum Himmel hinauf, als sie und Olive in die schneidende Dunkelheit hinaustraten. Die Kälte schien in sie hineinzuspringen, als schabten Messer in ihren Nasenlöchern und ihrem Rachen. Während sie gegessen hatten, waren weitere drei Zentimeter Schnee gefallen.

Aus dieser Nähe, den Arm bei Olive eingehakt, um ihr auf dem tückisch glatten Untergrund Halt zu geben, konnte sie ihr Parfüm riechen, etwas Warmes, Süßes. Olive roch nach Weihnachten.

Sie konnte nicht fassen, wie leicht es gewesen war. Wäre Olive an ihrem Tisch geblieben, hatte sie geplant, sich vielmals zu entschuldigen, zu erklären, dass das Restaurant voll sei, und ob es ihr sehr viel ausmachen würde, wenn sie sich dazusetze? Sie hatte ein Buch in der Jackentasche, eines, von dem sie wusste – Danke, Facebook! –, dass Olive es gelesen und fantastisch gefunden hatte. Hatte vorgehabt, es hervorzuholen und so zu tun, als sei sie ganz darin vertieft. Sich als höflich darzustellen, als rücksichtsvoll, als das genaue Gegenteil einer Bedrohung.

Die Unterhaltung hätte zögernd und unsicher begonnen. Sie hätte behauptet, ebenfalls Krankenschwester zu sein, hatte viel Arbeit in ihre Coverstory gesteckt, um eine Gemeinsamkeit zu finden. Stattdessen war Olive aufgestanden, um auf die Toilette zu gehen, und der Kellner hatte ihren Mantel vom Boden aufgehoben und ihn weggebracht.

Der Frau, die namenlos war, war es vorgekommen, als seien sämtliche Schicksalsgöttinnen ihr hold. Ohne nachzudenken, war sie losgegangen, hatte auf dem Stuhl gegenüber Platz genommen und ein paar Mal tief durchgeatmet, um entspannt zu wirken.

So einfach. Sie hatte sich schon gedacht, dass die Andersons Probleme hatten – unter diesen Umständen doch ganz bestimmt –, doch das alles war nur so aus Olive herausgeströmt: Verbitterung, Enttäuschung, Frustration. Und unter all dem große Einsamkeit.

Sie war ein bisschen bestürzt, wie sehr sie versucht war, Olive zu mögen. Natürlich war Andersons Ehefrau bildschön, aber das hatte sie ja gewusst. Sie hatte doch jede Menge Fotos von den beiden gesehen. Womit sie nicht gerechnet hatte, war das Strahlen ihrer Haut, das Leuchten in ihren grünen Augen, der seidige Glanz ihres Haares. Sogar müde, sogar gestresst, hatte sie das gewisse Etwas.

Das änderte nichts. Sie hatte Olive Anderson zu lange gehasst, um jetzt zu erwägen, ihren Kurs zu ändern. Olive würde bekommen, was sie verdient hatte.

# 5

Der Mann, der die Haustür der Villa bewachte – Garry – spürte, wie ihm der Schweiß in die Augen lief. Ihm war klar, dass das bestimmt aussah, als würde er flennen, also löste er eine Hand von der Waffe, um ihn wegzuwischen.

Der Krach um ihn herum machte ihn beinahe taub: das Dröhnen von Stiefeln auf Steinboden, Männer, die Befehle brüllten, eine Frau, die schrie. Von draußen kam Geknatter wie von Feuerwerkskörpern, als Ablenkungsexplosionen hochgingen. Ein Kerl, der sogar noch größer war als er, stolperte auf dem Weg ins Haus und trat Garry ganz kurz auf den Fuß.

Garry fluchte nicht – er fluchte nie, er bekam eine Gänsehaut, wenn er Schimpfworte hörte –, doch er biss sich heftig auf die Lippe, während ihm echte Tränen in die Augen schossen. Der andere marschierte weiter, ohne sich zu entschuldigen oder sich auch nur umzusehen, und Garry konnte Blut im Mund schmecken.

Blut und Tränen. Sehr passend.

Das gesamte Team war jetzt im Haus, auch die, die von der Rückseite her eingedrungen waren. Das Gebrüll ging weiter, Türen wurden aufgerissen ... Der Heidenlärm war Absicht, er sollte den Bewohnern des Hauses Angst machen und sie einschüchtern.

Nicht nur die Bewohner.

Garry drückte sich an die Hauswand und sagte sich, dass es bald vorbei sein würde. Dass er doch nur die Tür bewachen musste und dass nichts schiefgehen konnte, überhaupt nichts.

## 6

Olive hielt sich am Arm der Fremden fest, als sie den Innenhof überquerten. Der Schnee war liegen geblieben und war bereits über fünf Zentimeter hoch. Aus dem offenen Fenster einer Bar dröhnte ein Weihnachtssong, das betrunkene Grölen von fünfzig nicht eben tonsicheren Stimmen übertönte den Sänger. Als sie dicht an dem Fenster vorübergingen, schritten sie durch eine Blase aus warmem Dunst. Schneeflocken fielen in das Glas, das Olive in der Hand hielt, und schmolzen beim Kontakt mit dem Brandy sofort.

Sie hatte das Gefühl, dass ihr die Kontrolle über das Geschehen immer mehr entglitt, dass sie haltlos den Winden des Schicksals ausgeliefert war. Sie war betrunken, sicher, aber nicht so betrunken, dass sie gegen ihren Willen eine Wildfremde auf ihr Zimmer mitnehmen würde. Das hier war etwas anderes, etwas, das sie noch nie erlebt hatte. Es war beängstigend und sehr erregend.

Mit ihrem Zimmerschlüssel öffnete sie die Tür des Anbaus und ging voraus auf das Ende des Flurs zu. Fünfzehn kurze Schritte, und bei jedem sagte sie sich, dass es noch nicht zu spät sei. Sie könnte sich entschuldigen und sagen, sie hätte es sich anders überlegt, ihr sei klar geworden, dass dies hier die schlechteste Idee der Welt sei.

Doch Michael, die Mädchen und das Leben, mit dem sie sich die letzten sechs Monate lang abgemüht hatte, waren in ihrem Kopf verblasst wie ein Traum, der beim Aufwachen verging. Oder wie eine alte Kindheitserinnerung oder eine alte sepiabraune Fotografie. All das kam ihr nicht mehr real vor. Das hier war real, die hochgewachsene Frau einen halben Schritt hinter ihr, die sie eben gestützt hatte, als sie im Schnee ausgerutscht war, so schnell und so geschickt, dass nicht einmal ihre Drinks übergeschwappt waren.

In ihrem Zimmer roch es nach der Fremden. Olive bemerkte einen Hauch Sandelholz und blieb in der Tür stehen. Eigentlich sollte es unmöglich sein, dass der Geruch dieser Frau ihnen vorausgeeilt war, um das Zimmer für sich zu beanspruchen, so wie sie jetzt Anspruch auf Olive erhob, sie sanft hineinschob und die Tür schloss. Ihr den Mantel abstreifte und ihn fallen ließ, ihr ins Haar griff und ihr Gesicht sanft dem ihren entgegenhob.

»Endlich«, sagte sie halblaut, als sie sich vorbeugte und sie küsste.

*So anders,* war alles, was Olive während jener ersten Augenblicke denken konnte. Michael, der beim Sex wie ein Tier war, hätte sie gepackt, sobald die Tür zu war, hätte ihr Gesicht zu sich gezerrt, ihr die Kleider heruntergerissen und sich nicht darum gekümmert, ob sie Schaden nahmen. Michael hätte den Brandy über ihren nackten Körper gegossen und dafür gesorgt, dass er den Weg an sämtliche intimen Stellen fand, bevor er ihn abgeleckt hätte. Michael fickte sie wie ein Pornostar – wild, angeberisch –, zog sich mehrmals zurück und bog sie grob in die nächste unmögliche Stellung, bevor er schließlich, nach dreißig Minuten oder so, lautstark zum Höhepunkt kam.

Michael scherte sich nie darum, wer ihn beim Orgasmus hören konnte, weder seine Töchter noch die Mutter seiner verstorbenen Frau, weder die Kühe im Stall noch das Personal der Home Farm, das einen knappen Kilometer weiter an der Straße wohnte.

Diese Frau war das genaue Gegenteil von Michael. Ganz langsam zog sie Olive aus und küsste jeden Zentimeter Haut, den sie freilegte. Diese Frau ließ sich Zeit, trat ab und zu ein paar Sekunden lang zurück, um sie zu betrachten, sodass sich Olive unter den Augen der Fremden mehr als nackt fühlte.

Diese Frau hob sie hoch und legte sie sanft aufs Bett, ehe sie ihre eigenen Kleider abstreifte und sich neben sie legte. Noch immer wollte sie nicht mehr als schauen, als Olive küssen, als mit der Hand über Olives Haut fahren.

»So unterwürfig«, sagte sie ihr leise ins Ohr, und das tat weh. Michaels Verhalten im Bett machte eine Beteiligung seitens Olive fast unmöglich. Nie ließ er sie die Führung übernehmen, und irgendwann hatte sie vergessen, wie das ging.

Diese Frau ließ ihr reichlich Zeit, es sich noch einmal zu überlegen, reichlich Zeit aufzuspringen, sich ihren Mantel zu schnappen und aus dem Zimmer zu stürzen. Diese Frau machte das zum Allerletzten, was Olive tun wollte. Als ihre Finger schließlich in Olive hineinkrochen, so langsam und behutsam wie alles andere, was sie getan hatte, hörte sie auf, sie mit Michael zu vergleichen.

»Wer bist du?«, schrie sie einmal in das dunkle Zimmer hinein.

Es kam keine Antwort.

# 7

Die Männer des Teams trampelten noch immer durch die alte Villa aus dem 18. Jahrhundert wie zweibeinige Rhinozerosse, glänzend schwarz und superaggressiv in ihrer Schutzmontur. Garry konnte Stiefel im Obergeschoss poltern hören. Die Bewohner des Hauses – laut ihren Informationen mindestens zwei, es konnten aber auch mehr sein – waren nicht gefunden worden.

Die Razzia bei Howie Tricks – dem jüngeren Bruder von Stevie Tricks, dem berüchtigten Boss des hiesigen organisierten Verbrechens – war eigentlich für morgen früh um vier Uhr geplant gewesen, doch nach einem ungünstigen Wetterbericht war sie vorverlegt worden. Morgen um vier könnte die Straße draußen unpassierbar sein, und der Polizei von Cleveland stand nur ein enges Zeitfenster zur Verfügung, um gestohlene Goldbarren im Wert von mehreren Millionen Pfund sowie eine sehr, sehr wertvolle Halskette aus Rubinen und Diamanten wiederzubeschaffen, die vor Kurzem bei Sotheby's geklaut worden war – den berüchtigten »Ring of Blood and Tears«.

Garry schaute auf seine Uhr. Achtzehn Minuten, seit die Operation begonnen hatte, und es kam ihm viel länger vor. Nicht zum ersten Mal fragte er sich, was in aller Welt ihn geritten hatte, die Ausbildung bei den Bewaffneten Einsatzkräften zu machen.

# 8

Die Fremde schlief anscheinend eine Weile. Olive lag neben ihr und wartete auf die Scham, die doch bestimmt gleich kommen würde. Der Wahnsinn war vorbei, die Lust war befriedigt. Ihre Rache an ihrem Mann, an allem, zu dem ihr Leben geworden war – denn genau das war es gewesen, das war ihr jetzt klar –, war vollendet.

War das Scham, dieses brennende Gefühl in ihrer Brust, dieses Gefühl, als müsse sie sich gleich übergeben?

Vorsichtig schlüpfte Olive aus dem Bett. Sie fürchtete sich davor, die Frau zu wecken, und wusste doch zugleich, dass sie das bald tun und sie zum Gehen auffordern musste. Michael würde nämlich morgen früh anrufen, und auf gar keinen Fall konnte sie mit ihrem Mann reden, während eine nackte Frau in ihrem Bett lag. Er benutzte FaceTime, und er würde eine virtuelle Führung durch ihr Zimmer verlangen, würde wissen wollen, was für Unterwäsche sie gerade trug.

Was zum Teufel hatte sie getan?

Olive tastete sich um herumliegende Kleidungsstücke herum, an der Reisetasche vorbei, die sie gar nicht richtig ausgepackt hatte, und sah ihre Handtasche neben der Tür. Die würde sie gleich verstecken. Sie konnte nicht riskieren, dass diese Frau noch mehr über sie in Erfahrung brachte. Sie musste die anonyme Mrs Anderson bleiben. Nicht einmal ihren Vornamen hatte sie der Frau verraten.

Im Badezimmer ging sie aufs Klo, trank Wasser aus dem Hahn und wischte sich den Schweiß vom Körper, aber sie duschte nicht. Duschen würde die Frau im Schlafzimmer wecken, und außerdem war die Dusche etwas für die Zeit, wenn sie fort war, wenn sie jede Spur von ihr wegwaschen konnte.

Dann schauderte sie, musste plötzlich wieder an den Sex denken. Der Sex war wunderbar gewesen: sanft, aufreizend, quälend langsam, und eine winzige, völlig irrwitzige Stimme in ihrem Kopf drängte sie, wieder ins Schlafzimmer zu schleichen, unter die Decke zu kriechen und das alles noch einmal zu erleben.

Genug. Sie würde die Frau jetzt wecken und ihr erklären, dass sie gehen müsse, dass es für sie keinen Platz in Olives Leben gab. Die andere würde es verstehen. Sie war ja auch verheiratet.

Das hatte sie ganz vergessen. Die Fremde war verheiratet, sie hatte genauso viel zu verlieren wie Olive. Erleichterung flutete über sie hinweg.

Sie schlang sich ein Handtuch um den Körper und öffnete die Badezimmertür. Versuchte gar nicht, leise zu sein, denn es war Zeit.

Die Deckenbeleuchtung war an. Die Frau war wach. Nicht nur wach, sondern vollständig angezogen, und sie zog gerade den Reißverschluss von Olives Reisetasche zu.

Dann drehte sie sich um und schien tief Luft zu holen, bevor sie etwas sagte.

»Zieh dich an«, sagte sie. »Wir fahren.«

Dies hier war eine andere Frau, und doch hatte sich nichts geändert, sie sah noch genauso aus wie vorher.

»Was?« Olive umklammerte das Handtuch, froh, dass sie wenigstens irgendetwas anhatte. Die andere hatte sogar ihre Schuhe angezogen. Das hier war ein bisschen wie in so einem Traum, in dem man sich plötzlich splitternackt in der Öffentlichkeit wiederfindet.

Nichts hatte sich verändert, außer die Augen der Frau, die so kalt und hart geworden waren wie Feuersteine.

Und der Laptop dort, der offen auf der Kommode stand, der gehörte nicht Olive. Was ging hier vor?

Urplötzlich war sie sich des Inneren ihres Körpers fast schmerzhaft bewusst, und das fühlte sich kalt und schwer an wie Lehm.

»Wir checken aus.« Die kalten Augen der Frau hatten jetzt etwas Verschlagenes. »Hol all deine Sachen aus dem Bad und zieh dich an. Sofort, Olive.«

Sie hatte ihren Namen benutzt. Olive hatte der Fremden ihren Namen nicht gesagt. Plötzlich hatte sie große Angst.

»Ich sag's nicht noch mal«, blaffte die Frau.

Olive fand ihre Stimme wieder. »Ich denke nicht dran. Verschwinde.«

Die Frau seufzte und trat zu dem Laptop. Sie drückte auf die Leertaste, und der Bildschirm erwachte schlagartig zum Leben. Ein Foto erschien, in genau diesem Zimmer gemacht. Von ihnen beiden. Wie sie sich küssten.

Nein, kein Foto, ein Video. Olive sah den Fortschrittsbalken am unteren Bildschirmrand. Ein Video, das über zwanzig Minuten lang war.

»Manche Teile sind ein bisschen dunkel, aber man sieht recht deutlich, dass die Frau darin – die größtenteils nackt ist – du bist. Und dass die Person, die du vögelst, nicht Michael Anderson ist, der Parlamentsabgeordnete des Wahlkreises Middlesbrough South and East Cleveland.«

Das Zimmer erschien Olive nicht mehr viel zu hell, seine Ränder wurden dunkel und unscharf.

»Willst du dir ein bisschen anschauen?«, fragte die Frau.

Olive schüttelte den Kopf, doch das konnte die Frau nicht sehen, und es hätte wahrscheinlich auch nichts geändert. Sie spulte das Video bis etwa zur Hälfte vor und klickte dann auf *PLAY*.

Der Kopf der Fremden war zwischen Olives Beinen, ihre Hände griffen nach oben und umfassten ihre Brüste. Olives Knie waren angewinkelt, sodass ihre Füße die Schultern der Frau streiften. Die Arme hatte sie über den Kopf gestreckt und umklammerte das Kopfteil des Bettes, und ihr Mund war zu seinem stummen Schrei geöffnet.

»Es waren drei Kameras«, erklärte die Frau. »Über der Vorhangstange, auf dem Kopfteil vom Bett und hinter der Lampe auf der Kommode. Ich bin in dein Zimmer eingebrochen, als du zum Essen runtergegangen bist.«

Deswegen hatte es im Zimmer nach ihr gerochen. Und sie hatte Olive sogar gewarnt: *Ich habe das geplant.*

»Ich habe dich aus jedem erdenklichen Blickwinkel gefilmt, Olive, und ich muss sagen, gratuliere, das war eine tolle Show.«

Olive stürzte zurück ins Badezimmer und krümmte sich über dem Klo, während alles aus ihr herausströmte. Beim letzten Würgen merkte sie, dass die Frau hinter ihr stand.

»Du hast fünf Minuten«, ließ sie Olive wissen. »Zieh dich an, pack alles ein, und dann checken wir aus. An der Rezeption sagen wir, dass wir einen familiären Notfall haben und sofort abreisen müssen. Du bezahlst die Rechnung, und dann steigen wir in dein Auto.«

Olive rührte sich nicht.

»Fünf Minuten, Olive. Oder dieses Video wird ins Internet gestellt.«

# 9

Die Fremde fuhr. Olive bezweifelte, dass sie dazu in der Lage gewesen wäre, auch ohne all den Alkohol, den sie konsumiert hatte. Zu spät fiel ihr wieder ein, wie wenig die andere Frau getrunken hatte. Olive hatte vorhin ziemlich einen sitzen gehabt, die Fremde nicht.

Jetzt fühlte Olive sich überhaupt nicht mehr betrunken. Gefangen in einer Parallelwelt, in der Albträume wahr wurden, ansonsten aber stocknüchtern.

Hexham war eine kleine Stadt. Sie ließen sie rasch hinter sich und fuhren nach Norden in die weiße Nacht hinein. Die Fremde fuhr schnell, als könne sie dem Schnee davonrasen, der immer näher an die Straßenmitte heranschwappte. Sie war eine aggressive Fahrerin, bremste scharf und beschleunigte abrupt. Saß kerzengerade auf dem Fahrersitz, konzentrierte sich vollkommen auf die Straße und sagte kein Wort.

Das Radio lief leise, und die andere Frau drehte jedes Mal lauter, wenn eine der zahlreichen Verkehrswarnungen durchgegeben wurde. Die meisten schienen wetterbedingt zu sein: blockierte Straßen, Sperrungen aus Sicherheitsgründen, liegen gebliebene Fahrzeuge oder Unfallmeldungen.

Als sie sich dem ersten Dorf näherten – einem winzigen Nest namens Acomb –, zwang Olive sich, etwas zu sagen. Nur ein paar Worte. Eine simple Frage.

»Wo fahren wir hin?«

Die Fremde wandte den Blick nicht von der Straße. »Das erfährst du noch früh genug.«

Olive hatte keine Ahnung, ob es gut oder schlecht war, dass es nicht weit war. Alles, was sie wusste, war, dass in ihrem Kopf Todesangst die Scham verdrängt hatte. Was zum Teufel hatte sie getan, einfach in dieses Auto zu steigen?

Die Uhr auf dem Armaturenbrett verriet ihr, dass es zwanzig nach zehn war. Michael würde London bereits verlassen haben und auf dem Heimweg sein, und er rief sie immer vom Auto aus an. Doch diese Frau hatte ihr das Handy weggenommen, es ausgeschaltet und in eine Innentasche ihrer Reisetasche gesteckt. Diese Tasche lag jetzt im Kofferraum des Wagens und Olives eigene auch.

Sie überlegte, wann Michael anfangen würde, sich Sorgen um sie zu machen – wenn überhaupt.

Am Ende des Dorfes mussten sie langsamer werden, als sie auf eine Baustellenampel zufuhren. Rasch schielte Olive zur Tür hinüber.

»Vergiss es«, warnte die Frau, ohne die rote Ampel vor ihnen aus den Augen zu lassen.

Aber sie musste doch, dies hier könnte ihre letzte Chance sein. Traute sie sich das? Aus dem Wagen springen und ins Dorf rennen, um Hilfe schreien, sobald sie Luft holen konnte?

Sie hatte einen gewaltigen Fehler gemacht. Vorhin, im Hotel, hatte sie nicht nachgedacht. Sie war in Panik geraten, hatte sich in etwas Gefährliches hineinziehen lassen. Diese Frau war gefährlich. Sie musste weg von ihr, sofort.

Ihre Hand glitt zur Schließe des Sicherheitsgurtes hinab.

Die Ampel sprang auf Rot und Gelb.

Jetzt. Sie griff nach dem Türöffner.

Die Fremde trat das Gaspedal durch. Eine Sekunde lang, möglicherweise auch zwei, tanzte das Auto auf der Straße, als die Reifen nach Halt suchten, dann schossen sie vorwärts, kurz bevor die Ampel auf Grün sprang.

»Mach mich nicht wütend«, sagte die Fremde.

# 10

Natürlich kannte Garry die Antwort auf seine eigene Frage. Nachdem er bei den Detective-Prüfungen zweimal durchgefallen war (und man ihm geraten hatte, es nicht noch einmal zu versuchen), hatte er Punkte gutmachen müssen und hatte sich bei der Spezialeinheit beworben. Die Ausbildung war nicht einmal schwer gewesen, er hatte einfach nur lernen müssen, mit der Ausrüstung umzugehen und sie in Schuss zu halten, außerdem ein bisschen Nahkampftraining und ein wenig Erste Hilfe, mit der er ohnehin schon vertraut gewesen war. Beim Fahren war er einsame Spitze gewesen: Abfangmanöver, taktische Verfolgungstechniken. Und er hatte sich auch als ganz brauchbarer Schütze erwiesen, nachdem er aufgehört hatte, darüber nachzudenken, wie er damit klarkäme, wenn er anstelle einer Zielscheibe einen lebendigen Menschen vor sich hätte.

Damals schien das so eine gute Idee zu sein, und sein Dad hatte endlich etwas, womit er bei seinen Expolizisten-Kumpels im Golfclub angeben konnte.

Irgendwo im Haus bellte ein Hund. Die Tricks' besaßen zwei Rottweiler, und es war die Rede davon gewesen, sie zu erschießen, wenn sie aggressiv wurden. Garry war froh: Das Gebell und die Tatsache, dass keine Schüsse ertönten, bedeutete, dass das wahrscheinlich nicht passiert war. Es war nicht besonders schwer zu erraten, wer dazu abkommandiert werden würde, sich um die toten Hunde zu kümmern.

Das Funkgerät knisterte. »Wir haben Howie Tricks. Howie kommt jetzt raus.«

Der Raum schien sich in Sekundenschnelle zu füllen. Von irgendwo hörte Garry jemanden Anweisungen brüllen, und dann wurde Howie Tricks in Handschellen ins Zimmer geführt. Ein weißer Mann Mitte vierzig mit Winterbräune, an etlichen Fingern, beiden Handgelenken und sogar um den Hals glitzerte Gelbgold.

Trotz seines protzigen Aussehens hatte der Mann etwas latent Bedrohliches an sich. Er leistete keinen Widerstand, bewegte sich aber absichtlich sehr langsam. Sein Kopf schwang hierhin und dorthin wie der eines Reptils auf der Suche nach seiner nächsten Mahlzeit, während er das Chaos in seinem Haus betrachtete.

»Wo ist meine Frau?«, wollte er wissen, und er brauchte die Stimme nicht zu heben, um sich Gehör zu verschaffen. »Was habt ihr verschissenen Schwachköpfe mit meiner Frau gemacht?«

Garry unterdrückte ein Schaudern. Er konnte unflätige Kraftausdrücke nicht ausstehen.

»Sagen Sie uns, wo das Gold ist, Howie«, antwortete der Sergeant, der den Einsatz leitete. »Und was ist mit der hübschen Rubinkette?«

»Keine Ahnung, wovon ihr redet.«

Howie Tricks hatte sein Vermögen damit gemacht, Gold zu kaufen und zu verkaufen. Oft – obgleich das niemals bewiesen worden war – von höchst zweifelhaften Anbietern.

»Schafft ihn raus«, befahl der Sergeant.

Tricks wurde hinausgeführt. Dabei sah er den Mann, der vor der Tür seines Hauses strammstand. Den Mann, an dessen Stiefel noch immer Teile des Weihnachtskranzes klebten.

Garry trug volle Kampfmontur, einschließlich Helm und Sturmhaube, die den unteren Teil seines Gesichts bedeckte. Trotzdem spürte er die volle Wucht von Tricks' durchdringendem Blick. Die Augen des Mannes waren von einem kalten, harten Blau. Garry versuchte, ein neuerliches Schaudern zu unterdrücken, und sah das befriedigte Aufleuchten in Tricks' Augen, als ihm das nicht gelang.

# 11

Die Uhr auf dem Armaturenbrett zeigte halb elf. Olive hatte weder Mond noch Sterne gesehen, und Straßenlaternen hatten sie schon lange hinter sich gelassen. Doch der Schnee schien ein eigenes Licht zu verströmen und milderte die Finsternis. Auf einer Seite der Straße, jenseits eines riesigen weißen Feldes, deutet eine geschwungene Baumreihe vor dem grauen Himmel an, dass der Fluss ganz in der Nähe war. Sie kamen durch Wall, und die bunten Lichter des Weihnachtsbaums auf dem Dorfanger wirkten wie ein Symbol einer Welt, an der teilzuhaben sie nicht mehr verdiente.

»Wer bist du?« Olive war verblüfft, wie ruhig ihre Stimme klang.

»Falsche Frage.«

Olive öffnete den Mund, um die naheliegende Erwiderung vorzubringen, und beherrschte sich gerade noch rechtzeitig. Hier würde nicht alles so laufen, wie diese Frau es wollte. Aus dem Augenwinkel sah sie, wie die Fremde kurz zu ihr hinüberschaute. Mehr als einmal.

Schließlich brach die andere das Schweigen. »Die richtige Frage lautet: Was will ich?«

»Ich nehme mal an, das hier hat etwas mit meinem Mann zu tun«, sagte Olive.

Ein leises Prusten, irgendwo zwischen einem Lachen und einem Schnauben.

Es musste um Michael gehen. Die meisten Abgeordneten polarisierten. Vielen missfielen ihre politischen Ansichten, andere hegten einen persönlichen Groll wegen Problemen, die durch ein strenges Schreiben auf Parlamentsbriefpapier nicht behoben werden konnten. Allerdings hatte Michael mehr Brücken geschlagen als die meisten anderen. Soweit das für einen Abgeordneten möglich war, war er beliebt.

Draußen schneite es noch immer, so heftig, dass die Scheibenwischer auf Hochtouren arbeiteten. Die Ränder der Windschutzscheibe waren mit einer dicken weißen Schicht bedeckt, und das Blickfenster auf die nächtliche Landschaft wurde von Minute zu Minute kleiner.

Im Radio wurde die Musik durch eine Verkehrsmeldung unterbrochen. Die A69 in Richtung Norden war völlig zu, und die Polizei riet den Leuten, zu Hause zu bleiben, wenn eine Fahrt nicht absolut unumgänglich war.

Als die Ansage vorbei war, fragte Olive: »Woher wusstest du, dass ich heute Abend in Hexham sein würde? In diesem Hotel?«

Von der Fremden kam nichts, sie verzog nur ganz leicht die Lippen.

»Du hast das geplant. Das hast du selbst gesagt. Du kannst mir ja nicht wochenlang auf gut Glück gefolgt sein.«

Noch immer nichts.

»Jemand hat dir gesagt, wo ich sein würde.« Bei dieser Erkenntnis schien sich das Rumoren in Olives Magen plötzlich zu verfestigen, zu etwas zu werden, das das Leben aus ihr herausquetschen könnte. »Wer?«

Die Fremde lachte leise auf. »Wie heißt es doch so schön, Olive? Halte deine Feinde näher bei dir als deine Freunde?«

Sie schaute zu ihr hinüber und hielt in Anbetracht des Tempos, mit dem sie unterwegs waren, gefährlich lange Blickkontakt. »Sieht aus, als hättest du deine wirklich sehr nahe bei dir gehabt.«

## 12

Die Frau, die noch immer namenlos war, konnte den Schweiß kalt und feucht zwischen ihren Schulterblättern spüren. Schon ein paar Mal wäre der Wagen beinahe stecken geblieben; entweder hatte es so weit im Norden heftiger geschneit, oder an den Hecken hatten sich Schneewehen gebildet. Mit jedem Wegrutschen der Reifen, jedem Zurücksetzen und dem darauffolgenden Bemühen, wieder Bodenhaftung zu bekommen, fühlte sie die Wut wachsen. Ihre Hände waren steif und kalt ums Lenkrad gekrampft, als würden sie ihre Krallenform behalten, wenn sie losließ.

»Woher hast du's gewusst?«, fragte Olive. Es schien eine Ewigkeit her zu sein, dass sie etwas gesagt hatte.

»Woher hab ich was gewusst?«

»Dass ich mich von dir verführen lassen würde.«

Die Fremde riskierte es, den Blick von der Straße zu lösen und kurz zu Olive hinüberzuschauen. Der furchtsame Gesichtsausdruck war verschwunden, stattdessen sah sie aus, als wäre sie stinksauer. Die Fremde beschloss, dass ihr das lieber war. Eigentlich war sie ja enttäuscht gewesen, wie leicht Olive kapituliert hatte.

»Ich dachte, es wäre umgekehrt gewesen«, meinte sie.

»Du blöde Zicke.« Auch Olives Stimme war härter geworden. »Egal, woher hast du gewusst, dass das passieren würde? Wenn ich nun gesagt hätte, du sollst dich verpissen, oder mich woandershin gesetzt hätte? Oder wenn ich aufs Zimmer gegangen und beim Zimmerservice bestellt hätte? Woher hast du gewusst, dass ich so betrunken und so dämlich und verzweifelt sein würde, so was wie dich an mich ranzulassen?«

»Autsch.« Das hatte tatsächlich gesessen.

»Na komm schon, woher?«

»Ich hab's nicht gewusst. Dass du so leicht zu haben bist, war ein Bonus.«

Sobald die Worte aus ihrem Mund heraus waren, bereute sie sie. »Entschuldigung«, sagte sie.

»Du kannst mich mal kreuzweise«, knurrte Olive.

»Und um deine Frage zu beantworten, ich hatte einen Plan B. Ein paar Benzodiazepin-Tabletten in meiner Jackentasche. Die wollte ich dir ins Glas tun. Nach fünf Minuten habe ich gewusst, dass das nicht nötig sein würde.«

Schweigen, dann fragte Olive: »Rohypnol?«

Die klassische Date-Rape-Droge. »Gut, dass du Rotwein trinkst. Die Hersteller tun da jetzt blaue Farbe rein, wusstest du das? Sieht man in einem Glas Chardonnay sofort.«

Olives Augen schlossen sich kurz. »Warum? Was zum Teufel soll das alles?«

Etwas flog vor dem Auto vorüber und ließ sie beide zusammenfahren. Es war nur ein Vogel, doch die Fremde hatte nicht damit gerechnet, so schreckhaft zu sein.

»Nicht jetzt, Olive. Falls du's nicht gemerkt hast, die Straßenverhältnisse sind ein bisschen heikel.«

»Michael ruft mich an. Er ruft jeden Abend an, wenn ich unterwegs bin. Wenn er mich nicht erreichen kann, ruft er im Hotel an.«

»Und was, glaubst du, werden die ihm sagen?«

Die Fremde wartete darauf, dass Olive begriff. Ihr Schweigen deutete darauf hin, dass das wahrscheinlich schon geschehen war. Sie würden Michael sagen, dass Olive das Hotel mit ihrer Frau verlassen hatte.

# 13

Tina Tricks, Howies Ehefrau, war gefunden worden. Oder vielmehr hatte sie sich oben in einem Badezimmer eingeschlossen und sich trotz Aufforderungen, beharrlicher Anweisungen und dann direkter Befehle der Polizisten im Flur geweigert herauszukommen. Schließlich war das Schloss mit einem harten, lauten Tritt aufgesprengt worden. All das erfuhr Garry aus Gesprächen, die rund um ihn herum stattfanden. Der hektische Wirrwarr von vorhin hatte sich jetzt gelegt, nachdem sie Howie Tricks und seine zwei Teilhaber in Gewahrsam hatten. Keiner von ihnen hatte bewaffneten Widerstand geleistet. Dass sie auch Tina geschnappt hatten, bedeutete, dass die Suche in geordneteren Bahnen fortgesetzt werden konnte. Tina Tricks, eine hochgewachsene, schlanke Frau mit dichtem braunem Haar, wurde im lachsfarbenen Pyjama in die Eingangshalle geführt. Sie drückte mit beiden Händen ein Stofftier an die Brust.

»Setzen Sie sich da hin«, sagte die Polizistin, die sie begleitete, und drückte sie dann auf eine Polsterbank genau gegenüber von Garry. »Wir müssen Ihnen Schuhe besorgen. Wo finden wir Schuhe?«

»Leck mich«, antwortete Tina, ehe sie beide Füße auf die Bank zog und sich um das Stofftier krümmte.

»Dann schaue ich eben mal nach«, seufzte die Polizistin. »Warum denken Sie nicht mal darüber nach, wann Sie die Kette zum letzten Mal gesehen haben, Tina? Ich kann nicht glauben, dass Sie das Ding nicht anprobiert haben.«

Ihren Informationen nach konnte die Halskette überall im Haus sein: Sie konnte im Kühlschrank liegen, Tina konnte sie am Leib tragen, sogar einer der Hunde konnte sie um den Hals haben. Die Kette war das größere Problem. Goldbarren würden leicht zu finden sein – bei einem Schmuckstück sah das anders aus.

Der Einsatzleiter kam in die Eingangshalle und pflanzte sich direkt vor Garry auf, sodass er ihm fast völlig die Sicht versperrte.

»Wir sind mit dem Weinkeller fertig, Boss.« Ein weiterer Polizist, absolut anonym in voller Kampfmontur, kam auf sie zu. »Nichts. Als Nächstes nehmen wir uns die Büros vor. Und ein Team ist bereit, die Ställe zu übernehmen.«

Tina Tricks hielt Pferde – vier wunderschöne Tiere, die alle zusammen knapp eine Million Pfund wert waren. Gegenüber von den Ställen war noch ein Gebäude, in dem sich ein Hallenbad, ein Fitnessstudio und Büros befanden.

Über die Schulter seines Vorgesetzten konnte Garry sehen, dass Tinas Blick starr auf ihn gerichtet war, als fände sie seine statuenhafte Reglosigkeit bedrohlicher als das Herumwuseln all der anderen Officers. Das Stofftier, das sie umklammerte, war ein Teddybär, sah er jetzt. Als sich ihre Blicke begegneten, drückte sie es abermals an sich, und Garry hatte plötzlich ein ganz merkwürdiges Gefühl. Irgendwie wusste er, dass der Teddy wichtig war. War das der berühmte Polizisteninstinkt, der sich da bei ihm meldete?

Endlich?

## 14

Es war fast elf. In dem Leben, das Olive hinter sich zurückgelassen hatte, läge sie allein in einem Hotelbett und hätte gerade genug Wein getrunken, um Michael bei seinem unvermeidlich anzüglichen spätabendlichen Anruf Gleiches mit Gleichem vergelten zu können. Er würde ihr sagen, dass er sie liebe, dass er es gar nicht erwarten könne, sie wiederzusehen, und sie würde behaupten, ihr ginge es genauso. Und dann einschlafen und sich dabei einreden, dass sie sämtliche Scheiße bewältigen könnte, mit der ihr neues Leben nach ihr schmiss, weil das, was sie dabei gewinnen konnte, es wert war.

Doch das konnte sie eben nicht, das hatte sie ja mehr als deutlich bewiesen. Besoffen und blöd hatte sie alles ruiniert.

Draußen war die Landschaft immer karger geworden, und das Wetter wurde immer schlimmer. Der Wind hatte zugelegt. Sie konnte sein Heulen trotz des Motorengeräuschs hören, und alle paar Minuten erschütterten Böen den Wagen.

Als im Radio die Uhrzeit angesagt wurde, fragte die Fremde plötzlich: »Wie viel weißt du über Michael Anderson?«

Es ging also um Michael, aber worum hätte es auch sonst gehen sollen?

»Eine stürmische Romanze? Seit sechs Monaten verheiratet?«, fuhr die Fremde fort. »Reicht das wirklich, um jemand kennenzulernen? Um jemandem zu vertrauen?«

*Dir habe ich nach zwei Stunden vertraut. Genug, um zu riskieren, mein ganzes Leben wegzuwerfen.*

»Du hast die *Hello!* gelesen.« Olive dachte an die Fotostory, zu der Michael sich widerstrebend bereit erklärt hatte, nachdem Gwen darauf hingewiesen hatte, dass das Honorar von fünfzig Riesen eine willkommene Finanzspritze für den Treuhandfonds wäre, den sie eingerichtet hatte, um Krebshilfe-Organisationen für Frauen zu unterstützen. Sieben verschiedene Outfits, zwölf verschiedene Locations auf Gwens Anwesen Home Farm und in der Umgebung und drei peinliche Magazinseiten, die ihre Heirat mit *The Sexiest Man in Parliament* bejubelten.

Die *Hello!* war schuld daran, begriff sie, dass diese Frau sie so leicht hatte erkennen können. Wenn man Olive Anderson googelte, ploppten sofort mehr als ein Dutzend glasklare Fotos auf.

»Ich weiß genug«, fügte sie hinzu und fragte sich nicht zum ersten Mal, ob das wirklich stimmte.

»Weißt du auch, dass er seine erste Frau umgebracht hat?«, erkundigte sich die Fremde.

## 15

Tina Tricks versuchte abzuhauen. Eben hatte sie noch wie ein schmollendes Kind zusammengekrümmt auf der Bank gehockt, und dann schoss sie plötzlich wie ein Pfeil auf die Haustür zu. Die Polizistin, die sie eskortiert hatte, griff nach ihr und bekam sie nicht zu fassen. Sonst war niemand nahe genug.

»Mizon, halt sie fest!«

Garry machte einen Schritt zur Seite und stellte sich in den Türrahmen. Tina senkte den Kopf, als wolle sie ihn rammen. Ernsthaft? Sie wog halb so viel wie er. Als sie noch zwei Schritte entfernt war, wappnete er sich für den Zusammenprall. Den Teddy in der einen Hand zog Tina die Schultern hoch, ballte die andere Hand zur Faust und rammte sie ihm in die Eier. Als Garry nach Luft schnappte, schlüpfte Tina an ihm vorbei und rannte in den Schnee hinaus.

»Mizon, du Wichser! Hinterher!«

Seit der Einsatz vor einer Dreiviertelstunde begonnen hatte, hatte es die ganze Zeit weitergeschneit. Dank der Abdrücke von Tinas nackten Füßen hätte man ihr auch dann leicht folgen können, wenn sie mehr als ein paar Meter weit gekommen wäre. Er rannte ihr nach. In der Schule war er gut im Crosslauf gewesen, und er war sich ziemlich sicher, dass er schneller war als Tina Tricks.

Allerdings war sie verblüffend flink. Bevor Garry den Rasen zur Hälfte überquert hatte, war sie über die Gartenmauer gesprungen und sauste davon.

Garry folgte ihr über die Mauer und auf den Grasstreifen am Rand der Straße. Er holte sie binnen Sekunden ein und packte sie hinten an ihrem Pyjamaoberteil. Sie rannte weiter, dehnte den Stoff und enthüllte dabei einiges an Nacken und Schultern. Irgendein Tattoo zog sich ihre Wirbelsäule hinunter. Er schlang einen Arm um ihre Taille, presste sie an sich und hoffte, dass die Verstärkung ihnen dicht auf den Fersen war.

»Hände weg, du perverser Scheißer! Dafür holt Howie sich deine Eier!«

Im Augenblick durfte Howie sich da gern bedienen, die Jungs im Erdgeschoss schmerzten noch immer von ihrem Frontalangriff.

»Regen Sie sich ab, Tina«, japste er. »Sonst muss ich Ihnen Handschellen anlegen.«

»Fass mich verdammt noch mal nicht an!« Sie trat ihm gegen das Schienbein, sogar ohne Schuhe tat das weh.

Garry schaute sich hastig um und sah, dass niemand in der Nähe war. Er durfte Tina nicht entwischen lassen. Zum Glück war sie zierlich gebaut und so dünn, dass er sie mit einem Arm festhalten konnte. Allerdings wand sie sich wie eine aufgespießte Schlange.

Vor Anstrengung keuchend zog er seine Handschellen hervor und bekam den ersten Ring um ihr linkes Handgelenk. Den rechten Arm presste sie vorne vor den Körper, sie hielt noch immer diesen verflixten Teddybären fest. Gröber, als ihm lieb war – er wandte Frauen gegenüber nie gern Gewalt an –, packte Garry ihr Handgelenk und zog es zu dem anderen hinter ihren Rücken. Mit einem Aufschrei, der suggerierte, dass er gerade ihren Erstgeborenen gemeuchelt hatte, ließ Tina den Teddy in den Schnee fallen.

Sogar gefesselt zappelte und strampelte sie und krümmte und drehte sich, um loszukommen. Dabei schien es ihr hauptsächlich um den Bären zu gehen. In der Annahme, darin könnte vielleicht eine versteckte Waffe sein, kickte Garry ihn ein Stück weg.

»Gib mir den wieder, du Arsch! Das ist meiner!«

Sie schien sehr fokussiert auf etwas, das allem Anschein nach nicht mehr war als ein stinknormales Kinderspielzeug.

*Wenn* es denn nicht mehr war als ein stinknormales Kinderspielzeug.

Ein zweiter Polizist – na endlich! – kam angetrabt und packte Tina am Arm. »Kommen Sie, ins Auto mit Ihnen. Nicht schlecht, Garry.«

Noch immer setzte die Frau sich heftig zur Wehr, noch immer wandte sie den Blick nicht von dem Bären ab.

»Fass mal mit an, Alter. Garry?«

Garry starrte den Teddybären an. Dem Stofftier war der Bauch der Länge nach aufgeschnitten und mit kunstvollen blauen Kreuzstichen wieder zugenäht worden.

Wieso sollte jemand das tun?

Der Kollege, der doppelt so schwer war wie sie, hatte alle Mühe, Tina wegzuzerren.

»Gebt ihn mir wieder!«, schrie sie. »Der Teddy gehört mir!«

Sie war wirklich sehr scharf darauf, den Bären nicht aus den Augen zu lassen. Garry bückte sich und hob ihn auf. Für ein Stofftier kam ihm das Ding ungewöhnlich schwer vor.

Und dann wusste er es.

Da war die Halskette drin.

# 16

*Weißt du auch, dass er seine erste Frau umgebracht hat?*

Die Frage war das Letzte, was Olive hätte vorhersehen können. Einen Moment lang schien dies die verblüffendste Wendung eines wahrhaft bemerkenswerten Abends zu sein, und etliche Sekunden fiel ihr keine Antwort ein.

»Das ist nicht wahr«, sagte sie schließlich. »Ich war dabei, als Eloise gestorben ist. Michaels erste Frau hatte Eierstockkrebs, und ich habe sie in der Onkologie betreut.«

Eloises Tod war eine düstere Mahnung an die Sterblichkeit gewesen, der niemand entgeht. In ihrer Zeit als Krankenpflegerin hatte Olive viele Menschen sterben sehen, und während ihres Militärdienstes auch viele junge Menschen. Doch es gab nur wenig Schlimmeres, hatte sie gelernt, als die Verheerungen, die der Krebs anrichtete. Eloise, einst so umwerfend attraktiv, war in ihrem letzten Tagen zu einem Beutel aus schlaffer Haut mit spröden Knochen darin geworden. Ihr wunderschönes Haar war fast vollständig verschwunden, und durch die transparente Haut ihres Gesichts hatte man den Schädel sehen können, der bald zum Vorschein kommen würde.

»Ich weiß«, erwiderte die Fremde. »Und vielleicht hast du sie ja auch gut gepflegt, aber vor ihrem Mann hast du sie nicht gerettet.« Sie schaute kurz in den Rückspiegel und nahm Gas weg. »Okay, lass uns reden. Ich bin nämlich nicht dahintergekommen, wie genau er's gemacht hat.«

»Er hat sie nicht umgebracht. Wer bist du? Eine Freundin von Eloise, eine Verwandte? Weil, ganz gleich, wer du bist, du bist da auf dem falschen Dampfer. Sie ist eines natürlichen Todes gestorben.«

»Ich würde ja auf Kissen übers Gesicht tippen.« Als die Fremde kurz zu Olive herüberschaute, war das Leuchten in ihren Augen kalt geworden. »Da war sie doch bestimmt schon sehr schwach, hätte sich nicht wehren können. Es wäre ganz schnell gegangen. Oder vielleicht hat er ja die Apparate ausgeschaltet.«

Olive ließ sich einen Moment Zeit, um ihre Stimme unter Kontrolle zu bekommen. Diese Frau hatte keine Ahnung. Überhaupt keine.

»Es gab keine Apparate«, entgegnete sie. »Jedenfalls keine, die sie am Leben erhalten hätten. Sie hatte nur noch Wochen zu leben, möglicherweise nur noch Tage.«

Trotzdem war sie gefährlich. Mit ihr ins Auto zu steigen, war ein furchtbarer Fehler gewesen.

»Keine Autopsie, stimmt's?«, fragte die Frau ohne Namen.

»Das ist so üblich, wenn jemand im Krankenhaus stirbt, jemand, der so krank war.«

»Und ihre sterblichen Überreste sind eingeäschert worden, also werden wir's nie ganz sicher wissen. Findest du das nicht sehr praktisch?«

Olive holte tief Luft. »Nein, das ist vollkommen normal. Die meisten Menschen werden eingeäschert. Eloise war unheilbar krank. Glaubst du, Krankenakten kann man fälschen? In einem großen städtischen Krankenhaus?«

Die Fremde machte ein finsteres Gesicht und wirkte einen Moment lang unsicher. Als sie wieder etwas sagte, war irgendetwas in ihrer Stimme anders.

»Also, nehmen wir mal an, du sagst jetzt die Wahrheit und warst dabei, als Eloise ihren letzten Atemzug getan hat. Warst du auch ein paar Stunden vorher bei ihr? Kannst du aufrichtig sagen, Hand aufs Herz, dass niemand, und ich denke jetzt an Michael Anderson, ihr heimlich eine Extradosis Morphium verpasst hat?«

»Ja, das kann ich auf jeden Fall.« Olive befahl sich, ruhig zu bleiben, die aufsteigende Panik im Griff zu behalten. »Das ist nicht möglich. Morphium wird unheimlich streng kontrolliert. Das Zeug wird in einem abgeschlossenen Schrank aufbewahrt, und jede Ampulle wird von zwei Schwestern abgezeichnet und überprüft. Beide sind dabei, wenn das Mittel verabreicht wird, und dann kommt die Schachtel wieder in den Giftschrank. Michael hätte Eloise unmöglich noch zusätzlich Morphium geben können.«

»Dann eben irgendwas anderes, das er mitgebracht hat und das sie in aller Stille abkratzen lässt.«

Die Frau hatte Wahnvorstellungen, vielleicht auch noch etwas Schlimmeres. »Eloise lag im Sterben.« Wie konnte sie es noch deutlicher ausdrücken? »Ihr blieben wahrscheinlich noch zwei Wochen, allerhöchstens. Warum in aller Welt sollte Michael das Risiko eingehen, jemanden umzubringen, der dem Tod so nahe war?«

»Oh, das ist ganz einfach.«

»Ach ja?«

»Ja. Er hat sie umgebracht, damit sie nicht redet.«

## 17

Garry war in seinem ganzen Leben noch nie so überzeugt von etwas gewesen. Die Halskette war in den Bären eingenäht worden. Das war brillant, oder es wäre brillant gewesen, wenn Tina nur genug Grips gehabt hätte, das Ding auf ihrem Bett liegen zu lassen, anstatt damit so viel Aufmerksamkeit zu erregen.

O Mann!

Das hier würde alles wettmachen, was bei ihm schiefgelaufen war, seit er bei der Polizei angefangen hatte. Er würde der Mann sein, der eine Halskette im Wert von fast zwei Millionen Pfund gefunden hatte. Seine Mum würde vor Stolz tot umfallen. Er holte das kleine Taschenmesser hervor, das er immer bei sich trug, und klappte die Klinge heraus.

Fast zehn Meter entfernt sah Tina das und schrie: »Scheiße, was machst du da? Fass das ja nicht an!«

Ihre Empörung hatte noch ein paar Umdrehungen zugelegt. Sogar der Kollege, der versuchte sie wegzuzerren, machte ein verdutztes Gesicht.

Garry hielt Blickkontakt mit der Frau in Handschellen, während er den Bären schüttelte. Irgendetwas klapperte darin.

»Ich warne dich, du bist tot!«, brüllte Tina. »Ich reiß dir mit bloßen Händen deine Scheißkehle raus!«

Jetzt hatte er Oberwasser. Wer hätte gedacht, dass der Einsatz dann doch … na ja, Spaß machen würde? »Was haben Sie hier drin versteckt, Tina?«

Nie hatte es Garry Mizon mehr Freude gemacht, Polizist zu sein, als in diesem Moment. Mit einem Teddy in der einen und einem Messer in der anderen Hand und dem entsetzten Gesicht der Frau vor sich, die wegen Beihilfe bei schwerem Raub ins Kittchen wandern würde. Wenn er es recht bedachte, hatte es ihm noch nie Freude gemacht, Polizist zu sein. Siebzehn unglückliche Jahre hatten ihn hierhergeführt. Zu seinem großen Augenblick.

Er schob die Spitze des Messers in den weichen Bauch des Teddybären. Sie stieß auf Widerstand. Auf harten Widerstand. Dieser Bär war nicht mit Schaumstoff gefüllt.

Einen nach dem anderen trennte er die Stiche auf, zum Soundtrack von Tinas qualvollem Gejammer und Obszönitäten von der Sorte, bei der es ihn unter anderen Umständen überall gejuckt hätte, als sei er in ein Brennnesselbeet gefallen. Aus dem Augenwinkel sah er die Polizistin in der Haustür auftauchen, die sich eben um Tina gekümmert hatte und Schuhe suchen gegangen war. Sie sah, was Garry vorhatte, und rannte los.

Nein, die würde sich nicht dazwischendrängen, das hier war *sein* Moment. Er trennte den letzten Kreuzstich auf, drehte den Bären mit dem Bauch nach unten und zog das

Plüschfell auseinander. Die Rubinhalskette würde im Schnee wunderschön aussehen.

Was aus den Innereien des Teddys herausfiel, war kein Schmuck, kostbar oder nicht. Es war Asche. Eine Menge Asche. Und kleine Knochenstückchen.

Tina hatte sich von dem Mann losgerissen, der sie festhielt. Sie fiel im Schnee auf die Knie und starrte entgeistert die Schweinerei auf dem Boden an, just als eine Windbö vorbeigefegt kam und die Asche einschließlich der Knochenstückchen aufwirbelte. Der größte Teil davon war nicht im Schnee feucht geworden; sie flog in die Luft empor und zerstob.

»Meine Mummy!«, heulte Tina. »Meine tote Mummy! Du hast die Asche meiner Mummy ausgekippt!«

Die Polizistin hatte sie erreicht. »Das ist ein Gedenk-Bär«, belehrte sie Garry. »Da tun die Leute die Asche ihrer eingeäscherten Liebsten hinein, damit sie sie immer bei sich haben können. Sie haben gerade Howie Tricks' tote Schwiegermutter verstreut.«

Der andere Polizist, der die schluchzende Tina wieder gepackt hatte, schaute über Garrys Schulter. »Und das meiste von ihr ist inzwischen halb über die Nordsee rüber. Nicht schlecht, Garry.«

## 18

Olive ließ etliche Sekunden verstreichen, bevor sie fragte: »Bist du total übergeschnappt?«

»Hilf mir doch mal, Olive. Ich weiß, dass Michael seine erste Frau umgebracht hat, und ich weiß, dass er es getan hat, damit sie nicht aus dem Nähkästchen plaudert, bevor sie vor ihren Schöpfer tritt. Worüber ich mir nicht so sicher bin, ist, ob du dabei auch mitgemischt hast.«

Das Zittern tief in Olives Körper war verschwunden und hatte einer kalten, harten Stille Platz gemacht. Sie wurde hier doch tatsächlich des Mordes angeklagt.

»Du hattest in der Woche, in der sie gestorben ist, Nachtdienst«, fuhr die Fremde fort. »Auf Station ist nachts nicht viel los. Du bist eine sehr erfahrene Krankenschwester; gerade *du* würdest doch wissen, wie man dem Leben eines Menschen, der bereits todkrank ist, ein Ende setzt, ohne dass jemand Verdacht schöpft.«

Großer Gott!

»Also, hast du's getan? Oder er, mit deinem Wissen? Oder habt ihr beide es zusammen getan? Dann hätte er dich ja heiraten müssen, stimmt's, Olive? Er hätte dich in seiner Nähe behalten müssen. Bei dem, was du über ihn weißt.«

Olive waren die Argumente ausgegangen. »Nein«, brachte sie hervor. Die Vorstellung, dass Michael sie geheiratet hatte, weil sie als Komplizen ein furchtbares Verbrechen begangen hatten, war ... das war fast schon komisch.

»Vielleicht hast du ja von nichts gewusst, bis es vorbei war? Dann ist das hier deine Chance. Hilf mir, ihn ans Messer zu liefern, und vielleicht kommst du dann unversehrt davon.«

»Das ist doch Irrsinn. Du bist total irre.«

Die Fremde löste eine Hand vom Lenkrad, nur um sie heftig wieder darauf niederkrachen zu lassen. »Spiel keine Spielchen mit mir.« Ihre Stimme war lauter geworden. »Ich habe Eloise wenige Tage vor ihrem Tod gesehen. Ich habe ihr gesagt, was ich weiß, und ich konnte es in ihren Augen sehen. Sie war drauf und dran auszupacken. Ich hab gewusst, früher oder später wird sie weich, aber als ich wieder zu ihr wollte, hattet ihr die Sicherheitsmaßnahmen verschärft, und ich konnte nicht rein.«

Olive erinnerte sich, dass Eloise sich über eine lästige Fremde beklagt hatte, die auf der Station aufgetaucht war und genervt hatte. Allerdings hatte sie behauptet, es sei eine verärgerte Wählerin gewesen.

»Das war vor zwei Jahren«, stieß sie hervor. »Eloise ist vor zwei Jahren gestorben. Du hast das hier zwei Jahre lang geplant?«

»Oh, noch viel länger«, antwortete die Fremde.

Der Wagen kam jäh zum Stehen, als sie in eine Schneewehe hineinfuhren, und der Ruck katapultierte Olive nach vorn. Als die Fremde den Rückwärtsgang einlegte und den Motor aufheulen ließ, löste Olive leise ihren Sicherheitsgurt.

Die Fremde bemerkte es nicht. Sie beugte sich über das

Lenkrad und fuhr dann das Seitenfenster herunter, um hinauszuspähen.

Während die Räder auf der Straße nach Halt suchten, stieß Olive die Tür auf und sprang aus dem Auto. Die Kälte traf sie wie eine Ohrfeige, und sie sank knietief in den Schnee. Sie hörte einen Wutschrei, als sie sich auf den Weg machte, zurück zu dem Dorf, durch das sie gerade gefahren waren. Vielleicht zweihundert Meter bis zum nächsten Haus, doch bei jedem Schritt sank sie tiefer ein. Der Schnee zerrte an ihren Stiefeln, drohte, sie ihr von den Füßen zu reißen. Nach nur wenigen Schritten schmerzten ihre Schenkel, es war, als renne sie durchs Wasser.

»Olive!« Die Fremde war dicht hinter ihr.

Scheinwerfer vor ihr auf der Straße. Olive schickte sich an, zu schreien, mit den Armen zu fuchteln, sich mitten auf die Straße zu stellen und das Auto zum Anhalten zu zwingen. Und wurde von einer unaufhaltsamen Macht vorwärtsgeschleudert. Sie landete in einem Schneehaufen, und das ganze Gewicht der Fremden krachte auf sie nieder.

Olive wurde sich beißender Kälte unter ihrem nackten Gesicht und eines noch schärferen, noch heftigeren Schmerzes an der rechten Wange bewusst. Die Fremde rührte sich nicht, und gegen die Last ihres Körpers kam sie nicht an. Olive konnte die andere Frau keuchen hören, fühlte das heftige Auf und Ab ihres Brustkorbs. Sie dagegen bekam überhaupt keine Luft. Ihr Gesicht wurde in den Schnee gedrückt, Schnee war in ihren Augen, ihrem Mund, ihrer Nase. Es gelang ihr, ein Quietschen hervorzubringen.

»Halt deine Scheißfresse.« Hände waren in ihrem Haar; sie fassten zu beiden Seiten ihres Kopfes fester zu, als Olive den Motor des anderen Autos hörte. Er hatte einen heiseren, rasselnden Klang, der sie an Gwens Land Rover erinnerte.

*Fahr langsamer, bitte fahr langsamer. Sieh uns. Hilf mir!*

Die Fremde drückte Olives Kopf tiefer in den Schnee, als das Motorengeräusch vorbeirasselte, leiser wurde und erstarb. Das Gewicht, das sie fast zerquetschte, verschob sich. Mehrere Sekunden lang konnte sie nur japsen. Dann wurde ihr Haar von Neuem gepackt, und eine Stimme zischte ihr ins Ohr: »Du kommst jetzt mit zum Auto, und zwar ruhig und flott. Irgendwelche Mätzchen, und ich bring dich um. Hast du verstanden?«

Olive konnte nicht sprechen, sie bekam kaum Luft. Ihr Kopf wurde hochgerissen.

»Hast du verstanden?«

Noch immer konnte sie nicht sprechen. Ihr Kopf wurde wieder in den Schnee gedroschen, und etwas Nadelspitzes bohrte sich in ihr Gesicht. »Was ist jetzt?«

»Ja«, brachte sie mühsam hervor.

»Aufstehen.«

Die Fremde zerrte Olive am Haar hoch. In der Ferne konnte sie die verschwindenden Rücklichter des Land Rovers sehen, dessen Fahrer sie nicht bemerkt hatte. Dann wurde sie zum Auto zurückbugsiert, halb geschleift und halb getragen, und mit Gewalt zur Beifahrertür gezerrt. Die Fremde schlug zu, einmal, eine brutale Ohrfeige, und stieß sie dann auf den Beifahrersitz.

Sie fuhren weiter, und das rauchgraue Zwielicht verschluckte sie abermals.

»Du hättest mich nicht dazu zwingen sollen«, sagte die Fremde nach ein paar Minuten. »Ich hab dich doch gewarnt, was passieren wird.«

Olive merkte, dass irgendetwas seitlich an ihrem Kopf hing, und fasste hin. Es war ein Zweig von einem Weißdornbusch; einer der Dornen steckte in ihrer Wange. Sie streckte die Hand aus und klappte die Sonnenblende mit dem Spiegel herunter, um ihn herauszuziehen. Dabei spürte sie mehr, als dass sie es sah, wie die andere Frau zu ihr herüberschaute.

Und dann kam der Wagen von der Straße ab.

# 19

Der Wagen kam von der Straße ab. So einfach war das, und so katastrophal. Eben waren sie noch gut vorangekommen und hatten es nicht mehr weit gehabt, und im nächsten Moment befand sich das Auto im freien Fall.

Sie waren etwas über drei Kilometer hinter einem Dorf namens Wark. Olive hatte kein Wort gesagt, seit sie wieder losgefahren waren, und endlich merkte die namenlose Fremde, wie sie sich allmählich beruhigte. Ihr Atem ging zu schnell, und das Herz hämmerte noch immer in ihrer Brust, doch sie verspürte nicht länger den Drang, mit der linken Faust zuzuschlagen. Sie Olive wieder und wieder ins Gesicht zu knallen, ihren Kopf zu packen und zu schütteln, bis alles darin klapperte.

Sie hasste es, Gewalt anwenden zu müssen – warum zum Teufel mussten manche Frauen es einem so schwer machen? –, und sie wusste, sie hatte ihren Ansprüchen nicht genügt, als sie Olive geschlagen hatte. Das war nicht nötig gewesen. Das war Jähzorn gewesen, und Jähzorn war etwas, das man unter Kontrolle haben sollte. Anders als das Scheißwetter.

Schwärze am Horizont verriet ihr, dass der dichte Baumbestand des Kielder Forrest näher kam. Jetzt standen zu beiden Seiten der Straße Bäume. Noch immer nicht ganz entlaubt. Anders als die immergrünen Sorten, die im Wald wuchsen, doch sie hielten viel von dem Schnee fern. Sie riskierte es, schneller zu fahren.

Das Schleudern kam völlig unerwartet. Eben war sie noch auf eine schmale Steinbrücke zugefahren, die über den Fluss führte, und hatte gewusst, dass sie Gas geben musste, um den kurzen, aber steilen Anstieg zu schaffen, und im nächsten Moment rutschte der Wagen zur Seite weg. Der Instinkt übernahm das Kommando, und sie schlug das Lenkrad in die Richtung ein, in die die Hinterräder rutschten. Das Auto richtete sich wieder gerade aus.

»'ne Eisplatte.« Sie sprach mehr mit sich als mit Olive und wusste, dass sie damit hätte rechnen müssen. So weit in Norden hatte es nicht so heftig geschneit. Vielleicht hatte es am Nachmittag sogar gegraupelt oder geregnet, und die Straße war nass. Sinkende Temperaturen würden eine dünne, unsichtbare Eisschicht auf der Straße hinterlassen.

Wieder ließ sie den Motor aufheulen, und der Wagen schaffte es über den Scheitelpunkt der Brücke. Die zweite Eisplatte wartete auf dem Gefälle auf der anderen Seite, und wieder war sie nicht darauf vorbereitet. Die Räder hatten keine Bodenhaftung mehr und glitten von der Straße wie ein Eisschnellläufer, der die Kontrolle verloren hat. Einen Moment lang dachte sie, sie würden gegen die Brücke krachen, aber sie verfehlten sie um Zentimeter.

Der Zaun neben der Straße zerbröselte wie Stroh, und der Boden dahinter war ganz einfach nicht da. Als das Auto umkippte, starrte sie in Olives entsetztes Gesicht. Dann schlugen sie auf, der Wagen schlitterte auf dem Dach dahin. Ihr Kopf knallte gegen etwas Hartes. Das Allerletzte, was sie nach Olives Aufschrei hörte, war der Meteorologe, der noch sehr viel mehr Schnee vorhersagte.

## 20

Garry Mizon entstammte einer langen Polizisten-Ahnenreihe. Allesamt gute Officers, bis er gekommen war. Laut der Familienlegende war sein Ururgroßvater jener Police Constable Mizon gewesen, der während der Jagd auf den viktorianischen Serienmörder Jack the Ripper in den Berichten erwähnt worden war. *Wir haben den Ripper gejagt,* pflegte seine Familie sich gern selbst zu feiern, und Garry brachte es nie über sich, darauf hinzuweisen, dass niemand – weder ein Mizon noch sonst irgendwer – den Schurken tatsächlich geschnappt hatte.

Garrys Großvater Stanley Mizon hatte es bis zum Superintendenten gebracht, ehe er aus der Polizei von Cleveland ausgetreten war und sich zur Ruhe gesetzt hatte. Er war so sehr geschätzt worden, dass der Bürgermeister der Stadt ihm zu Ehren einen Empfang gegeben hatte. Peter Mizon, Garrys Dad, hatte sich beim CID hervorgetan, der Abteilung für Schwerverbrechen. Zwölfmal belobigt, hatte er '82 den Einsatz geleitet, der den Gangster Richie Tricks für dreißig Jahre hinter Gitter gebracht hatte. Sogar Garrys Mum Janet war Detective Sergeant gewesen, allerdings hatte sie ihre eigene Karriere zurückgestellt, als Garry eingetrudelt war, damit sie sich besser um ihn und seinen Dad kümmern konnte.

Als Garry die Schule mit einem ordentlichen Abschluss beendet hatte, war vollkommen klar, welchen Kurs sein Leben nehmen würde, und der Tag der Zeugnisverleihung war der stolzeste und glücklichste seines Lebens gewesen. Sein Grandad trug seine Polizeiorden, und selbst sein Urgroßvater stand mit vierundachtzig stolz vor seinem Altenheim stramm und salutierte, als Garry und seine Familie auf dem Weg zur Abschlusszeremonie vorbeifuhren.

Es hatte fünf Jahre oder länger gedauert, bis Garry klar geworden war, dass er einen schrecklichen Fehler gemacht hatte. Dass Polizeiarbeit ihm keinen Spaß machte, dass die Gewalt ihn anwiderte und ihm Angst machte und dass er, wenn Entscheidungen nötig waren, wieder und wieder die falsche traf. Doch da war bei seinem Großvater bereits eine unheilbare Krebserkrankung diagnostiziert worden, und Garry brachte es nicht über sich, Gramps' letzte Tage zu verdüstern.

Als Garry zweimal durch die Detective-Prüfungen gefallen war und man ihm geraten hatte, sich nicht noch einmal zu bewerben, hatte er mit der Hundestaffel geliebäugelt, nur um herauszufinden, dass er nicht hart genug war, um den Tieren das notwendige intensive Training angedeihen zu lassen. Und leichte Klaustrophobie bedeutete, dass Polizeitaucher für ihn nicht infrage kam. Das Einzige, was er gut konnte, war Autofahren – gut, schnell und sicher, bei allen erdenklichen Straßenverhältnissen. Und das hieß unausweichlich, dass er sich während des Großteils seiner Dienststunden mit Verkehrsdelikten herumschlug, bei Karambolagen auf der Autobahn sowie bei Unfällen auf Stadt- und Landstraßen vor Ort war und in Stresszeiten als Verkehrspolizist Dienst tat. Das war zu neunzig Prozent langweilig und zu zehn Prozent grässlich, doch es schien nur einmal sein Los zu sein. Schließlich und endlich ging eine Polizeikarriere mit sechzig Jahren und einer anständigen Pension zu Ende. Und in der Zwischenzeit – nun ja, es war ja nicht so, als hätte er irgendwelche tollen Pläne, die er dafür auf die lange Bank geschoben hatte.

An dem Abend der Razzia in Howie Tricks' Villa war Garry seit siebzehn Jahren im Polizeidienst, und mehr durch Glück als durch Verstand war es sein erstes Desaster. Aber ein signifikantes Desaster und eins, von dem er wusste, dass es seine Laufbahn bis zu ihrem bitteren Ende überschatten würde.

Nachdem er den Teddy ausgeweidet hatte, überraschte es ihn nicht im Entferntesten, dass er aufs Revier zurückgeschickt wurde. Er machte sich in der Küche einen Tee und lehnte sich an den Kühlschrank, dankbar, dass es hier dank des noch immer laufenden Tricks-Einsatzes relativ ruhig war. Noch ein paar Stunden, dann hatte er vier Tage lang frei. Vielleicht würde der schlimmste Fallout danach schon vorbei sein.

Der Sergeant vom Dienst streckte den Kopf durch die Tür.

»Garry, wir haben einen möglichen Vermisstenfall. Hoher Bekanntheitsgrad. Detective Sergeant Thomas ist dafür zuständig, aber ihr Wagen schafft die Strecke bei dem Schnee nicht. Sie müssen sie da rauffahren.« Sein Gesicht verzog sich zu einer Miene, die Garry als hämisch deutete. »Glauben Sie, Sie schaffen das?«

Garry bekundete, dass er das wahrscheinlich schaffen würde, und holte sich die Schlüssel für einen der Range Rover. Er würde etwa vierzig Minuten bis zu dem ländlichen, schwer zugänglichen Wohnsitz von Michael Anderson brauchen, schätzte er. Dem Abgeordneten des Wahlkreises Middlesbrough South and East Cleveland, dem anscheinend seine Ehefrau abhandengekommen war.

Mit gemischten Gefühlen machte er sich auf den Weg. Zu erfahren, wen er herumchauffieren würde, hatte die schöne Aussicht, die nächsten paar Stunden nicht auf dem Revier zu sein, mehr als neutralisiert. DS Lexy Thomas war neunundzwanzig, hatte Kriminologie studiert und nicht einen einzigen Tag ihres Lebens Streifendienst geschoben. Natürlich, es gab solche und solche, aber – echt jetzt ...

Und dann traf es ihn. Er hätte es ja sofort gewusst – zumindest hoffte er das –, wenn er mit den Gedanken nicht ganz woanders gewesen wäre, aber Michael Anderson war mit einer Frau verheiratet, die er früher mal gekannt hatte. Mit einer Frau namens Olive.

Meine lieber Schwan! Olive. Verschwunden? Sein Magen krampfte sich zusammen, sein Mund war plötzlich trocken. Hoffentlich war DS Thomas wirklich so gut, wie alle sagten.

Lexy wohnte in einer Etagenwohnung in einem hübschen Stadtviertel. In Steppjacke, Wollmütze und Skihandschuhe eingemummelt, wartete sie auf dem Gehsteig, als Garry vorfuhr. Sie war groß und dünn und sah sogar noch jünger aus, als sie war, und als sie einstieg, roch sie nach Zahnpasta, Curry und Alkohol. Ehe er losfuhr, beugte er sich zu ihr hinüber und öffnete das Handschuhfach, in dem die Tüte Pfefferminzbonbons lag, die er immer dabeihatte.

»Nehmen Sie sich ruhig eins«, bot er an, während er sich in den fließenden Verkehr einfädelte. Inzwischen blieb der Schnee richtig liegen, allmählich knirschte er sogar unter den Reifen.

Eine Sekunde lang antwortete sie nicht, und dann noch eine. Dann sagte sie: »Danke«, nahm sich ein Bonbon und steckte das Einwickelpapier in die Jackentasche. Die meisten Cops, vor allem die vom CID, hätten es in den Fußraum fallen lassen, weil sie wussten, dass das Fahrzeug von jemand anderem gereinigt werden würde als von seinem Fahrer.

Sie lehnte sich auf ihrem Sitz zurück, schloss die Augen und seufzte tief. Garry fiel wieder ein, dass sie nicht für lockeres Geplauder oder Geplänkel bekannt war. *Die redet nur mit einem, wenn sie irgendwas will,* hatte sich ein junger Constable mal beklagt.

»Sie haben wohl nichts mit Koffein dabei?«, erkundigte sie sich, während sie nach Süden fuhren.

Ihre Stimme klang mehr nach englischen Privatschulen als nach dem Wales ihrer Geburt. Noch ein Grund, warum sie nicht allzu beliebt war. Die Menschen aus dem Norden neigten dazu, feinen Pinkeln zu misstrauen.

»Auf dem Weg gibt's einen McDonald's«, antwortete er. »Könnte aber sein, dass der früher geschlossen hat. Die Leute wollen bestimmt alle nach Hause.«

Es war 0:40 Uhr, zwanzig Minuten vor ein Uhr früh.

»Olive Anderson allem Anschein nach nicht«, gab Lexy zurück, die Augen abermals geschlossen. »Ihr Mann ist angeblich *The Sexiest Man in Parliament*. Das heißt, laut der *Daily Mail*.«

»Was wissen wir?« Der Sergeant vom Dienst hatte Garry keine wirklichen Details genannt. »Über die Ehefrau, nicht über ihren Mann.«

»Sie ist aus einem Hotel in Hexham verschwunden, was das Ganze streng genommen zu einem Fall für die Kollegen in Northumbria macht – wenn es denn einen Fall gibt, und sie nicht einfach einen über den Durst getrunken und ihr Handy verloren hat.«

Wie vermutet, war der McDonald's geschlossen. Lexy fluchte halblaut vor sich hin.

»Irgendwo nett essen gewesen?«, erkundigte sich Garry, während er von dem leeren Parkplatz fuhr.

Einen Moment lang machte sie ein verblüfftes Gesicht, dann antwortete sie: »Nur was zum Mitnehmen.«

Sie kamen an einem Pub vorbei, der sich offenbar für die Feiertage eine Spätlizenz besorgt hatte, denn Licht und

Kneipengäste ergossen sich aus der Tür auf den Gehsteig. Die zusammengeballten Leiber deuteten darauf hin, dass sich da eine Konfrontation anbahnte. Zwei Kerle standen sich drohend gegenüber, umringt von einer Schar leicht bekleideter Frauen. Garry wurde langsamer, lenkte den Wagen ein bisschen näher an den Bordstein heran und rollte vorbei. Im Rückspiegel sah er zu, wie die Gruppe sich zerstreute.

»Gut gelöst.« Lexy hatte dieselbe Szene beobachtet. »Danke fürs Fahren«, fuhr sie fort. »Ich weiß nicht, ob mein Auto es aus der Stadt rausgeschafft hätte.«

»Was fahren Sie denn?«

»Einen Mazda MX5 Cabrio. Total unpraktisch, aber ich liebe ihn.« Sie hielt sich die Hand vor den Mund, um einen Rülpser zu kaschieren. Garry war versucht, das Fenster ein paar Zentimeter herunterzufahren.

»Nehmen Sie noch ein Bonbon«, sagte er stattdessen.

»Danke.« Sie streckte die Hand aus und fischte eins aus der Tüte. »Und um Ihre Frage zu beantworten, ja, ich habe wahrscheinlich ein kleines bisschen zu viel getrunken, um fahren zu dürfen, aber da ich offiziell gar nicht im Dienst bin, finde ich, Sie können das mit der Verdammung erst mal stecken lassen. Die von der Zentrale haben mich angerufen, weil sonst niemand da ist, im wahrsten Sinne des Wortes. Das ganze verflixte Team ist heute Nacht mit der Tricks-Razzia beschäftigt. Also musste entweder ich ran, oder sie hätten nur einen Kollegen von der Streife geschickt, und falls es Ihnen entgangen ist, der Anrufer ist der Parlamentsabgeordnete dieses Wahlkreises.«

»Ich habe kein Wort gesagt, Sergeant.«

»Ihre Augen haben Bände gesprochen. Gar nicht zu reden davon, wie oft Sie geschnuppert haben, seit ich eingestiegen bin. Und Sie haben mir ein Pfefferminzbonbon angeboten, bevor ich noch die verdammte Tür zugemacht habe.«

»Entschuldigung«, sagte er nach kurzem Zögern. »Spät abends bin ich manchmal ein ziemlicher Trottel.«

Sie lächelte nicht, doch ihre Züge wurden weicher. »Kein Problem. Und sagen Sie ruhig Lexy zu mir.«

Nein, das würde er nicht tun. Lexy war ja noch nicht mal ein richtiger Name.

»Ist das 'ne Abkürzung für irgendwas?«, erkundigte er sich.

»Alexandra. Kann ich nicht ausstehen. Kommen Sie gar nicht erst auf die Idee, mich so zu nennen.«

Schade. Er fand Alexandra eigentlich ganz schön.

»Scheiße, da kommt ja echt was runter, nicht wahr?« Lexy wischte die beschlagene Scheibe ab und spähte in den Schnee hinaus.

»Erster Winter im Norden?«

Aus dem Augenwinkel konnte er sie nicken sehen. »Ich bin aus Pembrokeshire«, sagte sie. »Da ist Schnee so etwas wie ein Event.«

»Hat irgendjemand eine Verbindung zu dem Einsatz heute Nacht angedeutet?«, wollte Garry wissen, als sie auf die A171 auffuhren, die sie nach Osten bringen würde. Michael Anderson und seine Familie wohnten etliche Kilometer außerhalb des Marktfleckens Guisborough am Nordrand des North York Moors National Park.

Lexy sah ihn an. »Warum sollte man?«

Anstatt zu antworten, fragte er: »Wie viel wissen Sie über die Familie Tricks?«

»Nur das, was ich gelesen habe. Hafenarbeiter, die angefangen haben, ihr Gehalt mit Schmuggel aufzubessern. Und sich dann auf Drogenhandel und illegale Einwanderung verlegt haben und auf Hehlerei, vor allem mit Gold, und auf Menschenhandel. Entledigen sich dem Gerücht nach ihrer Feinde, indem sie mit ihnen auf die Nordsee rausfahren und sie über Bord schmeißen.«

»Klingt so ungefähr korrekt. Außerdem sind sie sich wie die meisten Gangs des organisierten Verbrechens nicht zu schade für ein bisschen Bürgerwehr-Aktivität.« Er schaltete hoch, um ein Auto zu überholen, das dicht am Straßenrand fuhr. »Es geht das Gerücht, wir hätten da früher fünfe gerade sein lassen, denn wenn eine Familie wie die Tricks' ein Auge auf ein Viertel hat, hält das die Verbrechensrate niedrig und reduziert den Bedarf an Polizeipräsenz.«

Jetzt starrte sie ihn ganz offen an. »Was hat das mit Michael und Olive Anderson zu tun?«

»Michael Anderson ist bei den Tricks' nicht gerade beliebt«, erwiderte Garry. »Er hat es sich zu einer seiner Aufgaben gemacht, dem organisierten Verbrechen das Wasser abzugraben.«

»Und seine Frau verschwindet genau an dem Abend, an dem wir unseren Einsatz durchführen.«

»Lohnt sich doch, das in Erwägung zu ziehen. Festhalten!«

Fast zu spät hatte Garry das halb zugeschneite Hinweisschild gesehen. Er bremste scharf und bog nach links auf die einspurige Straße ab, die zum Haus der Andersons führte. Knapp zwei Kilometer weit fuhr er an Feldern vorbei, auf denen im Sommer Getreide angebaut wurde, und an Wiesen, auf denen bei besserem Wetter Vieh weidete. In der dritten Biegung sah Garry ganz kurz Lichter aufblitzen, und schließlich tauchte das Haus vor ihnen auf, dessen vordere Fassade in sanftem Gold leuchtete.

»Meine Fresse!«, entfuhr es Lexy.

Home Farm war ein großes steinernes Herrenhaus im elisabethanischen Stil.

»Ich würde sagen, er ist ein Tory«, bemerkte Lexy.

»Damit würden Sie falschliegen. Und dieses Anwesen gehört der Mutter seiner ersten Frau. Anderson hat eine gute Partie gemacht.«

»Seine erste Frau?«

»Ist vor ein paar Jahren gestorben. War nett.«

Eloise Anderson, geborene Warner, war bildschön gewesen, eine Schönheit, die einem Mann die Sprache verschlagen und ihm die Knie weich werden lassen konnte. Garry hatte ihr einmal geholfen, einen hochhackigen Schuh aus einem Gitterrost zu befreien, und sie war peinlich berührt, verlegen und dankbar gewesen, alles auf einmal. Er hatte Jasmin, Fichte und sogar Schokoladenblume in ihrem Parfüm gerochen.

Ein SUV – ein Audi Q3 – war vor dem Haus geparkt. Das war mal Garrys Traumauto gewesen – eins, das er als zu kostspielig für einen Verkehrspolizisten abgehakt hatte, sogar für einen, der ein bisschen was gespart hatte. Die Farbe hätte er sich nicht ausgesucht. Tangorot metallic war ja ganz hübsch, aber ein bisschen protzig. Aber für einen

Labour-Politiker, der auffallen wollte? So ziemlich genau das Richtige.

Rund um die Haustür waren Fußspuren, die Spuren eines erwachsenen Mannes, der an diesem Abend mehr als einmal auf der Veranda gestanden hatte.

»Kennen Sie ihn?«, fragte Lexy.

Garry machte den Motor aus und trug das Ende der Fahrt ins Fahrtenbuch ein. »Hab ein paar Mal Personenschutz gemacht. Scheint ein ganz anständiger Kerl zu sein.«

»*Sexiest Man in Parliament*, wie?« Es schien Lexy merkwürdig zu widerstreben, aus dem Wagen zu steigen. Dann zog sie sich die Mütze vom Kopf und enthüllte einen kurzen blonden und sehr sauberen dichten Haarschopf. Sie klappte den Spiegel herunter und fuhr mit beiden Händen hindurch.

»Nehmen Sie noch ein Pfefferminz«, wies er sie an, als er ausstieg und mit Absicht einen Umweg machte, um näher an dem Audi vorbeizukommen. Der Wagen schimmerte im Licht vom Haus her wie ein dunkler Rubin, und die Spuren im Schnee zeigten das eindeutige Profil von Allwetterreifen. Vernünftiger Typ, schloss Garry, allerdings zog er selbst in den kalten Monaten immer Winterreifen auf.

Von irgendwo ganz in der Nähe wehten das leise Muhen und der satte, erdige Geruch aufgestallten Viehs heran. Dann ging die Haustür auf, Licht flutete auf die Veranda, und Michael Anderson trat in seine eigenen Fußabdrücke heraus, um sie zu begrüßen.

## 21

Geräusche kamen zuerst zurück: Das fast melodische Pingen und Gongen von sich zusammenziehendem heißen Metall, gefolgt vom Wispern eines neugierigen Windstoßes, der durch den Wagen rauschte, dann das Knistern schmelzenden Schnees und das stetige *Plink, Plink* von Wassertröpfchen.

Geräusche, dicht gefolgt von Schmerz, so heftig, dass es unmöglich war, seinen Ursprung genau zu bestimmen. Olive lag still. Ihr war zugleich heiß und eiskalt, und sie wartete darauf, dass der Schmerz seinen eigenen Fokus fand. Der untere Teil des einen Beines schien zu brennen, und eine schwere Last drückte auf ihre Brust. Sie atmete – das wusste sie, weil es so wehtat. Jeder Atemzug fühlte sich an, als würde ihr ein winziger Dolch ins Herz gerammt.

*Weiteratmen, bleib bei Bewusstsein, lass die Welt nicht wegrutschen.*

Sie hatte keine Ahnung, wessen Stimme das war – ihre eigene, von irgendwo außerhalb der riesigen Blase aus Schmerz. So oder so, es schien ein guter Rat zu sein.

Langsam, einen qualvollen Atemzug nach dem anderen, wurde Olive sich wieder ihres Körpers bewusst. Er war verdreht wie eine achtlos in einen Kasten geworfene Lumpenpuppe. Ihr Hals war unnatürlich verrenkt, in eine Form gepresst, die er nicht hätte haben dürfen.

*Weiteratmen, denk nicht darüber nach, wie weh es tut, lass einfach die Luft weiter rein und raus.*

Zusammenhangslose Erinnerungen blitzten durch den Schmerz hindurch auf: Schneeflocken, die wie nadelspitzengroße Lichtpunkte am Himmel erschienen waren, als sie in Carlisle losgefahren war, die früh hereinbrechende Abenddämmerung, ein jähes Bild von Hexham, die bereiften Straßen und die grelle Weihnachtsbeleuchtung, eine Frau, die irgendetwas von einer Eisplatte brüllte. Die Welt, die unter dem donnernden Getöse eines Fahrzeugs im freien Fall haltlos herumwirbelte.

Das Wissen, das sie nicht allein war, schlich sich in Olives verwirrtes Hirn. Und irgendetwas klopfte gegen ihre Wange, etwas sonderbar Warmes. Ein neues Geräusch: ein menschliches Stöhnen. Ihr eigenes?

Sie öffnete die Augen und merkte erst in diesem Moment, dass sie geschlossen gewesen waren. Eine oder zwei Sekunden lang glaubte sie, sie wäre aus dem Auto geschleudert worden. Sie sah Schnee vor sich, nur Zentimeter entfernt, eine weiße Wand, die gegen das Seitenfenster des Wagens drückte. Sie konnte seine Kälte fühlen.

Das warme Klopfen gegen ihr Gesicht war nass. Etwas Warmes und Nasses tropfte auf ihre Wange.

Ein Scheppern, ein Ächzen, und der Wagen rutschte erneut. Olive fühlte, wie die Welt sich unter ihr bewegte, und Todesangst war die einzig mögliche Antwort. Dann Regungslosigkeit und wieder die seltsamen metallischen Laute.

Der Schrei einer Eule von irgendwo ganz in der Nähe. Sie stellte sich den Vogel vor, wie er auf die Verwüstung hinunterspähte, und wusste, ohne das genau zu artikulieren: Eine Eule bedeutete, dass immer noch Nacht war. Sie riskierte es, den Blick von dem Schnee zu lösen, und schaute nach oben.

Da erblickte sie die Fremde. Und sofort erinnerte sie sich an alles.

Olives Entführerin hing direkt über ihr, vom Sitzgurt an Ort und Stelle gehalten. Eine Hand, die die Farbe von altem Wachs hatte, schien sich nach ihr auszustrecken, als würde sie Olive selbst bewusstlos niemals gehen lassen. Ihr Kopf war nur wenige Zentimeter entfernt. Eine offene Wunde an ihrer Schläfe blutete, und ihr Blut tropfte Olive ins Gesicht.

Im dünnen, kalten Licht des Mondes und vor dem stumpfen Weiß des Schnees wirkte das Blut der Fremden schwarz wie Teer.

## 22

Der *Sexiest Man in Parliament* war hochgewachsen und etwa Mitte vierzig. Seine Augen und seine Brauen waren dunkel, in seinem Haar zeigte sich erstes Grau, und seine Lippen waren voll und rot. Sein Gesicht, das man sonst für einen Mann zu hübsch hätte finden können, wurde von einer irgendwann einmal gebrochenen Nase und einer verblassten Narbe am Kinn vor diesem Schicksal bewahrt.

»Danke, dass Sie hier rausgekommen sind.« Er lotste sie in einen großen, viereckigen Raum, in dem sich ge-

schwärzte Eichenbalken von weiß getünchten Wänden ab-
hoben. »Fürchterliches Wetter.«

Garry war zum ersten Mal in Andersons Haus und
nahm alles in sich auf, während der Abgeordnete Nettigkei-
ten mit Lexy austauschte. Der riesige ummauerte Kamin
war leer, und in einem schmiedeeisernen Kronleuchter
steckten nicht angezündete Kerzen. Auf einem großen
Tisch in der Mitte des Zimmers stand eine Schale mit Rosen. Sie waren mit Silberblatt kombiniert worden, silbrig-
grauen Blättern, die nach Garrys Meinung nicht ganz zu
dem Lachsrosa der Blüten passten. Myrte wäre besser gewesen, zusammen mit langen grünen Efeuranken, die sich
über das polierte Holz erstreckten. Und im Kamin musste
Feuer angezündet werden: Der Raum schrie förmlich nach
sanftem Licht, nach Teppichen auf dem Steinboden, nach
Wärme.

Anderson führte sie zu einer offenen Tür am anderen
Ende der Eingangshalle und dann in einen Raum dahinter. Eine Frau Anfang siebzig mit perfekt frisiertem blass-
goldenem Haar stand neben dem Fernseher, eine Fernbedienung in der Hand. Sie sah ihrer verstorbenen Tochter
hinlänglich ähnlich, dass Garry sie als Andersons Schwiegermutter identifizierte.

»Gwendoline Warner«, stellte Anderson sie vor, als sie he-
reinkamen. »Die Großmutter meiner Töchter. Und meine
Töchter, die vor einer Stunde ins Bett gehen sollten.«

Garry registrierte die drei großen flaschengrünen Sofas,
die zweiflüglige Terrassentür in der einen Wand, den Stutz-
flügel in der Ecke. Die Bilder an den Wänden waren modern und sahen aus, als wären sie sowohl Originale als auch

wertvoll. Zwei Mädchen im Teenageralter hockten auf den Armlehnen der Sofas.

»Wir machen uns Sorgen um Olive«, beteuerte die Ältere. Keine der beiden sah besonders besorgt aus, und Garry rief sich ins Gedächtnis, dass Olive Anderson nicht ihre Mutter war.

»Und vielleicht haben wir ja wichtige Informationen«, fügte die Jüngere hinzu.

»Irgendwas, womit ihr noch nicht rausgerückt habt?«, blaffte ihr Vater.

»Ins Bett«, wies die Großmutter sie an. »Wir wecken euch, wenn es etwas Neues gibt.«

Seufzend standen die Mädchen auf und schlurften hinaus. Die Tür ließen sie offen.

»Fangen Sie bitte ganz am Anfang an, Mr Anderson«, sagte Lexy, nachdem sie beide aufgefordert worden waren, Platz zu nehmen, und Garry sein Notizbuch gezückt hatte.

Anderson ließ sich auf ein Sofa ihnen gegenüber sinken. Gwendolin Warner setzte sich neben ihn.

»Meine Frau ist Onkologie-Fachpflegerin«, begann Anderson. Er hatte keinen erkennbaren Akzent, doch seine Stimme war tief, wie die der meisten Nordengländer. »Neben ihrem Dienst in Middlesbrough besucht sie auch noch andere Krankenhäuser in der Gegend, um dort die Pflegevorgänge zu überwachen und Verbesserungsvorschläge zu machen. Von Zeit zu Zeit hält sie auch Fortbildungsseminare.«

Lexy hatte den Blick fest auf Anderson gerichtet. Sie neigte den Kopf, um ihn zu ermuntern, weiterzusprechen.

»Gestern war sie in Carlisle und Lancaster, morgen sollte sie in Newcastle sein. Sie hatte für die Nacht ein Zimmer in einem Landhotel in Hexham gebucht.«

Garry machte sich eine Notiz. *Mrs A. übernachtet in Hexam. Warum?*

Er überlegte, ob er Hexam richtig geschrieben hatte. Sah irgendwie nicht ganz korrekt aus. Und vielleicht würde Lexy seine Notizen sehen wollen. Er fügte ein H hinzu. Hexham? Nein, er war sich immer noch nicht ganz sicher.

»Ich war die ganze Woche in Westminster«, fuhr Anderson fort. »Um halb zehn habe ich sie vom Auto aus angerufen. Sie ist nicht ans Handy gegangen. Um zehn und um halb elf hab ich's noch mal versucht und dann noch mal, als ich nach Hause gekommen bin, so gegen halb zwölf. Jedes Mal hat sich niemand gemeldet. Ich habe es mit der *Find-My-Friends-App* versucht, und sie konnte sie nicht finden. Da habe ich im Hotel angerufen und gebeten, dass sie mich in ihr Zimmer durchstellen. Nachdem die mich eine Weile in der Warteschleife haben hängen lassen, hieß es, sie und ihre ›Partnerin‹« – Anderson malte Anführungszeichen in die Luft – »hätten vor einiger Zeit ausgecheckt.« Mit verspanntem Unterkiefer und kalten Augen hielt er ihnen sein Telefon hin. »Sie können gern die Anrufliste überprüfen.«

Garry fragte sich, ob Lexy wohl dasselbe dachte wie er. Während sie Andersons Handydisplay fotografierte, machte er sich noch eine Notiz.

»Folgen Sie Ihrer Frau oft online?«, erkundigte sich Lexy.

Andersons Gesicht lief rot an. »Wir haben die App alle«, erwiderte er. »Bei den Mädchen bestehe ich darauf, also haben wir sie auch, sogar Gwen. Die ist nützlich, wenn man sich irgendwo treffen will. Um herauszufinden, wo der andre gerade ist, ohne ihn mit Anrufen zu nerven.«

Garry überlegte, ob Anderson klar war, wie defensiv sich das anhörte.

»Haben Sie irgendeine Ahnung, wo sie hingefahren sein könnte?«, fragte Lexy, als sie von dem Telefon aufsah. »Oder mit wem sie weggefahren ist? Irgendwelche Freundinnen in der Nähe von Hexham?«

»Keine, von denen ich wüsste. Aber wir sind auch noch nicht lange verheiratet. Es könnte wohl schon jemanden geben, den sie einfach noch nicht erwähnt hat. Hören Sie, vielleicht verschwenden Sie hier ja gerade Ihre Zeit. Ich war wohl einfach nur erschrocken, als ich gehört habe, dass sie weggefahren ist. Oder angeblich weggefahren ist. Ich habe mich mit denen vom Hotel ein bisschen in die Wolle gekriegt, habe ihnen gesagt, ich rufe die Polizei an, weil ich um die Sicherheit meiner Frau besorgt bin. Da hat der Kerl, mit dem ich gesprochen habe, gesagt, dass vor Kurzem Schichtwechsel gewesen sei und dass niemand, der jetzt noch im Dienst wäre, tatsächlich gesehen hätte, wie meine Frau das Hotel verlassen hat. Er hat gesagt, ich solle ihm meine Nummer geben und er melde sich, sobald er Gelegenheit hatte nachzuschauen, ob sie wirklich weg ist.«

»Und dann haben Sie uns angerufen?«, fragte Lexy.

Anderson schlug die Augen nieder. »Nein, ich wollte nicht überreagieren. Ich wollte noch ein bisschen warten. Aber das Hotel hat die Polizei von Northumbria verständigt, und die haben dann mich angerufen und gesagt, sie versuchen, jemanden da rauszuschicken, aber viele Straßen rund um Hexham seien wegen des Schnees gesperrt. Sie haben allerdings gesagt, meine Frau hätte definitiv gegen zehn Uhr ausgecheckt und dass ihr Auto auch nicht mehr da sei und dass sie ihre Hotelrechnung bezahlt hätte. Sie hätten im Moment keinen Grund, Olive als vermisst zu registrieren, hieß es, und ich solle mich morgen melden, wenn ich noch immer nichts von ihr gehört hätte.« Er sah Lexy an. »Sind Sie aus Northumbria? Wenn Sie bis hier runterfahren können, dann schaffen Sie's doch sicher auch bis nach Hexham?«

»Wir sind von der Cleveland Police«, antwortete Lexy. »Die Kollegen in Northumbria haben uns gebeten, uns der Höflichkeit halber mit Ihnen in Verbindung zu setzen.«

Garry notierte sich, dass Anderson die Polizei nicht selbst kontaktiert hatte. Und doch war die Spannung in ihm nicht zu übersehen. Der Abgeordnete schwitzte trotz der Nachtkälte und rutschte unablässig hin und her, eine gewaltige Masse nervöser Energie. Er sah aus wie ein Mann, der nur mit größter Mühe die Fassung wahrt.

Andersons Blick wanderte von Lexy zu Garry und dann wieder zurück, und etwas darin wurde hart. »Die Polizei von Northumbria und die Hotelangestellten glauben, meine Frau hätte eine Affäre«, sagte er. »An dem Gesicht, dass Sie vor ein paar Minuten gemacht haben, kann ich sehen, dass Sie dasselbe denken, Sergeant.«

Garry schaute auf seine Notiz von vorhin hinunter. Nur ein einziges Wort: *Affäre?* Der Verdacht, dass seine Frau fremdging, könnte Andersons Zustand durchaus erklären.

»Wir sind seit sechs Monaten verheiratet«, fuhr Anderson fort. »Wir sind glücklich. Ich glaube nicht, dass meine Frau mich betrügt. Ich glaube, ihr ist etwas passiert.«

Und warum hatte er dann nicht die Polizei verständigt? Irgendetwas war hier nicht stimmig.

Gwendoline begann, einen goldenen Armreif an ihrem Handgelenk zu drehen.

»Mr Anderson«, sagte Lexy, »haben Sie oder Ihre Frau in den letzten paar Wochen irgendwelche besonderen Drohungen erhalten?«

Anderson runzelte die Stirn. »Abgeordnete werden andauernd beschimpft. Mein Twitter-Feed ist die reinste Jauchegrube, meistens schaue ich mir das gar nicht an.«

»Das verstehe ich, aber war irgendetwas Auffälliges dabei oder etwas, das Ihnen besonders Sorgen gemacht hat?«

»Meine Wahlkreisvertreterin sieht sich das alles an. Sie hätte es mich wissen lassen, wenn ihr irgendetwas ungewöhnlich vorgekommen wäre.«

»Und was ist mit Mrs Anderson?«

Anderson schien einen Moment lang zu überlegen. »Sie hat auch so einiges abgekriegt. Inzwischen weniger, seit sie ihre Accounts auf privat gestellt hat. Wie ich es ihr wiederholt geraten habe.«

»Und vorher?«, wollte Lexy wissen.

Andersons Blick wanderte nach links. »Vor ein paar Monaten war irgendwas, das ihr zu schaffen gemacht hat. Sie hat es mir eine Zeit lang nicht gesagt. Wahrscheinlich, weil sie nicht auf meinen Rat gehört hatte, ihre Einstellungen zu ändern.«

»Da war diese Geschichte mit dem Auto in der Seitenstraße«, warf Gwendoline ein. »Das war im August, nicht wahr? Vielleicht hätten wir das ernster nehmen sollen.«

Garry und Lexy warteten ab.

»Das werden Sie in Ihren Akten finden«, meinte Anderson. »Olive dachte, jemand würde ihr folgen. Sie hatte aber das Kennzeichen nicht und konnte nur eine sehr vage Beschreibung abgeben. Wir haben es der Polizei gemeldet, aber die haben nichts weiter unternommen.«

Garry machte sich eine Notiz, das zu überprüfen, wenn er wieder auf dem Revier war.

»Hat sie eins von ihren Geräten hiergelassen?«, erkundigte sich Lexy. »Wir können die von jemandem checken lassen, schauen, ob es da irgendeinen Grund zur Sorge gibt.«

Anderson sah sich im Raum um und schien drauf und dran aufzustehen. »Ihr privater Laptop sollte noch hier sein. Bei der Arbeit benutzt sie einen Dienstlaptop. Ich schaue mal, ob er oben ist.«

»Den nimmt sie normalerweise mit«, sage Gwendoline rasch.

Anderson sah verunsichert aus. »Man kann aber doch mal nachsehen«, beharrte er. »Der liegt immer in ihrem Nachttisch, ich gehe mal ...«

Gwendoline sprang auf. »Ich hole ihn.« Mit schnellen Schritten verließ sie das Zimmer.

Lexy erhob sich. »Mr Anderson, wenn wir wieder auf dem Revier sind, rufe ich in dem Hotel an«, erklärte sie dem Abgeordneten. »Es ist gut möglich, dass die uns mehr sagen, als sie Ihnen verraten wollten. Wir können uns eine Beschreibung der Person besorgen, mit der sie angeblich weggefahren ist, und vielleicht bekommen wir auch einen Eindruck von der Gemütsverfassung Ihrer Frau zum fraglichen Zeitpunkt. Wir können ihr Autokennzeichen durchs System schicken und sehen, ob wir eine Vorstellung davon kriegen, wo sie hinwill. Und wir können ihr Handy anrufen. Selbst wenn es ausgeschaltet ist, wird sie wahrscheinlich immer wieder mal draufschauen. Wenn sie eine Polizeinummer sieht, ist sie vielleicht eher bereit, sich zu melden. Und wenn Sie uns außerdem noch die Nummern ihrer Familie und ihrer engen Freunde geben, können wir anfangen, bei denen nachzufragen. Vielleicht auch die von ihrem Vorgesetzten bei der Arbeit?«

Anderson blieb sitzen, als versuche er, das Gespräch in die Länge zu ziehen. »Fahren Sie da rauf?«

»Wenn wir den Eindruck haben, dass es sich lohnt und es unter den gegenwärtigen Umständen möglich ist. Aber um ehrlich zu sein, wenn Mrs Anderson nicht Ihre Frau wäre, würden wir wahrscheinlich keine weiteren Maßnahmen ergreifen. Sie ist keine vulnerable Person, und zu diesem Zeitpunkt deutet nichts darauf hin, dass sie das Hotel gegen ihren Willen verlassen hat.«

Anderson holte tief Luft und ließ sie dann langsam entweichen.

Er kapiert allmählich, dachte Garry im Stillen. Er ist zu demselben Schluss gekommen wie wir und weiß, dass seine Frau ihn betrügt. Und daran wird er zerbrechen.

Er überraschte sich selbst damit, dass er sich zu Wort meldete. »Das Ganze könnte immer noch ein Missverständnis sein. Ein Hotel im Zentrum einer Kleinstadt ist um diese Zeit im Jahr bestimmt brechend voll. Der Empfang könnte Ihre Frau mit einer anderen Dame verwechselt haben. Versuchen Sie, sich nicht allzu viele Sorgen zu machen.«

Anderson sah aus, als wolle er das gern glauben.

Gwendoline kam mit einem Laptop unter dem Arm zurück, den sie Lexy reichte. »Ich bringe Sie hinaus«, sagte sie. »Michael, schenk dir etwas zu trinken ein. Und mir auch – nach den letzten zwei Stunden haben wir einen Drink weiß Gott nötig.«

Anderson erhob sich, allem Anschein nach mit einiger Mühe. »Ich fahre nach Hexham«, verkündete er.

»Das ist keine gute Idee, Sir«, antwortete Garry. »Die Straßen sind schlimm. Bleiben Sie lieber hier, wo wir Sie schnell erreichen können.«

Anderson sah aus, als wolle er widersprechen.

»Du hast morgen Bürgersprechstunde«, erinnerte ihn seine Schwiegermutter. »Evelyn hat vorhin angerufen. Alle Termine sind vergeben, von acht Uhr an.«

»Haben Sie ein Foto von Mrs Anderson?«, fragte Garry.

Es dauerte eine oder zwei Sekunden, bis die Frage durchdrang, dann nickte Anderson vage. »In meinem Arbeitszimmer. Ich hole auch noch die anderen Sachen, wir sehen uns an der Haustür.«

Gwendoline wartete, bis sich die Tür hinter dem Abgeordneten geschlossen hatte, ehe sie sich an Lexy wandte. »Sergeant, ich hoffe doch, wir können auf Ihre Diskretion zählen.«

Lexy wartete darauf, dass die Ältere weitersprach. Sie tat es nicht.

»Entschuldigung, Mrs Warner, was meinen Sie damit?«

»Mein Schwiegersohn ist ein sehr bekanntes Parlaments-mitglied. Er ist Minister im Oppositionskabinett, seine Par-tei liegt in den Umfragen vorn, und die Leute sprechen von ihm als zukünftigem Anführer. Das hier könnte ihm sehr schaden.«

Lexy nickte mitfühlend. »Wenn wir eine offizielle Ver-misstensuche in die Wege leiten, wird die Öffentlichkeit davon erfahren«, sagte sie. »Dagegen können wir nichts machen, fürchte ich. Aber im Moment deutet nur Mr An-dersons verständliche Sorge auf irgendwelche krummen Touren hin.«

Die ältere Frau schaute rasch zur Tür hinüber. »Genau.« Als sie weitersprach, senkte sie die Stimme. »Und glauben Sie diesen Unsinn bloß nicht, dass sie glücklich wären. Er ist völlig vernarrt in sie, aber sie ...« Sie vollendete den Satz nicht.

»Sie was?«, hakte Lexy nach.

»Sagen wir einfach, ich weiß nicht recht, ob sie wirklich gewusst hat, worauf sie sich einlässt, als sie einen Abgeord-neten geheiratet hat«, antwortete Gwendoline. »Ich glaube, sie hat sich von dem Glamour hinreißen lassen und nicht begriffen, dass Politiker lange arbeiten, und zwar weit weg von zu Hause. Ich glaube auch nicht, dass sie gewusst hat, was sie sich mit den Mädchen aufhalst, dabei mache ich weiß Gott die ganze Arbeit.«

»Haben Sie irgendeinen Grund, eine Affäre zu vermu-ten?«, erkundigte sich Garry.

Die Frau senkte den Blick. »An sich nicht. Aber sie hat etwas, ich weiß nicht, etwas sehr Distanziertes an sich. Ich würde sie als kalt bezeichnen, aber nie, wenn Michael da ist.

Sie ist sehr anders, wenn er nicht hier ist. Und sie ist viel unterwegs, wenn Michael außer Haus arbeitet. Sie arbeitet im Schichtdienst und ist viel weg. Gelegenheit hat sie allemal.«

»Hexham ist doch nicht weit von hier.« Garry sprach etwas aus, das ihm schon seit geraumer Zeit im Kopf herumgegangen war, er hatte darauf gewartet, dass Lexy es zur Sprache brachte. »Und Newcastle auch nicht, wo Mrs Anderson morgen früh sein soll. Warum ist sie nicht über Nacht nach Hause gekommen?«

Gwendolines Mundwinkel bogen sich nach unten. »Sehr gute Frage. Und es ist nicht das erste Mal, dass sie unnötigerweise auswärts übernachtet.«

»Fällt Ihnen jemand Bestimmtes ein?«, erkundigte sich Lexy.

Ein abfälliges Schulterzucken. »Jemand im Krankenhaus, würde ich meinen. Oder in einem von den Krankenhäusern, die sie besucht. Finden wir uns damit ab, es könnte jeder sein.«

Sie führte sie wieder in die Eingangshalle. Schneeflocken waren durch die offene Haustür hereingetrieben und hatten sich auf den steinernen Bodenplatten niedergelassen. Michael Anderson stand draußen und starrte in die Dunkelheit, als könne seine Frau auftauchen, wenn er nur lange und angespannt genug Ausschau nach ihr hielt.

# 23

Olive hatte Durst. Der Schnee am Wagenfenster, der durch die Wärme ihres Atems teilweise schmolz, war nur Zentimeter entfernt. Sie merkte, wie sich ihre Zunge nach der Scheibe streckte. Alles würde besser werden, wenn sie nur an den Schnee herankäme. Das Autoradio war verstummt, und sie hatte keine Ahnung, wie viel Zeit vergangen war.

Außerdem war ihr so kalt. Ihr Atem ging flach und schnell, und sie fühlte sich völlig erschöpft. Mehr als alles andere wollte sie schlafen, und sie wusste, das war das Schlimmste, was sie tun konnte.

*Wach bleiben, weiteratmen.*

Sollte sie einen Versuch riskieren, sich zu bewegen? Ihre Finger waren steif vor Kälte. Ihr linker Arm war eingeklemmt, den rechten jedoch konnte sie bewegen. Ihr rechter Fuß hob und streckte sich, drehte sich erst in die eine und dann in die andere Richtung. Der linke ... nein! Schmerz schoss durch ihren ganzen Körper.

*Nicht ohnmächtig werden. Nicht übergeben. Weiteratmen.*

Und dann eine ganz neue Gefahr. Ihre Lunge, die bei jedem Atemzug schmerzte, füllte sich mit einem bitteren Cocktail aus widerlichen Gerüchen: verbranntes Gummi, Urin, Benzin. Das Letzte war am schlimmsten. Benzin lief aus dem Wagen aus, und ein geborstener Benzintank bedeutete Feuer. Sie musste die Zündung ausschalten.

Langsam drehte sie den Kopf, hob den Blick, bis er die Frau fand, die über ihr hing. Das stetige Tropfen des Blutes hatte aufgehört.

Tote bluteten nicht.

## 24

»Was meinen Sie?«, fragte Garry.

Sie waren wieder auf der Straße nach Middlesbrough, und Lexy starrte schon seit fünf Minuten auf ihr Handy. Sie antwortete, ohne aufzublicken. »Ich glaube, er merkt gerade, dass seine Ehe nicht so perfekt ist, wie er gedacht hat, und wünscht sich, er hätte nicht einen solchen Aufstand gemacht, dass die Kollegen in Northumbria die Vermissten-Suchmaschine angeschmissen haben.«

Das war so ziemlich genau das, was Garry auch dachte. Nur hatte er in dem Moment, als Michael Anderson ihm das Foto von Olive ausgehändigt hatte – ein professionell fotografiertes Porträt, das er aus einem silbernen Rahmen herausgelöst hatte –, ein Gefühl gehabt, was er nur als Déjà-vu beschreiben konnte. Es war, als ob ...

»Außerdem glaube ich, Olive Anderson hat ihren winzigen Verstand verloren«, fuhr Lexy fort und unterbrach seinen Gedankengang.

»Dann wird er dem ganzen Hype also gerecht?«

»Oh, mehr als gerecht. Der Typ ist der Hammer. Aber ich weiß nicht, irgendetwas an ihm würde mir davon abraten, selbst wenn er Single und auch nur ansatzweise in meiner Liga wäre.«

»Was denn?«, wollte Garry wissen und war überrascht, sich in einem Austausch wiederzufinden, der im Großen und Ganzen einem Gespräch unter Mädels gleichkam.

Lexy schien ganz kurz eher Garry zu mustern, als über Michael Anderson nachzudenken. Sie ließ den Blick auf seinen Augen verweilen und dann zu seinen Füßen hinunterwandern. Dann sagte sie: »Irgendwie ist der zu viel. Eine Nummer zu groß. Wie ein ganz tolles, leckeres Gericht, bei dem einem das Wasser im Mund zusammenläuft, aber man weiß genau, davon wird einem schlecht, noch bevor man's zur Hälfte aufgegessen hat.«

Sie hatte in Worte gefasst, wie Garry Andersons erste Frau gefunden hatte – zu schön, um real zu sein. Eine Frau, die man bewunderte, nicht liebte.

»Ich bin mit Olive zur Schule gegangen«, sagte er nach einem Moment des Schweigens.

Lexy legte den Kopf schief. »Warum haben Sie das nicht gleich gesagt?«

»Erschien mir nicht relevant. Ich hab sie nicht gut gekannt. Gleicher Jahrgang, andere Klasse.«

»Wie war sie denn so?«

Er überlegte einen Moment. »Beliebt. Attraktiv. Aber nicht dieselbe Liga wie die erste Ehefrau. Sportlich. Wurde andauernd bei der Schulversammlung für irgendetwas ausgezeichnet. Ich dachte, sie wäre zur Army gegangen, da muss ich mich geirrt haben.«

»Nicht unbedingt. Sie hätte im Sanitätstrupp sein können. Michael Anderson hat im Yorkshire Regiment gedient.

War in Afghanistan. Vielleicht haben sie sich ja bei der Truppe kennengelernt.«

»Werden Sie all das tun, was Sie gesagt haben?«, erkundigte sich Garry. »Im Hotel anrufen, die automatische Kennzeichenerfassung checken?«

Wieder konnte er sich des Gefühls nicht erwehren, dass dies alles schon einmal passiert war.

Lexy schob ihr Handy wieder in die Tasche. »Im Moment geht das nicht. Da gibt's noch einiges abzuhaken. Ich beantrage, dass das Cyberteam sich ihren Laptop ansieht. Wenn sie irgendwas im Schilde führt, wird sie Spuren hinterlassen haben. Wenn Sie nicht gebraucht werden, wär's gut, wenn jemand zum Krankenhaus fährt und mal mit ihren Kollegen redet.«

»Das kann ich machen«, versicherte Garry. Er würde auch Zeit haben, ein paar Nachforschungen über Olive anzustellen. Dabei würden alle früheren Vorfälle ans Licht kommen, wenn es denn welche gab und er nicht völlig auf dem Holzweg war.

»Aber ich wäre erstaunt, wenn wir morgen tatsächlich eine Vermisstensuche starten«, setzte Lexy hinzu.

»Sie glauben, Anderson wird es sich anders überlegen?«

»Ganz sicher. Wenn er eine Nacht darüber geschlafen hat, kommt er zu demselben Schluss wie wir anderen. Mrs A. macht sich ein lustiges Leben und hat vielleicht vor zurückzukommen, vielleicht aber auch nicht. Verlassen Sie sich drauf, Garry, wenn wir erst all unsere Häkchen gesetzt haben, sucht niemand mehr nach Olive Anderson.«

# 25

Olive war wieder weggedriftet – wie lange, wusste sie nicht, aber irgendwann hatte das Auto sich noch einmal bewegt. Jetzt schien ihr Gewicht mehr auf ihren Schultern zu ruhen als auf ihrem Nacken, und als sie die Augen öffnete, konnte sie die Windschutzscheibe sehen, die wundersamerweise noch intakt war.

Sie hatte keine Ahnung, wie viel Zeit seit dem Unfall vergangen war.

Der Benzingeruch schien stärker geworden zu sein, und irgendwie wusste sie, dass das nicht gut war, doch ihr Gehirn konnte keine Verbindung zwischen Benzin und Gefahr herstellen. Da war etwas, das sie tun musste, aber …

Sie hatte jetzt nicht mehr solche Schmerzen, und das war doch bestimmt etwas Gutes, oder? Andererseits schien die eisige Feuchte der Nacht durch ihren Mantel und in ihre Knochen zu dringen. Hinter der Windschutzscheibe fiel immer noch Schnee. Die Flocken, groß und rund vor dem dunklen Himmel, schmolzen, wenn sie auf das Glas trafen.

Der Durst war schlimmer geworden.

Jenseits des Autos hüllte noch immer Finsternis die Welt ein. Um diese Jahreszeit und so weit im Norden, würde es erst um kurz vor neun zu dämmern beginnen. Sie könnte schon seit Stunden hier sein.

Doch sie konnte noch denken, und das musste ein gutes

Zeichen sein, denn solange ihr Gehirn noch funktionierte, konnte ihr Körper nicht völlig hinüber sein. Wenn sie anfing, aufzugeben, wenn sie sich gestattete, in den Schlaf hinüberzutreiben, dann würde sie über den Punkt hinausgleiten, an dem es keine Umkehr mehr gab.

Aber sie hatte doch geschlafen, oder? Es war so schwer, sich zu erinnern. Sie hatte geschlafen und war aufgewacht, wie konnte Schlaf also schlecht sein? Vor allem wenn sie so unfassbar müde war.

Der Schnee, der auf der schwarzen Windschutzscheibe landete, war auf seine Art schön. Die Flocken schmolzen jetzt nicht mehr ganz so schnell, sondern verbanden sich zu größeren, komplizierteren Mustern. Sie bedeckten das Glas, hüllten sie in einen weißen Kokon.

Olive ließ es zu, dass ihre Augen sich schlossen, nur für einen Moment. Und glitt mühelos durch die Zeit zurück, zu demselben Auto und einem anderen Abend.

Diesmal war der Himmel gar nicht richtig dunkel, und es war der Abend ihres Geburtstages vor fünf Monaten.

Sie hatte vor der Hintertür zur Küche der Home Farm in ihrem Wagen gesessen und zugesehen, wie der Wind weiße Blütenblätter gegen die Windschutzscheibe wirbelte. Vorhin hatte es ein Unwetter gegeben, mit starkem Regen und Sturm, und das hatte in Gwens Rosengarten Verwüstungen angerichtet. Die meisten frühen Blüten waren gefleddert worden. Selbst jetzt, am späten Abend, war es noch nicht ganz vorbei. Die Blütenblätter waren wunderschön, vollendete flache Schalen. Sie sahen aus wie der erste Schnee des Jahres.

Schnee im Juli? Sogar im Nordosten war das unerhört.

Sie öffnete das Seitenfenster und saß noch eine Weile da, lauschte den Geräuschen der Nacht – das Bellen eines Fuchses, das hohe Zwitschern eines Rotkehlchens, das Rascheln der Birkenblätter. Dann stieg sie widerwillig aus. Die Karten, die Geschenke und die bunten Geburtstagsluftballons ließ sie auf dem Rücksitz liegen und schlich durch die Hintertür ins Haus. Es war kurz nach neun. Mit ein bisschen Glück waren die Mädchen schon im Bett, und sie würde es nur mit Gwen zu tun haben. Allein war jeder der drei einfacher im Umgang, zusammen machten sie sich gegenseitig so eine Art fiesen Mut.

In der Küche war niemand, und Gwens alter Spaniel Molly, der die allgemeine Abneigung gegen Olive nicht teilte, schien sich zu freuen, sie zu sehen. Olive blieb kurz stehen, um den Hund zu streicheln, und öffnete dann die Kühlschranktür. Mehrere Tupperware-Behälter standen auf dem oberen Bord, jeder sorgfältig etikettiert: *Gwens Mittagessen, Amelias Abendessen, Einfrieren.*

Olive wohnte seit einem Monat hier. Sie hatte eine Woche gebraucht, um zu begreifen, dass niemals für sie gekocht werden würde. An den meisten Tagen brachte sie sich einen Salat oder ein Fertiggericht mit nach Hause – heute hatte sie das wegen des ganzen Geburtstagsrummels vergessen. Sie hatte auch vergessen, wie es sich anfühlte, von der Arbeit nach Hause zu kommen und sich zu entspannen.

Und doch, als sie und Michael übers Zusammenleben gesprochen hatten, war es vollkommen logisch erschienen, dass sie zu den anderen in das Haus zog, das jetzt der Familiensitz war. Er hatte ihr zu verstehen gegeben, wie sehr die Mädchen Home Farm liebten, hatte ihr die Vorzüge der Rundumbetreuung klargemacht, die ihnen durch Gwen zuteilwurde. Schamlos hatte er an ihre Güte appelliert und angedeutet, dass seine Töchter sich mit der Vorstellung, jemand könne ihre Mum ersetzen, ohnehin schon schwertaten – sie aus einem innig geliebten Heim herauszureißen, käme ihm einfach zu grausam vor.

Olive hatte alles mitgemacht, denn Michael zu heiraten, um jeden Preis, schien ihr das einzig Wichtige zu sein. Doch nach nur einem Monat war ihr klar, dass Michael bei diesem Arrangement hauptsächlich an sich selbst, ein bisschen an die Mädchen und überhaupt nicht an sie gedacht hatte.

Sie trug ihre Schwesternkluft in den Raum neben der Küche, der als Wäschezimmer diente, warf Hosen und Kittel in ihren Wäschekorb und sah nach, ob es schon für eine volle Ladung reichte. Sie würde die Waschmaschine abfahren lassen, bevor sie hinaufging. Ihre Bügelwäsche türmte sich in einem anderen Korb. Die Haushaltshilfe, die dreimal die Woche kam, machte Olives Wäsche nicht und putzte die Zimmer, die sie und Michael bewohnten, nur, wenn er bald nach Hause kommen sollte.

Gwen bezahlte die Haushaltshilfe, nicht Michael. Olive hatte sich nicht in der Lage gesehen, etwas dagegen zu sagen.

Wieder schaute sie auf ihr Handy. Nichts von ihrem Mann. War es möglich, dass er gar nicht wusste, dass sie heute Geburtstag hatte? Ihren Geburtstag hatten sie ja bisher noch nicht feiern können. Aber eine Frau heiraten und sich nicht merken, wann sie Geburtstag hatte? Das deutete doch auf einen sehr egozentrischen Mann hin, nicht wahr?

Gwen und die Mädchen wussten Bescheid.

»Hat jemand Geburtstag?«, hatte sich Amelia heute Morgen erkundigt, im selben Tonfall, als wenn jemand gefurzt hätte. Dabei hatte sie ganz kurz zu den drei mit der Hand beschriebenen Umschlägen auf dem Küchentisch hinübergeschaut und sich dann umgedreht, um in ihrer Tasche zu kramen.

»Ich.« Es hatte Olive angekotzt, dass ihr das peinlich war. Die brandneue Stiefmutter der Mädchen hatte Geburtstag, an den weder die beiden noch ihrer Großmutter gedacht hatten, und sie war diejenige, die sich dabei unwohl fühlte.

»Du hättest etwas sagen sollen.« Gwen wandte sich nicht von der Spülmaschine ab. »Alles Gute.«

»Sind die von Dad?« Jess, die Jüngere von Michaels beiden Töchtern, betrachtete stirnrunzelnd die in Zellophan gehüllten Blumen, die der Briefträger gebracht hatte. Zwei rosa Rosen, zwei orangerote Gerbera, ein paar Miniaturnelken und Grünzeug.

»Nein, von meinen Eltern.«

»Hab ich mir gedacht. Dad schickt immer richtig hübsche Blumen. Weißt du noch, was für welche er Mum immer geschickt hat, Melia?«

Ihre große Schwester hatte aufgeblickt. »An ihrem Geburtstag immer weiße Rosen, eine für jedes Jahr. Und er hat aus Spaß gesagt, er hätte ein Sparkonto eröffnet, für die Zeit, wenn sie älter wird, weil die superteuer sind, und wenn sie achtzig wird, ist er bankrott.«

Tränen traten Jess in die Augen. Schweigend legte ihre große Schwester die Arme um sie, und die beiden hielten einander umschlungen.

Olive hatte sich dabei ertappt, wie sie dachte: *Und wieso ist das meine Schuld?*

Die Großmutter der Mädchen hatte die Tür der Spülmaschine zugedrückt und sich zu ihnen umgedreht.

»Wir haben doch gewusst, dass es nicht leicht wird, Mädchen. Kommt jetzt, ab in die Schule mit euch beiden.« Sie hatte Olive kaum eines Blickes gewürdigt, als die drei die Küche verlassen hatten. Keines der Mädchen hatte Auf Wiedersehen gesagt. »Vielleicht behältst du die lieber in deinem Zimmer«, hatte Gwendoline noch gesagt und mit dem Kinn auf die Blumen gedeutet. »Den Mädchen zuliebe.«

Es war wohl möglich, dachte Olive jetzt, dass Gwen und die beiden sich im Laufe des Tages erweichen lassen und eine oder zwei Glückwunschkarten gekauft hatten und dass sie sie unter ihrer Zimmertür finden würde. Bis dahin musste sie sich entscheiden, ob sie Hunger hatte oder nicht. Eigentlich nicht, aber …

Künftig würde sie vorkochen, beschloss sie, während sie mit einer Scheibe Brot zum Toaster ging. An ihren freien Tagen würde sie einzelne Mahlzeiten für sich einfrieren, und sie würde sogar *Olives Essen* darauf schreiben, denn so machte man das in diesem Haushalt ja anscheinend.

Scheiße, sie würde nicht losheulen, nicht an ihrem Geburtstag.

Scheinwerfer leuchteten durch die Vorhänge, als draußen ein Wagen vorfuhr. Bestimmt Gwen, die von einer abendlichen Versammlung im Women's Institute zurückkam. Olive wischte sich die Augen.

Nebenan konnte sie den Fernseher hören und wusste, sie würden den Kopf durch die Tür strecken, Hallo sagen und sich Mühe geben müssen, Konversation zu machen. Denn wenn sie einfach so in ihr Zimmer hinaufschlüpfte, wäre das für die drei nur noch mehr Munition gegen sie.

*»Sie schleicht sich ohne ein Wort hier herein, kommt nicht und begrüßt uns, sondern geht gleich in ihr Zimmer. Um ehrlich zu sein, Michael, das macht den Mädchen ein bisschen Angst.«*

Als Außenseiterin war es so unheimlich leicht, im Unrecht zu sein.

Hinter Olive wurde die Tür aufgerissen, und der süße Duft des Juliabends fuhr in den Raum. Molly kam unter dem Tisch hervorgeschossen, und Olive drehte sich um, um dem Feind die Stirn zu bieten.

Ihr Mann stand in der Tür.

»Hallo, Geburtstagskind.« Der oberste Knopf seines Hemdes war offen, und an seinem Unterkiefer zeigten sich die Bartstoppeln eines ganzen Tages. Nie hatte er attraktiver ausgesehen.

»Was machst du denn hier?« Während Olives Puls schneller wurde, rumorte es in ihrem Magen.

Er hatte Rosen dabei. Rosa, aber das war okay, rosa Rosen waren viel hübscher als weiße. Und sie konnte sie so schnell nicht zählen, doch anscheinend waren es viele. Vielleicht nicht sechsunddreißig, doch was machte das schon, es war ja nicht so, als wären Blumen ihr nicht völlig egal. Inzwischen war sie in seinen Armen, atmete seinen Geruch ein, spürte seine Lippen auf ihrem Scheitel.

»Hab mich weggeschlichen«, sagte er. »Muss morgen früh zurück. Ich konnte mir doch deinen ersten Geburtstag als verheiratete Frau nicht durch die Lappen gehen lassen, oder?«

Olive hob den Kopf. Sie wusste, er wollte sie küssen, und verdammt noch mal, wenn er doch bloß etwas gesagt hätte, dann hätte sie früher zu Hause sein können. Sie hätte duschen können, sich die Zähne putzen, und sie hatte keinen Schimmer, wann sie sich das letzte Mal die Haare gewaschen hatte. Warum glaubten Männer eigentlich, Überraschungen wären so etwas Tolles?

»Ist das Dad?«

»Dad, was machst du denn hier?«

Die Mädchen kamen hereingerannt, barfuß, im Schlafanzug und mit wehendem Haar. Michaels Arme lösten sich von Olive und streckten sich nach seinen Töchtern aus, die sich auf ihn stürzten.

»Geschenke!« Jess hatte sich aus der Umarmung herausgewunden und beäugte eine pinkfarbene Geschenktüte, die Olive noch gar nicht bemerkt hatte. Das Mädchen beugte sich vor und spähte hinein. »Was hast du uns mitgebracht?«

»Das ist nicht für dich, Äffchen.« Michael zauste seiner Jüngsten das Haar. »Das ist für eure Mutter.«

Die Temperatur im Raum sackte merklich ab.

Michael wurde rot. »Hab mich versprochen, tut mir leid. Aber Olive hat heute Geburtstag.« Er sah sich demonstrativ im Raum um. »Sind bei uns die Geburtstagssachen nicht normalerweise in der Küche?«

»Olive hat es vorgezogen, ihre Karten und Blumen mit nach oben zu nehmen.« Auch Gwen war erschienen, stand mit ungewöhnlich nervöser Miene in der Küchentür. »Du siehst sie bestimmt, wenn du raufgehst. Ich wünschte, du hättest mir gesagt, dass du kommst, Michael. Hast du schon zu Abend gegessen?«

»Dad, ich hatte beim Chemietest dreiundachtzig Prozent richtig.« Jess zerrte an seinem Arm. »Und ich bin im Netball-Team für das Match gegen Harrogate nächste Woche.«

»Julia Connor fährt im August ins Pony-Camp nach Wales.« Amelia war nicht bereit, sich ausstechen zu lassen. »Gran hat gesagt, ich muss dich fragen.«

Michaels Stimme wurde lauter. »Mädchen, was habt ihr Olive zum Geburtstag geschenkt?«

»Mike«, setzte Olive an.

Er hob die Hand, um sie zum Schweigen zu bringen. Das war eine Angewohnheit von ihm, die sie nicht besonders mochte.

»Wir haben's nicht gewusst«, beteuerte Amelia und schaute zu Boden.

»Doch, ihr habt es gewusst. Ich hab's euch allen letzte Woche gesagt.« Sein Blick hob sich, wanderte von seinen Töchtern zu Gwen, die fast ebenso mürrisch aussah wie ihre Enkeltöchter, ihm aber besser Paroli bieten konnte.

»Wirklich, Michael, hier ist so viel los, da ist es ja wohl kaum überraschend, dass ich es vergessen habe«, sagte sie. »Aber wir haben heute Morgen ein bisschen mit Olive gefeiert, bevor sie zur Arbeit musste. Wir haben uns über Blumen unterhalten.«

Michael sah Olive an und wartete auf Bestätigung.

»Es ist okay, wirklich.« Sie lächelte ihn an. »Gwen hat recht, die Mädchen hatten diese Woche viel um die Ohren.«

»Es ist nicht okay«, sagte Michael.

Jess brach geräuschvoll in Tränen aus und rannte hinaus. Gleich darauf folgte ihr Amelia, nachdem sie Olive wütend angefunkelt hatte.

»Sie brauchen Zeit«, stellte Gwen fest. »Wir brauchen alle Zeit.« Sie machte kehrt. »Ich rede mit ihnen.«

»Michael sollte das machen«, sagte Olive und war überrascht über ihre eigene Kühnheit. »Das hier ist etwas zwischen den dreien.« Rasch sah sie ihren Mann an. »Ich muss sowieso duschen. Wir sehen uns in ein paar Minuten?«

Als Michael schlief (er schlief nach dem Sex immer schnell ein), fielen Olive die rosa Rosen wieder ein. Sie würden verwelken, wenn sie über Nacht liegen blieben, und ihr war klar, wie sehr Gwen und die Mädchen sich darüber freuen würden. Im Haus war es still und dunkel, als sie nach unten ging. Die Blumen lagen noch immer auf dem Küchentisch.

Es wäre für Gwen das Einfachste der Welt gewesen, sie ins Wasser zu stellen oder auch nur das Spülbecken halb volllaufen zu lassen und sie dort hineinzulegen. Eine kleine Geste der Entschuldigung.

Keine Olivenzweige für diese Olive.

Und wieso war es in der Küche plötzlich so kalt? Es war doch mitten im Sommer, und doch schien ein eisiger Wind durchs Haus zu wehen. Sie schauderte, und einen Moment lang wurde es dunkel in der Küche.

Dann hatte sie eine Vase in der Hand und wickelte die dicken, duftenden Blüten aus – vierundzwanzig, nicht sechsunddreißig. Sie stellte sie mitten auf den Küchentisch.

Verdammt wollte sie sein, wenn auch diese Blumen verbannt wurden, um die Gefühle der Mädchen zu schonen. Leise ging sie wieder nach oben.

Im Schlafzimmer stand sie am Fußende des Bettes und starrte auf ihren schlafenden Mann hinab.


# 26


Um kurz nach drei Uhr früh kam Garry zurück aufs Revier von Middlesbrough und erfuhr, dass Lexy nach Hause gegangen war. Sie hatte einen vollgekritzelten Zettel für ihn beim Sergeant am Empfang hinterlegt.

*Anderson und seine Schwiegermutter sagen Wahrheit über Olives Stalker. Vorfall gemeldet und aktenkundig. Hab außerdem mit dem Nachtwächter des Hotels gesprochen. Angestellter, der Olive ein- und ausgecheckt hat, war schon zu Hause, Kellner beim Abendessen auch. Zimmer war auf Mr und Mrs Anderson gebucht. Komisch, wo sie doch allein dort war? Kann heute Abend nicht viel mehr tun. Mache morgen weiter. Rufen Sie an, wenn bei Krankenhausvisite was rausgekommen ist.*

*Übrigens, hab gehört, der Tricks-Einsatz ist gut gelaufen!!! Freu mich schon drauf, alles darüber zu hören.*

Er hätte es natürlich wissen müssen. Es war nur eine Frage der Zeit, bis jeder bei der Cleveland Police, bis hinunter zum Büro-Reinigungsdienst und den Angestellten in der Kantine, wusste, was für einen Bockmist er gebaut hatte. Andererseits war er gerührt, dass Lexy ihm tatsächlich einen Zettel geschrieben hatte, anstatt ihm eine SMS zu schicken. Er steckte ihn in die Tasche.

Dies war wirklich eine der schlimmsten Nächte gewesen, an die er sich erinnern konnte, und sein Gefühl, dass hier irgendetwas ganz übel schieflief, war mit jeder Stunde stärker geworden.

Sein Abstecher ins Krankenhaus hatte keine neuen Erkenntnisse gebracht, doch auf der Rückfahrt hatte Garry daran denken müssen, wie Olive zum ersten Mal mit ihm gesprochen hatte. Er hatte bei einem Crosslauf mitgemacht, an dem die Teams mehrerer Schulen teilgenommen hatten. Damals war er ein ganz ordentlicher Läufer gewesen, ein Sport, der von seiner Familie nach Kräften gefördert worden war. *Ein Cop muss rennen können.* Er hatte im Feld der Jungen ziemlich weit vorn gelegen, hatte die meisten Mädchen überholt, die vor ihnen gestartet waren, und war an einen breiten, flachen Wassergraben gekommen, den es zu überqueren galt. Er hatte gesehen, wie ein Junge aus Newcastle hinübersprang und in knöcheltiefem Matsch landete, und dann sah er ein Mädchen in den Farben seiner eigenen Schule – Olive – auf der anderen Seite stehen und ins Wasser schauen. Ihr linker Schuh war ihr vom Fuß gesaugt worden und steckte kaum sichtbar unter der Wasseroberfläche fest. Nie im Leben würde sie das Rennen ohne den Schuh beenden können. Als er gezögert hatte, war ein anderer Junge angerannt gekommen, hatte einen Riesensatz gemacht und war auf der anderen Seite des Grabens weitergelaufen.

Mit zusammengebissenen Zähnen war Garry in das eiskalte Wasser gesprungen und losgewatet. Er hatte hineingegriffen, Olives Schuh herausgezogen und war neben ihr aus dem Graben geklettert.

»Ich fasse es nicht, dass du das gemacht hast!« Sie hatte sich ins Gras plumpsen lassen, um den Schuh wieder anzuziehen. »Vielen, vielen Dank.«

Da ihm absolut nichts einfiel, was er sagen könnte, hatte er kehrtgemacht und war losgerannt. Er hatte den Wettlauf nicht gewonnen, hatte eigentlich auch nie damit gerechnet, doch er war unter den ersten zehn durchs Ziel gekommen, was ja ganz anständig war. Olive jedoch hatte das Rennen der Mädchen gewonnen, und danach war sie im Flur nie an ihm vorbeigegangen, ohne ihn anzulächeln.

Bis zu diesem Moment hatte er ganz vergessen, dass er den ganzen Rest ihrer gemeinsamen Schulzeit über insgeheim gewaltig für das Mädchen geschwärmt hatte, das jetzt mit Michael Anderson verheiratet war. Gleichzeitig fiel ihm auf, dass sein erstes Zusammentreffen mit beiden Ehefrauen von Anderson etwas mit Fußbekleidung zu tun gehabt hatte.

Schon auf dem Parkplatz des Reviers hatte er es mit Olives Handynummer versucht. *Komm schon, Olive, geh ran. Bringen wir das hier in Ordnung, bevor wir es alle nicht mehr selbst in der Hand haben.* Sie hatte sich nicht gemeldet, und er hatte das Gebäude mit einer unerklärlichen Traurigkeit im Herzen betreten.

Jetzt, an Lexys Schreibtisch, rief er die Akteneinträge auf, die sie gemacht hatte. Sie hatte empfohlen, Michael Anderson morgen noch einmal zu kontaktieren, um sich zu erkundigen, wie er weiter vorgehen wollte. Wenn er darauf bestand, seine Frau als vermisst zu melden, würde das übliche Verfahren angeleiert werden. Verwandte und Freunde würden kontaktiert und finanzielle Nachforschungen angestellt werden, und sie würden sich ihre Telefondaten ansehen, ihre Internet-Chronik und ihr Social-Media-Verhalten. Olives Laptop war bereits in der Asservatenkammer. Den von Anderson würden sie auch überprüfen.

Während die Technikabteilung ihre Magie an Olives diversen elektronischen Geräten und Internetkonten praktizierte, würden entsprechende analoge Suchaktionen stattfinden. Jeder Ort, den Olive aufgesucht haben könnte, würde in Augenschein genommen werden. Normalerweise würden Suchhunde, Hubschrauber und Spezialisten-Teams eingesetzt werden, falls man es für nötig hielt.

Das schlechte Wetter, das die nächsten Tage über anhalten sollte, könnte all das fast unmöglich machen. Olive hatte sich wirklich die schlimmste Zeit des Jahres ausgesucht, um zu verschwinden.

## 27

Sie hatte geträumt, begriff Olive. Vom Abend ihres Geburtstags. Ein warmer Abend, an dem die letzten Ausläufer eines Sommerunwetters Blütenblätter gegen die Fenster geweht hatten. An dem der Mann, den sie geheiratet hatte, dicht neben ihr gelegen hatte, seine Haut heiß an der ihren, sein Atem schwer und langsam in ihrem Ohr.

Träumen bedeutete Schlafen. Ganz hinten in ihrem Kopf wusste Olive, dass Schlafen gefährlich war. Aber es war so ungeheuer schön, der Schlaf trug sie aus einer Welt eiskalter Schmerzen in eine der Wärme und der Sicherheit. So viel schöner hierzubleiben, in der sanften Dunkelheit, und den leisen Schlaflauten ihres Mannes zu lauschen. Ein Seufzen, ein Husten, ein merkwürdiges, hohes Schnurren, dann eine Reihe wiederholter Grunzer.

Olive spürte, wie ihr auf der Stirn der Schweiß ausbrach.

Das war nicht Michael. Das war etwas anderes. Ein Lebewesen war ganz in der Nähe, schnupperte und prüfte die unbekannten Gerüche des verunglückten Autos und der kaputten Menschen. Der Blutgeruch hatte es durch die Finsternis gelockt. Wachsam war es herangekommen, denn Geschöpfe der Nacht waren scheu, doch es hatte sie wahrscheinlich schon eine Zeit lang beobachtet.

Hirsch, Fuchs, Dachs? Wie lange, bis es merkte, dass sie sich nicht bewegen konnte?

Ihr Herz hämmerte gegen ihre Rippen; sie wagte kaum zu atmen.

Sie hörte, wie es die Seite des Wagens streifte, das Knacken eines Zweiges, ein Grunzen und die ganze Zeit das ständige Schnuppern, als es mit der Nase über den Boden fuhr, der Witterung folgte, nach einem Weg hier herein suchte. Sie wusste, dass sie wach bleiben musste, bereit, gegen die Karosserie des Autos zu hämmern, sogar die Hupe zu betätigen, wenn sie an die herankam, aber sie war wirklich so unheimlich müde, und wieder ballte sich die Nacht um sie, und die Welt glitt davon.

Als Michael sich im Schlaf umdrehte, ließ das Olive auffahren. Sie hatte keine Ahnung, wie lange sie in Gedanken versunken am Fuße des Bettes gestanden hatte. Doch als sie zum Fenster tappte, erhaschte sie einen kurzen Blick auf den Wecker auf dem Nachttisch ihres Mannes. Es war nicht mehr ihr Geburtstag.

Der Mond war aufgegangen und warf einen unheimlichen, silbrigen Schein über das Zimmer. Die Vorhänge wurden nie zugezogen, wenn Michael zu Hause war – er hasste das klaustrophobische Gefühl, das er dann immer bekam –, und da rund um das Land nichts anderes war als Landschaft, hatte Olive nie Einwände dagegen erhoben.

Ihr Bademantel hing wie ein Phantom an der Tür, ihre Tasche stand auf einem Stuhl gleich daneben. Auf dem Weg hinaus musste sie der Tüte mit den Geburtstagsgeschenken ausweichen. Vorhin hatte sie darin ein Juwelierkästchen erspäht. Ohrringe wären wohl schön, vielleicht auch eine Halskette. Sie wusste, niemand würde das Geschenk sehen wollen, was immer es auch war.

Im Erdgeschoss machte sie Tee und nahm ihn mit ins Arbeitszimmer ihres Mannes, das einzige im Haus – abgesehen vom Schlafzimmer –, das Gwen und die Mädchen nur selten betraten. Sie rollte sich in einem Sessel zusammen und nahm sich ihr iPad vor, öffnete Facebook und klickte durch die Geburtstagsnachrichten. Fröhliche Glückwünsche von ihrer Schwester, von einer Tante, einer alten Schulfreundin, einigen Kumpels von der Uni und ein paar Kollegen. Außerdem auch ein paar von Michaels Wählern und Mitgliedern der Bezirkspartei, bei denen sie sich verpflichtet gefühlt hatte, sie als Freunde aufzulisten.

Sie scrollte die Liste hinunter, likte und bedankte sich, fügte hier und da einen höflichen Kommentar an. Parlamentariergattinnen mussten sich immer so gut benehmen.

Gerade wollte sie die Seite schließen, als ein weiterer Kommentar unten in dem Geburtstags-Thread erschien.

*Ich sehe dich, Olive.*

Das war alles. Sonst nichts.

Ohne nachzudenken, schaute Olive auf. Das Fenster des Arbeitszimmers war ein leeres schwarzes Quadrat an der Wand.

*Ich sehe dich, Olive.*

Der Kommentar war von einem Mann namens Howard Wayne gepostet worden.

Der Name sagte Olive nichts, und sein Profilfoto erkannte sie auch nicht wieder. Sie öffnete seine Facebook-Seite und wusste schon Sekunden später, dass die ein Fake war. Das Bild war professionell gemacht, ein gut aussehender junger Mann, der sich eine Seglermütze bis dicht über das eine Auge heruntergezogen hatte. Der Hintergrund war ein Jachthafen. Das wirklich Verräterische jedoch waren die Anzahl der Freunde – nur sieben, einschließlich einiger C-Promis, die jeden auf ihre Freundschaftsliste setzten – und die dürftige Chronik. Howard Wayne hatte nur zehnmal etwas gepostet, alles innerhalb der letzten paar Wochen, und nichts über den Menschen verraten, der hinter den Posts stand. Kein Status-Update, keinerlei Interaktionen mit Freunden. Howard Wayne war ein Phantom.

Sie hatte seine Freundschaftsanfrage angenommen, wie sie es seit ihrer Verlobung mit Michael mit so vielen anderen gemacht hatte; wahrscheinlich hatte sie sein maritim gestaltetes Profil gesehen und angenommen, es sei jemand aus dem Jachtclub. Sie löschte den sonderbaren Kommentar und wollte ihn gerade sperren, als eine kleine rote 1 in ihrem Postfach auftauchte. Nervös öffnete sie Messenger. Ein neuer Thread. Von Howard Wayne.

*Bin immer noch da, Olive.*

Er tippte schon wieder, sie konnte die drei kleinen Punkte – wie nannte man die gleich wieder, Ellipsis? – in der linken unteren Ecke des Bildschirms blinken sehen. Eine weitere Nachricht tauchte auf.

*Du wirst ihm nie genug sein. Er wird immer mehr wollen.*

Ohne nachzudenken, tippte sie eine Antwort.

*Wer bist du?*

Das hätte sie nicht tun sollen. *Never feed the troll.* Gib dem Troll kein Futter.

Er tippte wieder.

*Wer soll ich denn sein?*

Das war doch total bescheuert, Michael würde ihr mächtig die Leviten lesen, wenn er das herausfand. Wie oft hatte er ihr schon in den Ohren gelegen, dass sie ihre Accounts auf privat stellen sollte?

Eine fünfte Nachricht landete in ihrem Postfach.

*Wir beide haben eine Menge zu besprechen. Warum kommst du nicht raus? Oder soll ich ans Fenster kommen?*

Das iPad fiel auf den Teppich, als Olive aufsprang. Sie rannte zum Fenster, zog die Vorhänge zu und verließ das Arbeitszimmer, um sämtliche Türen zu überprüfen. Die Haustür war abgeschlossen und verriegelt, genau wie die Terrassentür im Wohnzimmer. Erst als sie sah, dass auch die Hintertür in der Küche gesichert war, entspannte sie sich.

Ein klopfendes Geräusch ließ sie zusammenfahren, doch es war nur Molly, die unter dem Tisch mit dem Schwanz wedelte.

*Oder soll ich ans Fenster kommen?*

Da draußen konnte niemand sein. Das Haus war anderthalb Kilometer von der Straße entfernt, und man hörte jedes Auto, das sich näherte. Der Typ verarschte sie.

Sie machte einen Screenshot von der Nachricht, bevor sie Howard Wayne von ihrer Freundesliste löschte und ihn sperrte. Dann kippte sie ihren Tee weg, den sie nicht angerührt hatte, und hängte ihr iPad an eine der Ladestationen. Für gewöhnlich war eine frei.

Noch eine Nachricht blinkte auf, diesmal von einem anderen »Freund.« Ihr wurde übel, als sie sie anklickte.

*So leicht wirst du mich nicht los, Olive.*

Sie gab ihm keine Chance, ihr noch etwas zu schicken, sondern machte noch einen Screenshot und löschte und sperrte dann abermals. Morgen würde sie ihre ganze Freundesliste durchgehen und alle löschen, bei denen sie sich nicht absolut sicher war.

Oben an der Treppe sah Olive ganz schwach Licht unter einer der Zimmertüren hindurchschimmern. Entweder war Amelia bei Licht eingeschlafen, oder sie war noch wach.

Unten in der Küche hatte nur ein Handy zum Aufladen gelegen. Eigentlich sollten die Mädchen ihre Geräte nachts unten lassen. Das war eine Hausregel, und zwar eine, die Michael und Gwen rigoros durchsetzen. War Amelia gerade mit ihrem Handy zugange?

War sie auf Facebook unterwegs?

Olive schlich zur Tür ihrer Stieftochter und drückte die Wange dagegen. Nichts. Langsam drehte sie den Knauf und zuckte zusammen, als er quietschte. Die Zimmer ihrer Stieftöchter zu betreten, während sie schliefen, hieß, ihnen Munition zu liefern, nach der sie mit beiden Händen greifen würde.

*Sie ist voll gruselig, Dad. Sie beobachtet uns, wenn wir schlafen.*

Das könnte bei Michael eine Saite zum Klingen bringen. Die vielen Male, die er fast wach geworden war und sie am Fußende des Bettes hatte stehen sehen.

»Amelia, bist du wach?«

Jetzt war es dunkel im Zimmer, und auf dem Nachttisch war von dem Handy nichts zu sehen.

Amelia selbst war unter der Bettdecke unsichtbar, nicht mehr als ein Hügel auf dem Bett. Sie könnte dort ohne Weiteres gerade ihr Telefon verstecken.

Das konnte Olive doch nicht nachprüfen. Die Zimmertür aufzumachen, war eine Sache, einem schlafenden Kind die Decke wegzuziehen, war etwas ganz anderes.

»Hast du dein Handy, Amelia?«

Keine Antwort.

»Bist du gerade auf Facebook?«

Keine Antwort, und im Flur wurde es sehr kalt, als wehe ein eisiger Luftzug durchs Haus. Leise schloss Olive die Tür und ging zurück in ihr Zimmer.

# 28

Als Garrys Dienst endete, mühten sich gerade die ersten Anzeichen eines neuen Tages zur Startlinie: Licht in Geschäften, ein Müllwagen, der am Bordstein entlangkroch, die Heckklappen von Lastwagen, die auf frischen Schnee abgesenkt wurden. So hoch im Norden jedoch würde die Sonne sich noch stundenlang nicht zeigen und selbst dann vielleicht Mühe haben, durch die Schneewolken zu dringen. Inzwischen blieb der Himmel so schwarz wie eine Schlackenhalde, und irgendwo in der anhaltenden Finsternis steckte das erste Mädchen, bei dem Garry das Gefühl gehabt hatte, etwas wert zu sein, möglicherweise in fürchterlichen Schwierigkeiten.

Vorhin hatte er das Ergebnis der Kennzeichensuche bekommen. Das System hatte ein Foto von Olives Auto auf der Durchfahrtsstraße durch Hexham gefunden und dann ein zweites, als es auf der A6079 den Fluss überquert hatte. Die Frau auf dem Beifahrersitz, offensichtlich Olive, hatte sich vom Fahrer abgewandt und schien sehr aufrecht dazusitzen. Wie eine Frau auf einer romantischen Spritztour sah sie nicht aus. Die andere Person dagegen war schwerer zu erkennen. Er konnte dunkles Haar sehen, eine hochgewachsene Gestalt, sonst nichts.

Zwei größere Straßen führten von Hexham weg: die A69 in Ost-West-Richtung und die A68 in Nord-Süd-Richtung. Auf keiner von beiden war Olives Wagen registriert worden. Wo auch immer sie hingefahren war, sie war auf kleineren Straßen unterwegs gewesen.

Noch etwas war ihm wieder eingefallen, als er darauf gewartet hatte, dass sein Dienst endete, nämlich wie sie in der Schule das zweite Mal miteinander gesprochen hatten, ungefähr ein Jahr nach dem Querfeldeinlauf. Er hatte einen Zettel in seinem Spind gefunden, der durch den Spalt zwischen Tür und Rahmen geschoben worden war.

*Möchtest du mich heute nach Hause bringen? Dann können wir uns über den Abschlussball unterhalten. 15:45 am Westtor. Linda Moore.*

Garry hatte den Zettel in die Tasche gesteckt und sich ein bisschen so gefühlt wie am Start eines ganz wichtigen Wettrennens. Das war ja der Hammer! Linda Moore war nicht das hübscheste Mädchen in seiner Klasse, aber sie hatte naturblondes Haar, große blaue Augen und sogar noch größere … na ja, das war ein Wort, das er nicht gern benutzte. Aber er wusste genau, was die anderen Jungen meinten, wenn sie beieinanderstanden und darüber kicherten, was sie gern mit ihr machen würden.

Als die Schule aus war, schlenderte er zum Westtor. Von Linda war nichts zu sehen, aber er wusste ja, dass die Mädchen nach der Schule oft noch auf den Toiletten herumhingen. Er lehnte sich gegen den Torpfeiler, schaute auf die Uhr und strich dann mit den Fingern über seine Jackentasche, als wolle er sich vergewissern, dass der Zettel noch da war, dass er sich das Ganze nicht eingebildet hatte.

Eine Gruppe Jungs auf der anderen Straßenseite fiel ihm ins Auge. Keiner von denen schaute zu ihm herüber, aber irgendetwas an ihnen kam ihm verkehrt vor. Sie redeten nicht und alberten auch nicht herum, wie es Jungs nach der Schule für gewöhnlich taten. Und da drüben an der Bushaltestelle war noch eine Gruppe, Mädchen und Jungen, auch über denen schien eine merkwürdige Stille zu schweben.

Bildete er sich das nur ein, oder hingen hier viel zu viele Leute am Westtor herum? Und die waren alle viel zu ruhig. Nein, nicht ruhig, wachsam. Sie warteten auf etwas.

Und dann hörte er ein Kichern hinter sich.

»Na, Garry, alles klar?«

Nicht Linda selbst, sondern drei ihrer Freundinnen, alle mit einem identischen fiesen Lächeln. Da wusste er, dass Linda nicht kommen würde, dass sie wahrscheinlich den Zettel gar nicht geschrieben hatte und dass der ganze Jahrgang hier darauf lauerte, dass er wie ein Idiot dastand.

Dann fasste eine Hand seinen Arm und drückte ihn. Hoffnung und Freude wallten in ihm auf, als er den Kopf drehte und …

Olive erblickte.

»'tschuldige, bin zu spät.« Sie zog an seinem Arm, zwang ihn, sich in Bewegung zu setzen, neben ihr herzugehen. »Irgend so ein Vollpfosten hat sich meinen Mantel geschnappt.«

Während Garry auf sie hinabstarrte und sich fragte, was in aller Welt hier abging, lächelte Olive zu ihm empor. Sie war viel, viel hübscher als Linda Moore, jeder konnte das sehen.

»Du weißt doch, dass sie nicht kommt«, flüsterte sie.

»Hab ich gerade kapiert.«

»Sackgesichter. Lächle mich an, die gucken noch alle.«

Und so gingen sie beide davon, ließen das Schultor hinter sich zurück, und noch immer hing Olive an seinem Arm. Einer der Schulbusse fuhr vorbei, und auf der hinteren Bank drehten sich etliche Köpfe, um die beiden anzustarren, die einander Arm in Arm anstrahlten. Olives Lächeln sah überhaupt nicht künstlich aus, und komischerweise fühlte sich auch seins nicht künstlich an. Jäh kam ihm ein Gedanke, und er sprach, ohne nachzudenken.

»Sag mal, möchtest du zum Abschlussball gehen?«

Sie schnitt eine Grimasse. »Großer Gott, nein. Danke, aber das erlauben meine Eltern mir nie. Auf dem Abschlussball werden die Mädchen schwanger, Garry.«

»Alles klar.«

»Ist auch wirklich nicht mein Ding. Und hier muss ich dann da lang.«

Sie waren an eine T-Kreuzung gekommen. Olives Heimweg führte in die andere Richtung. Sie ließ seinen Arm los und winkte fröhlich mit den Fingern.

»Ich würde sagen, jetzt sind wir quitt, meinst du nicht?«

Garry seufzte und ließ den Motor an. Noch ging es nicht nach Hause.

Ziemlich langsam fuhr er auf die A66 und sprach ein stummes Gebet, dass die Hauptstraßen genug geräumt sein würden, um bis nach Hexham zu kommen. Sein eigener Wagen, ein sechs Jahre alter Subaru Kombi mit Allradantrieb, war nicht so schlechtwettertauglich wie die Range Rover der Polizei, aber bei seinen Sammeltouren am Wochenende hielt er sich ganz ordentlich und kam sogar mit ein bisschen Offroad-Fahren klar.

Wie sich herausstellte, kam er gut voran. Wegen des Schnees konnte er nicht schnell fahren, aber viel Verkehr herrschte nicht. Vielleicht hätte er es sogar in Rekordzeit geschafft, doch auf halbem Weg die A68 hinauf war er gezwungen, anzuhalten und einem Ehepaar in mittleren Jahren zu helfen, die die ganze Nacht im Auto festgesessen hatten.

Er hatte vorbeifahren wollen, aber der Mann hatte so jämmerlich ausgehen, bis an die Waden im Schnee und in einem blödsinnig dünnen Mantel. Das Auto war von der Straße abgekommen, wahrscheinlich als die Markierungen unter dem Schnee unsichtbar geworden waren.

»Wir dachten schon, es kommt niemand.« Garry konnte die Zähne der Frau klappern hören, als sie auf den Rücksitz kletterte. Er drehte die Heizung auf.

»Wir haben den Motor angelassen, solange wir konnten«, erklärte ihr Mann. »Vor zwei Stunden war dann das Benzin alle.«

Innerlich schüttelte Garry den Kopf über Leute, die so dumm waren, sich ohne warme Klamotten, Decken und heiße Getränke in den Schnee hinauszuwagen. Von genug Benzin im Tank ganz zu schweigen.

»Ich hatte Visionen davon, wie wir tagelang da festsitzen«, meinte die Frau, als Garry sie in Hexham absetzte. »Die haben noch mehr Schnee angesagt. Wir hätten glatt verhungern können.«

»Vorher wären wir an Unterkühlung gestorben«, warf ihr Mann fröhlich ein.

»Aber erst in ein paar Stunden«, ließ Garry sie wissen. »Gehen Sie rein, und halten Sie sich warm.«

Der Himmel war deutlich heller, als er wieder losfuhr: ein matschiges Grau, wie altes Porridge. Er vergeudete weitere zehn Minuten damit, bei einem Imbisswagen am Straßenrand zu halten, der Frühstück anbot, und kam ein paar Minuten vor acht in dem Hotel an. Der Wachmann, der Nachtdienst gehabt hatte, war noch da.

Garry stellte sich vor, zeigte seinen Dienstausweis und meinte, er sei zwar nicht im Dienst und daher nicht in offizieller Funktion hier, aber er wäre gerade in der Gegend gewesen und hätte gedacht, es lohne sich vielleicht, vorbeizuschauen.

»Ich war gestern Abend bei der Lady zu Hause, um mit der Familie zu sprechen«, erklärte er. Dass er nur als Fahrer dort gewesen war, musste man ja nicht erwähnen. »Wir werden heute jede Menge zu tun haben, wegen dem Schnee und wo doch bald Weihnachten ist und so. Ich dachte, ich frage lieber vorher mal nach.«

Der Wachmann, ein Mann namens Alan, der seinen Dienst erst um Mitternacht angetreten hatte, war gern bereit zu reden.

»So gegen vier ist es ruhig geworden«, erklärte er, während er Garry in ein kleines Büro hinter der Rezeption führte. »Nachdem ich das Schlimmste an Kotze weggemacht und einen besoffenen Typen aus der Damentoilette geschmissen hatte, bin ich dazu gekommen, mir mal die Aufnahmen aus der Zeit davor anzuschauen.« Er klickte am Computer auf PLAY. »Das ist der Wagen, für den Sie sich interessieren, 'n Audi Q3 Sportback, schickes Teil. Ich hab Mrs Anderson nicht selbst gesehen, als ich gekommen bin, war sie schon weg. Aber ich hab im Gästeverzeichnis nachgeschaut. Weil alle Gäste müssen ihre Autokennzeichen angeben.«

Die Videoaufnahmen zeigten ein silbernes Auto, die Karosserie mit Schnee bedeckt. Sie gaben keinen Hinweis darauf, wer vielleicht im Wagen sitzen könnte. Doch der Zeitpunkt passte – kurz nach zehn. Das waren Olive und ihre mysteriöse Gefährtin, die das Hotel verließen.

»Also hab ich mir dann die früheren Aufnahmen vorgenommen«, erklärte Alan. »Und ich hab denselben Wagen ankommen sehen. Um drei Minuten nach sieben. Wie sagt ihr bei der Polizei, neunzehn Uhr drei?«

»Allein«, sagte Garry halblaut vor sich hin. Aus diesem Winkel war das Bild deutlicher, und die Frau hinter dem Lenkrad sah Olive sehr ähnlich. Der Beifahrersitz war leer.

»Die Frau von 'nem Abgeordneten, stimmt's? Dieser Typ unten in Middlesbrough?«

»Ich fürchte, über Details dürfen wir nicht sprechen«, brummte Garry. »Nationale Sicherheit. Behalten Sie das alles erst mal für sich, ja?«

»Aye, geht klar. Ich hab auch 'n paar Bilder von ihr gefunden, wie sie auscheckt.«

Erregung durchzuckte Garry. »Können Sie mir die mal zeigen?«

Noch ein paar Sekunden verstrichen, und dann sah Garry die Aufnahmen, die während der Feier gestern Abend von der Kamera hinter der Rezeption gemacht worden waren. Um fünf nach zehn trat Olive an den Empfangstresen und blieb wartend stehen, regungslos wie eine Statue. Ihre Augen, riesengroß und dunkel in einem ungeschminkten Gesicht, blickten hastig hierhin und dorthin.

Dann trat die Rezeptionistin vor sie und versperrte der Kamera die Sicht, und etliche Minuten später drehte Olive sich um und verließ das Hotel.

»Allein, meinen Sie nicht?«, bemerkte der Wachmann. »Obwohl, gebucht war ja 'n Doppelzimmer, für zwei Personen.«

Garry war sich da nicht so sicher. Eine andere Gestalt, die die Kamera nur ganz kurz erfasst hatte, hatte zusammen mit Olive kehrtgemacht und schien zur selben Zeit hinauszugehen. Größer als Olive, dachte er, und mit einer dicken Tweedjacke bekleidet. Die geheimnisvolle Begleiterin?

Garry machte mit seinem Handy ein Foto von dem Bild. »Können Sie dafür sorgen, dass diese Aufnahmen gespeichert werden?«

»Aye, geht klar. Wollen Sie ihr Zimmer sehen?«

Das wollte Garry, aber er wusste auch, dass das ein Schritt zu weit sein könnte. »Geht nicht«, sagte er. »Das ist ein potenzieller Tatort. Niemand sollte da reingehen, bis die Kollegen von der Spurensicherung Gelegenheit hatten, sich umzusehen. Sie passen doch auf, dass da nicht sauber gemacht wird, nicht wahr?«

»Versteh' ja nicht wirklich, wieso das 'n Verbrechen sein soll«, bemerkte Alan. »Soweit ich sehen konnte, ist die doch ganz fröhlich abgedampft.«

Garry dachte an Olives weit aufgerissene, starre Augen, an ihren verspannten Unterkiefer. »Meinen Sie?«

Als er wieder draußen war, ging er um den Parkplatz herum und fand die Stelle, wo Olive geparkt hatte. Die Reifenspuren ihres Autos waren längst vom Schnee zugedeckt worden. Er fand das Fenster von Zimmer Nummer sieben, doch die Vorhänge waren zugezogen, und er hätte auch nicht hineinsehen können, wenn es im Erdgeschoss gewesen wäre. Gegenüber, etwa fünfzig Meter entfernt auf der anderen Seite des Parkplatzes, befand sich ein dreistöckiges Gebäude. Noch während er hinüberschaute, rollte eine Jalousie hoch und ließ eine Frau in dem Zimmer dahinter sichtbar werden. Garry winkte, dann ging er auf die Tür zu.

Zehn Minuten später war er wieder draußen. Hier konnte er nicht mehr tun. Was er wusste, war, dass Olive und die geheimnisvolle Gefährtin nicht zusammen im Hotel angekommen waren. Sie hatten sich dort getroffen – ob durch Zufall oder geplant, musste er noch herausfinden. Wie war also die andere Person hierhergekommen? Auf dem Parkplatz standen keine herrenlosen Autos. Das bedeutete, zu Fuß oder möglicherweise mit einem Taxi. Bei den Taxiunternehmen konnte er nachfragen. Wenn er genug Zeit hatte, könnte er die Aufnahmen einiger Überwachungskameras in der Stadt überprüfen, die hiesigen Verkehrsverbindungen, die Geschäfte und so weiter. Die Tweedjacke war ja recht auffällig. Mit genug Zeit würde er eine Spur finden. Aber die Zeit würde er nicht haben. Jemand anderes würde Olives Fährte folgen.

Als er wieder in seinen Wagen stieg, um nach Hause zu fahren, ertappte Garry sich dabei, dass er sich wünschte, dies hier wäre doch sein Fall.

## 29

Von Neuem halb wach, überlegte Olive, ob sie wohl eine Rückenmarksverletzung hatte. Sie wusste, dass das bei schweren Autounfällen häufig vorkam. Die Schmerzen in Nacken und Schultern, die merkwürdig verdrehte Körperhaltung und die beeinträchtigte Atmung waren schlechte Zeichen. Positiv war, dass sie dringend pinkeln musste, also die Kontrolle über ihre Blase nicht verloren hatte, und dass sie Finger und Zehen bewegen konnte.

Die goldene Regel lautete: auf den Notarzt warten. Es gab eine Spezialausrüstung für die Bergung und den Transport von Patienten mit Verdacht auf Rückenmarkstrauma. Sich jetzt zu bewegen, könnte der schlimmste Fehler eines katastrophalen Abends sein.

Andererseits wäre lange Reglosigkeit praktisch im Kopfstand zu belastend für ihren Körper. Und wenn sie innere Blutungen hatte, blieben ihr vielleicht im besten Fall noch Stunden.

Sie stand also vor der Wahl: eine Querschnittlähmung oder den wahrscheinlichen Tod riskieren. Den Rest ihres Lebens als Krüppel verbringen, mit einem Schandmal, über das alle Welt sich das Maul zerriss – *Das passiert eben Frauen, die es mit jedem treiben* –, oder still und leise sterben.

Ein neues Geräusch drang durch die Nacht. Ein Motor. Ein anderes Auto auf der Straße, dessen Fahrer vielleicht den kaputten Zaun sehen würde, die Schleuderspuren im Schnee. Wenn sie nur nicht so müde wäre. Wenn sie nur die Hand ausstrecken und auf die Hupe drücken könnte. Das Motorengeräusch wurde lauter. Wenn sie doch nur …

Wieder verlor Olive das Bewusstsein.

Zuerst hatte sie niemandem von dem Facebook-Troll erzählt, nicht einmal, als dasselbe auf Twitter und auf Instagram passierte. Das war etwas, womit Politiker sich nun einmal herumschlagen mussten, also lernten ihre Ehefrauen auch, damit umzugehen. Und doch, egal, wie viele User sie sperrte, jede zweite Woche tauchte ein neuer Übeltäter auf. Andauernd fand Olive sich in alte Fotos von Michael und Eloise auf irgendwelchen Wahlveranstaltungen hineinkopiert, wobei Letztere stets unfassbar glamourös aussah. Gelegentlich erschienen Bildern von Michaels erster und zweiter Ehefrau nebeneinander, und der Betrachter wurde aufgefordert, die beiden zu vergleichen. Die Fotos von Olive waren im Gegensatz zu denen von Eloise immer unvorteilhaft, und anscheinend herrschte niemals ein Mangel an irgendwelchem Abschaum, der nur allzu gern neue Beleidigungen für sie ersann.

Als der Hashtag #ZweiteFrauZweiteWahl auftauchte und sogar etwas Fahrt aufnahm, tat sie, wozu Michael sie schon seit Monaten gedrängt hatte: Sie stellte ihre Accounts auf privat um. Sie sagte ihm sogar, warum und blieb dabei vage, was das Ausmaß und den Inhalt der Pöbeleien anging. Olive konnte den Verdacht nicht abschütteln, dass der Ursprung des Ganzen näher bei ihrem trauten Heim lag, als Michael jemals akzeptieren würde. Wie die meisten

Teenager waren seine Töchter ständig mit ihren Geräten zugange, und mehr als einmal hatte sie sie dabei ertappt, wie sie sie über den Rand ihrer Handys hinweg boshaft gemustert hatten.

Doch zwei halbwüchsige Mädchen konnten ihr nicht nach dem Nachtdienst bis nach Hause folgen. Konnten sich nicht wie unerfahrene Polizeifahnder an ihre Stoßstange heften, und zwar bis zu dem Feldweg, der zum Haus führte. Als das zum ersten Mal geschah, tat Olive es trotz ihrer Beunruhigung als Zufall ab: jemand, der sich verfahren und sich an die Rücklichter eines anderen Fahrzeugs gehängt hatte, in der Hoffnung, so schließlich auf die richtige Straße zu stoßen.

Beim zweiten Mal war sie weniger großherzig gewesen, war zu schnell gefahren, hatte versucht, den Verfolger abzuschütteln. Das Muster wiederholte sich: Das andere Fahrzeug ließ sich ganz kurz, bevor Olive in den Feldweg zur Home Farm einbog, zurückfallen.

Beim dritten Mal hatte sie allen Mut zusammengerafft und hinter der ersten Biegung des Feldwegs angehalten. Sie hatte das Auto stehen gelassen und war zur Straße zurückgejoggt, froh, dass sie dunkle Sachen anhatte. Sie wollte nicht gesehen werden. Alles, was sie wollte, war, Kennzeichen, Marke und Modell des anderen Wagens in Erfahrung zu bringen, vielleicht sogar, ein Foto zu machen. Irgendetwas, damit die Polizei sie ernst nahm, wenn sie Anzeige erstattete.

Ein paar Meter vor der Straße war sie stehen geblieben. Die Scheinwerfer des Autos, das ihr gefolgt war, waren ausgeschaltet. Zuerst war sich Olive nicht einmal mehr sicher, ob es überhaupt noch da war. Die Hecke war im Spätsommer dicht belaubt, und sie konnte nicht hindurchsehen.

Das Handy in der Hand, beugte sie sich weit genug vor, um die Straße hinaufblicken zu können. Das Auto war keine hundert Meter entfernt.

Sobald sie das Telefon hochhielt, leuchteten die Scheinwerfer des Wagens auf und blendeten sie. Gleichzeitig heulte der Motor auf, und das Fahrzeug raste auf sie zu.

Olive ergriff die Flucht, sprintete den Feldweg hinauf zu ihrem Auto und hörte den Motor hinter sich, das Knirschen der Reifen auf dem ungepflasterten Weg, das ihr verriet, dass der Wagen ihr folgte. Sie erreichte ihr Auto, sprang hinein und merkte erst dann, dass das Verfolgerfahrzeug angehalten hatte. Es parkte mit eingeschaltetem Fernlicht und heulendem Motor am Ende des Feldwegs.

Olive griff nach ihrem Handy. Die Polizei würde kommen – für die Ehefrau eines amtierenden Abgeordneten würden sie sofort kommen.

Das Motorengeräusch des anderen Wagens veränderte sich. Er hatte sich in Bewegung gesetzt. Olives Hand zuckte zum Zündschlüssel. Der Wagen war nur wenige Meter entfernt, er würde sie binnen Sekunden erreichen. Der Motor ihres eigenen Autos erwachte brüllend zum Leben.

Das andere Fahrzeug setzte zurück. Im Rückspiegel sah Olive, wie es auf die Hauptstraße hinausrollte. Sie drehte sich auf ihrem Sitz herum, wollte ganz sicher sein. Gerade noch rechtzeitig, um es davonbrausen zu sehen.

Im Hier und Jetzt fuhr der Wagen, den Olive gehört hatte, keine hundert Meter entfernt vorbei. Fallender Schnee hatte ihre Schleuderspuren bereits halb zugedeckt, und der Fahrer, der sich auf die Straße konzentrierte, bemerkte den kaputten Zaun gar nicht.

Wieder senkte sich Stille über die Nacht, und die Temperatur fiel immer weiter.

## 30

Als er in die Auffahrt seines Hauses im Bezirk Hemlington in Middlesbrough einbog, war Garry nicht völlig überrascht, seine Nachbarin Mrs Tyler auf seiner Türschwelle vorzufinden, noch immer in Morgenmantel und Hausschuhen. Sie kannte seine Dienstzeiten besser als er und hatte ihn bestimmt schon Stunden zuvor erwartet.

»Mindestens dreißig Zentimeter«, verkündete sie und zeigte mit einem knochigen Finger auf den Weg, der mitten durch ihren Vorgarten führte. »Ich breche mir den Hals, wenn ich versuche, da rauszukommen.«

»Sieben Zentimeter, Mrs T«, erwiderte er und schloss seinen Wagen ab. »Ich komme gerade vom Nachtdienst; darum kümmere ich mich später. Jetzt muss ich erst mal pennen.«

»Dann ist bestimmt nichts mehr zum Streuen da«, wandte sie ein und schaute zur Straßenecke hinüber, wo in einer quadratischen Holzkiste ein Gemisch aus Sand und Split lagerte, das die Anwohner bei schlechtem Wetter benutzten. »Die aus Nummer achtzehn waren da schon dran, die bunkern das Zeugs bei sich hinterm Haus. Da sollte mal jemand was gegen unternehmen.«

Dieser Jemand war ohne Zweifel er. Für Mrs Tyler hatten Polizisten niemals dienstfrei. Wenn ihr irgendetwas Verkehrtes im Viertel auffiel, war es stets Garry, den sie anrief. Egal, wie oft er sie daran erinnerte, dass unter den Telefonnummern, die er an die Pinnwand in ihrer Küche geheftet hatte, für jede Situation die richtige zu finden war, sie rief ihn an.

»Später, Mrs T.« Er schloss die Tür und schob den Riegel vor, als könnte das eine entschlossene alte Dame irgendwie aufhalten. Wenn er Glück hatte, würde der Schnee sie den größten Teil des Tages über ans Haus fesseln.

Allerdings gab es ja immer noch das Telefon.

Da ihm klar war, dass er wirklich schlafen musste, zog er den Stecker des Telefons aus der Buchse unter dem Tisch im Flur. Dasselbe machte er mit dem Telefon im Schlafzimmer und schaltete auch sein Handy aus. Dann zog er seine Wintersachen aus, faltete alles ordentlich zusammen – bis auf Unterhose und Socken, die kamen in den Wäschekorb im Bad – und legte sie in die Schublade, in der immer die Sachen lagen, die er gerade trug. Nackt und bibbernd zog er seinen Pyjama unter dem Kopfkissen hervor, schlug die Daunendecke zurück und kroch in die eiskalte Bettwäsche.

Garry hatte seine Wärmflasche vergessen. Er vergaß nie seine Wärmflasche. Zu spät, jetzt stand er nicht noch einmal auf. Aus einer Laune heraus beugte er sich aus dem Bett und zog das Rollo am Fenster ein kleines Stück in die Höhe. Draußen schneite es wieder. Er sah den Flocken zu, winzig klein zuerst, allmählich jedoch immer größer und dichter, und dachte an Olive, die vielleicht irgendwo denselben Schneesturm beobachtete.

Die Türklingel weckte ihn. Als er die Augen öffnete und sich mit Gewalt wieder ins Bewusstsein zurückzerrte, hatte er das Gefühl, dass es schon seit einer ganzen Weile klingelte. Da war ein Traum gewesen: Er und Olive waren durch dichten Schnee um die Wette gerannt oder hatten es zumindest versucht. Beide barfuß – sie hatte ihm erklärt, dass niemand den Bach überwand, ohne seine Schuhe dort zurückzulassen. Die Zuschauer, deren Jubel sie eigentlich über die Ziellinie hätte tragen sollen, drückten alle auf irgendwelche Buzzer. Der Lärm war ohrenbetäubend gewesen.

Er warf einen raschen Blick auf die Uhr. Mittag. Ist das Ihr Ernst, Mrs Tyler?

Garry erhob sich und machte sich nicht die Mühe, einen Bademantel anzuziehen. Sollte sie ruhig merken, dass sie ein hart arbeitendes Mitglied des öffentlichen Dienstes aus dem Bett geschmissen hatte, kaum zwei Stunden, nachdem er hineingekrochen war. Er konnte ihren Umriss durch die Milchglasscheibe in der Haustür sehen, und wenigstens hatte die verhuschte alte Schachtel an Mütze und Mantel gedacht. Garry löste die Kette und riss die Tür auf.

»Jetzt hören Sie mal zu, Mrs T ...«

Es war Lexy.

Lexy. Die sehr viel besser aussah als beim letzten Mal. Ihr Make-up war frisch, ihre Augen strahlten, und die rosa Baskenmütze auf ihrem Kopf stand ihr echt gut. Ihre Wangen hatten dieselbe Farbe und ihre Lippen auch. Sogar

Ohrringe trug sie, kleine rosa Perlen. Während Garry spürte, wie sich sein Mund zu einer eher unvertrauten Form verzog, geschahen zwei Dinge: Erstens fiel ihm ein, dass er einen Schlafanzug anhatte, deren Hosenschlitz nicht allzu dicht schloss, und zweitens brüllte sie los.

»Was zum Teufel haben Sie sich dabei gedacht?«

Sein Lächeln kam ins Rutschen. »Ich bin doch gar nicht im Dienst«, brachte er heraus.

»Genau. Sie sind nicht im Dienst. Was zum Teufel haben Sie sich dabei gedacht, nach Hexham zu fahren?«

Ihre Augen, sah er, waren von leuchtendem Kobaltblau. Wieso war ihm das gestern Abend nicht aufgefallen? Und, verflucht, war das kalt bei offener Haustür! Der unzuverlässige Hosenschlitz fiel ihm wieder ein, und er spürte einen Luftzug in einer Region, die normalerweise nicht gut auf niedrige Temperaturen reagierte.

»Was machen Sie hier?«, fragte er.

»Ihnen den Arsch aufreißen. Lassen Sie mich jetzt rein oder nicht?«

Nicht, war der erste Gedanke, der ihm durch den Kopf schoss. Doch ein paar Kinder, die auf dem Gehsteig gegenüber einen Schneemann bauten, schauten zu. Genau wie Mrs Tyler, stellte er entsetzt fest.

»Alles in Ordnung, Garry?«, rief sie herüber. Sie war vollständig angezogen und trug gelbe Gummistiefel. Auf ihren Gartenweg hatte sie sich jedoch noch nicht hinausgewagt. »Schneit ganz schön«, fügte sie hinzu und ließ es klingen, als sei das Wetter seine Schuld.

»Kommen Sie rein.« Garry wandte Lexy den Rücken zu und schielte dabei kurz nach unten, um sich zu vergewissern, dass die Warenauslage zu war. Seiner Meinung nach schon, aber das ließ sich schwer genau sagen. Er stieß die Wohnzimmertür auf. »Warten Sie hier drin, ich zieh mich schnell an. Sie wissen schon, dass ich frei habe?«

»Ja, das weiß ich. Die Frage ist, wissen Sie's?«

In seinem Schlafzimmer stellte Garry fest, dass er ziemlich durcheinander war. Er war sich nicht sicher, ob er etwas Passendes für einen unerwarteten Wochenendbesuch zum Anziehen hatte. Dann fiel ihm wieder ein, dass ja gar nicht Wochenende war und dass dies kein Besuch sein würde. Lexy war im Dienst. Er beschloss, praktisch zu sein, und suchte die Cordhose hervor, die er im Winter beim Sammeln trug: ein kariertes Baumwollflanellhemd und einen dicken Pullover. Als er die Bettdecke zurechtzog, hörte er sie abermals brüllen.

»Herrgott noch mal, Garry, wir gehen nicht auf einen Ball. Ich hab nicht den ganzen Tag Zeit.«

Ihre Stimme kam aus der Küche. Er zog Hausschuhe an und ging hin.

»Haben Sie auch echten Kaffee?«, erkundigte sie sich. »Das da ist übrigens unheimlich schön. Wo haben Sie das her?«

Mit einem Tempo, das er verwirrend fand, füllte Lexy den Wasserkessel, schaltete ihn ein und nahm Milch aus dem Kühlschrank. Mit dem Kopf deutete sie aus dem Küchenfenster zu dem Unterstand hinüber, wo er seine Werkzeuge aufbewahrte. Sie hatte das Arrangement gesehen, das er in einem langen, niedrigen Zinktrog zusammengestellt hatte: ein paar rostrote Blätter, silbrige Gräser und schwarze Zweige, knospende Nieswurz und ein paar späte weiße Rosen aus dem Garten. Das Highlight daran – zumindest vorübergehend, denn sie würden schneller vertrocknen und verschimmeln als alles andere – waren die blassen knolligen Pilze, die er im Park gefunden hatte. Er hatte das Arrangement draußen stehen lassen, weil es in der Kälte länger halten würde.

»Meine Mum arbeitet ehrenamtlich in der Gemeindehalle«, antwortete er mit einer harmlosen Lüge, die er bisher immer ganz überzeugend gefunden hatte – außer wenn er mit seiner Mutter sprach. »Die bringt nach Veranstaltungen oft Blumen mit nach Hause.«

Lexy zog die Brauen hoch, und ihm fielen die Zweige mit den roten Beeren in der blanken Silbervase im Wohnzimmer ein. Er hatte sie mit dunklem Efeu und einer einzelnen weißen Rose kombiniert. Die hatte sie bestimmt auch gesehen.

»Sie kriegt Heuschnupfen davon«, fügte er ziemlich dürftig hinzu. »Sie kann sie nicht zu Hause haben.«

Lexy bedachte ihn mit einem langen, neugierigen Blick, den er nicht zu deuten wusste, und bemerkte: »Übrigens, hübscher Pyjama.«

Den Pyjama, aus Flanell und sehr warm, hatten ihm seine Eltern vor ein paar Jahren zu Weihnachten geschenkt. Da waren Katzen mit Weihnachtsmannmützen drauf, die Knallbonbons aufrissen. Er spürte, wie ihm die Röte in die Wangen stieg.

»Ich habe exakt zwei Stunden geschlafen«, beschwerte er sich.

»Dann hätten Sie wohl lieber nicht nach Hexham fahren sollen, wie?«

Ja, okay, er hätte nicht nach Hexham fahren sollen. Lexy war zu Recht sauer. Das erklärte aber immer noch nicht, wieso sie hier war.

»Sie hätten nicht anrufen können?«, erkundigte er sich und überlegte im Stillen, wie viele blöde Bemerkungen er sich auf dem Revier würde anhören müssen, wenn alle Welt von seinem Pyjama erfuhr.

»Hab ich versucht. Mehrmals.«

Verflixt, er hatte ja die Telefonstecker rausgezogen. Er kehrte ihr den Rücken zu, nahm sein Handy und schaltete es an. Tatsächlich, mehrere verpasste Anrufe von Lexy.

Das Wasser kochte. Lexy öffnete auf gut Glück eine Schranktür und holte zwei Becher heraus. Dann trat sie ein Stück zur Seite und fand sein Glas mit Nescafé. Sie gab ein missbilligendes Geräusch von sich, als sie sah, dass es entkoffeinierter war, und nahm einen Löffel aus der Schublade.

»Waren Sie schon mal hier?«, fragte Garry.

»Mein Grandad wohnt in genau so einem Haus wie diesem«, erklärte sie. »Die Gewohnheiten von alten Leuten sind sehr berechenbar.«

Meinte sie damit etwa ihn? Er war doch gar nicht so viel älter als sie. Fünf Jahre, höchstens sechs.

»Mein Grandad hat wirklich hier gewohnt«, hörte er sich zu seiner Verblüffung sagen. »Er hat mir das Haus vermacht, als er gestorben ist.«

Lexy zog ein Gesicht, das zeigte, dass sie das nicht weiter überraschte, und goss Milch in ihre Kaffeebecher.

»Woher wussten Sie, dass ich nach Hexham gefahren bin?«, erkundigte er sich, als sie ihm seinen Becher reichte.

Der Kaffee war zu stark, aber er hatte gelernt, sich auf das Wesentliche zu konzentrieren. Was den Zucker betraf, hatte sie allerdings richtiggelegen, den hatte er sich vor ein paar Jahren abgewöhnt.

»Ich bin Detective«, erwiderte sie. »Ihnen ist doch klar, dass Sie die Ermittlungen total hätten versauen können? Schon wieder?«

Das war nicht fair. Ein kaputter Gedenkteddy würde den Tricks-Einsatz ja wohl kaum kompromittieren.

»Heißt das, es gibt eine Untersuchung?«, erkundigte er sich. »Haben Sie eine Vermisstensuche angeleiert?«

Lexy war noch immer eindeutig verstimmt. »Nein. Michael Anderson hat gleich heute früh den Boss angerufen. Will's erst mal nicht offiziell melden, während er mit Olives Freundinnen und Verwandten redet. Sieht aus, als hätte er sich die Nacht über mit dem Konflikt zwischen seiner Liebe zu seiner Frau und seinem Bedürfnis, seine Karriere und seinen Ruf zu schützen, herumgeschlagen und beschlossen, dass die holde Gattin sehen kann, wie sie zurechtkommt. Andererseits ist sie auch nicht in dem Krankenhaus in Newcastle aufgekreuzt, wo sie vor einer Stunde hätte aufschlagen sollen, und die haben da auch nichts von ihr gehört. Ich weiß ja nicht, wie's Ihnen geht, Garry, aber mir gefällt das nicht.« Sie zog einen Barhocker unter dem Küchentresen hervor, wo Garry immer frühstückte, und fragte: »Und, was haben Sie in Hexham in Erfahrung gebracht?«

Garry suchte auf seinem Handy nach dem Foto von Olive und einer möglichen Begleiterin an der Rezeption des Hotels.

»Ganz gleich, was da abgeht, ich bin nicht überzeugt, dass sie eine Affäre hat«, fing er an. »Ich habe mich mit einer Frau unterhalten, die in einer Wohnung direkt gegenüber von dem Hotel wohnt. Ziemlich neugierig, die Gute. Sie hat Olive Anderson so gegen halb acht am Fenster von Zimmer Nummer sieben gesehen, und dann ist sie ein paar Minuten später über den Parkplatz zum Abendessen gegangen.«

»Allein?«

»Jep. Und dann, keine fünf Minuten später, hat sie gesehen, wie in Zimmer sieben wieder Licht angegangen ist. Kein sehr helles, eine Taschenlampe oder eine Nachttischlampe, aber sie konnte jemanden da drinnen herumgehen sehen. Der- oder diejenige ist noch fünf Minuten geblieben, hat die Vorhänge richtig zugezogen, und dann ist das Licht wieder ausgegangen.«

»Hätte doch Olive sein können«, gab Lexy zu bedenken. »Sie hatte etwas vergessen.«

»Nein, sie hat Olive nämlich nicht wieder zu ihrem Zimmer zurückgehen sehen. Aber sie hat jemanden den Anbau verlassen und zum Speisesaal gehen sehen.«

»Mann oder Frau?«

»Sie war sich nicht sicher. Jemand Großes in Hosen, könnte also beides sein.«

Lexy sagte nichts, streckte aber von Neuem die Hand nach Garrys Mobiltelefon aus. Sie rief das Bild auf, auf dem Olive auscheckte, und ihre Augen wurden schmal.

»Wir wissen, dass die beiden nicht zusammen in Hexham angekommen sind, aber wenn sie sich im Hotel verabredet hatten, wieso ist Olive dann allein zum Essen runtergegangen?«, fragte Garry. »Und wie ist diese Person in ihr Zimmer reingekommen?«

»Könnte sein, dass sie die Tür nicht abgeschlossen hat.« Lexy überlegte kurz. »Und sie ist schon mal in den Speisesaal gegangen, um sicherzustellen, dass sie einen Tisch bekommen.«

Garry öffnete den Mund, um zu erwidern, das sei wohl möglich, doch da begann sein Handy zu klingeln.

»Das ist Alan«, sagte er. »Der Wachmann, der Nachtdienst im Hotel hatte. Er hat gesagt, er meldet sich, wenn sich irgendwas tut.«

Lexy sog scharf die Luft ein. »Stellen Sie's auf Lautsprecher.«

»Gazza, sind Sie das?« Der Mann hörte sich an, als brülle er aus vollem Hals ins Telefon. »Also, ich hab mich mal mit einer von den Putzfrauen unterhalten, bevor ich die Biege gemacht habe. Mit Michele aus Corbridge, die arbeitet schon da, seit '95 die Leimfabrik dichtgemacht hat.«

Lexys Augenbrauen klommen abermals in die Höhe.

»Jedenfalls, die war vor ungefähr zehn Tagen auch hier und hat einen Anruf angenommen. Am Empfang war niemand, weil die Kleine da aufm Klo war oder so, und Michele ist ans Telefon gegangen. Da war die Sekretärin von Mr Anderson dran, wegen der Reservierung seiner Frau.«

Lexy rutschte von ihrem Barhocker und beugte sich dichter zu dem Handy heran.

»Alan, hier ist Detective Sergeant Lexy Thomas. Wir haben gestern Abend telefoniert. Ich bin gerade bei Gazza zur Einsatznachbesprechung. Wusste Michele noch, was die Sekretärin gesagt hat?«

»Aye, das war irgendwie voll ungewöhnlich. Sie hat gesagt, ihr Boss hätt's sehr gern, wenn Mrs Anderson Zimmer Nummer sieben kriegen könnte, weil sie da schon mal drin gewohnt hätten und schöne Erinnerungen daran hätten, und dass er auch dazu kommen wollte, als Überraschung für seine Frau. Und er hatte auch vor, Blumen in das Zimmer liefern zu lassen, weil es ein Jahrestag wäre. Für Michele wäre ein nettes Trinkgeld drin, hat sie gesagt, wenn sie das arrangieren könnte. Also, Michele hat mit der Rezeptionistin geredet, und die hat gesagt, ja gut, sie steckt Mrs Anderson in Zimmer Nummer sieben und sie und Michele teilen sich das Trinkgeld, und jetzt sind die beide ein bisschen sauer, weil's kein Trinkgeld gegeben hat.«

Lexy blickte zu Garry auf. Sie hatte wirklich sehr blaue Augen.

»Alan, das ist wirklich sehr hilfreich, vielen Dank«, sagte sie ins Telefon. »Wir kümmern uns darum.« Sie tippte auf das Auflege-Icon und sah dann wieder Garry an. »Ich habe mich geirrt«, verkündete sie.

»Inwiefern?«

»Es war richtig von Ihnen, nach Hexham zu fahren. Was haben Sie für den Rest des Vormittags vor?«

»Ich hatte vor zu schlafen«, entgegnete er.

Ihr Gesicht verzog sich zu etwas, das eine Entschuldigung hätte sein können, aber Geld hätte er darauf nicht gewettet. »Also, ich habe vor, zu Mr Anderson zu fahren und mal zu schauen, was er zu diesen neuesten Entwicklungen zu sagen hat.« Erwartungsvoll sah sie ihn an.

»Ich dachte, Sie sind nicht mehr zuständig?«

»Nein, man hat mich gebeten, ein wachsames Auge auf die weitere Entwicklung des Falls zu haben. Ich bezweifele, dass mein Auto bis Guisborough durchhält; ich hab's kaum bis hierher geschafft, ohne einem Taxi hintendrauf zu knallen.«

Sie wollte, dass er sie fuhr.

»Hübscher Subaru da in der Auffahrt«, bemerkte sie. »Ich wette, der kommt mit dem Schnee prima klar.«

Er ließ sie einen Moment zappeln. »Ja, geht ganz gut.«

Ihre Hand hob sich, zur Faust geballt, als wollte sie ihm gegen den Arm boxen, dann besann sie sich eines Besseren. »Ach, kommen Sie schon, Gazza«, sagte sie. »Sie wissen doch genau, dass Sie mitkommen wollen. Und unterwegs können Sie mir erzählen, was Sie bei Ihrer nächtlichen Schwarzarbeit noch so alles herausgefunden haben.«

Natürlich wollte er mitkommen, es gefiel ihm nur nicht, zwangsrekrutiert zu werden.

»Nennen Sie mich noch einmal Gazza, und ich setze Sie mitten auf den North York Moors aus«, knurrte er. »Ich hole meine Jacke.«

## 31

Olive öffnete abermals die Augen. Noch immer bedeckte Schnee die Windschutzscheibe des Autos, doch das Licht dahinter war anders. Während sie bewusstlos gewesen war, hatte der Tag zu dämmern begonnen. Irgendwo ganz in der

Nähe tropfte Wasser, ein rhythmisches, fast schon melodisches Geräusch schmelzenden Schnees. Das Wissen, dass sie die Nacht überstanden hatte, löste ein winziges Aufwallen der Hoffnung auf. Sie würde vermisst werden. Man würde nach ihr suchen.

Die fragile Hoffnungsblase zerplatzte mit der niederschmetternden Erkenntnis, dass niemand auch nur den blassesten Schimmer haben würde, in welche Richtung sie und ihre Entführerin gefahren oder wie weit sie gekommen waren. Ihre Reifenspuren waren bestimmt schon wieder zugeschneit. Und schlimmer noch, sie waren in einem Waldstück verunglückt. Sie erinnerte sich an hohe Säulen vor der weißen Landschaft, als der Wagen über die Böschung geschossen war. Die Baumwipfel würden sie verbergen. Ihr Auto, in hellem Silbergrau lackiert, könnte aus der Luft unsichtbar sein.

Sie versuchte, ein Gefühl der Dringlichkeit in sich zu finden, etwas, das sie zum Handeln zwingen würde, egal, wie weh es tat. Und schaffte es nicht. Sie war zu müde.

Wieder holte sie die Dunkelheit.


Das Auto, das Olive bis nach Hause gefolgt war, war der Tropfen, der das Fass zum Überlaufen brachte. Sie würde Michael davon erzählen, zusammen würden sie mit der Polizei reden. Und wenn bei einer Durchsuchung ihrer Social-Media-Accounts irgendetwas herauskam, womit er sich schwertat, tja, Pech gehabt.

Da sie wusste, dass dieses Gespräch am besten nicht zu Hause geführt werden sollte, hatte sie gewartet, bis das Parlament nach dem Sommer wieder zusammentrat. Hatte sich sogar freigenommen, um nach London zu fahren und in der Wohnung zu übernachten, die er während der Woche benutzte. Doch ihr Zug hatte Verspätung gehabt, und es war schon fast sieben, als sie in der kleinen Wohnung ankam, nur eine kurze Fahrt mit der U-Bahn von Westminster entfernt.

Musik lief, als sie die Tür aufschloss, und sie konnte Essen riechen.

»Hey, Babe,«, rief Michael. »Wir sind hier im Wohnzimmer.«

Vom Fenster aus konnte man in der Ferne das glatte schwarze Schimmern des Flusses sehen. Das Licht war gedämpft, Adele sang leise, und der Tisch unter dem Fenster war für drei gedeckt. Olive hatte kaum Zeit, die Frau wiederzuerkennen, die auf sie zugeschritten kam, ehe sie umarmt und an einen stämmigen, muskulösen Körper gepresst wurde, der nach dem Meer roch.

»Carla, was machst du denn hier?«

Carla, ein Sergeant aus Michaels ehemaligem Regiment, die mit ihnen beiden in Afghanistan gedient hatte, trug ihre üblichen hautengen Jeans, hochhackige Stiefel und eine Seidenbluse. Ihr kastanienbraunes Haar war gewachsen, seit Olive sie das letzte Mal gesehen hatte, und fiel ihr offen um die Schultern. Ihre Haut, normalerweise wettergegerbt – Carla lief Extremmarathons – war ungewöhnlich rosig, doch die Heizung in der Wohnung war auch höher aufgedreht, als es nötig schien. Draußen war es nicht gerade kalt.

Carla war nicht unattraktiv, doch ihre Züge waren herb, ihr Mund ein wenig zu breit, ihr Kiefer kantig. Olive konnte sich nicht erinnern, dass Michael sie in der Zeit, die sie zusammen waren, schon einmal erwähnt hätte.

Die Umarmung dauerte länger, als es ihr behagte – Carla und Olive hatten sich nie besonders nahegestanden. Die andere trat erst zurück und ließ Olive los, als Michael sich vielsagend räusperte. »Du siehst toll aus«, stellte Carla fest und betrachtete Olive wohlwollend. »Stimmt doch, Michael, oder?«

»Tut sie immer«, pflichtete er ihr bei.

Erst jetzt erhob sich Olives Mann aus seinem Sessel am Kamin, um sie zu begrüßen. Er hatte den beiden Frauen zugesehen, als täten sie etwas Sonderbares, etwas, das er noch nie gesehen hatte. Doch dann, fast so, als hätte er vergessen, dass Carla im Zimmer war, ging er geradewegs auf Olive zu, hob ihr Kinn an und küsste sie.

Der Kuss dauerte viel zu lange, genau wie Carlas Umarmung, und außerdem konnte Olive Carla praktisch atmen hörten, so dicht stand sie neben ihnen. Sie bog sich weg, fühlte, wie Michael einen Moment lang Widerstand leistete, bevor er sie losließ.

Sie hatten ein sehr gutes Currygericht verzehrt, das Michael zubereitet hatte – Olive hatte gar nicht gewusst, dass er kochen konnte –, und sie hatte versucht, sich nicht darüber zu ärgern, dass ihre geplante Aussprache unter vier Augen sabotiert worden war. Sie konnte sich auch des Verdachts nicht erwehren, dass das Absicht gewesen war. Der Wein hatte geholfen, und ihr Glas schien immer regelmäßiger nachgefüllt zu werden, ebenso oft von Carla wie von Michael, als wären die beiden die Gastgeber und sie, Olive, der Gast. Als die zweite Flasche leer war, war es Carla, die aufstand, um eine neue zu holen.

Olive trank, und dann trank sie noch mehr und vergaß ihren Ärger. Carla war ein verblüffend angenehmer Gast: witzig, manchmal fast unmöglich. Als sie mit dem Käse fertig waren, öffnete sie die beiden oberen Knöpfe ihrer Seidenbluse und ließ den Rand eines roten Spitzen-BHs sehen.

»Mann!« Carla fächelte sich mit ihrer Serviette. »Ist das heiß. Also, wir stehen da am Stützpunktzaun, und es ist stockduster. Eine von diesen richtig finsteren afghanischen Nächten, kein Mond, keine Sterne, nichts. Also denken wir, uns kann nichts passieren, und mein Captain leckt mir die Muschi, und ich bin gerade voll am Kommen, und vielleicht werde ich ja ein bisschen laut. Aber scheiß drauf, im Umkreis von hundert Metern ist doch keiner, der uns hört, und dann werden wir plötzlich angestrahlt wie das Scheiß-London Eye. Urplötzlich ist es taghell.«

Rasch schaute Olive zu Michael hinüber und stellte fest, dass er sie ansah und nicht Carla. Seine Augen wirkten glasig, beinahe so, als hätte er noch mehr intus als nur Alkohol. Doch das war unmöglich, Michael nahm keine Drogen.

»Direkt über uns hängt ein Apache in der Luft, der war auf dem Rückweg von 'nem Überwachungseinsatz. Die dachten, wir wären zwei feindliche Kämpfer, die versuchen, sich in den Stützpunkt zu schleichen.« Carla war jetzt richtig in Fahrt. »Also haben die ihren Suchscheinwerfer auf uns gerichtet, und 'ne halbe Einheit Kerle da an Bord hat geglaubt, sie hätten plötzlich alle am selben Tag Geburtstag.«

»Wundert mich ja, dass ihr den nicht gehört habt.« Es war nicht die erste abgefahrene Sexgeschichte, die Carla an diesem Abend zum Besten gegeben hatte, und Olive wurde allmählich ein wenig skeptisch. Carla, argwöhnte sie, hatte eine blühende Fantasie. Außerdem hatte sie den Eindruck, dass die meisten dieser Geschichten für sie bestimmt gewesen waren statt für Michael. Als versuche sie, sie zu provozieren. »Kampfhubschrauber sind doch nicht gerade leise.«

Carla bedachte sie mit einem langen, vielsagenden Blick. »Was soll ich sagen? Ich auch nicht.«

»Und was ist aus dem Captain geworden?«, erkundigte sich Michael. »Der hat bestimmt ganz schön was auf die Mütze bekommen.«

»Sie«, antwortete Carla und betonte das Pronomen, »wurde nach einem Disziplinarverfahren nach Hause geschickt. Ich hab eins auf die Finger gekriegt und bin zu einer der populärsten Frauen im ganzen Stützpunkt geworden. In meinem ganzen Leben hab ich noch nie so viel Sex gehabt.« Endlich wandte sie den Blick von Olive ab, doch jetzt starrte sie Michael auf dieselbe herausfordernde, provokante Art und Weise an. »Männer fahren echt auf die Vorstellung ab, dass zwei Frauen miteinander rummachen.«

»Wirklich?« Michael erwiderte Carlas Blick, und Olive hatte das Gefühl, am Rande von etwas zu stehen, das sehr schnell außer Kontrolle geraten konnte.

Und dann begann das verräterische Drehen des Zimmers. Sie hatte den Überblick darüber verloren, wie viel Wein sie getrunken hatte. Eine ganze Flasche, vielleicht auch mehr? Sie brauchte Wasser. Und wurde es nicht langsam Zeit, dass Carla nach Hause ging?

Olive stand auf. Warum, wusste sie nicht genau: um die Heizung herunterzudrehen, ein Fenster zu öffnen, Carlas Mantel zu holen? Ach richtig, Wasser. Sie strauchelte und plumpste wieder auf ihren Stuhl. Ein Kichern entschlüpfte ihr, bevor sie es unterdrücken konnte.

»Hast du eine besondere Vorliebe?«, fragte Michael Carla.

»Ja, hab ich.« Carla wandte sich wieder Olive zu und beugte sich über den Tisch. Olive konnte ihr Parfüm und ihren Schweiß riechen. Es war wirklich sehr heiß in der Wohnung. Michaels Blick zuckte zwischen den beiden Frauen hin und her. »Ich hab am liebsten beide auf einmal«, verkündete Carla.

»Ich glaube, wir brauchen alle einen Kaffee.« Olive versuchte aufzustehen, zumindest versuchte sie, es zu versuchen. Vielleicht dachte sie auch nur daran, aufzustehen.

Dann kroch eine Hand auf Olives Knie, und sie war plötzlich stocksauer auf Michael. Er sollte sie unterstützen, sollte merken, wie unbehaglich sie sich fühlte, und ihren Gast sanft zur Tür lotsen, nicht seine Frau begrapschen. Und dann sah sie seine beiden Hände über der Tischplatte, um sein Weinglas gelegt. Und der Oberschenkel, der da gestreichelt wurde, war ihr linker, der Carla näher war als ihrem Mann.

»Was meinst du, Olive?« Die Hand wanderte höher. »Sollen wir's mal mit einem Kuss probieren? Und schauen, wie du's findest?« Und dann war Carla in Bewegung, erhob sich von ihrem Stuhl und beugte sich über Olive. »Du bist echt schön«, sagte sie halblaut und beugte den Kopf herab.

»Mike?« Olive bog sich von der anderen Frau weg und wartete darauf, dass ihr Mann sagte, das sei jetzt genug.

Er tat es nicht. Michael rutschte auf seinem Stuhl herum, als säße er nicht bequem, als habe er eine Erektion. Von ihm kam keine Hilfe.

»Nein.« Olive stemmte sich in die Höhe. »Das läuft hier nicht. Es ist Zeit, dass du gehst, Carla. Ich rufe dir ein Taxi.«

Ohne eine Antwort abzuwarten, holte Olive ihr Handy. Sie hatte die Nummern mehrerer Londoner Taxiunternehmen abgespeichert, und das erste, bei dem sie es versuchte, versprach, dass in zehn Minuten ein Wagen vor der Tür stünde. Mehrere Abgeordnete hatten Wohnungen in diesem Block, und die Taxifirmen hier waren stets pünktlich.

Sie achtete nicht auf die anderen beiden und machte sich ans Abräumen, stellte das Geschirr in die Spülmaschine und übrig gebliebenes Essen in den Kühlschrank. Dabei ging sie zackiger, entschlossener und lauter zu Werke als unbedingt nötig. Zum Teil, um die Tatsache zu verbergen, dass sie immer noch ein bisschen betrunken war, aber auch, damit sie nicht sahen, wie ihre Hände zitterten. Aus dem Augenwinkel sah sie, wie Carla und Michael Blicke wechselten und sogar miteinander flüsterten. Als es klingelte, zwang sie sich, sich höflich von der anderen Frau zu verabschieden, weigerte sich jedoch, in ihre Nähe zu kommen.

Als sich die Tür hinter ihrem Gast schloss, gähnte Michael. »Ich glaube, ich gehe ins Bett«, verkündete er. »Mach nicht mehr so lange, Babe. Du und Carla, ihr habt mich mit eurem Getue ganz schön in Fahrt gebracht.«

Olive hörte Wasser im Bad laufen, die Toilettenspülung. Sie hörte das Piepsen, als er für morgen früh den Wecker stellte, dann das Knarren der Bettfedern. Sie blieb, wo sie war, in einem Zimmer, aus dem alle Hitze verschwunden zu sein schien, und fühlte sich schwach und erschöpft, zugleich aber auch hellwach.

Außerdem hatte sie im Moment wirklich Wahnsinnslust auf Sex, nur eben nicht mit Michael, verdammt.

Als ihr klar war, dass sie entweder auf der Couch schlafen oder ins Bett gehen musste, ging sie nach nebenan. Eine Lampe schimmerte auf ihrer Seite des Bettes, und Michael war noch wach, an sein Kissen gelehnt. Sie ignorierte ihn. Er sah ihr beim Ausziehen zu.

Olive suchte sich ein T-Shirt heraus, behielt ihren Slip an und legte sich ganz an die Bettkante, mit dem Rücken zu ihrem Mann und so weit weg von ihm, wie es nur ging. Dann machte sie das Licht aus und hoffte, dass er diesen Wink mit dem Zaunpfahl verstehen würde. Hoffte gleichzeitig, dass er es nicht tun würde.

Sie hörte das Rascheln der Bettwäsche, fühlte, wie sich die Matratze unter ihr bewegte, und dann Michaels Hand auf ihrer Schulter. Er zog sie zu sich herum und beugte sich im Dunkeln über sie. Sie machte sich unter ihm stocksteif, obwohl in ihrem Bauch die Funken stoben.

Er schob die Hand in ihr Höschen. Sie wand sich von ihm weg, wollte nicht, dass er merkte, wie feucht sie war, doch sein Finger fand sein Ziel, und sie fühlte das sachte Kitzeln eines tiefen Seufzers in ihrem Ohr. Sie schloss die Augen. Die Dunkelheit würde helfen, sie half immer.

»Hast du dich je gefragt, wie's mit einer Frau wäre?«, fragte er, während sein Finger sich in ihr bewegte.

Olives Augen öffneten sich. Die Londoner Wohnung war nie völlig dunkel, und sie konnte die Augen ihres Mannes wenige Zentimeter über den ihren glitzern sehen. Sein Finger hörte auf, sich zu bewegen.

»Und, hast du?«, wiederholte er.

Sie griff nach unten, fand seine Hand und presste sie gegen ihren Schritt, drückte rhythmisch zu. Er zog sie weg, zwang sie zu antworten.

»Denke schon«, sagte sie, »die meisten Frauen tun das irgendwann mal. Für gewöhnlich, wenn sie jung und sich ihrer Sexualität noch nicht ganz sicher sind.«

Wie um sie für ihre Aufrichtigkeit zu belohnen, begann sein Finger sich von Neuem zu bewegen. Ein zweiter gesellte sich dazu, schob die Falten auseinander, glitt in sie hinein. Olive öffnete die Schenkel.

»Wolltest du's mal versuchen?«, erkundigte er sich und verlagerte sein Gewicht, sodass er direkt über ihr war.

»Nicht mit Carla«, erwiderte sie. »Was sollte das alles?«

»Gar nichts.« Er senkte den Kopf, um sie auf den Hals zu küssen. »War doch nur Spaß.«

Wieder machte Olive sich steif. »Hat sich aber nicht wie gar nichts angefühlt. Ist mir vorgekommen wie ein Test.«

Er seufzte, als wäre sie hier die Uneinsichtige. »Mach da jetzt keine große Sache draus. Für mich bist du genug, das weißt du doch, oder?«

Olive pflichtete ihm halblaut bei, und er fuhr fort, sie zu küssen. Sein Kopf wanderte immer tiefer, während er sich auf dem Bett abwärts schob. Sie spreizte die Beine weit, um ihn einzulassen, und schloss abermals die Augen.

Es hatte also angefangen.

## 32

»Nein, definitiv nicht. Ich habe niemanden in dem Hotel in Hexham anrufen lassen, und ich hatte auch nie vor, mich dort mit Olive zu treffen. Wann, haben Sie gesagt, soll das gewesen sein?«

Anderson, der noch nicht lange von seiner Bürgersprechstunde zurück war, musste sich um die Pferde kümmern und hatte Garry gefragt, ob sie beim Füttern reden könnten. Sie hatten sich auf den Weg zu einem Geviert aus Pferdeboxen gemacht, ein kleines Stück vom Haus entfernt.

»Das genaue Datum und die genaue Uhrzeit wissen wir noch nicht, Sir«, antwortete Garry. »Wir müssen noch mal mit den Leuten von dem Hotel sprechen.«

Der Wind war bitterkalt und wehte ihnen Schnee ins Gesicht, und selbst am Mittag konnte die Sonne nicht durch die Wolkendecke dringen. Sie befanden sich auf freiem Feld, wo der Wind Schnee über riesige offene Moorflächen getrieben hatte. Bruchsteinmauern, sogar Hecken und kleine, verkümmerte Bäume waren hier und da fast völlig verschwunden; an anderen Stellen sträubte sich tote Vegetation empor wie der Pelz eines alten Tieres. Stumpfbraune Schafe zogen schmutzige Fährten hinter sich her.

Es war Lexys Idee gewesen, die beiden separat zu befragen. »Ich nehme die Schwiegermutter«, hatte sie gesagt.

»Ich hab das Gefühl, dass sie vielleicht redet, wenn Anderson nicht in Hörweite ist. Sie sprechen mit ihm.«

»Finden Sie nicht, dass Sie das tun sollten?« Garry hatte plötzlich kalte Füße bekommen. »Sie sind doch der Detective, und Sergeant noch dazu.«

»Sie haben doch die Ausbildung zum Detective gemacht. Und heute auch schon praktiziert. Ich denke, Sie schaffen das.«

Garry hatte nicht länger widersprochen; ihr Vertrauen in ihn hatte ihn sogar ein bisschen gerührt. Und zu erfahren, dass sie sich nach ihm erkundigt hatte, auch. Dann war ihm aufgegangen, dass das Make-up und das elegantere Outfit vielleicht für Anderson gedacht sein könnten, und er hatte gespürt, wie er innerlich zusammensackte wie ein drei Tage alter Partyluftballon. Und wenn sie wusste, dass er die Ausbildung zum Detective gemacht hatte, dann wusste sie auch, dass er durch die Prüfung gerasselt war. Zweimal.

Anderson blieb vor der offenen Tür einer Futterkammer stehen, trat ein und reichte Garry einen Eimer hinaus, in dem kleine braune Pellets waren. Zwei weitere folgten, und dann ging Anderson, ebenfalls mit drei Eimern, über den Innenhof voraus.

»Sobald Sie bei dem Anruf die Details erfahren, lassen Sie's mich wissen«, sagte er. »Mit ein bisschen Glück kann ich beweisen, dass das nicht von meinen Leuten kam.«

Anderson hatte möglicherweise noch weniger geschlafen als Garry. Tiefe Schatten lagen unter seinen Augen. Er hatte sich rasiert, hatte sich für seine Bürgersprechstunde heute Vormittag Mühe gegeben, doch sein Atem roch nach Alkohol und Magensäure.

»Waren Sie schon mal in dem fraglichen Hotel?«, erkundigte sich Garry, während Anderson die Tür einer Pferdebox öffnete, das wartende Pferd mit der Schulter aus dem Weg schob und einen der Eimer in die Krippe kippte. Mit einem leeren Eimer in der Hand kam er wieder heraus.

»Schmeißt ein paar Mal am Tag seinen Tränkeimer um«, bemerkte er, während er den Eimer an einem Wasserhahn in der Nähe neu füllte. »Mistvieh. Und, nein, war ich nicht. Und Olive vor gestern Abend auch nicht, soweit ich weiß.«

»DS Thomas sagt, Sie hätten vorgehabt, heute Vormittag mit Mrs Andersons Freundinnen und Verwandten zu sprechen«, sagte Garry. »Ist dabei etwas rausgekommen?«

Anderson schüttelte den Kopf. »Ich habe mit den drei Frauen gesprochen, mit denen sie sich am häufigsten trifft«, erwiderte er. »Alles Schwestern in der Onkologie von Middlesbrough. Und mit ein paar Leuten aus ihrem Fitnessstudio. Keiner von denen hatte irgendetwas von ihr gehört.«

»Waren sie überrascht?«

Anderson sah ihn scharf an. »Wie meinen Sie das?«

»Sie rufen aus heiterem Himmel an und sagen, Ihre Frau sei verschwunden. Da wären Sie doch sicher erschrocken gewesen, oder?«

»Ich hab's beschönigt, so gut ich konnte.«

»Wie denn?«

»Was?«

»Wie beschönigt man so etwas? Ich meine, mir fällt nichts ein, wie ich sagen könnte ›Ich weiß nicht, wo meine Frau ist‹, ohne dass Alarmglocken losgehen.«

»Sie sind Constable bei der Verkehrspolizei, richtig?«, fragte Anderson. »Und sind als DS Thomas' Fahrer hier?

Sie werden mir verzeihen, wenn ich sage, dass ich es vorziehe, von einem Detective befragt zu werden.«

»Ich hab die Ausbildung gemacht«, brummte Garry halblaut vor sich hin, während Anderson an den Boxen entlang losmarschierte und ihn stehen ließ. Einige Sekunden lang war er versucht, das Handtuch zu werfen. Anderson hatte recht, das hier war nicht sein Job, und es hatte ja einen Grund, dass er zweimal durch die Prüfung gefallen war.

Und dann stellte er sich Lexys Gesicht vor, wenn er das tat.

»Ganz schön großes Anwesen haben Sie hier«, bemerkte Garry, als er Anderson einholte. »Macht bestimmt eine Menge Arbeit.«

Anderson schaute sich kurz mit finsterer Miene um, ehe er die Kernkompetenz des Politikers an den Tag legte, bei Bedarf den Charme anzuknipsen. »Kann man wohl sagen«, antwortete er. »Aber es gehört Gwen, nicht mir. Die Warners haben das Land seit zwei Jahrhunderten bestellt. Wir haben dreihundert Rinder und fünfhundert Schafe – und außerdem das urbare Land. Aber die Hälfte der Pferde hier gehört nicht uns, sondern Einstellern. Und Gwen führt den Hofladen. Alles, damit das Land etwas abwirft.«

Noch eine Box, noch ein Eimer. Auf der anderen Seite des Hofes sah Garry ein junges Mädchen einen warm eingedeckten Braunen zu einer leeren Box führen. Dann lotste Anderson ihn in ein zweites Nebengebäude, diesmal ein Heulager. Hier schien es wärmer zu sein, wahrscheinlich dank der Isolierwirkung so vieler Heu- und Strohballen, die an den Wänden aufgestapelt waren. Auf einem Heuboden, der sich über die Hälfte des Raumes hinzog und über eine

Leiter zu erreichen war, lagerten noch mehr ordentlich gestapelte Ballen. Als Junge hatte Garry eine merkwürdige Fantasievorstellung davon gehabt, auf einem Heuboden zu schlafen. Als er nach oben schaute, ließ ein Sonnenstrahl ein Fleckchen Heu aufleuchten wie Gold.

»Das hier ist noch immer eine Bauerngemeinde«, erklärte Anderson gerade. »Hier zu wohnen, verschafft mir bei vielen Wählern Glaubwürdigkeit, vor allem bei denen, die früher für die Konservativen gestimmt haben.«

»Und wie gefällt es Mrs Anderson hier?« Garry folgte dem anderen Mann hinaus und sah, dass das kurze Aufleuchten des Sonnenlichts spurlos verschwunden war. »Die zweite Mrs Anderson, meine ich.«

Anderson bedachte ihn mit einem scharfen Blick.

»Eloise und ich – das war meine erste Frau – haben nicht hier gewohnt. Wir hatten unser eigenes Haus im Dorf. Die Mädchen und ich sind hier eingezogen, nachdem Eloise gestorben war. Ich war den größten Teil der Woche weg, und das schien die beste Möglichkeit zu sein, den Mädchen eine gewisse Stabilität zu bieten.«

Garry rief sich in Erinnerung, dass Politiker Experten darin waren, Fragen, die ihnen nicht zusagten, elegant zu umschiffen. Er wartete, wohl wissend, dass Schweigen manchmal besser funktioniert als Insistieren.

Anderson seufzte. »Als Olive und ich geheiratet haben, stand gar nicht zur Debatte, dass sie aufhört zu arbeiten, und die Mädchen wollten hier nicht weg. Sie und ich waren uns einig, dass es das Beste wäre, wenn sie hier einzieht.«

Garry sagte nichts.

»Vielleicht hätte ich darauf bestehen sollen, dass wir uns etwas Eigenes anschaffen«, fuhr Anderson fort. »Aber die Mädchen haben mir ganz schön Druck gemacht. Gwen wollte nicht, dass wir ausziehen, und für Olive schien es okay zu sein. Ich habe mich für den einfacheren Weg entschieden. Vielleicht bezahle ich jetzt den Preis dafür.«

Er blieb vor der letzten Box stehen und stellte scheppernd den Eimer ab. Das wartende Pferd reckte den Kopf und stupste ihm mit der Nase gegen die Schläfe. Anderson stieß abermals einen tiefen Seufzer aus und hob die Hand, um dem Tier geistesabwesend den Hals zu klopfen. Tränen traten ihm in die Augen.

*Lassen Sie nicht locker*, hatte Lexy im Auto gesagt. *Die Beziehung des Kerls zu seiner Frau ist der Schlüssel zu diesem Fall.*

Ein weiterer Grund dafür, dass Garry die Prüfungen nicht bestanden hatte: Er war nicht kaltschnäuzig genug.

»Ich bin mit Olive zur Schule gegangen«, hörte er sich zu seiner Überraschung sagen. »Nettes Mädchen, ich mochte sie sehr.«

Anderson betrachtete ihn mit neuem Interesse. »Alle mögen Olive«, sagte er. »Sie hat so einen ganz besonderen Zauber. Wenn sie einfach nur ins Zimmer kommt, heitert einen das schon irgendwie auf.«

Ja, so war es gewesen. Ein Lächeln, ein flüchtiges »Hallo« – denn abgesehen von der Begegnung am Westtor hatten sie nie viel mehr zueinander gesagt –, und sein Tag war gerettet.

»Glauben Sie, sie war hier glücklich?« Garry drehte sich halb im Kreis und deutete mit einer Geste auf die Ställe, die Scheunen und Schuppen, die riesigen Äcker und Felder.

»Das ist nicht so einfach, wenn man nicht aus so einem Elternhaus stammt. Und bei der Mutter Ihrer verstorbenen Frau wohnen? Sie ist ja bestimmt eine ganz reizende Lady, und ihre Töchter sind entzückend, aber Olive war nicht ihre Mutter. Oder Mrs Warners Tochter.«

»Glauben Sie etwa, das weiß ich nicht?« Jetzt machte Anderson ein wütendes Gesicht. »Glauben Sie, wir haben nicht darüber geredet? Ich bin doch kein Idiot. Aber Olive hatte einen stressigen Job, sie war zehn, zwölf Stunden von zu Hause weg. Wenn ich zu Hause war, habe ich dafür gesorgt, dass wir Zeit miteinander hatten, Quality Time. Sie hat gewusst, wie viel sie mir bedeutet. Ideal war es nicht, aber es war der bestmögliche Kompromiss.«

Anderson war zornig auf sich selbst, begriff Garry, nicht auf den unscheinbaren Cop, der gekommen war, um ihm Fragen zu stellen.

»Kommen Sie«, sagte Anderson und setzte sich wieder in Bewegung. »Es ist saukalt. Setzen wir mal Kaffee auf.«

Die Hintertür des Hauses war kaum hundert Meter entfernt. Durch ein Fenster konnte Garry zwei blonde Köpfe sehen.

*Nicht lockerlassen*, hatte Lexy gesagt. *Sie wollen diesen Typen nicht zu Ihrem besten Kumpel machen.*

»Darf ich fragen, wie Sie beide sich kennengelernt haben?«, erkundigte sich Garry.

»Sie hat meine damalige Frau gepflegt«, antwortete Anderson. »Eloise ist im Middlesbrough General Hospital gestorben. Olive war toll. Ich glaube, ich habe mich in der Nacht in sie verliebt, in der meine Frau gestorben ist, und ich weiß, wie schräg sich das anhört.«

Für Garry hörte es sich überhaupt nicht schräg an, dass jemand sich in Olive verlieben könnte.

Abrupt blieb Anderson stehen. »Wir sind erst seit sechs Monaten verheiratet«, sagte er.

*Machen Sie ihm Druck*, hatte Lexy gesagt. *Verdammt.*

»Und, sind Sie glücklich? Entschuldigen Sie die Frage.«

Anderson drehte sich so schnell um, dass Garry ganz kurz Angst bekam.

»Ich war glücklich«, sagte er. »Glücklicher als je zuvor.«

## 33

Olive tastete nach der Schließe ihres Sicherheitsgurtes, und Schmerz durchzuckte ihren Brustkorb. Sie blendete ihn aus, so gut sie konnte. Atmete trotzdem weiter, als das nicht ging, und versuchte es noch einmal. Und diesmal schaffte sie es. Sie hörte, wie der Mechanismus entriegelte, hörte das Rascheln des Gurtes, als er sich aufrollte. Dann streckte sie die Hand nach der Kopfstütze des Fahrersitzes aus. Wenn sie die richtig zu fassen bekäme, könnte sie sich hochziehen und sich aufsetzen.

Jetzt.

Sie stemmte beide Füße auf den Boden des Fußraums und zog sich von der Beifahrertür weg, obwohl es sich anfühlte, als risse dabei irgendetwas ihre Lunge von innen heraus in Stücke. Die Karosserie stöhnte, als könne das Auto gleich auseinanderbrechen, und der ganze Wagen kippte beängstigend. Olives Schädel knallte gegen das Armaturenbrett. Die Welt wurde dunkel.

Olives Kopf fuhr mit einem Ruck hoch. Eingeschlafen konnte sie nicht sein, nicht im Stehen, die Stirn an die kalten Badezimmerkacheln gepresst. Doch einen Moment lang war sie eben tatsächlich ganz woanders gewesen. Eine Art seltsame Halb-Ohnmacht. Ihre Stirn tat weh, als hätte sie sich gestoßen. Als sie sich umdrehte, sah sie sich kurz im Spiegel. Ihr Gesicht war aschfahl, ihre Augen gerötet. Um sie herum war es still. Das Rauschen des Spülkastens war verstummt.

Sie tappte durch das riesige, geradezu lachhaft luxuriöse Bad – eine Wanne mit Löwenfüßen, eine Duschkabine, die groß genug war, um darin eine Party zu schmeißen, sogar eine gepolsterte Chaiselongue gab es hier, Herrgott noch mal! – und öffnete die Tür zum Schlafzimmer: noch ein gigantischer Raum mit einem übergroßen Himmelbett auf einem Podest. Sie hatte gar nicht gewusst, dass es so etwas gab, außer im Film. Das Ganze war absurd teuer, doch Michael hatte gemeint, es sei doch nur für vier Tage.

Vier Tage Hochzeitsreise. Er hatte sich so ausführlich entschuldigt, hatte erklärt, dass es falsch wäre, die Mädchen länger allein zu lassen. Sie würden jetzt doch eine Familie aufbauen, nicht einen Kokon um sie beide spinnen, der alle anderen ausschloss. Und er war rührend dankbar gewesen, als sie ohne Fragen eingewilligt hatte.

Michael saß auf dem steinernen Balkon mit Blick auf die Hotelterrasse und den umliegenden Park. Er sah zu, wie sie durch die Tür trat und zu ihm kam.

»Alles okay?« Seine Miene war tief besorgt.

»Ja, entschuldige.«

Sobald sie sich neben ihn setzte, griff er nach ihrer Hand und zog sachte daran, sodass sie gezwungen war, ihn anzusehen.

»Olive, bist du …«

Wie oft sollte sie noch sagen, dass ihr nichts fehlte? »Bin ich was?« Es kam schärfer heraus, als sie beabsichtigt hatte.

Er sah aus, als raffe er seinen ganzen Mut zusammen. »Bist du schwanger?«

»Großer Gott, nein«, beteuerte sie, ohne nachzudenken. »Nein«, fuhr sie langsamer fort, »ich bin nicht schwanger. Ich hab's dir doch gesagt, eine von den Garnelen war nicht ganz frisch.«

»Und die mussten sie ausgerechnet auf den Teller der Braut packen.«

An den Garnelen war nichts auszusetzen gewesen. Wie alles andere bei der Hochzeit waren auch die Garnelen perfekt gewesen. Aber wenn man sich innerhalb von sechsunddreißig Stunden viermal übergeben musste, würde wohl jeder Fragen stellen.

Michael seufzte. »Ich kann den Gedanken nicht ertragen, dass du nicht …« Er beendete den Satz nicht.

»Nicht vollkommen bist?«, fragte sie.

»Nicht vollkommen glücklich bist«, verbesserte er. »Nicht so glücklich wie ich.«

Ihr frisch angetrauter Ehemann stand auf und beugte sich über ihren Stuhl. Olive schloss die Augen. Der Kuss dauerte lange, wandelte sich, wie zu erwarten, von zärtlich zu leidenschaftlich. Olive ertappte sich dabei, dass sie wünschte, sie hätte sich nicht die Zähne geputzt, hätte nicht mehrmals mit Mundwasser gegurgelt. Denn wenn Michael das Erbrochene in ihrem Mund geschmeckt hätte, wäre ihm vielleicht endlich halbwegs klar geworden, was sie durchmachte.

## 34

Die Küche war nicht groß, ganz sicher nicht so wie manche der modernen Familienküchen, in den Garry gewesen war, doch sie war geräumig und hell. Und warm war sie auch, dank eines blitzblanken grünen AGA-Herdes mit Wärmespeicherofen an der einen Wand. Die hölzernen Schränke waren in einer Farbe gestrichen, die irgendwo zwischen Milch- und Cremeweiß lag, und die Deckenbalken waren so niedrig, dass er unwillkürlich das Bedürfnis hatte, den Kopf einzuziehen. Gegenüber von dem Herd war ein gemauerter Kamin, und auf einem der Hocker lag ein Sattel.

An der Wand direkt hinter der Tür hing eine große Pinnwand aus Kork. Garry setzte sich an den Tisch, nahe genug an der Tür, dass er sehen konnte, was die Andersons dort angepinnt hatten. Rezepte, Konzertkarten, eine Zugfahrkarte mit Senioren-Bahncard-Rabatt, mehrere zusammengetackerte DIN-A4-Blätter mit dem Logo eines Krankenhauses in Middlesbrough am oberen Rand. Den meisten Raum nahm ein Monatskalender ein, auf dem ein Großteil der Felder mit Familienterminen vollgekritzelt waren.

»Das sollten Sie nicht ablehnen«, bemerkte Lexy, als Gwen fragte, ob Garry Kaffee wollte. »Sie müssen wissen, wie richtiger Kaffee schmeckt.«

Garry lächelte und dankte Gwen. Der Kaffee, den sie einschenkte, war pechschwarz und stark, und er konnte fast spüren, wie sein Herz prompt zu pochen begann.

»Ich fahre zum Einkaufen«, verkündete Gwen. »Ihr drei könnt euch unterhalten.«

Als Gwen die Küche verlassen hatte, meinte Lexy: »Ich bin neu in dieser Gegend, aber ich glaube, Sie haben sich ein bisschen mit einer Gang hier angelegt. Mit Typen aus der Sparte Organisierte Kriminalität.«

Andersons Augen wurden schmal. »Die Tricks'? Die sind eins der größten Probleme hier. Die Hälfte aller Jugendlichen im Knast oder auf Drogen sind das Resultat der Schmuggelaktivitäten der Familie Tricks. Dank denen hatten wir in Middlesbrough junge Leute aus Osteuropa – Männer und Frauen –, die als Sklaven gearbeitet haben. Und das alles, noch bevor man mit dieser ganzen Bürgerwehr-Nummer anfängt. Also, ja, ich habe Stellung gegen die Organisierte Kriminalität bezogen. Man könnte sagen, das ist mein Ding.«

Garry spürte, wie etwas sein Bein streifte. Er bückte sich und erblickte einen schwarzen Spaniel, der neugierig zu ihm aufschaute.

»Andererseits bin ich mir nicht sicher, ob ich da viel erreicht habe. Meine verstorbene Frau Eloise war an einer Anklage wegen Geldwäsche beteiligt, die einige von denen hinter Gitter hätte bringen können. Das Verfahren wurde eingestellt, als wichtige Beweise auf mysteriöse Weise verschwunden sind.«

»Ihre erste Frau war Strafverteidigerin, nicht wahr, Sir?«, erkundigte sich Garry.

Anderson nickte. »Sie hat aber ihren Mädchennamen behalten. Eloise Warner.«

»Haben Sie irgendwelche Drohungen erhalten, die Sie vielleicht mit diesen Leuten in Verbindung bringen könnten?«, wollte Lexy wissen.

Andersons Körper spannte sich. »Sie glauben, das hier hat etwas mit der Tricks-Gang zu tun?«

»Zum jetzigen Zeitpunkt haben wir keinen Grund, das anzunehmen«, erwiderte Lexy rasch. »Aber wir müssen alle Möglichkeiten in Betracht ziehen.«

Anderson erhob sich. »Wenn es die Tricks' gewesen wären, hätte ich doch etwas gehört, oder? Eine Lösegeldforderung, irgendetwas darüber, was die wollen?«

Er ging zum Fenster und schaute zu den Gebäuden hinaus, in denen er und Garry gerade gewesen waren: Stall, Futterkammer, Heulager.

»Wir haben keinen Grund zu der Annahme, dass die Familie Tricks involviert ist«, wiederholte Lexy.

»Die Überwachungsaufnahmen davon, wie Mrs Anderson das Hotel verlässt, sehen nicht nach einer Entführung aus«, fügte Garry hinzu und dachte dabei die ganze Zeit daran, dass Olive alles andere als glücklich gewirkt hatte.

Da Anderson ihn gerade nicht ansah, beugte er sich zu der Pinnwand hinüber und ließ den Blick darüber wandern. Auf dem Kalender wurde Olive nicht erwähnt, soweit er sehen konnte, doch die DIN-A4-Blätter waren ein Ausdruck ihres Dienstplans.

»Aber was uns Sorgen macht, ist, dass sie heute Morgen nicht zur Arbeit gekommen ist«, sagte Lexy. »Nach dem, was ich gehört habe, passt das überhaupt nicht zu Ihrer Frau.«

Anderson starrte noch immer aus dem Fenster. »Nein«, sagte er. »Überhaupt nicht.«

»Wie lange noch, bis Sie das Ganze öffentlich machen?«, fragte Anderson, als er sie zur Haustür brachte. »Ich muss mein Wahlkreisbüro instruieren und mein Team in London. Wahrscheinlich sollte ich auch den Oppositionsführer anrufen.«

Neben der Tür stand ein schmales Flurtischchen, dessen Platte unter den Reihen silbergerahmter Fotografien fast nicht zu sehen war. Von Besuchen in Häusern wie diesem wusste Garry, dass vornehme Leute Familienfotos auf Tischchen zur Schau stellten. Wenn sie reich genug waren, auch gern auf Konzertflügeln. Niemals an den Wänden wie in seinem eigenen Elternhaus.

»Die Mädchen muss ich auch vorbereiten«, fuhr Anderson fort. »Sie sind ja an Medieninteresse gewöhnt, aber nicht an so etwas wie das, was diese Geschichte auslösen wird.«

Auf einigen der Fotos war ein Segelboot zu sehen, manchmal mit weißen Segeln, dann wieder mit einem riesigen Segel in Grün und Lila ganz vorn. Auf den meisten davon stand Anderson am Ruder, während die Frauen der Familie sich im Cockpit um ihn scharten und irgendwelche Leinen überprüften oder zu den Segeln hinaufschauten. Auch Hochzeitsbilder standen dort, sogar eins, auf dem Olive in einem elfenbeinfarbenen Spitzenkleid ganz vorn in der Mitte stand. Ihr Brautstrauß war schlicht, aber teuer, wenn das da Gardenien waren.

»Da gibt es keine festen Regeln«, antwortete Lexy. »Das kommt immer auf die Umstände an. Auf die Wünsche der Angehörigen, darauf, wie gefährdet die betroffene Person ist. Ich würde sagen, wenn wir nichts von Mrs Anderson gehört haben, wird der Chief spätestens Montagmorgen eine offizielle Vermisstensuche anordnen. Wenn sich die Umstände ändern, noch früher.«

Auf der Schwelle blieben sie stehen. »Ich weiß nicht, was am besten wäre«, sagte Anderson. »Wenn Olive mich verlassen hat, nützt ein Medienzirkus keinem von uns, am allerwenigsten ihr. Andererseits, wenn die Tricks' da mit drinstecken ...«

Er beendete den Satz nicht.

»Ich melde mich, sobald wir etwas wissen«, versicherte Lexy ihm. »Garry, können wir?«

Garry riss den Blick von dem Foto los, das er ganz hinten auf dem Tischchen entdeckt hatte, fast verborgen von etlichen anderen. Es war in einem heißen, trockenen Land gemacht worden und zeigte eine Gruppe Soldaten, alle in voller Gefechtsmontur. Michael Anderson stand in der Mitte.

Rasch trat Garry von dem Tischchen weg. Er und Lexy verabschiedeten sich, versprachen noch einmal, Anderson auf dem Laufenden zu halten, und stiegen wieder in Garrys Auto.

»Also, Olive Anderson versteht sich nicht mit den Frauen der Familie ihres frisch Angetrauten«, stellte Lexy fest, als

Garry losfuhr. »Die Mädchen hassen sie, weil sie den Platz ihrer Mutter eingenommen hat und weil ihr Dad verrückt nach ihr ist, und Gwen hasst sie, weil sie sie ständig an die Tochter erinnert, die sie verloren hat.«

»Hat sie das alles gesagt?«

»Das nennt man zwischen den Zeilen lesen. Laut Gwen ist das alles Olives Schuld. Olive gibt sich keine Mühe mit den Mädchen, arbeitet lange, verbringt ihre Freizeit im Fitnessstudio oder irgendwo außer Haus, nimmt Michael völlig in Beschlag, wenn er zu Hause ist. Und sie fängt Streit an und versucht dabei, Michael auf ihre Seite zu ziehen. Jemand hat sie auf Facebook getrollt. Gwen tut das als den üblichen Quatsch ab, den Politiker und ihre Angehörigen eben so abkriegen, aber Olive war überzeugt, dass es die Mädchen waren, weil da ständig unvorteilhafte Vergleiche zwischen ihr und ihrer Vorgängerin gepostet worden sind. Gwen findet, dass jeder vernünftige Mensch Olive mit Eloise vergleichen und Olive für minderwertig befinden könnte.«

»Das ist aber sehr viel zwischen den Zeilen gelesen.«

»Nein, das meiste davon hat sie mir erzählt. Und sie hat gesagt, Olive sei hinterlistig. Gwen hat sie mehr als einmal auf dem Dachboden erwischt, obgleich nichts von ihren Sachen da oben liegt, und sie hat viel Zeit in Michaels Arbeitszimmer verbracht, aber nur, wenn er nicht da war.«

»Wonach hat sie denn gesucht?«, fragte Garry.

»Genau das wollte Gwen auch wissen. Außerdem glaubt sie, dass Olive abgehauen ist. Sie hat Michael nie wirklich geliebt, hat ihn wegen seines Status' geheiratet und war von Anfang an unglücklich. Sie nutzt jede Gelegenheit, nicht zu

Hause zu sein, und bucht sogar Hotelzimmer, wenn sie gar nicht weit fahren müsste.«

»Hexham«, meinte Garry.

»Genau. Sie hat angekündigt, dass sie ihrem Sohn raten wird, Olives Verschwinden herunterzuspielen, weil das sehr schlecht für sein öffentliches Image sein würde. Dabei hat sie nicht allzu subtil versucht, zu suggerieren, dass ich meine Nachforschungen die nächsten achtundvierzig Stunden einstellen soll.«

»Hört sich an, als hätte sie ihre Gefühle klar und deutlich zum Ausdruck gebracht.«

»Oh, das hat sie getan. Nicht zu verwechseln mit ehrlich. Oder mit der ganzen Wahrheit.«

»Wie meinen Sie das?«

»Da gibt's definitiv etwas, das sie verschweigt. Mit ein bisschen mehr Druck kriegt man es vielleicht aus ihr raus.«

Solange sie nicht von ihm verlangte, dass er das tat.

»Ihm glaube ich«, setzte Lexy hinzu. »Er ist völlig fertig.«

Garry war enttäuscht, stellte er fest. Enttäuscht, dass Lexy, die er bis jetzt für klug gehalten hatte – nervig, aber klug –, auf ein hübsches Gesicht hereingefallen sein sollte.

»Er lügt«, sagte er.

Als sie sich zu ihm umdrehte, fiel ihm auf, dass ihr Lippenstift verschwunden war. Wahrscheinlich klebte er an einem der Kaffeebecher der Familie Anderson. »Wie meinen Sie das?«

»Anderson hat vor sieben Jahren seinen Abschied von der Army genommen, stimmt's?«

»Wenn Sie es sagen.«

»Ich hab das gestern Abend online überprüft. Er hat mir

erzählt, er hätte Olive kennengelernt, als sie vor zwei Jahren seine erste Frau gepflegt hat, im Middlesbrough General. Hat mir eine sehr rührende Geschichte aufgetischt. Nur ist die nicht wahr. Ich habe eben ein Foto aus seiner Zeit bei der Army gesehen. Afghanistan, würde ich sagen. Olive war auch auf dem Bild. Er kennt sie schon seit Jahren.«

## 35

Der Aufprall auf das Armaturenbrett war nichts Ernstes. Olive war nicht lange bewusstlos, vielleicht nur ein paar Sekunden lang. Sie kauerte im Fußraum und wartete darauf, dass die Übelkeit nachließ, die der neuerliche Schmerzschub ausgelöst hatte. Als ihr Atem leichter ging, machte sich allmählich das schmerzhafte Kribbeln ihrer verkrampften Haltung bemerkbar.

Als sie es wagte, den Kopf zu heben, sah sie, dass die Neigung des Autos sich abermals verändert hatte. War eben noch die Beifahrertür der tiefste Punkt gewesen, der Punkt, der Kontakt mit dem Erdboden gehabt hatte, so sah es nun so aus, als balanciere das Fahrzeug auf der linken Seite der vorderen Stoßstange. Das sollte eigentlich nicht möglich sein, es sei denn, diese Ecke des Wagens war in einem Graben gerutscht.

Das metallische Ächzen dauerte an. Olive wartete mit angehaltenem Atem darauf, dass das Auto sich noch einmal bewegte.

Und dann geschah etwas Neues, direkt vor ihren Augen. Der Schnee, der im Laufe der Nacht gegen das gesprungene Beifahrerfenster geweht war, fiel herunter. Zuerst bröselte er weg, fast wie Sand, der aus einem Stundenglas läuft. Dann kam er allmählich in Bewegung, als die Schwerkraft zum Tragen kam und immer größere Klumpen zusammengeballten Schnees abbrachen. Auch Glassplitter fielen herab.

Nachdem sie stundenlang in einer winzigen weißen Zelle eingeschlossen gewesen war, konnte sie jetzt wieder in die Außenwelt hinausblicken. Licht flutete in den Wagen. Olive konnte Blut an ihren Händen und rund um das Fenster sehen. Hätte sie nach oben geschaut – was sie wirklich nicht tun wollte –, so hätte sie eine Leiche über sich hängen sehen.

Was sie erkennen konnte, war möglicherweise noch schlimmer. Nicht etwa schneebedeckten Boden ein Stück unterhalb des leeren Fensterrahmens und auch keinen steinigen Untergrund oder ein Polster aus Unterholz. Was sie sehen konnte, war leerer Raum.

Ein Geräusch, unnatürlich laut in der Stille, erschreckte sie, und es dauerte mehrere Sekunden, bis ihr klar wurde, was gerade geschah. Der Schnee auf dem Dach des Wagens und auf der Windschutzscheibe rutschte ebenfalls herunter. Die Neigung des Fahrzeugs brachte ihn in Bewegung. Sie sah, wie noch mehr Schnee in dem Rechteck erschien, das das Fenster zurückgelassen hatte und dann in die Tiefe weit unter ihr stürzte. Die Windschutzscheibe wurde frei, nur dünner weißer Reif blieb auf dem Glas zurück, und durch den hindurch konnte sie dicke schwarze Äste erkennen.

Das war unmöglich. Das Auto konnte doch nicht in einem Baum gelandet sein.

Olive raffte allen Mut zusammen, streckte die Hand aus und wischte die letzten Schneereste und Glassplitter vom Fenster. Endlich konnte sie alles deutlich sehen, endlich begriff sie.

Der Boden war zehn Meter unter ihr.

Der Wagen war an den Rand einer Schlucht gerollt, die vor Jahrtausenden von einem der kleineren Zuflüsse des Tyne ausgewaschen worden war. Ein Dickicht aus spindeldürren Bäumen, nicht viel höher als eine Straßenhecke, war alles, was verhinderte, dass ihr Auto über die Kante stürzte.

# Teil 2

**Der verdächtige Tod der Eloise Warner**

# 36

*Donnerstag, 6. Dezember, vor zwei Jahren*

»Olive? Alles okay?«

Erschrocken riss Olive den Blick von dem lebenden Gerippe in dem Krankenhausbett los. »Entschuldigung«, sagte sie. »Ich war gerade ganz woanders.«

»Kann man wohl sagen.« Stella klang genervt, aber das tat sie oft. »Soll ich dir helfen?«

»Nein, ich schaff das schon. Danke, Stel.«

Stella ging zu ihrer nächsten Patientin, einer betagten Frau mit Demenz und Leberkrebs, und zog die Vorhänge um das Bett zu. Olive stieß einen Seufzer der Erleichterung aus. Ihr Herz schlug geradezu lächerlich schnell, doch wenigstens das würde man ihr nicht ansehen.

Das Skelett im Bett regte sich. Ein Stirnrunzeln huschte über das Gesicht der Kranken, ehe sie von Neuem in tiefen, medikamenteninduzierten Schlaf sank.

Eloise Warner.

Dem Krankenblatt am Fußende entnahm Olive, dass die Patientin zweiundvierzig war, Eierstockkrebs im Endstadium hatte und zur Palliativbehandlung hier war. Der einzige Grund, dass sie nicht im Hospiz nebenan lag, war der dortige Bettenmangel. Sie würde in der Onkologie bleiben, bis sich ein Platz für sie fand, obgleich man nichts für sie tun konnte, außer die Schmerzen zu lindern.

Eloise. So ein schöner Name. Sie war eine schöne Frau gewesen, bevor der Krebs ihr alles essenziell Menschliche genommen hatte: groß und schlank, mit lockigem rotblondem Haar und vollendetem herzförmigem Gesicht. Eloise Warner, eine hoch angesehene Strafverteidigerin, war mit einem Parlamentsabgeordneten aus der Gegend verheiratet. Die beiden hatten zwei Töchter, die genauso attraktiv aussahen wie ihre Eltern. Eloise hatte das perfekte Leben gehabt. Ein kurzes Leben, wie sich herausstellte.

Olive zitterte noch immer. Eloise Warner. Vollkommen hilflos. Jetzt ganz und gar auf fremde Hilfe angewiesen. Auf sie.

Was für eine seltsame Fügung des Schicksals.

»Olive, bist du fertig? Kannst du mal kurz mit anfassen?«

Olive trat zu Stella ans Nachbarbett. So behutsam sie konnten, zogen sie der alten Mrs Reynolds den nassen Schlüpfer aus und wechselten das feuchte Stecklaken. Die Patientin wimmerte erbärmlich, als die kalten Feuchttücher ihre Haut berührten.

»Ein Jammer.« Mit einem Kopfrucken deutete Stella auf Eloises hingestreckten Körper. »Aber ihr Mann ist echt scharf.« Sogar Stella besaß genug Anstand, die Stimme zu senken. »Dürfte demnächst wieder auf dem Markt sein.«

Olive machte ein *Was soll DAS denn?*-Gesicht. Stella, eine durchaus kompetente Krankenschwester, konnte entsetzlich plump sein. Stella zuckte die Achseln und schaute kurz auf die alte Frau vor ihnen hinunter, ehe sie Olive ansah und mit den Lippen das Wort *Lala-Land* formte.

»Kinder hat sie auch«, fuhr sie dann fort. »Niemand sollte Weihnachten sterben müssen. Schon gar nicht eine junge Mutter.«

Im Stationszimmer bekannte Olive während der kurzen Pause zwischen der Medikamentenausgabe und dem Austeilen des Mittagessens Farbe. »Ich war mit Michael Anderson im Einsatz«, erzählte sie Stella. »In Afghanistan.«

Sie hatte freie Sicht auf Eloises Bett direkt unter dem Fenster. Die Kranke hatte sich anscheinend seit über einer Stunde nicht gerührt.

Stella schien sehr interessiert. »Oh, na ja, dann bist du ja im Rennen. Und hast einen Vorsprung vor uns anderen.«

Stella war seit über zwanzig Jahren verheiratet. Und zwar glücklich, soweit Olive wusste.

»Ich bezweifele, dass er sich überhaupt noch an mich erinnert«, erwiderte sie.

Sie und Michael Anderson waren sich in Helmand nur selten über den Weg gelaufen, und alles, was sie damals über ihn gewusst hatte, hatte sie von anderen gehört.

»Wie war er denn so?«, wollte Stella wissen.

Olive überlegte kurz. »Ein guter Offizier. Angesehen. Hat sich nie gedrückt, war aber auch nie leichtfertig. Hatte einen guten Instinkt für das, was um ihn herum vorging.«

»Und war er seiner Frau treu?« Stellas Augen leuchteten.

»Soweit ich weiß schon. Es gab nicht viele Frauen auf dem Stützpunkt, und die wenigen, die da waren, waren nicht seine Kragenweite.«

»Ich denke, er kommt nachher noch vorbei. Falls du, du weißt schon, dir die Lippen nachziehen möchtest.«

»Du bist eine Schande für diesen Beruf.«

»Hey, ich denk doch nur an dich. Das mit Mark ist doch schon – wie lange her? – sechs Monate?«

»Neun«, korrigierte Olive.

Sie hatte sich eine simple Geschichte zurechtgelegt, als sie auf der Station angefangen hatte: Sie und ihr langjähriger Freund Mark hatten sich vor Kurzem getrennt. Es war eine schlimme Trennung gewesen, und wenn gemeinsame Unternehmungen nach dem Dienst im Moment gerade nicht so ihr Ding waren, also, das war der Grund. Sie war Fragen ausgewichen, hatte die Gesellschaft der anderen gemieden und ihre Kolleginnen auf Abstand gehalten. Das hatte größtenteils funktioniert. Die Leute hatten akzeptiert, dass Olive eher eine Einzelgängerin war, und genau das wollte sie. Vor allem wollte sie nicht, dass sich jemand allzu sehr für ihren Ex-Freund interessierte.

Mark war nämlich frei erfunden.


Gegen Ende des Nachmittags kam Eloises Familie zu Besuch, zuerst ihr beiden Töchter. Beide waren groß für ihr Alter – dank einer Internetrecherche während ihrer Pause wusste Olive, dass sie zehn und zwölf waren –, und beide hatten makellose Haut und lockiges Haar. Die Jüngere kam vielleicht ein bisschen mehr nach ihrer Mutter, die Ältere sah ihrem Vater ähnlich. Beide trugen die Schuluniform einer Privatschule hier in der Gegend.

»Ich hole euch mal noch ein paar Stühle.« Olive zwang sich, die beiden Mädchen anzulächeln. Die Besuche bei ihrer kranken Mutter würden Eloises Töchter in den nächsten Wochen viel abverlangen, vor allem, wenn sie länger hier auf Station blieb. Eloise gehörte ins Hospiz, wo sie ein eigenes Zimmer hätte und wo ihre Lieben unter sich sein und trauern könnten. Im Hospiz gab es einen Aufenthaltsraum für Angehörige, in dem sich Besucher heiße Getränke und einfache Mahlzeiten zubereiten, fernsehen oder eine Weile lesen und sich ausruhen konnten. Nur wenige Menschen wussten, wie anstrengend es sein konnte, einen Sterbenden zu betreuen, bis sie es selbst erlebten.

»Eure Mum hat heute Nachmittag meistens geschlafen«, berichtete sie den Mädchen, als sie zurückkam, und wappnete sich gleichzeitig für die Fragen, die Kinder so oft stellten. *Wann darf Mummy nach Hause? Geht es ihr schon besser?* Es kamen keine. Die beiden wussten, dass ihre Mutter im Sterben lag.

»Entschuldigung«, sagte eine Stimme, die Olive kannte. Sie drehte sich um und erblickte einen hochgewachsenen Mann in einem makellos sitzenden Anzug, der gerade ein Handy in die Jacketttasche schob. »Wie geht es ihr?«

Michael Anderson war etliche Jahre älter als damals, als Olive ihn zum letzten Mal gesehen hatte, doch wenn überhaupt, so war er noch attraktiver geworden. Längeres Haar stand ihm gut, und er machte das Beste daraus, kämmte es aus der Stirn nach hinten und ließ es sich um das eine Ohr locken. An den Schläfen hatte er ein paar graue Haare und in dem kurzen Bart ein paar rote. An die irgendwann früher einmal gebrochene Nase erinnerte Olive sich, nicht aber an die sanften grauen Augen.

Als Olive aus dem Weg trat, ergriff das jüngere Mädchen die Hand seiner Mutter. »Mum, ich bin's, Jess. Wir wollten dich besuchen. Bist du wach, Mum?«

Anderson sah Olive an, nicht seine Frau. »Wir kennen uns, nicht wahr?«

Mit Abstreiten war nichts zu gewinnen.

»Olive Charles.« Sie bedachte ihn mit einem leichten Lächeln. Genug, um Sympathie zu zeigen, nicht genug, um unsensibel zu wirken. »Afghanistan«, fuhr sie fort. »Camp Viking. Es tut mir sehr leid, dass Ihre Frau so krank ist.«

Während Anderson ihr weiter unverwandt in die Augen blickte, sah Olive Stella näher kommen. Und im Stationszimmer war plötzlich sehr viel mehr Betrieb.

»Danke«, sagte er. »Wann sind Sie aus der Army ausgetreten?«

»Dad, Mummy versucht, mit dir zu reden.«

Tatsächlich, Eloises Augen waren offen, und eine ausgezehrte, gelbe Hand streckte sich zu ihrem Mann hinauf. Anderson wandte sich seiner Frau zu, nahm ihre Hand und lächelte.

»Sagen Sie Bescheid, wenn Sie irgendetwas brauchen.« Olive ging zurück zum Stationszimmer und fing sich dabei einen schelmischen Blick von Stella ein.

Der Familienbesuch dauerte nicht ganz dreißig Minuten, und während dieser Zeit sah Olive mehr als einmal, wie Michael Andersons Blick zu ihr herüberhuschte.

»Oh, ich würde sagen, der erinnert sich sehr gut an dich«, sagte Stella ihr halblaut ins Ohr.

# 37

»Sie glauben, Anderson lügt, wenn er behauptet, er hätte seine Sekretärin nicht in dem Hotel anrufen lassen?«, fragte Lexy, als sie den Stadtrand erreichten.

Während Garry den größten Teil der Fahrt von Guisborough damit verbracht hatte, Wetterberichte zu hören und sich vergeblich das Hirn darüber zu zermartern, wo Olive sein könnte, hatte Lexy telefoniert. Sie hatte sich auf dem Revier gemeldet und das Hotel gebeten, eine Liste der früheren Bewohner von Zimmer Nummer sieben zu erstellen. Die Tatortermittler – die Kollegen von der Spurensicherung – würden am Nachmittag dort sein, berichtete sie Garry zwischen zwei Telefonaten. Ärgerlicherweise würden sowohl der Kellner, der das Paar im Restaurant bedient hatte, als auch die Rezeptionistin, die sie ausgecheckt hatte, erst nächste Woche wieder arbeiten, am Dienstag. Sie waren ebenfalls ein Paar und waren übers Wochenende weggefahren, und bisher hatten die Mitarbeiter des Hotels sie nicht erreichen können. Sie hatten nichts Neues über Olives Begleiterin in Erfahrung gebracht.

Die Begleiterin war der Schlüssel, das war ihm klar. Wenn sie diese Frau ausfindig machten, würden sie auch Olive finden. Inzwischen hatte Lexy ihm eine Frage gestellt: ob er glaube, dass Anderson log.

»Ich würd's nicht ausschließen«, antwortete Garry. Irgendetwas an dem Abgeordneten war nicht ganz koscher.

»Aber warum zehn Tage vor ihrem Aufenthalt? Und warum diese aufwendige Scharade von wegen Blumen schicken? Warum würde er sie unbedingt in einem ganz bestimmten Zimmer unterbringen wollen?«

Fragen, die er nicht beantworten konnte. »Anderson hat sich ziemlich bedeckt gehalten, als ich mich nach seinen Gesprächen mit Olives Freundinnen erkundigt habe«, sagte er stattdessen. »Bis zu ihrer Familie bin ich gar nicht gekommen. Woher sollen wir wissen, was die ihm erzählen? Sie sollten sie selbst anrufen.«

Sie nickte. »Mach ich auch noch. Moment, halten Sie an! Notfall!«

Garrys Reaktionen hinterm Steuer waren blitzschnell. In weniger als einer Sekunde hatte er in sämtliche Rückspiegel geschaut, den Blinker gesetzt, gebremst und angehalten. Schmutziger Schnee spritzte hoch und landete auf einem Hund, der vorsichtig durch den Matsch auf dem Gehsteig gestakt war. Garry hob als stumme Entschuldigung an seinen Besitzer die Hand.

»Bin gleich wieder da.« Lexy stieß die Beifahrertür auf und sprang hinaus.

»Was ist denn los?« Die Straße sah ganz normal aus: Leute beim Einkaufen, die vorsichtig dahintappten, Läden mit kitschiger Weihnachtsbeleuchtung, eine festliche Melodie dudelte ganz in der Nähe. Verdutzt sah er zu, wie Lexy über den Gehsteig flitzte und in einer Domino's-Filiale verschwand.

»Na, ich musste doch mitkommen«, behauptete sie eine Viertelstunde später, als er in seiner Auffahrt hielt. »Sie wollten mich ja nicht im Auto essen lassen, und bis ich zu Hause bin, ist das Ding kalt. Kommen Sie schon, Garry, ich bin am Verhungern. Ich hab auch eine große genommen.«

Er hatte auch Hunger. Das Schinkenbrötchen an der Straße nach Hexham schien sehr lange her zu sein.

Seufzend stieg er aus und öffnete die Haustür. Lexy folgte ihm mit dem Pizzakarton, und die nächsten fünf Minuten sprachen sie kein Wort miteinander. Sie aß genauso, wie sie alles machte, in einem Höllentempo. Die Schachtel war kaum offen, als sie schon hineinlangte, ein Stück packte und es sich zur Hälfte in den Mund stopfte. Garry suchte Teller, Messer und Gabeln zusammen und riss zwei Blatt Küchenpapier ab als Servietten. Dann füllte er zwei Gläser mit Leitungswasser und setzte sich schließlich zu ihr.

Lexy benutzte den Teller, aß jedoch mit den Fingern. Da er schlechte Tischmanieren nicht ausstehen konnte, machte Garry sich auf das übliche Gefühl des Abscheus gefasst. Er wartete noch immer darauf, als er sich ein Stück nahm. Die Pizza war süßlich, fettig, ein klein bisschen eklig und genauso köstlich, wie sie versprochen hatte.

»Müssen Sie wieder zur Arbeit?«, erkundigte er sich, als er glaubte, Aussicht auf eine Antwort zu haben. Lexy hatte zwei Stücke hinuntergeschlungen und kippte sich gerade Wasser in die Gurgel.

»Mhm.« Sie wischte sich den Mund mit dem Handrücken ab. »Aber ich habe so das Gefühl, dass ich für einen anderen Job eingeteilt werde. Deswegen müssen Sie mir einen Gefallen tun.«

»Noch einen?«

Als es an der Haustür klopfte, machte Lexy ein wissendes Gesicht. »Ihre Nachbarin legt großen Wert darauf, dass ihr Gartenweg geräumt wird«, bemerkte sie. »Wir haben uns sehr angeregt unterhalten, während wir darauf gewartet haben, dass Sie aus dem Bett finden.«

Schön wär's, dachte Garry im Stillen. Wenn doch nur Mrs Tyler vor seiner Tür stünde. Während er zur Tür ging, überlegte er ganz kurz, wie wohl die Chancen standen, Lexy zur Hintertür hinauszuschmuggeln.

»Hi, Mum.« Er beugte sich hinunter, um seine Mutter auf die Wange zu küssen. »Du hättest bei dem Schnee nicht rauskommen sollen; ich hätte dir heute Abend doch alles vorbeibringen können.«

»Ich musste ein paar Besorgungen machen.« Seine Mum marschierte an ihm vorbei und strebte auf die Küche zu. »Die wollte ich erledigen, bevor es wieder anfängt zu schneien. Hallo, wer ist denn das?«

»Ich bin Lexy.« Sie grinste. »Garry und ich arbeiten zusammen an einem Fall. Möchten Sie ein Stück Pizza?«

»Und werden Sie Weihnachten auch Dienst haben, Liebes?«, fragte Janet Mizon gerade, als Garry nach seinem kurzen Abstecher in den Garten wieder in die Küche kam. »Oder fahren Sie nach Hause zu Ihren Eltern?«

»Dienst, fürchte ich, Mrs M«, antwortete Lexy. »Wahrscheinlich muss ich nicht aufs Revier, aber jemand vom CID muss Rufbereitschaft haben. Ich bin die Neue, also bin ich das.«

Garry stellte den Karton nicht ab und hoffte, damit zu

signalisieren, dass er bereit war, ihn zum Auto hinauszutragen. Er wollte seine Mum sicher auf dem Heimweg wissen, das Letzte, was er brauchte, war, sich um eine zweite Frau sorgen zu müssen, an der ihm etwas lag. Doch Janet lächelte ihn kurz an und wandte sich dann wieder Lexy zu.

»Aber das ist doch furchtbar, nicht wahr? Sie müssen zu uns kommen.«

*Ach du grüne Neune.*

»Das geht doch nicht.« Lexy bedachte Garry mit einem belustigten Blick. »Sie wollen Weihnachten doch mit Ihrer Familie verbringen, nicht mit einer Wildfremden.«

»Quatsch, Sie sind eine Freundin von Garry. Wir lernen seine Mäd… seine Freunde so gut wie nie kennen. Er hat sich da immer bedeckt gehalten. Sie können im Gästezimmer übernachten, damit Sie sich wegen dem Trinken keine Gedanken zu machen brauchen …«

»Mum, das Letzte, was Lexy braucht, ist, ihren kostbaren freien Tag mit einem Haufen Fremder zu verbringen«, wandte Garry ein. »Und um ehrlich zu sein, weiß ich auch nicht, ob du noch einen Stuhl an den Tisch quetschen kannst.«

Seine Mum warf den Kopf zurück. »Brians Bande kommt dieses Jahr nicht. Also sind nur du, ich und dein Dad da. Und jetzt Lexy.« Sie strahlte die Jüngere an. »Brian ist Garrys Onkel. Er kommt jedes zweite Jahr mit seiner Frau, den zwei Kindern und deren Partnern. Dieses Jahr sind sie bei seinen Schwiegereltern.«

»Seid dankbar für kleine Gaben«, knurrte Garry halblaut und ging zum Spülbecken. Er hatte ein Supermarktetikett auf einer der Roten Bete bemerkt. Rasch drehte er den Hahn auf und hielt sie unter fließend kaltes Wasser.

»Garry versteht sich nicht mit seinen Cousins«, erklärte Janet hinter seinem Rücken. »Dafür kann er nichts. Er war der Liebling seines Großvaters. Und er hat das ganze Geld gekriegt, als der alte Knabe gestorben ist.« Sie stand auf und trat zu Garry ans Spülbecken. »Was haben wir denn hier?«

Das Etikett hing im Abfluss, glücklicherweise nicht mehr zu entziffern.

»Ich wusste gar nicht, dass Sie ein reicher Erbe sind, Garry«, meinte Lexy. »Plötzlich sind Sie viel attraktiver.«

Das konnte er ignorieren; da er ihr den Rücken zukehrte, würde sie nicht sehen, wie er dunkelrot anlief. Seiner verdammten Mum hingegen entging nichts. Sie warf den Kopf zurück und lachte gackernd, ein Geräusch, das er aus ihrem Mund noch nie gehört hatte und nie wieder zu hören hoffte.

»Sie ist echt witzig, nicht?« Seine Mum hatte ihm doch tatsächlich einen Rippenstoß versetzt. »Die Rüben sehen toll aus. Wie macht sich denn der Rosenkohl?« Sie schaute über seine Schulter zum Tisch zurück. »Gibt's irgendetwas, das Sie nicht mögen, Herzchen?«

»Ich esse alles, was lange genug stillhält«, antwortete Lexy.

»Der Rosenkohl ist nächste Woche so weit«, verkündete Garry laut. »Ich bringe ihn Heiligabend vorbei.«

»Hab seit zehn Jahren kein Gemüse mehr gekauft«, erklärte Janet Lexy stolz. »Seit Garry den Schrebergarten seines Großvaters geerbt hat nicht mehr.«

»Nicht nur Geld, sondern auch Grundbesitz. Das wird ja immer besser«, stellte Lexy fest.

»Nicht reich, nur gut aufgestellt«, meinte Janet. »Ich möchte nicht, dass Sie das falsch verstehen. Der Alte hat Garry diesen Bungalow hinterlassen, seinen Garten und einen kleinen Notgroschen. Wissen Sie, Sie könnten's schlechter treffen.«

Heiliger Strohsack, seine Mum hatte seiner Vorgesetzten eben doch tatsächlich zugezwinkert.

»Das hab ich schon kapiert«, versicherte Lexy und zwinkerte zurück.

»Mum, laut dem Wetterbericht schneit es demnächst wieder«, sagte er. »Du musst dich auf den Weg machen. Ich bringe das hier zum Auto. Sag Lexy Auf Wiedersehen.«

»Ganz reizend, Sie kennenzulernen, Liebes.« Janet strahlte sie an, während sie ihren Mantel wieder anzog. »Ich lasse mir von Garry Ihre Nummer geben, damit ich mich wegen Weihnachten melden kann. Also, ihr beiden, arbeitet nicht das ganze Wochenende, ja? Nehmt euch ein bisschen frei.« An der Küchentür drehte sie sich noch einmal um. »Und wenn Sie wegen seiner Klamotten irgendetwas unternehmen könnten, werde ich Ihnen ewig dankbar sein. Ich gehe ihm deswegen schon seit Jahren auf den Geist.«

»Fahr vorsichtig, Mum«, sagte Garry und öffnete die Haustür. »Schick mir eine SMS, wenn du zu Hause bist.«

»Mach's gut, Dumbo, mein Schatz.« Sie reckte sich für einen Kuss empor und marschierte dann vorsichtig den Weg hinunter.

In der Küche faltete Lexy gerade die leere Pizzaschachtel so klein zusammen, dass sie in den Mülleimer passte. Sie

hatte die schmutzigen Teller und sein Besteck zum Spülbecken gebracht und die Servietten weggeworfen. »Seien
Sie froh, dass arrangierte Ehen in unserer Kultur nicht üblich sind«, bemerkte sie.

Schweren Herzens wurde Garry klar, dass er sich die
nächsten sechs Monate Witze über seine bevorstehende
Hochzeit mit Lexy würde anhören müssen. Wahrscheinlich
bis sie sich einen Freund aus der Gegend zulegte und das
Gestichel nicht mehr passend erschien. Der Gedanke
machte ihn trauriger, als er erwartet hatte. Wahrscheinlich
sorgte er sich einfach nur um Olive.

»Tut mir leid«, brummte er und ärgerte sich, dass er sich
entschuldigte. Lexy hatte seine Mum doch total angestachelt.

»Warum stellen Sie Ihre Freundinnen denn Ihren Eltern
nicht vor?«, wollte sie wissen.

»Das müssen Sie noch fragen?«

»Sie wäre doch gar nicht so, wenn sie es gewohnt wäre,
hier Frauen zu begegnen. Es war das Neue daran, das sie
so überdreht hat.«

»Sie brauchen Weihnachten nicht zu kommen«, sagte er.
»Ich rede mit ihr.«

Einen Moment lang verdüsterte sich Lexys Miene.
Dann: »Also kommen Sie, zeigen Sie mir mal Ihren Kleiderschrank.«

»Meinen was?«

»Ihren Kleiderschrank. Ich habe Ihrer Mum versprochen, dass ich mich um Ihre Klamotten kümmere.«

Die Küchentür war bereits offen, doch Garry griff trotzdem nach der Klinke. »Auf Wiedersehen, Sergeant Thomas, seien Sie vorsichtig, wenn Sie zum Revier zurückfah-

ren und lassen Sie es mich unbedingt wissen, wenn ich noch irgendwie helfen kann. Ich bin ab Montagnachmittag wieder im Dienst.«

Montagnachmittag? Grundgütiger, bis dahin konnte Olive alles Mögliche zugestoßen sein.

Einen Moment lang dachte er, Lexy würde widersprechen, doch dann knöpfte sie ihren Mantel zu, nahm ihre Tasche und zog die Handschuhe und die süße rosa Mütze an. Erst auf der Schwelle hielt sie inne.

»Warum nennt Ihre Mum Sie Dumbo?«

»Ich war ein dickes Kind«, erwiderte er. »Sie hat mich immer ihr Elefantenbaby genannt.«

»Schon ein bisschen gemein.«

»Was soll ich sagen? Hier im Nordosten fassen wir uns nicht gerade mit Samthandschuhen an. Fahren Sie vorsichtig, Sergeant.«

Als er die Haustür schloss, war Garry ganz außer Atem, als wäre er eins der Kurzstreckenrennen gelaufen, an denen er schon seit Jahren nicht mehr teilgenommen hatte. Wahrscheinlich war er müder, als ihm bewusst war.

In seinem Schlafzimmer waren die Rollos noch immer heruntergezogen. Er zog sich aus, ohne sich die Mühe zu machen, seine Sachen zusammenzufalten, und kroch nackt ins Bett. Nach etlichen Sekunden wurde ihm klar, dass er nie und nimmer schlafen würde.

Sein Handy klingelte. Es war Lexy.

»Dieser Gefallen, den Sie mir tun wollten ...«

Ganz kurz war er in Versuchung, dagegenzuhalten, nur damit sie wusste, dass er nicht so leicht rumzukriegen war, dann entschied er, dass sich die Mühe nicht lohnte.

»Sie müssen sich mit dem Hotel in Hexham in Verbindung setzen und sich nach den Schlüsseln erkundigen. Ist für Zimmer Nummer sieben nur einer ausgegeben worden? Und hatte Olive im Restaurant einen Tisch reserviert, und wenn ja, für wie viele Personen?«

»Und wieso können Sie das nicht machen?« Er mochte ja leicht rumzukriegen sein, doch das musste er sich doch nicht anmerken lassen.

»Weil es während des Einsatzes gestern Abend zig Festnahmen gegeben hat, und das Team hat nur noch ein paar Stunden für die Vernehmungen. Ganz unter uns, gut läuft es nicht gerade. Keiner von den Goldbarren ist gefunden worden, und trotz Ihrer enormen Bemühungen ist die Halskette immer noch unauffindbar.«

Eines Tages würde er das nicht mehr zu hören bekommen. Eines Tages, bevor er das Zeitliche segnete.

»Jedenfalls, die haben mich da mit eingeteilt, und ich muss mich vorbereiten. Können Sie mir helfen, Garry?«

Er täuschte einen tiefen Seufzer vor. »Überlassen Sie das ruhig mir. Schlaf wird sowieso überbewertet.«

Sie war weg.

In der jähen Kälte bibbernd stand er auf, zog sich rasch an und stieg wieder in sein Auto.

# 38

Eloise humpelte gerade durchs Zimmer, als Olive aus dem Spülraum kam. Mit Morgenmantel und Pantoffeln hatte sie sich gar nicht erst abgegeben, und ihr knöchellanges Flanellnachthemd – eher bequem als stilvoll – hing an ihrer klapperdürren Gestalt herab. Sie bewegte sich, als ginge sie über Schotter und jeder Schritt tue weh, doch sie war noch mobil, bestand darauf, aufzustehen und allein auf die Toilette zu gehen.

Olive sah zu, wie sie sich langsam und zittrig vorwärtstastete.

Die Frau des Abgeordneten hatte in den etwa vierundzwanzig Stunden, die sie jetzt auf Station war, nicht viel gegessen, Flüssigkeit jedoch hatte sie ausreichend zu sich genommen. Die meiste Zeit schlief sie, und Gespräche, die länger als ein paar Minuten dauerten, fielen ihr schwer. Doch sie sah noch immer fern, vor allem Nachrichten, und gab sich Mühe, teilzunehmen, wenn ihre Familie zu Besuch kam. Olive glaubte, dass sie noch ein paar Wochen zu leben hatte, möglicherweise sogar einen Monat.

Aber das konnte man nie genau wissen.

Zwei Meter vor ihrem Bett geriet Eloise ins Schwanken, und ihr Blick begann umherzuirren.

Innerhalb von Sekunden war Olive an ihrer Seite. »Vorsichtig, Mrs Warner.« Sie schlang den Arm um die Taille der anderen Frau. »Ich hab Sie, ganz ruhig.«

Obwohl sie dieselben Worte für jeden anderen Patienten gebraucht hätte und der Arm, der die Kranke stützte, dieselbe Mischung aus Kraft und Umsicht anbot, war sich Olive einer Kühle ganz tief in ihrem Innern bewusst. Dies hier war die einzige Patientin auf der Station, bei der sie eine förmliche Anrede benutzte. Mrs Warner, nicht Eloise.

Sie ließ die Patientin auf ihr Bett sinken und hob behutsam ihre Füße hoch. Eloise zuckte zusammen.

»Entschuldigung.« Olive zog die Decke über die dünnen Beine. »Wir können Ihnen jederzeit ein Steckbecken bringen, das ist überhaupt kein Problem.«

»Das ist sehr nett von Ihnen«, keuchte Eloise. Ihre Kurzatmigkeit kam ebenso sehr von den Schmerzen wie von der Anstrengung. Der Tumor drückte mit Sicherheit auf ihre inneren Organe, auf die Nerven, sogar auf ihre Knochen. Ihre Schmerzmedikation war streng geregelt, aber im Endstadium einer Krebserkrankung musste man sich ständig mit Durchbruchschmerzen herumschlagen. »Ich wollte gar nicht auf die Toilette«, sagte sie. »Ich habe Sie gesucht, oder eine von den anderen Schwestern.«

Olive verkniff sich den Hinweis, dass jedes Bett mit einer Klingel ausgestattet war.

»Eben war eine Frau hier«, fuhr Eloise fort. »Vielleicht sind Sie im Flur an ihr vorbeigekommen.«

Olive erinnerte sich vage daran, dass eine hochgewachsene Frau vorbeigeeilt war, als sie die Tür zur Station mit der Hüfte aufgedrückt hatte. Sie hatte sie nur ganz flüchtig wahrgenommen.

»Die will ich hier nicht wieder sehen«, japste Eloise. »Können Sie dafür sorgen, dass sie nicht noch mal hier reinkommt? Ich kann meinen Mann bitten, einen Wachschutz zu organisieren, wenn es nötig ist.«

»Doch wohl keine Journalistin?«, fragte Olive. Vorhin hatten Fotografen und sogar ein Fernsehteam vor dem Haupteingang des Krankenhauses herumgelungert, in der Hoffnung, ein Bild von dem möglicherweise künftigen Premierminister in tiefer Trauer zu schießen. Auf eine offizielle Beschwerde hin hatten sie sich lediglich auf den Parkplatz zurückgezogen. Aber auf die Station zu kommen?

Eloise schüttelte den Kopf. »Keine Journalistin«, stammelte sie.

»Jeder Besucher, der Sie behelligt, wird sofort zum Gehen aufgefordert werden«, versicherte Eloise. »Wenn Sie mir ihren Namen sagen, sorge ich dafür, dass die anderen sie nicht reinlassen.«

Eloises Lider sanken herab. »Sie hat mir ihren Namen nicht gesagt. Ich glaube, sie war eine enttäuschte Wählerin von Michael. Davon gibt's immer ein paar. Sie wollte, dass ich mich bei Michael für ihre Sache einsetze. Das kann ich nicht. Ich habe nicht die Energie dafür.«

»Natürlich nicht. Hören Sie, versuchen Sie, sich ein bisschen auszuruhen. Ich sorge dafür, dass alle aufpassen, wer zu Ihrem Bett will. Vielleicht können wir auch die Tür vorübergehend abschließen lassen. Ich erkundige mich mal.«

»Danke.« Eloise sah erschöpft aus. »Und könnten Sie das bitte wegräumen?«

Olive folgte dem Blick der anderen Frau zu einem Foto, das die Familie Anderson auf einer Jacht zeigte. Alle vier waren in Segelkluft um das riesige, lederbezogene Steuerrad versammelt. Die Jüngste steuerte anscheinend, und ihr Vater stand direkt hinter ihr und führte die kleinen Hände des Mädchens. Er war glatt rasiert, und das Haar wehte ihm über die Stirn. Attraktiv wie ein Model. Olive spürte, wie ihr die Brust eng wurde.

»Das Foto?«, fragte sie zur Sicherheit nach.

Eloise nickte, ganz langsam, als schmerze selbst ihr Hals. »In die Schublade. Bitte tun Sie es weg. Ich lasse mir von den Mädchen ein anderes bringen.«

»Das ist doch ein schönes Bild«, meinte Olive und betrachtete die lächelnden Kinder, die im Wind flatternden leuchtenden Locken der Mutter. »Sie sehen alle so glücklich aus.«

»Wir sind eine Politikerfamilie«, erwiderte Eloise verbittert. »Wir haben Selbstdarstellung zu einer Kunstform entwickelt.«

Noch immer zögerte Olive, das Bild wegzuräumen. »Ist das der Jachthafen von Hartlepool?«, erkundigte sie sich, obgleich man den Hafen im Hintergrund auf dem Foto unmöglich erkennen konnte.

Wieder eine schmerzbedingte Pause, dann: »Ja, kennen Sie ihn?«

»Nein, ich bin nie gesegelt. Aber ich hatte eine Freundin, die ein paar Mal dort war.«

Sie wartete ab, ob Eloise sich nach ihrer Freundin erkundigen würde – wer sie war, auf was für einem Boot sie mitsegelte. Doch die Augen der anderen Frau hatten sich geschlossen. Ihre Atmung jedoch hatte sich nicht verändert. Sie war noch wach.

Interessant.

# 39

Der Abend dämmerte, als Garry vor der Villa der Tricks hielt. Er stellte seinen Wagen ein gutes Stück von dem Polizei-Absperrband entfernt ab, das immer noch das Grundstück umgab. Mit ein bisschen Glück würde er vielleicht gar nicht bemerkt werden.

Niemand wäre damit einverstanden, dass er hierherkam, doch solange er sich vom eigentlichen Schauplatz des Geschehens fernhielt, verstieß er nicht gegen irgendwelche Gesetze. Was er wirklich nicht wollte, war, einem Mitglied der Familie Tricks zu begegnen. Allerdings sollten die laut Lexy, die ihn auf dem Weg hierher im Auto noch einmal angerufen hatte, erst in ein paar Stunden entlassen werden.

Die Haustür stand offen, und am Eingang des Stallgebäudes konnte er einen Pferdepfleger sehen. Die Suche ginge weiter, hatte Lexy erzählt, aber jetzt rechne niemand mehr wirklich damit, etwas zu finden. Irgendwie hatte Howie Tricks Wind von der Razzia bekommen und die Beute fortgeschafft.

Sobald er den Rasenstreifen erreichte, wo er Tina gestern Nacht erwischt hatte, war Garry klar, dass sein Plan nicht funktionieren würde. In den letzten vierundzwanzig Stunden waren mehrere Zentimeter Neuschnee gefallen, und er konnte kaum erkennen, wo sie miteinander gerangelt hatten. Die Chance, irgendwelche Knochenfragmente zu finden – die Asche war bestimmt längst weg –, war beinahe gleich null.

Trotzdem ging er am Straßenrand entlang und leuchtete mit seiner Taschenlampe den Schnee ab. Selbst ein paar Stückchen, in einer hübschen Schachtel mit Blümchenpapier drum herum, hätten Tina vielleicht geholfen, sich besser zu fühlen.

»Suchen Sie was, Kumpel?«

Garry drehte sich um und erblickte keine vier Meter entfernt einen Mann. Er trug eine weite Pilotenjacke und schwere Stiefel. Im schwindenden Licht sah seine Sonnenbräune krankhaft gelblich aus. Howie Tricks, der bestimmt sehr gute Anwälte hatte, war früher auf freien Fuß gesetzt worden.

Garry merkte, wie ihm die Brust eng wurde. »Ich war gestern Nacht hier und dachte, ich hätte möglicherweise was verloren.« Das war die Lüge, die er sich zurechtgelegt hatte. Wie hätte er ahnen können, dass er sie dem Hausherrn persönlich würde auftischen müssen?

Tricks fragte nicht, was er verloren hätte.

»Ich hab gehört, Michael Andersons Frau ist verschwunden.« Er trat einen Schritt näher. »Ist sie schon gefunden worden?«

Garry zwang sich, dem anderen in die Augen zu sehen. »Ich fürchte, ich bin heute nicht im Dienst, Sir. Bin nicht wirklich auf dem Laufenden. Entschuldigen Sie, dass ich Sie belästigt habe.«

Er wandte sich seinem Auto zu, bevor Tricks die Verbindung mit dem idiotischen Officer herstellen konnte, der den Memory-Bär seiner Frau geschreddert hatte. Aus dem Augenwinkel sah er eine Bewegung, eine Sekunde bevor eine Hand seinen Arm berührte.

»Sie haben an der Tür gestanden, stimmt's?«

Garry trat einen Schritt zurück, um außer Reichweite zu sein. Er war um einiges größer und ungefähr zehn Kilo schwerer, doch er hatte nie gelernt, unfair zu kämpfen. Auch ohne all das, was er über ihn wusste, hätte er sich vor diesem Mann sehr in Acht genommen. Howie Tricks war gefährlich.

Ein gefährlicher Mann, der wusste, dass Olive verschwunden war.

»Das stimmt, Sir«, antwortete er. »Ich war im Einsatzteam.«

»Hab's mir doch gedacht. Augen vergesse ich nie.«

Da fiel Garry noch etwas anderes ein, etwas, das ihn vielleicht veranlasst hätte, einen großen Bogen um diesen Ort zu machen, wenn er früher daran gedacht hätte. Die Tricks-Gang war dafür bekannt, Leute, die sie sich zum Feind machten, zu blenden, wenn sie sie nicht einfach umbrachten. Und zwar, indem sie sie fesselten und ihnen Säure in die Augen tropften.

Hierherzukommen war dämlich gewesen.

»Dann lasse ich Sie mal in Ruhe, Sir. Schönen Abend noch.«

Ein Seufzer der Erleichterung entfuhr Garry, als er die Autotür hinter sich schloss und verriegelte. Ein zweiter blieb ihm in der Kehle stecken, als er sah, wie Tricks sein

Handy hob und es auf ihn richtete. Er hatte Garrys Wagen fotografiert.

Als er davonfuhr, konnte Garry im Rückspiegel sehen, wie der andere Mann ihm noch immer nachschaute.

# 40

*Freitag, 7. Dezember, vor zwei Jahren*

Eloises Anwalt kam am Nachmittag, als der Kochfleischgeruch von Krankenhausessen in der Luft hing und die meisten Patienten auf der Station entweder schliefen oder lethargisch auf ihren Handys oder Tablets scrollten. Mehrere Schwestern machten Pause, und die anderen waren beschäftigt. Olive kümmerte sich um Eloises Nachbarin, die Demenzpatientin. Das Bett gegenüber war leer, und die einzige andere Bewohnerin des Vierbettzimmers war wegen Untersuchungen ins Erdgeschoss gebracht worden.

»Hallo«, rief eine Stimme. »Jemand da?«

Olive streckte den Kopf hinter dem Vorhang hervor und erblickte einen Mann mit schlohweißem Haarschopf. Er trug einen guten Anzug, war mittelgroß und jünger, als sein Haar vermuten ließ.

»Kann ich Ihnen helfen?«, fragte sie.

»Mrs Warner«, antwortete er. »Ich bin ihr Anwalt.«

»Ich bin hier, Peter«, rief Eloise mit ihrer zittrigen, geschlechtslosen Stimme hinter dem Vorhang.

Ohne Olive weiter zur Kenntnis zu nehmen, ging der Anwalt zu Eloises Bett und begrüßte sie.

Olive wartete einen Moment und dann noch einen, ehe sie sich leise am Vorhang entlangschob, bis sie Eloises Bett sehen konnte.

Der Besucher saß in Eloises Sessel, was aus Gründen der Infektionsvermeidung streng genommen nicht erlaubt war, doch Olive beschloss, es ihm durchgehen zu lassen. Er hatte einen dünnen Aktenkoffer auf seinem Schoß aufgeklappt. Eloise hatte das Kopfteil ihres Bettes höher gestellt, sodass sie ein wenig aufrechter dasaß. Beide sahen Olive an.

»Ich mache hier mal zu, damit Sie ungestört sind.« Olive griff nach oben und zog den Vorhang am Fußende von Eloises Bett vor, der die Patientin und ihren Besuch in einem Einzelabteil einschließen würde. »Kann ich noch etwas für Sie tun, Mrs Warner? Soll ich das Kopfteil noch höher stellen?«

»Ich glaube, wir kommen zurecht, vielen Dank.« Der Anwalt konzentrierte sich auf seine Dokumente.

»Alles klar«, antwortete Olive fröhlich. »Wenn Sie mich brauchen, ich bin im Stationszimmer.«

Leise schlüpfte sie hinter den Vorhang um Mrs Reynolds Bett und wartete. Sie wusste, dass die Menschen dumm sein konnten, selbst die mit genug Grips, um es besser zu wissen. So oft gingen sie von etwas Unmöglichem aus: dass Vorhänge schalldicht waren.

»Okay, ich glaube, ich habe alles getan, worum Sie gebeten haben«, sagte der Anwalt gerade. »Können wir es kurz durchgehen?«

Eloise musste ihre Zustimmung bekundet haben, denn

er fuhr rasch fort: »All Ihre persönlichen Besitztümer sowie Ihr Anteil an gemeinschaftlichem Besitz, einschließlich des Wertes des Grundstücks, dessen Eigner Sie und Ihr Mann gegenwärtig sind, gehen zu gleichen Teilen an Ihre Töchter, wenn diese das einundzwanzigste Lebensjahr vollenden. Ihr Mann hat das Recht, für den Rest seines Lebens das eheliche Heim zu bewohnen, sollte er es aber verkaufen, wird Ihre Hälfte des Erlöses Teil Ihres Nachlasses.«

Wieder eine Pause, das Scharren von Stuhlbeinen auf dem Boden.

»Das ist Ihnen ja bestimmt klar, Eloise, aber ich wollte mich ganz deutlich ausdrücken. Mit anderen Worten, Ihr Ehemann erbt nichts.«

»Ich verstehe«, krächzte Eloise.

»Nun gut. Weiter zum Sorgerecht. Es ist üblich, dass das überlebende Elternteil das vollständige Sorgerecht für die minderjährigen Kinder bekommt, vorausgesetzt, er oder sie ist bei guter Gesundheit.«

»Nein.« Eloises Stimme schien kräftiger geworden zu sein.

Der Anwalt räusperte sich. »Dieses Dokument, das Ihre Mutter zur Treuhänderin der Vermögen Ihrer beiden Mädchen erklärt, macht sie auch zu ihrem Vormund. Das bedeutet, sie hat ein Mitspracherecht bei alltäglichen Betreuungsfragen, bei Entscheidungen in Sachen Bildung und Gesundheit und dabei, wie das Vermögen der beiden investiert wird. Sollte Ihrem Ehemann etwas zustoßen, ist sie, wenn keine anderen Absprachen getroffen wurden, ihr alleiniger Vormund.«

»Ja«, antwortete Eloise. »Genau das will ich.«

»Das wird ein Schock für Michael, ist Ihnen das klar?«

Eine kurze Pause, dann: »Michael sollte sich glücklich schätzen, dass er nur enterbt wird.«

Genau konnte man es nur schwer sagen – Schmerz und Krankheit hatten Eloises Stimme verändert –, doch das klang sehr wütend.

Der Seufzer des Anwalts war noch im Nebenabteil zu hören. »Eloise, gibt es irgendetwas … Ich möchte ja nicht neugierig sein, aber …«

»Sie können nichts tun, Peter. Aber vielen Dank.«

Als der Anwalt sich abermals zu Wort meldete, senkte er dabei die Stimme, als wäre ihm bewusst, dass man sie hören könnte. Olive tat so, als suche sie im Nachtschränkchen nach etwas.

»Ich habe in der Kanzlei noch immer Ihre nicht unterschriebenen Scheidungsunterlagen in den Akten.«

»Schreddern Sie sie.«

»Gut, mach ich. Aber, Eloise, wenn Sie … ohne Sie bin ich Seniorpartner. Ich muss an die Kanzlei denken. Hier geht es nicht einfach nur darum, dass Sie und Michael Eheprobleme haben. Wenn er irgendetwas getan hat, das die Kanzlei in Verruf bringen könnte, dann …«

Einige Sekunden lang herrschte Schweigen. Dann: »Machen Sie sich keine Sorgen, Peter. Ich nehme meine Geheimnisse mit ins Grab. Früher, als einer von uns gedacht hat.«

»Ist er fremdgegangen?«, fragte der Anwalt.

Eloise lachte kurz und bitter auf – vielleicht hatte sie auch gehustet, das war schwer zu erkennen.

»Mit einer Affäre wäre ich zurechtgekommen. Eine Affäre wäre … gar nichts gewesen.«

Ein ersticktes, würgendes Geräusch war zu hören.

»O Gott, Moment«, stieß der Anwalt hervor. »Ich habe hier irgendwo ein Taschentuch …«

Jenseits des Vorhangs war das Klappern eines Schiebewagens zu hören. Olive hatte keine Zeit mehr. Im Stillen verfluchte sie die Störung, als sie hinter dem Vorhang hervortrat und davonschlich.


# 41


»Aye, ich erinnere mich an Sie. Sie waren Kapitän vom Crosslaufteam der Jungs.« Der Mann im Türrahmen hatte einen starken Nordost-Akzent. »Barry, richtig?«

Das Haus war eine typische Doppelhaushälfte aus den Zwanzigerjahren in einer der besseren Gegenden von Darlington. Zwei Erkerfenster beherrschten die vordere Fassade, der kleine Vorgarten war gepflastert und diente als Parkplatz für einen vier Jahre alten Nissan Micra. Eine kleine Veranda hielt den Schnee ab, etwas, wofür Garry dankbar war. Der Schneefall hatte ordentlich zugelegt, seit er von zu Hause losgefahren war.

»Garry«, korrigierte er.

George Charles, Olives Dad, war ein zierlicher, dünner Mann Ende sechzig. Sein graues Haar war kurz und stachelig, und seine Augen, tief liegend und mandelförmig, waren Olives Augen.

»Sie sind nicht im Dienst, stimmt's?« Sein Gesicht nahm einen wachsamen Ausdruck an, einen, den Garry schon öfter bei Menschen gesehen hatte, denen er gleich schlimme Neuigkeiten überbringen musste.

»Ich fürchte, es gibt nichts Neues«, versicherte er rasch. »Aber zurzeit haben wir keinen Anlass, anzunehmen, dass Olive etwas passiert ist. Ich bin vorbeigekommen, weil ...«

Was genau machte er hier eigentlich? Nachdem er vom Haus der Tricks' zurückgekommen war und die Anrufe für Lexy erledigt hatte, war er zu aufgedreht gewesen, um zu schlafen. Abgesehen davon, nach Hexham zurückzufahren und bei immer schlechterem Wetter eine Ein-Mann-Suche zu starten, war ein Besuch bei Olives Eltern das Einzige gewesen, was ihm eingefallen war.

»Weil Olive und ich uns von früher kennen«, sagte er. »Und ich wusste, dass Sie sich Sorgen machen. Ich dachte, ich kann vielleicht helfen. Fragen zum polizeilichen Vorgehen beantworten und so.«

»Das ist nett von Ihnen, mein Junge. Kommen Sie doch rein.«

Der Flur, in den Olives Dad Garry führte, war trübe beleuchtet, bis auf einen kleinen Spot an einer Wand, der ein Kruzifix anstrahlte. Das Kreuz war aus Mahagoni, glaubte Garry zu erkennen, die Christusfigur und das lateinische Wort *INRI* waren aus silbernem Metall gefertigt. Eigentlich sollte er wissen, was INRI bedeutete.

Die Tür vor ihm öffnete sich zu einem vollgestellten Wohnzimmer. Das Mobiliar wirkte zu groß, und keine Oberfläche war frei von Nippes. Rasch zählte Garry insgeheim zwei Stehlampen und drei Tischlampen, vier Beistelltische und über ein Dutzend Bilder an den Wänden. Die Vorhänge waren schwer und aufwendig, mit Falten und

Schnörkeln und Raffhaltern. Eine Vitrine war mit Andenken zum Thema britische Königsfamilie vollgestopft: Gendenkteller, Becher, Keramikfigürchen, Porzellanglocken, sogar gerahmte Fotografien.

Ein kleiner, betagter Hund sprang auf und japste ein heiseres Kläffen hervor. Ein Corgi.

»Ganz ruhig, Duke«, brummte George Charles. »Mutter, das ist Garry. Ist früher in der Schule mit unserer Olive im Sportteam gelaufen. Jetzt ist er bei der Polizei. Wollte uns auf den neuesten Stand bringen.«

»Ganz inoffiziell«, sagte Garry, als Olives Mutter sich erhob. Hinter ihr standen mehrere Familienfotos auf zwei Schränkchen zu beiden Seiten des Kamins. Er sah eins von Olive in Army-Uniform und ein anderes von ihrer Schwester im Talar einer Universitätsabsolventin bei der Abschlussfeier. Sogar ein Foto vom Crosslaufteam stand dort, und er glaubte, sich selbst in der hintersten Reihe zu entdecken. Das größte und am schönsten gerahmte Bild war ein Gruppenfoto, das bei Olives Hochzeit gemacht worden war.

In der Mitte des Kaminsimses stand ein zweites Kruzifix.

»Ich bin als alter Freund von Olive hier«, wiederholte. »Falls ich irgendwie helfen kann.«

Während der ersten Viertelstunde, nachdem Tee und Biskuitkuchen serviert worden waren, beantwortete Garry die Fragen des älteren Paares.

»Eine Theorie, mit der wir arbeiten«, erklärte er, »ist, dass Olive zu einer Freundin gezogen ist, möglicherweise weil sie und ihr Mann Streit hatten. Er behauptet steif und fest, sie hätten sich nicht gestritten, und wir verstehen ja, dass er nicht will, dass Fremde sich in seine Angelegenheiten mischen. Aber es ist wichtig, dass wir Bescheid wissen. Hatten Sie vielleicht irgendeinen Grund zu der Annahme, dass Olive in letzter Zeit nicht so richtig glücklich war?«

Die beiden wechselten identische Blicke: verdutzt, abwehrend.

»Olive war noch nie glücklicher«, beteuerte ihre Mutter und schaute kurz zu dem Hochzeitsfoto hinüber. »Sie und Michael sind einander treu ergeben.«

»Ja, das habe ich gesehen.« Garry unterdrückte einen Seufzer. »Aber die Situation ist doch bestimmt nicht ganz einfach. Zwei Stieftöchter im Teenageralter und in einem Haus, das der Mutter der verstorbenen Ehefrau gehört?«

»Gwen ist eine ganz famose Person«, bemerkte George ein wenig zu schnell.

»Olive vergöttert die Mädchen«, ergänzte Anne.

»Ich würde gern mal mit ihren engsten Freunden reden.« Garry versuchte es mit einem neuen Kurs. »Können Sie mir irgendwelche Namen und Telefonnummern geben?«

Die darauffolgende Pause zog sich länger hin, als sich natürlich anfühlte. Garry holte sein Notizbuch hervor, um ihnen ein bisschen Dampf zu machen.

»Wer war noch mal das junge Ding, mit dem sie sich eine Zeit lang eine Wohnung geteilt hat?« George sah seine Frau an. »Bevor sie zur Army gegangen ist.«

»Du meinst Emma.« Anne furchte die Stirn. »Ich glaube, mit Emma hat sie schon seit Jahren keinen Kontakt mehr. Da war mal ein Mädchen namens Mattie, der sind wir ein paar Mal begegnet, aber in letzter Zeit habe ich Olive nicht mehr von ihr sprechen hören.«

Garry wartete.

»Sie geht ins Fitnessstudio«, meinte George. »Ich weiß nicht genau, in welches, aber da könnte Michael Ihnen wahrscheinlich helfen.«

»Bei ihren Arbeitszeiten kann man gar kein Sozialleben haben«, sagte Anne. »Das ist in allen medizinischen Berufen so. Deswegen pflegen die meisten ja Umgang mit Kollegen. Sie müssen mit ihren Arbeitskolleginnen sprechen.«

»Klingt logisch.« Garry nickte, als wäre das völlig einleuchtend. War es nicht, es kam ihm verkehrt vor, aber er nickte trotzdem. »Mit wem von der Arbeit war sie denn am engsten befreundet, würden Sie sagen?«

»Na ja, da ist eine Frau namens Stella«, bemerkte George.

»Nein, mit Stella versteht sie sich nicht«, wandte Anne ein. »Stella steckt ihre Nase zu gern in die Angelegenheiten anderer Leute.«

Garry wartete noch ein paar Sekunden länger.

»Mehr Tee?«, bot Anne an.

Garry probierte es mit einem anderen Ansatz. »Wir haben Grund zu der Annahme, dass Olive das Hotel gestern Abend zusammen mit jemand anderem verlassen hat. Vielleicht mit einem Mann. Ich würde gern …«

»Unmöglich.« Anne kniff die Lippen zusammen.

»Wir haben unseren Töchtern einen strengen Moralkodex anerzogen.« Auch George hatte sich auf seinem Stuhl versteift, als stünde die Familienmoral in intrinsischer Verbindung mit seinem Rückenmark. »Von Techtelmechteln halten wir nichts.«

»Es hat ja vielleicht ein bisschen gedauert, bis Olive den richtigen Mann gefunden hat«, fügte Anne hinzu, »und ich will auch nicht abstreiten, dass wir uns langsam Sorgen gemacht haben … na ja, das tut man doch, wenn eine Frau über dreißig ist und noch nie einen festen Freund hatte, nicht wahr? Aber sie hat sich eben für den Richtigen aufgespart. Wie Lady Di.«

Annes Blick wanderte triumphierend zu dem Teller in der Mitte ihrer Sammlung: ein Porzellan-Andenken an die Verlobung des Prince of Wales mit Lady Diana Spencer. Dreißig Zentimeter Durchmesser. Garry unterließ es, darauf hinzuweisen, wie ungut dieser spezielle Akt der Selbstaufopferung geendet hatte.

Er stand auf und zog eine Visitenkarte aus seiner Jackentasche. »Ich werde nicht noch mehr von Ihrer Zeit in Anspruch nehmen.« Er reichte George die Karte und fügte hinzu: »Natürlich, wenn Ihnen irgendetwas einfällt, egal, was …«

Als er gerade das Zimmer verlassen wollte, betrachtete er noch einmal kurz das Hochzeitsfoto. Anders als jenes, das er im Haus der Andersons gesehen hatte, war dieses hier ein Gruppenbild. Von oben aufgenommen, zeigte es womöglich die gesamte Hochzeitsgesellschaft vor einem aus Steinen gemauerten Gebäude. Er schätzte, dass auf dem Foto etwa fünfzig Personen waren.

»Darf ich?« Er zeigte auf das Bild, und auf ein zustimmendes Nicken von Anne hin nahm er es zur Hand. George machte die Deckenlampe an, damit er es besser sehen konnte.

»So ein wunderschöner Tag«, bemerkte Anne selbstgefällig.

»Haben Sie etwas dagegen, wenn ich es abfotografiere?«, fragte er Olives Eltern. »Das könnte uns helfen sicherzugehen, dass wir alle Freunde von Olive ausfindig machen.«

»Kein Problem, mein Junge«, brummte George. »Die meisten von denen waren Freunde von Michael, aber Hauptsache, es hilft.«

Garry fotografierte das Originalbild, so gut er konnte, dann bedankte er sich bei dem Paar und verließ das Haus.

Als er nach Hause kam, lud er das Foto auf seinen Desktopcomputer herunter und vergrößerte es dann so weit, dass die Details unscharf wurden. Olive und Michael standen in der Mitte. Er sah die beiden Mädchen in Kirschrosa – ihren Mienen nach zu urteilen Brautjungfern wider Willen – und Gwen Warner in tristem Marineblau. Olives Eltern – Anne mit einem Hut, der einer königlichen Hochzeit angemessen gewesen wäre –, eine Frau im Rollstuhl und ein paar Kinderwagen. Keine Parlamentarier oder Lokalgrößen, die er wiedererkannt hätte. Es war eine Hochzeit für Angehörige und enge Freunde gewesen. Mit einer Ausnahme.

Mit zwei Ausnahmen, um genau zu sein. Ganz hinten in der Gruppe standen ein Mann und eine Frau Mitte vierzig, beide protzig gekleidet. Die Frau trug ein leuchtend rosafarbenes Kleid und hochtoupiertes Haar.

Howie und Tina Tricks.

## 42

*Samstag, 8. Dezember, vor zwei Jahren*

»Ich habe Ihnen Tee gemacht«, sagte Olive.

Beim Klang ihrer Stimme blickte Michael Anderson auf. Die Haut um seine Augen herum war gerötet, das Augenweiß blutunterlaufen. Er sah aus, als hätte er gerade geschlafen, und zugleich so, als hätte er seit Tagen kein Auge zugetan. Doch seine Züge wurden weicher, als er sah, wer zu ihm getreten war.

»Wusste gar nicht, dass das zum Service gehört. Nicht auf Kasse.«

»Tut es auch nicht.« Olive beugte sich über ihn und stellte den Becher – ihren eigenen – auf Eloises Nachttisch. Die Patientin schlief anscheinend. »Aber die nächste halbe Stunde oder so habe ich nicht viel zu tun. Gibt's was Neues vom Hospiz?«

Anderson sah müde aus. »Wir stehen auf Platz zwei der Warteliste, hinter Mrs Reynolds, aber ...«

Er brauchte nicht weiterzusprechen. Ein Hospizbett würde nur verfügbar, wenn einer der gegenwärtigen Bewohner starb, und sich das zu wünschen, wäre herzlos.

»Es ist ganz schön spät«, bemerkte Olive, die sich der Schwärze draußen vor den Fenstern bewusst war. »Sind Sie gerade erst aus London gekommen?«

Anderson seufzte. »Gott sei Dank ist momentan Weihnachts-Sitzungspause. Ich muss erst im Januar wieder hin.« Er schaute auf seine Frau hinab. »Und vielleicht auch nicht einmal dann. Ist ein komischer Schwebezustand, nicht wahr? Das Warten. Ich nehme an, Sie sind daran gewöhnt.«

»Bis zu einem gewissen Grad. Für die Angehörigen ist das eine sehr schwierige Erfahrung. Und für die Patienten selbst natürlich auch.«

Anderson senkte die Stimme noch mehr, sodass Olive gezwungen war, näher an ihn heranzutreten, um zu verstehen, was er sagte.

»Sie haben so etwas doch bestimmt schon mal erlebt, schon oft. Haben Sie eine Ahnung, wie viel Zeit wir noch haben?«

Eine unmögliche Frage. »Eher Wochen als Tage«, antwortete sie leise. »Aber nicht viele.«

Andersons Augen schlossen sich fest, als habe er Eloises ganze Schmerzen in seinen eigenen Körper aufgenommen.

»Aber ganz sicher kann das niemand sagen«, fuhr Olive eilig fort.

»Eine Hälfte von mir will, dass es vorbei ist«, sagte er. »Dieses Warten ... Das ist unerträglich.«

»Ich weiß.«

Anderson riss sich sichtlich zusammen und griff nach dem Becher. Er lächelte fast, als er ihn genauer in Augenschein nahm. Drei kleine Pfeile zeigten von der Textzeile *So sieht ein großartiger Soldat aus* nach oben.

»Danke.« Er bedachte Olive mit einem zögerlichen Lächeln. »Aber ich nehme an, das war nicht für mich gedacht. Jedenfalls ursprünglich nicht.«

»Den haben mir meine Eltern geschenkt«, sagte Olive. »Aber vielleicht haben wir das beide nicht verdient. Wir sind ja keine Soldaten mehr.«

Anderson sah sich um, betrachtete die stille Station, das verwaiste Stationszimmer. »Haben Sie noch ein paar Minuten?«, fragte er. »Ich weiß, ich nehme mir hier ein bisschen was raus, aber ...«

Olive wartete.

»Mir fehlt das«, fuhr er fort. »Alles daran fehlt mir. Sogar die Gewalt und die Angst, sogar der Schlamm und die Hitze und der Gestank. Es fehlt mir sogar, monatelang von zu Hause weg zu sein.«

»Sie vermissen die Gefahr.« Olive zog sich den zweiten Stuhl heran, der schon den ganzen Nachmittag neben Eloises Bett gestanden hatte; dafür hatte sie gesorgt. »Ich auch. Und das ist nichts, was man irgendjemandem erklären kann, der es nicht selbst erlebt hat.«

Er lächelte, diesmal ein richtiges Lächeln, zeigte sogar weiße Zähne. »Genau.«

»Segeln Sie deshalb?«, wollte Olive wissen.

»Segeln ist nicht gefährlich«, erwiderte er. »Es sei denn, man macht es verkehrt. Segeln Sie auch?«

»Hab's nie versucht«, antwortete sie. »Würde ich allerdings gern mal tun. Ich gehe Skilaufen und Klettern. Und ich habe ein Mountainbike. Ein paar Mal habe ich es mit Surfen versucht, aber ich konnte die Balance nicht halten. Laut Statistik ist Stierkampf der gefährlichste Sport, aber der wird hier im Nordosten nicht oft angeboten.«

Sie lächelten einander an.

»Und die ganze Zeit habe ich dabei ein schlechtes Gewissen«, fuhr sie fort. »Weil ich mit meinem Leben spiele, während ich jeden Tag damit verbringe, Menschen zu pflegen, die alles dafür geben würden, am Leben zu bleiben. Ich hasse mich selbst dafür, dass ich so leichtsinnig bin, und trotzdem kann ich's nicht lassen.«

Anderson trank Tee und hielt den Becher mit beiden Händen umfasst. »Waren Sie dabei, als das Lager nachts angegriffen wurde?«, fragte er. »Ich glaube, das war im April ...«

»Ende März«, korrigierte sie. »Um drei Uhr ist das Tanklager hochgegangen.«

Eine Nacht, von der Olive nicht glaubte, dass sie sie jemals vergessen würde. Ein Dutzend Talibankämpfer waren nach monatelanger sorgfältiger Planung in den frühen Morgenstunden in den Stützpunkt des Feindes eingedrungen. Sie hatten sich in drei Gruppen geteilt: Ein Team war zum Tanklager geschlichen, ein zweites zum Privatquartier des Commanders und das dritte zum Flugzeughangar. Sieben alliierte Soldaten waren getötet und weitere fünf verwundet worden, ehe die Angreifer alle erschossen worden waren. Olive, die damals Rufbereitschaft gehabt hatte, musste plötzlich unter heftigem Beschuss in Deckung gehen, und ein Querschläger hatte ihre Schulter gestreift. Die Verletzung war leicht gewesen, aber streng genommen war sie angeschossen worden.

»Manchmal«, sagte Anderson, »glaube ich, seit ich aus Afghanistan zurückgekommen bin, habe ich mich nicht mehr richtig lebendig gefühlt.«

»Warum haben Sie die Army dann verlassen?«

Er zuckte die Achseln. »Ich habe zwei Töchter, die ihren Dad brauchen. Und ich hatte Eloise versprochen, dass es ein Enddatum für meine militärische Laufbahn geben würde. Außerdem hatte ich politische Ambitionen. Und Sie?«

»Ich habe mich verliebt.«

»Also, das hört sich doch an wie der beste Grund von allen.«

Olive war sich ziemlich sicher, dass er ganz kurz nach unten schielte, auf ihre linke Hand.

»Eigentlich nicht. Hat nicht geklappt.« Betont schaute Olive sich um, obwohl es auf der Station noch immer ruhig war. »Ich muss weitermachen«, verkündete sie und erhob sich. »Sagen Sie mir Bescheid, wenn ich irgendetwas tun kann, Mr Anderson.«

»Michael«, sagte er. »Danke, Olive. Sie haben mir mehr geholfen, als Ihnen klar ist.«

## 43

An diesem Abend beschäftigte sich Garry mit seinen Weihnachtskränzen: einen für seine eigene Haustür, einen zweiten für die seiner Eltern. Normalerweise hatte er es gern, wenn sie gut zwei Wochen vor dem großen Tag an ihrem Platz hingen, doch dieses Jahr hatte es lange gedauert, bis die Beeren der Efeuhecke schwarz geworden waren.

Er begann mit Moos, das er an mehreren Sammelwochenenden von Baumstümpfen und alten Zäunen gehamstert hatte, wickelte es vorsichtig um die Drahtgestelle und befestigte dann die riesigen Juteschleifen. Als Nächstes kam das Grün, eine Mischung aus Fichten-, Myrten-, Schneebeeren- und Wacholderzweigen. Und schließlich setzte er die Akzente: getrocknete Apfelscheiben, Tannenzapfen, Zimtstangenbündel und getrocknete Zitronenscheiben. Letztes Jahr waren seine Kränze üppig und knallbunt gewesen, diese hier waren subtiler, klassischer. Seiner Mutter erzählte er, dass er sie von einem Floristen in Durham bekäme. Von einem, der zu weit weg war, als dass sie vorbeischauen und sich bedanken könnte.

Als er fertig war, legte er den Kranz für seine Eltern nach draußen, wo er kühl bleiben würde. Morgen früh würde er ihn hinbringen, aufhängen und wieder verschwinden, bevor seine Mum Gelegenheit hatte, ihn wegen Lexy vollzutexten. Es würde Wochen, vielleicht sogar Monate dauern, bis sie endlich Ruhe gab. *Wie geht's denn Lexy, Garry? Siehst du Lexy in letzter Zeit öfter? Arbeitet ihr beide wieder zusammen?*

Er öffnete seine Haustür und fand eine weiße Schneeverwehung im Türrahmen vor. Noch immer schwebten winzige Flocken in der Nachtluft herum, und der Himmel schien der Erde viel zu nahe zu sein. Das schlechte Wetter war nicht vorbei, noch lange nicht.

Fast ohne innezuhalten, um den Kranz zu bewundern, schloss er die Tür vor der eisigen Nacht und schaltete drinnen den Computer im Gästezimmer an. Dann öffnete er Google Maps, tippte Hexham in das Suchfeld und vergrößerte das umliegende Areal.

Olives Wagen war gefilmt worden, als er auf dem Weg aus Hexham heraus den Tyne überquert hatte, und zwar in Richtung A69, der Hauptroute von Osten nach Westen. Doch keine der Kameras an der A69 hatte ihn erfasst, was bedeutete, dass er nicht lange auf der Hauptstraße geblieben sein konnte. Es war unwahrscheinlich, dass sie auf Nebenstraßen und bei dieser Witterung weit hatten fahren wollen. Sein Instinkt sagte ihm, dass Olive noch immer irgendwo in der Umgebung von Hexham war.

Er könnte eine Liste aller Pubs, die Zimmer anboten, sowie aller Ferienwohnungen im Umkreis von, sagen wir, achtzig Kilometern um den Ort machen und bei all denen anrufen. Doch das würde nichts helfen, wenn die Person, mit der sie weggefahren war, ein Haus dort in der Gegend besaß.

Sein Festnetztelefon klingelte. Seufzend nahm Garry ab. Er wusste, dass es wieder seine Mum sein würde, die einfach nicht anders konnte, als ein bisschen in Sachen Lexy nachzubohren.

»Ich bin's«, sage Lexy, so wie er es, das war ihm klar, ganz tief im Innern gehofft hatte. »Haben Sie ein bisschen geschlafen?«

Einen Moment lang hatte er keinen Schimmer, wovon sie redete. In den letzten paar Stunden war eine Menge passiert. »Ja, danke«, log er. »Gibt's was Neues?«

»Eigentlich nicht.« Sie klang müde. »Ich hatte den ganzen Tag Vernehmungen. Sind Sie dazu gekommen, im Hotel anzurufen?«

»Die geben einen Schlüssel pro Zimmer raus«, berichtete Garry. »Und den hat Olive bekommen, als sie eingecheckt hat. Nur sie hat sich ins Register eingetragen, aber bei der Buchung war eine Notiz, dass ihr Mann als Überraschung aufkreuzen würde – arrangiert von der Frau, die sich als seine Sekretärin ausgegeben hat, wissen Sie noch? Vermutlich hat sich deshalb niemand darüber gewundert, dass sie allein angekommen ist. Sie hat vielleicht mit jemand anderem zu Abend gegessen, aber ursprünglich hatte sie das nicht vor.«

»Interessant.«

»Fand ich auch, aber nicht mal annähernd so interessant wie etwas anderes, was ich heute Abend erfahren habe.«

»Nämlich?«

»Howie und Tina Tricks waren vor sechs Monaten auf Olives und Michaels Hochzeit.«

Lexy hörte schweigend zu, während Garry sie ins Bild setzte: dass Howie von Olive Andersons Verschwinden wusste und sich dafür interessierte und dass Tina und Howie trotz der sehr öffentlichen Feindschaft zwischen dem Abgeordneten Anderson und der Familie Tricks auf Andersons Hochzeit gewesen waren.

Dann erzählte er ihr von der Internetrecherche, die er durchgeführt hatte, seit er nach Hause gekommen war.

»Anderson hat sich seit der Zeit, als er fürs Parlament kandidiert hat – das war vor sechs Jahren –, ziemlich ausführlich über das organisierte Verbrechen im Allgemeinen und über Tricks im Besonderen ausgelassen. Bis vor etwa drei Jahren. Dann hat sich sein Fokus plötzlich geändert, und er hat angefangen, vage zu behaupten, das sei ja ein landesweites Problem. Jetzt redet er von ausländischen Gangs, die hier aufschlagen und das Problem auf einen ganz neuen Level heben. Im Großen und Ganzen hat er vor drei Jahren einen Rückzieher gemacht, was die Tricks' betrifft. Und das Geldwäscheverfahren seiner Frau ist ungefähr um dieselbe Zeit in sich zusammengefallen.«

Lexy überlegte kurz. »Und die sind so gute Freunde geworden, dass Howie und Tina zur Hochzeit eingeladen werden? Garry, sind Sie sicher?«

Er studierte das Bild ein weiteres Mal. »Das Leben meiner Mum würde ich nicht drauf verwetten, aber ja, ich bin mir einigermaßen sicher. Ich schick's Ihnen rüber.«

»Ich muss darüber nachdenken«, sagte Lexy. »Haben Sie das sonst noch irgendjemandem erzählt?«

»Noch nicht.«

»Dann tun Sie's nicht. Ich fahre morgen zu Andersons Wahlkreisbüro. Um zehn in Guisborough. Wollen Sie mitkommen?«

»Sie meinen, Sie brauchen einen Fahrer.«

Einen Moment lang herrschte Stille in der Leitung, dann: »Also, ich kann auch irgendjemanden, der gerade Dienst hat, bitten, mich zu fahren.« Sie klang fast gekränkt. »Ich dachte, Ihnen liegt etwas daran, Olive lebendig und wohlbehalten wiederzufinden.«

»Ich hole Sie um halb zehn ab«, erwiderte er. Noch ein paar Sekunden Schweigen, dann sagte er: »Danke.«

»Keine Ursache.« Sie legte auf.

Bevor er an diesem Abend ins Bett ging, nahm Garry den Kranz von der Haustür. Er hatte Lexy schon mehr als genug von sich offenbart. Erst als er langsam in den Schlaf hinübertrieb, begriff er: Das musste bedeuten, dass er hoffte, sie würde wieder vorbeikommen.

# 44

»Sind Sie verheiratet, Olive?«, fragte Eloise, während ihr Olive behutsam die Haare wusch. Die einst üppigen Locken der Kranken waren dünn geworden und zu stumpfem Silber verblasst. Jetzt war es feines, brüchiges Haar, doch selbst Menschen, die nur noch Wochen zu leben hatten, wussten einen sauberen Kopf zu schätzen.

»Nein.« Olive war froh, dass sie hinter Eloise am Kopfende der Badewanne saß und die andere Frau ihr Gesicht nicht sehen konnte.

»Schon mal nahe dran gewesen?«

Olive stützte Eloises Kopf mit einer Hand und spülte den Schaum ab.

»Sie halten mich für impertinent, nicht wahr?«, fuhr Eloise fort, als Olive nicht antwortete. »Aber wenn man nur noch so wenig Zeit hat wie ich, dann neigt man dazu, Umgangsformen nicht mehr ganz so wichtig zu finden.«

Noch einmal goss Olive Wasser über Eloises Haar und drückte es dann aus. Das Badewasser kühlte ab, und Krebspatienten froren schnell. Sie wickelte ihrer Patientin ein Handtuch um den Kopf, ehe sie ihn sanft wieder auf den Wannenrand legte.

»Das haben Sie doch bestimmt auch schon andere Patienten gefragt.« Eloise war heute Abend ungewöhnlich gesprächig.

»Die drücken sich meistens nicht so gut aus, aber ja, das stimmt wohl«, erwiderte Olive. »Die Wahrheit ist, einmal hätte ich schon gern geheiratet.«

Während sie das sagte, spürte sie, wie sich die vertraute Schwere in ihre Glieder schlich, das Ziehen im Bauch, den Schmerz tief in der Brust.

»Und was ist passiert? Wissen Sie, es nützt nichts, ich werde meine Zeit nicht damit verschwenden, höflich zu sein. Wenn ich etwas wissen will, frage ich.«

»Na ja, das kann ich verstehen. Ehrlich gesagt, ich weiß nicht genau, was passiert ist. Vielleicht werde ich es nie wissen. Es hat nicht geklappt.«

»Wie lange ist das her?«

»Etwas über ein Jahr.«

Eloise gab ein leises Pfeifgeräusch von sich. »Sie finden schon noch jemand anderes«, meinte sie. »Ich meine, sehen Sie sich doch an. Sie sind wunderschön.«

Olive schloss die Augen. Über ein Jahr, und es tat immer noch so weh. »Danke. Aber das glaube ich nicht, der Blitz schlägt nicht zweimal ins selbe Haus.«

»Er muss etwas ganz Besonderes gewesen sein.«

Olive gestattete sich ein leises Auflachen. »Nein«, sagte sie nach kurzem Schweigen. »Etwas Außergewöhnliches. Das Wasser wird jetzt ganz schön kühl, vielleicht sollten wir Sie da rausholen.«

»Noch ein paar Minuten. Das hier könnte mein letztes Bad sein.«

»Das glaube ich nun wirklich nicht.«

Eloise lag seit drei Tagen auf der Station, und Olive ging noch immer davon aus, dass sie noch ein paar Wochen vor sich hatte. Noch hatten die Anzeichen für das Ende sich nicht eingestellt.

Während sie mit den Händen sachte im Wasser plätscherte, sagte Olive: »Es tut mir leid, dass es nicht geklappt hat, aber wenigstens hatten Sie etwas Besonderes. Wir müssen wohl alle für das Gute dankbar sein, das wir haben. Selbst wenn es nicht anhält.«

»Das stimmt. Und Sie haben doch eine wunderbare Familie«, erwiderte Olive. »Das muss ein großer Trost sein.«

»Auf jeden Fall habe ich zwei wunderschöne Töchter.«

Interessante Wortwahl. »Und Ihr Mann? Der scheint doch ein ziemlicher Hauptgewinn zu sein.«

»Wie Sie sagen, außergewöhnlich.« Eloise seufzte tief. »Ich habe Michael vergöttert«, fuhr sie fort. »Sehr lange. Aber ich habe ihm nie genügt.«

Olive wartete einen Moment und antwortete dann: »Ich bin sicher, dass das nicht der Fall ist.«

»Jetzt sind *Sie* höflich. Er hat sich schwergetan, als er aus der Army ausgeschieden ist. Mehr als die meisten anderen. Irgendetwas an der Lebensweise in der Army hat er gebraucht.« Sie senkte die Stimme fast bis zum Flüstern und setzte hinzu: »Oder vielleicht mache ich mir da ja auch etwas vor.«

»Sie meinen, ihm hat die Gefahr gefehlt?«, fragte Olive und dachte an ihr Gespräch mit Michael über dieses Thema. »Den Adrenalinkick, nicht zu wissen, ob man noch am Leben sein wird, wenn die Sonne untergeht?«

»Natürlich, Sie waren ja mit ihm bekannt, nicht wahr? In Afghanistan?«

»Eigentlich nicht. Unsere Wege haben sich nie gekreuzt. Glücklicherweise ist er ja nicht verwundet worden.«

Eloise schwieg einen Augenblick lang, dann: »Fehlt es Ihnen auch?«

Olive lächelte. »Es heißt, ich sei ein Adrenalinjunkie, also vielleicht schon.«

»Bei Michael ist es fast so, als ob er unbedingt Risiken eingehen muss«, sagte Eloise. »Je gefährlicher, desto besser. Und zum Teufel mit den Konsequenzen. Egal, wem er wehtut, egal, wer mit hineingezogen wird. Sie täten gut daran, sich das zu merken.«

Olive spürte, wie sich ihr Körper verspannte. »Ich kann Ihnen nicht ganz folgen.«

Erst antwortete Eloise nicht. Dann sagte sie: »Ich habe gehört, Sie haben dafür gesorgt, dass die Stationstür abgeschlossen wird, solange ich hier bin, und dass sich alle Besucher im Stationszimmer melden müssen. Vielen Dank.«

»Keine Ursache. Es hat doch keine Probleme mehr gegeben, oder?«

»Nein, aber Politiker schließen oft gefährliche Freundschaften. Ich habe gelernt, auf der Hut zu sein.«

Olive sagte sich, dass sie vorsichtig sein musste, dass Eloise nicht der Verdacht kommen durfte, dies hier sei mehr als harmloses Geplauder. »Mr Anderson hat seine Vorliebe für gefährliche Sportarten erwähnt. Ich kann mir vorstellen, dass man sich da Sorgen macht.«

Eloise lachte, leise und gemein. »Das klingt, als wären Sie auf der Pirsch, Olive. Wissen Sie, es ist nicht alles Gold, was glänzt. Und Sie haben recht, das Wasser ist kalt. Ich muss jetzt hier raus.«

## 45

»Es geht um die Ohren, Dumbo.« Lexy legte ihm die Hand auf den Arm. »Guck dir die Ohren an.« Dann versetzte sie ihm eine Ohrfeige.

Garry schreckte aus dem Schlaf auf. Die Umstellung von Nacht- auf Tagdienst brachte ihn immer durcheinander, und ein paar Augenblicke lang hatte er keine Ahnung, ob Tag oder Nacht war. Er wusste nur, dass der Traum, aus dem er soeben herausgestürzt war, wichtig gewesen war.

Er schloss die Augen, versuchte, sich wieder dort hineinfallen zu lassen, und ging im Geist alles durch, woran er sich erinnern konnte. Er war einen langen Korridor hinuntergegangen und hatte Plakate an einer Wand betrachtet. Plakate, auf denen Olive abgebildet war.

Es waren Vermisstenplakate gewesen, von der altmodischen Sorte, die früher an Anschlagtafeln in Läden, Schulen und Postämtern aufgehängt worden waren. Das digitale Zeitalter hatte sie weitgehend überflüssig gemacht.

Jedes Bild von Olive war ein klein wenig anders gewesen. Es war ein »Finde den Unterschied«-Spiel, wie man sie in Zeitungen, Zeitschriften und Rätselbüchern für Kinder fand. Darin war er immer gut gewesen, fast so gut wie in »Wo ist Walter?«. Es war doch ganz eindeutig, wo sich der

Strebertyp im rot-weiß gestreiften Pullover auf dem Wimmelbild befand, der war doch nicht zu übersehen.

»Ihr Hemd ist andersrum gestreift«, erklärte er Lexy, die, wie das in Träumen so war, neben ihm erschienen war. Als sie zum nächsten Bild kamen, sagte er: »Andere Ohrringe.«

Sie gingen weiter. »Knöpfe«, sagte er und dann: »Haarspange.«

»Ich weiß nicht, wie du das machst«, hatte Lexy bewundernd versichert, sich aber gleichzeitig beängstigend wie seine Mum angehört. »Es geht um die Ohren, Dumbo. Guck dir die Ohren an.«

Er hatte hingeguckt und zugesehen, wie Olives Ohren riesengroß und faltig geworden waren, wie sie sich in schlaffe graue Elefantenohren verwandelt hatten.


Nunmehr richtig wach, rollte Garry sich herum und schaute auf sein Handy. Über Nacht waren keine Nachrichten eingegangen, und es war kurz nach acht Uhr morgens. Olive war seit über dreißig Stunden verschwunden.

Er setzte sich auf und grübelte über das wenige nach, was er und Lexy seit ihrem mitternächtlichen Einsatz herausgefunden hatten. Obwohl sie davon ausgegangen war, allein im Hotel in Hexham abzusteigen, hatte Olive mit jemand anderem gegessen und war mit ihm oder ihr abgereist. Mit einer Person, über die sie noch immer nichts wussten. Das Hotel behauptete, Michael Anderson hätte vorgehabt, seine Frau mit seinem Auftauchen zu überraschen; dieser bestritt, etwas Derartiges arrangiert zu haben. Olives Auto war nach der Fahrt aus Hexham heraus nicht von den Überwachungskameras erfasst worden, also waren sie und ihre Begleitperson entweder nicht weit gefahren, oder sie hatten Nebenstraßen benutzt, wahrscheinlich in Richtung Norden. Laut Gwen Warner war sie in ihrer Ehe nicht glücklich gewesen. Am besorgniserregendsten war, dass sie im Spätsommer Anzeige erstattet hatte, weil ihr jemand bis nach Hause gefolgt war. Sie hatte das so beunruhigend gefunden, dass sie zur Polizei gegangen war. Und ein gefährlicher Gangster hier aus der Gegend hatte sie im Visier.

Garry zog das Schlafzimmerrollo hoch, schaute hinaus und sah, dass es noch mehr geschneit hatte. Er hielt den Rasen hinten im Garten auf ein Minimum beschränkt: ein normalerweise grüner Streifen, der sich vom Haus zum hinteren Zaun wand und dabei eine schmiedeeiserne Bank umkurvte, bis er hinter einem Lorbeerbusch verschwand. Ansonsten wuchsen im Garten hauptsächlich Sträucher, kleine Bäume und hohe Ziergräser. Alle gut für Rahmen, Textur, Bewegung und Kontrast, alle jetzt schwer und gebeugt unter glitzernden weißen Kristallen.

Hinter dem Zaun begann ein dicht bewaldeter Park, der den Eindruck erweckte, dass sich der Garten bis in endlose Weiten erstreckte. Normalerweise verbrachte Garry die ersten paar Minuten jedes Tages damit, hinauszublicken und die Veränderungen zu betrachten, die das Wetter oder die Jahreszeiten erzeugt hatten, Spuren im Schnee und die ersten aufscheinenden Farben. Der Anblick seines vollkommenen kleinen Gartens und des Parks dahinter erdete und beruhigte ihn immer.

Heute Morgen war der Himmel zartrosa, und ein Rotkehlchen hüpfte den Ast eines Hartriegelstrauchs entlang.

Seine kupferrote Brust passte farblich zu den kahlen Zweigen. Ein kostbarer Farbtupfer in einer monochromen Welt, doch irgendwie wirkte der Garten heute nicht seinen üblichen Zauber. Garry versuchte, sich vorzustellen, wie er sich fühlen würde, wenn jemand, den er liebte, bei diesen Witterungsverhältnissen seit über dreißig Stunden verschwunden wäre, und stellte fest, dass es ihm nicht gelang. Seine Fantasie ließ ihn wieder mal im Stich.

Oder vielleicht liebte er auch einfach niemanden genug.

## 46

*Montag, 10. Dezember, vor zwei Jahren*

Olive war auf dem Rückweg zur Station, als sie Eloise und Michael im Flur begegnete. Eloise saß wie eine lebende Vogelscheuche in einem Klinikrollstuhl, im Daunenmantel und mit einer Decke über den Knien.

»Das sieht nach einem Ausflug aus«, stellte Olive fest, während sie zurücktrat, um das Paar vorbeizulassen.

»Ich fahre mit Elly in den Garten«, erwiderte Michael. »Wir gehen uns den Schnee ansehen.«

»Gute Idee«, sagte Olive, obwohl sie das für sehr unvernünftig hielt. Draußen waren es knapp über null Grad. »Aber vielleicht bleiben Sie lieber nicht zu lange. Es ist sehr kalt.«

»Höchstens zehn Minuten«, versicherte Michael.

Eloise hielt den Blick weiter auf ihren Schoß gerichtet und machte sich nicht die Mühe, Olive auch nur zur Kenntnis zu nehmen.

»Ehrlich gesagt, ich bin froh, dass wir Ihnen über den Weg gelaufen sind«, fuhr Michael fort. »Können Sie uns einen Gefallen tun?«

Eloise seufzte.

»Wie kann ich helfen?«, erkundigte sich Olive.

Michael schaute rasch auf die Gestalt im Rollstuhl hinab. »Ich habe für meine Frau einen Treuhandfond eingerichtet«, erklärte er. »Viele Leute, vor allem im House of Commons, haben gefragt, ob es eine Wohltätigkeitsorganisation gibt, die sie besonders schätzt, und ob sie dafür spenden können. Deshalb habe ich es jetzt offiziell gemacht. Die Nachrichten haben auch darüber berichtet, also ist die Öffentlichkeit involviert. Wir haben noch nicht entschieden, was genau wir unterstützen werden, aber mit an Sicherheit grenzender Wahrscheinlichkeit wird es etwas mit diesem Krankenhaus zu tun haben.«

»Das ist eine tolle Idee«, sagte Olive.

»Und wir wollten fragen, ob Sie einer der Treuhänder sein würden.«

»Ich?«

Er bedachte sie mit diesem fantastischen Lächeln, dem Lächeln, das ihn irgendwann dieser Tage zum Premierminister machen würde. »Wer wäre dazu besser geeignet als Eloises Pflegerin? Sie kennen uns, Sie kennen das Krankenhaus und wissen, was es benötigt. Das macht nicht viel Arbeit. Und jetzt gleich erst einmal überhaupt keine.«

»Erst wenn ich tot bin«, ergänzte Eloise. »Sollten wir nicht gehen, bevor ich wieder meine Medikamente bekomme, Mike?«

»Denken Sie darüber nach?«, fragte er Olive und schaute über die Schulter zurück, als er seine Frau davonrollte.

Sie nickte ganz leicht.

Als die beiden außer Sicht waren, folgte sie ihnen und vergewisserte sich, dass der Fahrstuhl sie verschluckt hatte, ehe sie die Treppe nahm und ins Erdgeschoss hinunterrannte.

Das Krankenhaus hatte einen kleinen, quadratischen Garten, einen geschlossenen Innenhof, der auf allen vier Seiten von Büro- und Stationsräumen umgeben war. Hauptsächlich diente er Patienten und Besuchern zum Rauchen. Dort gab es mehrere Bänke, einen regenfesten Unterstand und ein paar recht dürftige Sträucher. An einem so unerfreulichen Tag war er höchstwahrscheinlich leer.

Da sie genau wusste, wo der Unterstand war, den die Andersons wegen des Schnees brauchen würden, eilte Olive zu einem kleinen Zimmer direkt dahinter. Da stand der Fotokopierer, und auch das Briefpapier wurde dort aufbewahrt. Das Licht, das vom Garten hereinfiel, war von stumpfem Cremegelb, und die Luft war von Schneeflocken erfüllt. Doch der Schnee hatte die Sträucher weichgezeichnet und aufgeplustert und in kunstvolle weiße Skulpturen verwandelt.

Olive hatte noch Zeit, das Fenster einen Spalt weit zu öffnen, bevor sie hörte, wie sich die Tür zum Hof öffnete, gefolgt vom Knirschen von Rädern auf Schnee.

Sie trat zurück, weg vom Fenster. Dann hörte sie, wie die Räder anhielten, und einen schweren Seufzer von Michael, als er neben seiner Frau auf der Bank Platz nahm.

Eloise sagte als Erste etwas. »Ich habe sie vor dir gewarnt.«

»Wen?«

»Florence Nightingale.«

»Ich nehme an, du meinst Olive.«

»Ich würde dir ja sagen, dass du dich vorsehen sollst, wenn es mir wichtig genug wäre. Die ist nicht der Engel, als den sie sich ausgibt. Da ist etwas in ihren Augen. Im Laufe der Jahre habe ich gelernt, das zu erkennen.«

Michael seufzte abermals vernehmlich. »Elly, ist das wirklich der richtige Augenblick?«

»Oh, ich denke doch, ich kann mir jetzt aussuchen, womit ich meine Augenblicke verbringe, meinst du nicht?«

Olive lehnte das Gesicht an die kalte Außenwand, als wolle sie näher an das Gespräch heran, das sie belauschen musste.

Als Eloise weitersprach, klang es zornig, und sie sprach mit einer Lautstärke und einer Kraft, die Olive bei jemand so Krankem nur selten begegnet waren.

»Gott steh mir bei, wenn du ihnen je etwas tust, ich schwör's, ich komme zurück. Ich komme und hole deine Seele, Michael, wenn du auch nur …«

»Herrgott noch mal! Du weißt doch, dass ich das nicht tun werde.«

»Eben nicht, darum geht's ja. Ich weiß, dass du es nicht vorhast, dass du es nicht wollen wirst, aber vielleicht kannst du ja nicht anders. Mir wolltest du auch nie wehtun, und trotzdem …«

»Wirklich?« Jetzt war Anderson ungehalten. »Du hast es so schlimm gefunden? Ich erinnere mich da nämlich an einige Dinge ...«

»Untersteh dich!«, fuhr Eloise ihren Mann verblüffend energisch an. »Ich bin jedes Mal innerlich gestorben. Jedes Mal, wenn du mich dazu gezwungen hast, wollte ich dich umbringen und mich gleich auch, und manchmal hab ich's nur nicht getan, weil ich wusste, was das mit den Mädchen machen würde. Ich hätte nie geglaubt, was ich alles tun würde, um meine Familie zusammenzuhalten.«

»Ich auch nicht.« Michaels Stimme klang tonlos, anklagend, wütend.

Schweigen.

Dann ging Eloise von Neuem auf ihn los. »Das war deine Schuld.«

»Nein, den Schuh zieh ich mir nicht an. Es war nicht ...«

»Ich will es nicht hören. Ich mein's ernst, Michael, wenn du nicht aufhörst, fange ich an zu schreien.«

»Okay, okay.« Wieder ein tiefes, erschöpftes Seufzen, dann das Kleiderrascheln, als er aufstand. »Ich denke, wir sind hier fertig. Bringen wir dich wieder rein.«

# 47

Garry holte Lexy um halb zehn für die kurze Fahrt nach Guisborough ab. Sie trug denselben Mantel und dieselbe Mütze wie gestern, hatte aber ihren Hosenanzug gegen Jeans und einen dicken rosa Pullover eingetauscht.

»Verletzt ist Olive nicht«, verkündete sie beim Einsteigen. »Das habe ich gestern überprüft, am späten Nachmittag war ich fertig. Niemand, auf den ihre Beschreibung auch nur annähernd passt, ist in eins der umliegenden Krankenhäuser eingeliefert worden. Und ihr Wagen wird in keiner Unfallmeldung erwähnt.«

»Gut zu wissen.«

Und dann verstummte sie, sah aus dem Fenster, sodass ihr Gesicht von ihm abgewandt war, und schaute gelegentlich auf ihr Handy. Garry fuhr weiter und redete sich ein, dass ihm das nichts ausmachte. Wenn überhaupt war er dankbar, ein paar Augenblicke Ruhe zu haben. Leute, die niemals aufhörten zu plappern, hatte er noch nie leiden können, Männer oder Frauen. Fünfzehn lange Minuten redete er sich Versionen desselben Themas ein, und dann war es um seine Entschlossenheit geschehen.

»Sind Sie sauer, weil ich gestern noch mal zu den Tricks' gefahren bin? Und zu Olives Eltern?«

Lexy sah überrascht aus. »Wäre das wichtig?«, fragte sie.

Ja, wäre es. »Nicht besonders«, erwiderte er.

»Ich habe Sie schon gestern Morgen als eigenwilligen Sonderling eingestuft«, sagte sie. »Aber nein, ich bin nicht sauer. Allerdings hat uns das mehr Fragen als Antworten eingebracht.«

Garry wartete darauf, dass sie erläuterte, was das für Fragen waren, und überlegte, ob es wohl dieselben sein würden, die ihm im Kopf herumgingen, oder ob sie etwas hatte sehen können, das ihm entgangen war. Damit musste er rechnen. Sie war der erfolgreiche Detective und er der Verkehrspolizist.

Der eigenwillige Verkehrspolizist, wohlgemerkt.

»Was machen Sie eigentlich normalerweise so am Wochenende?«, erkundigte sich Lexy. »Wenn Sie nicht gerade nebenbei als Detektiv tätig sind?«

Der Themawechsel war ein Segen – allmählich tat ihm das Gehirn weh. »Das Übliche«, antwortete er. »Einkaufen. Waschen. Hausarbeit. Im Schrebergarten arbeiten.«

Einen Moment lang wünschte er, er könnte mit etwas Interessanterem aufwarten: Manöver mit der Landwehr, ein bisschen Skydiving, ehrenamtliche Tätigkeit in der Obdachlosenunterkunft.

»Echt jetzt?« Lexy warf ihm einen wissenden Blick zu, doch sie war nahe dran, wieder zu lächeln, und er stellte fest, dass es ihm sehr viel lieber war, wenn sie lächelte. Selbst wenn sie sich dabei meistens über ihn lustig machte.

»Was soll das denn heißen?«, fragte er. »Sie glauben nicht, dass ich einen Garten habe?«

Ein Schrebergarten? Er war fünfunddreißig, und sein wichtigstes Wochenendhobby war Gartenarbeit in seinem Schrebergarten.

Und das war definitiv ein Lächeln, was da um ihre Mundwinkel spielte. »Mein Grandad hat einen Garten«, sagte sie. »Deshalb weiß ich ganz genau, dass selbst gezogenes Gemüse nie so perfekt aussieht wie das Zeug, das Sie gestern Ihrer Mum untergejubelt haben. Nicht eine Schnecke zu sehen, nicht eine Made, nicht ein Wurmloch.«

*Ich bin Detective.* Nun, sie hatte ihn gewarnt.

»Vielleicht bin ich ja ein besserer Gemüsegärtner als Ihr Grandad«, erwiderte er.

Diesmal lächelte sie richtig. »Vielleicht.«

Heiliger Strohsack, möglicherweise würde er dieser jungen Frau tatsächlich reinen Wein einschenken müssen.


»Ist sie wirklich verschwunden?«, wollte die Wahlkreisvertreterin, die Evelyn hieß, wissen, während sie dünnen Kaffee einschenkte und eine Packung Billigkekse öffnete.

Der Parteivorsitzende, ein kleiner Mann mittleren Alters, der sich als Richard Potts vorgestellt hatte, hatte aus seiner privaten Taschenflasche einen Schuss hineingetan und den Flachmann dann reihum angeboten. Alle hatten abgelehnt, doch als Garry seinen Kaffee probierte, wünschte er sich fast, er hätte das Angebot angenommen. Lexy, sah er, nippte einmal und stellte ihren Becher wieder hin.

»Wir haben nämlich nichts davon in den Nachrichten gesehen, nicht wahr, Richard?«, fuhr Evelyn fort. »Und wir werden eine Besprechung ansetzen müssen. Sie haben ja keine Ahnung, was wir an Anrufen kriegen, wenn so etwas passiert.«

»Zum gegenwärtigen Zeitpunkt haben wir noch keine Vermisstenmeldung herausgegeben und haben auch nicht vor, das vor Montagmorgen zu tun, es sei denn, es ergibt sich etwas Neues«, sagte Lexy. »Aber bei jemand so Bekanntem wie Mrs Anderson müssen wir vorbereitet sein.«

»Wissen Sie, ob Michael diese Freundin erreicht hat, die er ausfindig zu machen versucht hat?«, erkundigte sich Evelyn.

Lexy warf Garry einen raschen Blick zu. »Entschuldigung, was für eine Freundin sollte das sein?«

»Michael war gestern hier wegen der Bürgersprechstunde am Freitagvormittag, so wie immer«, erklärte Evelyn. »Er wollte unbedingt eine Adresse in den Akten finden. Jemand, den Olive von früher her kannte, hat er gesagt, und der vielleicht wüsste, was mit ihr passiert ist. Ich habe ihm angeboten, für ihn danach zu suchen, aber er hat darauf bestanden, die Akten selber durchzusehen.«

»Wissen Sie noch, wie diese Freundin hieß?«, erkundigte sich Lexy.

»Nein, das meine ich ja gerade. Er hat keinen Namen genannt. Sonst hätte ich ja auch suchen können.«

»Danke.« Lexy sprach langsam, als denke sie scharf nach. »Wir fragen ihn. Hat bis dahin einer von Ihnen vielleicht noch andere Informationen, die relevant sein können?«

»Wie meinen Sie das?«, fragte Potts.

»War Mrs Anderson Ihres Wissens wegen irgendetwas besorgt? Hatte sie irgendwelche Drohungen erhalten? Hat Mr Anderson jemals erwähnt, dass er sich Sorgen um seine Frau macht?«

Vertreterin und Vorsitzender sahen sich mit identischen Mienen an: unbestimmt, verwirrt, argwöhnisch.

Lexy setzte ein höfliches Lächeln auf. »Ist es möglich, dass die Beziehung der Andersons nicht vollkommen glücklich war?«

Evelyn schürzte die Lippen. »Sie wollen, dass wir Klatsch und Tratsch weitergeben?«

Potts, stellte Garry fest, hatte so ein Funkeln in den Augen. Ihm zumindest machte dieses Drama Spaß.

»Ich bitte Sie, bei etwas zu kooperieren, das sich zu einem ernsthaften Ermittlungsverfahren auswachsen könnte«, gab Lexy zurück. »Seit sechsunddreißig Stunden hat niemand mehr etwas von Olive Anderson gehört.«

Garry stand auf. Die Wände des Büros waren mit Fotografien bedeckt. Im Haus der Andersons hatte sich ein Foto als nützlich erwiesen und bei Olives Eltern auch.

»Wie gut kennen Sie Olive?«, versuchte Lexy es noch einmal. »Sie und Mr Anderson sind seit, wie lange, sechs Monaten verheiratet? War sie oft hier?«

»Sie ist ein nettes Mädel«, bemerkte Potts. »Wir kriegen sie nicht so oft zu Gesicht wie die erste Mrs Anderson. Aber sie ist immer freundlich, wenn sie Michael begleitet.«

Die meisten Fotos zeigten Wahlkreisaktivitäten: förmliche Abendessen, Eröffnungszeremonien, Besuche in Schulen. Eloise war auf mehreren zu sehen, die Mädchen auf einem oder zwei, Olive auf keinem.

Die Jacht tauchte ebenfalls auf diesen Fotos auf, wieder mit Anderson am Ruder. Auf einem Bild trug die ganze Mannschaft die roten Rosetten der Labour Party.

»Mrs Warner, Mr Andersons Schwiegermutter, glaubt, Olive könnte so unglücklich gewesen sein, dass sie ihren Mann verlassen hat. Erscheint Ihnen das wahrscheinlich?«

Garry schaute über die Schulter und sah, wie Evelyn den Kopf schüttelte. »Ich hätte nicht gedacht, dass es schon so weit gekommen wäre. Sie sind doch erst seit ein paar Monaten verheiratet. Ich sage Ihnen, was ich weiß. Olive hat sich auf Social Media einiges anhören müssen, vor allem auf Facebook. Es hieß, sie würde Eloise nie das Wasser reichen können.«

»Das war bestimmt schlimm für sie.«

»Für Michael war es auch schlimm. Die Sache ist die, Olive hat geglaubt, dass die Mädchen dahinterstecken. Also, ich sage ja nicht, dass sie es waren oder dass ihre Großmutter sie dazu angestiftet hätte. Aber ich bezweifle, dass irgendwer von ihnen das so ernst genommen hat, wie sie es hätten tun müssen, wenn Sie verstehen, was ich meine.«

»Ja, ich glaube, ich verstehe. Sagen Sie, bekommt die Partei eigentlich Geldspenden von Unternehmen und reichen Leute hier aus der Gegend?«

»Von ein paar«, antwortete Potts. »Natürlich nicht so viele, wie an die Tories spenden. Unserer finanziellen Mittel kommen größtenteils von den Parteimitgliedern und den Gewerkschaften.«

»Wenn es also nicht viele Spender sind, dürften Sie doch wissen, wer sie sind?«

»Selbstverständlich«, beteuerte Evelyn. »Und diese Informationen sind auch alle öffentlich zugänglich. Labour hat nichts zu verbergen.«

Garry glaubte zu wissen, worauf Lexy hinauswollte. Und dass das nichts war, was die Partei würde öffentlich machen wollen.

»Was ist mit den Tricks' oder irgendwelchen Geschäftspartnern der Familie?«, fragte Lexy. »Könnten die auch auf der Liste der Spender auftauchen?«

Beauftragte und Vorsitzender machten genau das gleiche entgeisterte Gesicht.

»Sie müssen den Verstand verloren haben«, stieß Potts hervor. »Michael kann sich nicht mit denen abgeben. Das wäre politischer Selbstmord.«

## 48

*Dienstag, 11. Dezember, vor zwei Jahren*

»Da ist ja unsere Lieblingsschwester«, bemerkte Michael, als Olive kam, um bei Eloise Puls und Blutdruck zu messen.

Die Patientin lächelte nicht wie ihr Mann. Wenn überhaupt, wurde ihr Blick kalt.

Michael schien das Unbehagen seiner Frau nicht zu bemerken. »Wusstest du, dass sie für ihren Einsatz bei dem Taliban-Angriff auf Camp Viking belobigt worden ist? Sie hat ihr Leben riskiert, um einen Verwundeten aus der Schusslinie zu ziehen. Und ist dabei angeschossen worden.«

Das hatte Michael nicht gewusst, als er und Olive sich neulich unterhalten hatten, sonst hätte er es erwähnt. Er hatte sich über sie schlaugemacht.

»Das war lange nicht so cool, wie es sich bei Ihnen anhört.« Olive legte die Blutdruckmanschette um Eloises Oberarm und wich dabei Michaels Blick aus.

»Wieso sind die Mädchen nicht mitgekommen?«, wollte Eloise wissen. »Sie haben doch Dienstag nichts vor. Sie hätten mitkommen können.«

»Irgendwas Kurzfristiges in der Schule.« Michael wandte sich seiner Frau zu. »Ab morgen sind Ferien. Du bekommst sie bald zu sehen.«

Darauf hätte Olive nicht gewettet. Kinder scheuten vor dem bevorstehenden Tod zurück, ganz gleich, wie sehr sie ihre Eltern liebten. Damit konfrontiert, mit anzusehen, wie ihre Mutter bei jedem Besuch schwächer war und größere Schmerzen hatte, entschieden sie sich unweigerlich dafür, sie nicht mehr zu besuchen. Sie begannen mit dem Trauerprozess, noch bevor der Tod eingetreten war. Das hatte sie schon oft erlebt.

»Arbeiten Sie an Weihnachten?« Michael sprach wieder mit Olive.

»Weihnachten bin ich nicht mehr hier«, ging Eloise dazwischen. »Bis dahin ist Platz im Hospiz.«

»Hoffen wir's.« Olive trug Eloises Blutdruckwerte ein. »Obwohl es uns sehr leidtun wird, wenn Sie uns verlassen.«

»Ja, ganz bestimmt.« Eloises Tonfall strafte ihre Worte Lügen.

Der Moment des Schweigens zog sich hin; Michael scrollte auf seinem Handy.

»Wir sind fast fertig.« Olive hielt den Blick gesenkt, während sie die Sauerstoffsättigung im Blut ihrer Patientin maß und ihr dann den Puls fühlte. Es würde ihr wirklich sehr leidtun, wenn Eloise in den nächsten Tagen verlegt wurde. Sie war noch nicht fertig mit ihr.

»Pater Simon hat vor, dich diese Woche zu besuchen.« Michaels Stimme klang unnatürlich fröhlich. Er blickte zu Olive auf. »Meinen Sie, meine Frau kann kurz in ein Einzelzimmer gebracht werden, damit sie ungestört mit unserem Priester reden kann?«

»Ich will nicht, dass er kommt«, sagte Eloise. »Sag ihm, er soll nicht kommen.«

Michael ließ sich seine Verblüffung anmerken. »Er hat sich oft nach dir erkundigt.«

Eloise schüttelte den Kopf. »Es hat wirklich keinen Sinn.«

Michael streckte den Arm aus und streichelte seiner Frau sanft die Hand. »Vielleicht fühlst du dich dann besser.«

Eloise sah ihren Mann nicht an. »Bestimmt nicht.«

»Elly, ich rede hier nicht von der Letzten Ölung. Er will nur sehen, wie es dir geht.«

Ihr Kopf zuckte zu ihrem Mann herum. »Sag ihm, ich liege im Sterben. Und dass niemand daran verdammt noch mal etwas ändern kann. Und auch wenn ich Gott vielleicht sehr viel früher Rede und Antwort stehen muss als du, du kommst auch noch dran. Vielleicht solltest du mit ihm reden. Vielleicht ist es Zeit, dass er dir die Beichte abnimmt.«

Michael stand auf. Als sie sein Gesicht sah, trat Olive unwillkürlich einen Schritt zurück. Der Mann kochte vor Wut.

»Wie du willst, Eloise«, knurrte er. »Ich sage dem Priester, du schaffst das schon allein.«

## 49

»Sind Sie das, Sir?« Garry blieb vor einem Foto im Wahl-
kreisbüro stehen, auf dem sich Michael Anderson und
Richard Potts vor einem Landhaus die Hände schüttelten.
Beide trugen rote Rosetten.

Potts drehte sich auf seinem Stuhl um. »Ja. Das war kurz
nachdem ich zum Parteivorsitzenden gewählt worden war.«

»Ist das Ihr Haus?«

Potts lachte auf. »Ich weiß, was Sie denken. Die Wahrheit
ist, ich bin ein Tory-Überläufer. Dreißig Jahre lang war ich
bei den Konservativen, und dann kam Michael. Er hat
mich überzeugt. Ich bin in die Labour-Party eingetreten
und habe ihn unterstützt.«

In diesem Moment klingelte das Bürotelefon, und Evelyn ging hin und nahm den Hörer ab. Lexy erhob sich und
bedankte sich bei Potts dafür, dass er sich Zeit für sie
genommen hatte. Er gab zu verstehen, dass er sie hinaus-
zubegleiten gedachte.

»Keine Fotos von Olive?«, fragte Garry, als die beiden anderen zu ihm traten.

Potts zog eine ziemliche Show ab, als er eine Runde
drehte und die Galerie genauer in Augenschein nahm.
»Kann nicht behaupten, dass mir das bisher aufgefallen ist.
Ums Büro kümmert sich Evelyn. Aber ich verstehe, was
Sie meinen.« Er machte vor einem Foto von einer Reihe

Männer auf einer Straße halt. Alle trugen rote Rosetten. In der Mitte stand eine sehr hübsche dunkelhaarige Frau. Ganz kurz hatte Garry gedacht, es sei Olive, ehe ihm klar geworden war, dass die Frau ihr nur ein wenig ähnelte. Dieselbe Haarfarbe, das richtige Alter, beide schlank. Allerdings war sie nicht so groß wie Olive.

»Das war damals vor der letzten Wahl«, meinte Potts.

»Wer ist die junge Frau in der Mitte?«, erkundigte sich Garry. Ihr Gesicht war runder, wohingegen Olive ein ovales Gesicht hatte. Und die Augen dieses Mädchens waren größer.

Potts holte eine Lesebrille hervor. »Eine von den Aktivistinnen, glaube ich. Sie wissen schon, die, die vor einer Wahl bei den Leuten an die Türen klopfen.« Er schüttelte den Kopf, als wolle er einen verborgenen Gedanken losschütteln. »War schon eine ganze Weile nicht mehr hier. Evelyn weiß wahrscheinlich mehr.«

»Sie sieht aus wie Olive«, bemerkte Garry.

»Aye, na ja, es heißt doch, Männer bleiben ihrem Typ treu«, erwiderte Potts. »Ich bringe Sie hinaus, Officers.«

»Wie meinen Sie das, Sir?« Lexy stürzte sich förmlich auf seine Bemerkung.

»Bitte?« Jetzt tat der Mann ganz unschuldig.

»Sie haben gesagt, Männer bleiben ihrem Typ treu. Wenn es hier irgendetwas gibt, was relevant sein könnte, muss ich es wissen.«

Sie waren auf den Flur hinausgetreten, und Potts vergewisserte sich sehr nachdrücklich, dass die Tür des Büros geschlossen war. »Das haben Sie nicht von mir, okay?«

»Weiter, Sir.« Lexy gab keinerlei Versprechen ab.

»Und es ist auch bloß Tratsch, verstehen Sie? Ich kann das nicht bestätigen.«

»Verstanden.«

»Es gab Gerüchte über diese junge Frau.« Mit einem tabakgelben Finger zeigte er zum Büro zurück, wo das Foto hing. »Dass sie und Michael etwas miteinander hätten. Es heißt, ihr Partner sei eines Tages im Büro aufgekreuzt und hätte mächtig Stunk gemacht.« Er schüttelte den Kopf. »Wohlgemerkt, das war vor meiner Zeit, und wenn Sie Evelyn danach fragen, dann macht die dicht wie 'n Krabbenarsch. Auf Michael lässt sie nichts kommen. Sie denkt, dem scheint die Sonne aus dem Allerwertesten.«

»Bitte sagen Sie uns, was Sie gehört haben«, wies Lexy ihn an.

»Na ja, allem Anschein nach hat sich die junge Frau vom Acker gemacht, niemand hat je gesagt, warum. Und dann ist ihr Mann, Freund oder was auch immer aufgetaucht. Wollte wissen, wo sie sei, und hat Michael beschuldigt, er wäre viel zu eng mit ihr und hätte sie irgendwohin weggezaubert. Alles sehr peinlich und unangenehm, soweit ich gehört habe.«

»War Mr Anderson damals im Büro?«, fragte Garry.

Potts konnte seine Schadenfreude nicht verbergen. »Nein, aber Eloise.«

Jetzt standen sie in der offenen Eingangstür, und Potts schauderte übertrieben.

»Verzeihen Sie mir meine Ausdrucksweise, Schätzchen, aber es heißt ja, einmal ein Ficker, immer ein Ficker. Vielleicht hat Michael seine alten Gewohnheiten ja nicht abgelegt. Und Abgeordnete sind oft lange von zu Hause weg.

Wenn Sie mich fragen, könnte die kleine Mrs A es ihm gerade heimzahlen.«

»Wir tauchen da einfach so auf?«, fragte Garry, als er und Lexy zum dritten Mal in sechsunddreißig Stunden auf das Haus der Andersons zufuhren.

»Mal sehen, was die machen, wenn sie keine Zeit hatten, sich ihre Geschichten zurechtzulegen.«

Garry hatte kaum geparkt, als Lexy auch schon aus dem Wagen gesprungen war und auf die Haustür zuschritt.

Garry folgte ihr etwas langsamer. »Es liegt mir ja fern …«

Ihr Kopf zuckte zu ihm herum. »Was?«

»Ich weiß, Sie halten viel davon, Zeugen Druck zu machen, aber auf welchen Knopf genau wollen Sie denn drücken?«

»Ich werde ihn fragen, ob er seine Frau betrogen hat«, erwiderte Lexy. »Die eine oder die andere.« Sie streckte die Hand aus und klingelte.

»Darf ich im Auto warten?«

»Und ich werde ihn fragen, warum er gelogen hat, als es darum ging, wann er und Olive sich kennengelernt haben. Und außerdem werde ich ihn definitiv fragen, warum Mr und Mrs Tricks auf seiner Hochzeit waren, wo er und die Tricks' doch Todfeinde sein sollten.«

Garry konnte im Haus Schritte näher kommen hören. Er schämte sich für seine Erleichterung, als ihm klar wurde, dass es nicht die eines Mannes waren.

»Ich fürchte, Michael ist nicht da«, ließ Gwen sie wissen, als sie die Tür öffnete. »Er holt die Mädchen vom Hockey ab.«

»Wir würden Sie bitte gern kurz sprechen, wenn es geht«, erwiderte Lexy.

Gwen sah aus, als würde sie ablehnen, doch nach ein paar Sekunden machte sie kehrt und ging voran ins Haus.

»Wann haben Michael und Olive sich kennengelernt?«, fragte Lexy, während sie ihr den Flur hinunter folgten. In der Küche begrüßte die Spanielhündin Molly Garry wie einen alten Freund.

»Sie hat Eloise gepflegt. Ich dachte, das wissen Sie.« Gwen setzte sich nicht, und ebenso wenig lud sie die beiden Besucher ein, Platz zu nehmen.

»Im Flur steht ein Foto von Mr Anderson und Olive in der Army«, sagte Garry. »Und wir wissen, dass er den Dienst quittiert hat, bevor Ihre Tochter krank geworden ist.«

Gwens Gesicht sah aus wie aus Stein. »Das ist unmöglich.«

»Darf Garry das Bild holen?«, fragte Lexy.

Garrys Herz schlug unangenehm schnell. Lexy dagegen hatte leuchtende Augen, und ihre Wangen färbten sich rosa. Es sah fast so aus, als mache ihr das hier Spaß.

»Ich gehe schon.« Gwen strebte wieder auf die Tür zu. »Zeigen Sie mir, welches Sie meinen.«

Mit schwerem Herzen, überzeugt, dass er einen blöden Fehler gemacht hatte, folgte Garry Gwen in den Hausflur und deutete auf das Foto.

Die Frau nahm es zur Hand und kniff die Augen zusammen. »Ich brauche meine Brille.«

Sie führte ihn wieder in die Küche. Gleich darauf trat sie, die Brille auf der Nase, mit dem silbernen Rahmen in der Hand ans Fenster.

»Da sind bestimmt zwei Dutzend Soldaten auf diesem Bild«, meinte sie. »Alle in voller Gefechtsausrüstung und alle mit Helmen. Die haben Tarnfarbe im Gesicht. Und ich glaube, es sind alles Männer.«

»Darf ich?«, fragte Garry.

Das Foto wurde ihm gereicht.

»Da.« Sein Finger schwebte über der Gestalt, die er gestern entdeckt hatte. »Sie trägt volle Montur, ihr Haar ist nach hinten gebunden, und sie ist ein paar Jahre jünger, aber ich bin mir ziemlich sicher, das ist Olive.«

Das Bild wurde ihm wieder aus der Hand gerissen.

»Sie haben recht«, sagte Gwen nach kurzem Schweigen. »Das ist Olive. Ich fasse es nicht, dass ich das nicht bemerkt habe.«

»Garry hat eine ungewöhnliche Beobachtungsgabe«, erklärte Lexy. »Und er und Olive sind zusammen zur Schule gegangen.«

»Ich verstehe nicht, wieso mir das keiner von den beiden gesagt hat.«

Noch immer mit dem Foto in der Hand setzte Gwen sich an den Küchentisch. Lexy sah Garry an und hob diskret den Finger an die Lippen.

»Diese Bilder sind alle in einem Karton aus ihrem alten Haus geliefert worden«, sagte Gwen nach etlichen langen Sekunden. »Ich habe sie hier aufgestellt. Am Anfang konnte Michael es nicht ertragen, sie anzusehen. Die von meiner Tochter habe ich ganz vorn hingestellt. Ich wollte, dass die Mädchen ihre Mutter jeden Tag sehen. Ich glaube, dieses hier habe ich mir bisher nie richtig angeschaut.«

Die Stimme der älteren Frau zitterte.

»Das ist bestimmt sehr schwer für Sie«, meinte Lexy.

»Nein, eigentlich haben Sie es leichter gemacht.« Gwen legte das Bild hin und blickte zu Lexy und Garry auf. »In ihrem letzten Jahr war Eloise nicht glücklich. Sie wollte mir nicht sagen, was ihr zu schaffen gemacht hat, also habe ich angenommen, dass es etwas mit Michael zu tun hatte. Sie war immer sehr loyal, hätte nie etwas gegen ihn gesagt.«

»Hatte sie den Verdacht, dass er etwas mit einer anderen hat?«

Die Ältere kniff den Mund zusammen. »Mit Olive, meinen Sie? Ich weiß nicht recht, ob sie Olive jemals begegnet ist, bevor sie ins Krankenhaus musste. Aber sie könnte einen allgemeineren Verdacht gehabt haben. Oder es lag einfach daran, dass die beiden sich nicht mehr so gut verstanden haben wie früher. Sie waren sehr jung, als sie sich kennengelernt haben.«

Garry hörte, wie draußen ein Wagen vorfuhr.

»Sie hat etwas zu mir gesagt«, meinte Gwen, »in den letzten Monaten, als wir noch versucht haben, uns mit der Tatsache abzufinden, dass sie nicht wieder gesund werden würde. Ich habe es nie vergessen.«

»Was hat sie denn gesagt?«, wollte Lexy wissen.

»Dass sie denkt, ihre Krankheit käme Michael vielleicht ganz gelegen.«

»Haben Sie sie gefragt, was sie damit meint?«

»Natürlich. Aber Eloise hatte so eine Art, Gespräche abzuwürgen.«

Auch Gwen hatte das Auto draußen gehört – ihr Kopf fuhr hoch wie der eines Kaninchens, das etwas Gefährliches gewittert hat. Sie schob ihren Stuhl zurück, ging zum Fenster, blickte kurz hinaus und drehte sich dann rasch um.

»An dem Tag, bevor Eloise gestorben ist, hat sie gesagt, sie möchte unter vier Augen mit mir reden. Sie hat mich gebeten, am nächsten Tag zu kommen, aber da war auf der Station furchtbar viel los. Die Ärzte sind dauernd in ihr Zimmer rein und wieder raus. Wir hatten keine Gelegenheit zu reden. Ich habe gesagt, ich käme zurück, sobald ich könnte, aber in dieser Nacht ist sie gestorben.«

Sie atmete tief durch. »Ich hatte keine Ahnung, dass es das letzte Mal sein würde, dass ich mit meiner Tochter hätte sprechen können. Ich habe gedacht ... wir alle haben gedacht ..., sie hätte noch ein paar Wochen. Ich bin nicht einmal dazu gekommen, mich zu verabschieden.«

Von draußen drangen das Geräusch zuschlagender Autotüren und hohe Stimmen herein.

Garry sah Tränen in Gwens Augen. »Haben Sie eine Ahnung, was Sie Ihnen sagen wollte?«, fragte Lexy.

»Damals nicht. Jetzt frage ich mich, ob sie über Olive und Michael Bescheid gewusst hat. Wir werden es wohl nie erfahren. Aber ich hätte nicht darauf gewettet, dass die Ehe gehalten hätte, wenn sie am Leben geblieben wäre.«

»Und trotzdem wohnt Michael in Ihrem Haus«, stellte Lexy fest. »Werden Sie ihn zur Rede stellen? Jetzt, wo Sie wissen, dass er und Olive zusammen in der Army waren?«

Gwen schloss die Augen. »Was hätte das für einen Sinn? Meine Tochter ist tot. Meine Enkelinnen sind alles, was ich noch habe. Wenn ich mich mit Michael überwerfe, nimmt er sie mir weg. Olive wird mit Freuden ausziehen, wenn sie denn jemals zurückkommt. Dann verliere ich die Mädchen.«

# 50

*Mittwoch, 12. Dezember, vor zwei Jahren*

»Ich habe Angst, Mum.«

Raschelnde Bettwäsche, als hätte die ältere Frau die Hand nach der Jüngeren ausgestreckt. Dann ein Klappern – vielleicht war etwas fallen gelassen worden –, das fast übertönte, was als Nächstes gesagt wurde. Olive nahm das Abhörgerät und hielt es dicht an ihr Ohr.

Sie war zu Hause, in der Wohnung, die sie im Zentrum von Middlesbrough gemietet hatte, und ihr Dienst hatte vor einer Stunde geendet. Das Gespräch zwischen Eloise, die jetzt den siebten Tag in der Onkologie lag, und ihrer Mutter – einer älteren, steiferen Version ihrer Tochter, die sich angewöhnt hatte, nachmittags vorbeizuschauen, manchmal auch mit ihren Enkelinnen – hatte heute Nachmittag stattgefunden.

Das Abhörgerät war vor zwei Tagen angekommen – es war wirklich erstaunlich, was man heutzutage alles bei Amazon kaufen konnte. Für Olive war es das Leichteste der Welt gewesen, es heimlich unter Eloises Bett zu befestigen und es sich wieder zu holen, wenn sie glaubte, dass eine hörenswerte Konversation stattgefunden haben könnte. Selbst wenn das Ding entdeckt wurde – und Olive war sich ziemlich sicher, dass das nicht geschehen würde –, hätte doch jeder es dort anbringen können. Niemand konnte es mit Olive in Verbindung bringen.

Bald würde Eloise ins Hospiz verlegt werden und für Olive unerreichbar sein. Sie konnte nicht riskieren, auch nur eines ihrer Gespräche zu verpassen.

»Ich weiß«, sagte Eloises Mutter Gwen. »Wir haben alle Angst. Aber du bist so tapfer, wir sind alle so stolz auf dich.«

»Nein, nicht vorm Sterben. Davor habe ich auch Angst, natürlich, aber das meine ich nicht.«

»Was denn dann? Davor, die Mädchen zurückzulassen? Sie werden dich furchtbar vermissen, aber ich werde für sie da sein, und Michael auch. Es wird ihnen an nichts fehlen. Und wir werden dafür sorgen, dass du nie vergessen wirst.«

Etliche Sekunden Stille folgten, und Olive stellte sich bildlich vor, wie Eloise sich Zeit ließ, wie sie ihre Kräfte zusammenraffte, bevor sie weitersprach.

»Ich habe dich zu ihrem Vormund ernannt«, verkündete sie schließlich. »Peter hat vor ein paar Tagen die Unterlagen gebracht. Sie sind unterschrieben und beglaubigt. Es ist offiziell.«

»Mich? Und was ist mit Michael?«

»Ihn auch. Daran führt kein Weg vorbei. Aber ich habe dir ein Mitspracherecht gegeben. Ich habe dir Autorität verliehen. Und du bist einer ihrer Treuhänder.«

»Meine Güte.«

Diesmal ein längeres Schweigen. Dann: »War jemand bei dir zu Hause, Mum? Eine Frau, die nach Michael gefragt hat?«

»Was denn für eine Frau?«

»Eine Wählerin, die wütend ist. Weil er irgendetwas versprochen und es dann nicht getan hat. Du kennst diese Typen doch. Die war letzte Woche hier.«

»Was?« Gwen klang empört. »Weiß Michael davon?«

»Nein, ich hab's ihm nicht gesagt. Und die vom Krankenhaus haben die Sicherheitsmaßnahmen verschärft, es ist alles gut. Aber ich will nicht, dass sie bei euch auftaucht und Ärger macht, die Mädchen durcheinanderbringt. Versprich mir, dass du nicht mit jemanden redest, der einfach so auftaucht.«

Noch eine Pause. »Elly, gibt es da irgendetwas, das du mir verschweigst?«

»Du musst dich vor Michael in Acht nehmen.«

»Was in aller Welt meinst du damit?«

»Ich bin mir nicht sicher, ob man ihm trauen kann. Er wird den Mädchen nicht absichtlich wehtun, aber er wird sich selbst immer an die erste Stelle setzen. Das musst du dir merken. Und er kennt ein paar ganz schlimme Leute.«

»Elly, jetzt habe ich Angst.«

»Gut. Das solltest du auch. Du solltest Angst vor Michael haben.«

# 51

»Ich habe Sie nicht angelogen! Ich habe niemanden angelogen. Wovon reden Sie überhaupt?«

Innerhalb der wenigen Augenblicke, die er wieder im Haus war, war Andersons Stimmung von erschrocken in fuchsteufelswild umgeschlagen. Garry, der mehr Schlägereien zwischen zornigen Männern hatte ausbrechen sehen, als ihm lieb war, schob sich zwischen den Abgeordneten und Lexy.

»Dad, was ist denn los?« Amelia, das ältere der Mädchen, die er schon einmal aus der Küche geschickt hatte, war wieder aufgetaucht. Ihre jüngere Schwester stand dicht hinter ihr.

»Amelia, geh nach nebenan, ich sag's nicht noch mal. Nimm deine Schwester mit, und mach die Tür zu.«

Beklommen taten die beiden wie geheißen.

»Sie haben Garry gesagt, sie und Mrs Olive Anderson hätten sich kennengelernt, als sie Ihre verstorbene Ehefrau gepflegt hat«, beharrte Lexy. »Wir wissen, dass das nicht sein kann. Hier ist ein Foto« – Lexy hielt inne und zeigte auf die Fotografie, die jetzt mit der Bildseite nach oben auf dem Küchentisch lag –, »das Sie beide eindeutig während Ihrer Zeit bei der Army zeigt. Sie haben im selben Regiment gedient.«

»Das hast du mir nie erzählt«, warf Gwen ein. »Warum hast du mir das nicht erzählt?«

Anderson griff nach dem Foto. »Wo zum Teufel kommt das denn her?«

Gwen hatte ebenfalls Angst – Garry konnte ihre Hände zittern sehen –, doch sie gab nicht klein bei. »Aus eurem alten Haus. Wusste Eloise, dass Olive und du miteinander ... bekannt wart?«

»Ich habe dieses Bild seit Jahren nicht mehr gesehen«, beteuerte Anderson.

»Ist das Olive da auf dem Bild, Sir?«, fragte Garry.

Anderson nickte, während er weiter auf das Foto starrte. »Sie war nicht in meinem Regiment, sie war im Sanitätskorps. In Helmand hat sie eine Weile mit uns gearbeitet ... Ich habe sie kaum gekannt.«

»Trotzdem, Sie haben mir erzählt, Sie und Olive hätten sich kennengelernt, als sie Ihre Frau gepflegt hat. Das war irreführend.«

»Ich glaube, das haben Sie falsch in Erinnerung, Constable«, entgegnete Anderson. »Ich habe Ihnen gesagt, dass wir einander da kennengelernt haben. Natürlich habe ich mich von der Army her an sie erinnert, aber damals war sie nicht mehr als eine flüchtige Bekannte.«

Garry war sich ziemlich sicher, dass Anderson das nicht gesagt hatte.

»Es sei denn, Sie haben eine Tonaufnahme der Konversation«, fuhr Anderson fort. »Wenn das der Fall ist, habe ich Sie doch in die Irre geführt.«

Er ließ die Bemerkung in der Luft hängen.

»Haben Sie eine?«, fragte er, als Garry nicht antwortete.

»Nein«, gab Garry zu.

»Und wie ich gestern bereits angemerkt habe, Sie sind

kein ausgebildeter Detective, es ist also nicht weiter über-raschend, wenn Fehler gemacht worden sind.« Er wandte sich an Lexy. »Ich würde es vorziehen, in Zukunft ange-messen befragt zu werden, DS Thomas.«

In irgendjemandes Tasche ertönte ein Handysignal.

»Ich versichere Ihnen, dass sich PC Mizon jederzeit kor-rekt verhalten hat«, fauchte Lexy zurück. »Und seine er-hebliche Beobachtungsgabe hat dazu geführt, dass ein Missverständnis aufgeklärt worden ist.«

Anderson holte ein Mobiltelefon aus der Manteltasche. »Sie sind nicht in Uniform, PC Mizon. Sind Sie überhaupt im Dienst?«

»Waren Howie und Tina Tricks auf Ihrer Hochzeit, Sir?«, erkundigte sich Garry.

Anderson starrte ihn an. »Was?«

»Ich war gestern Abend bei Olives Eltern. Sie hatten ein Hochzeitsfoto, auf dem anscheinend die meisten Gäste mit drauf waren. Ein Paar ganz hinten hatte große Ähnlichkeit mit Howie und Tina Tricks. Wissen Sie, ich habe die beiden erst vorgestern Nacht gesehen. Tina habe ich sogar selbst in Gewahrsam genommen, als sie versucht hat wegzulau-fen. Das Aussehen der beiden ist mir also noch gut in Er-innerung.«

»Wir können das Foto erkennungsdienstlich untersu-chen lassen«, fügte Lexy hinzu. »Wenn Garry recht hat, werden die Kollegen von der Spurensicherung das bestäti-gen.«

»Das wird nicht nötig sein«, antwortete Anderson durch offenbar fest zusammengebissene Zähne. »Howie und Tina Tricks waren nicht zu meiner Hochzeit eingeladen. Sie haben nur zufällig an diesem Tag in dem Hotel übernachtet. Oder zumindest haben sie das behauptet. Ich persönlich glaube nicht, dass das ein Zufall war, ich glaube, sie haben sich dort ein Zimmer gebucht, um mich einzuschüchtern. Mir war nicht klar, dass sie sich in das Gruppenfoto gedrängt hatten, bis wir die Bilder gesehen haben. Also, ist doch auch logisch, oder? Ich habe in der Gruppe ja ganz vorn gestanden.«

»Kann das jemand bestätigen?«, wollte Lexy wissen. »Hat sonst noch jemand bei der Hochzeit gemerkt, was da gelaufen ist?«

Anderson seufzte tief. »Beschimpfungen, Einschüchterung und Drohungen sind für Parlamentsmitglieder alltägliche Vorkommnisse«, sagte er. »Tricks könnte die Wahrheit gesagt haben. Ich hatte nicht vor, meine Hochzeit zu ruinieren, indem ich einen Riesenaufstand mache.«

»Ich kann bestätigen, dass sie nicht auf der offiziellen Gästeliste standen«, warf Gwen ein.

Andersons Handysignal ertönte abermals, und er hielt ihnen das Telefon hin. »*Sky News*«, sagte er. »Die haben mir auf die Mailbox gesprochen.«

»Können Sie die Nachricht bitte abspielen, Sir?«, fragte Lexy.

Mit verkniffener Miene tippte Anderson auf *PLAY*.

»Mr Anderson, hier ist Jenny Hughes von *Sky News*. Man hat uns berichtet, dass Ihre Frau Olive vermisst wird und die Polizei ihr Verschwinden gegenwärtig untersucht. Könnten Sie mich bitte zurückrufen?«

»Na super!« Anderson machte ein wütendes Gesicht. »Ich werde mich erkundigen, wie Informationen an die

Medien geleakt worden sind, die meiner ausdrücklichen Bitte nach vertraulich behandelt werden sollten.«

»Das ist nicht gut, Michael«, stellte Gwen fest.

Er fuhr zu ihr herum. »Ach, meinst du?«

»Wohl eher durch eine von Mrs Andersons Freundinnen oder durch ihre Familie«, sagte Garry zu seiner eigenen Überraschung. »Sie werden sich verständlicherweise Sorgen um sie machen. Da fällt mir etwas ein, Sir. Wir haben uns vor Kurzem mit Ihrer Wahlkreisvertreterin unterhalten. Sie hat gesagt, Sie hätten gestern Vormittag nach einer Adresse gesucht. Eine von Olives Freundinnen. Sie hat gesagt, Sie hätten sie unbedingt finden wollen, wollten sich aber nicht von ihr helfen lassen. Können Sie uns bitte den Namen dieser Person sagen?«

Anderson stand plötzlich ganz still. »Ich weiß nicht, wovon Sie reden«, antwortete er. »Ich glaube, Sie haben da etwas falsch verstanden. Wieder einmal.«

»Nein, ich war auch dabei«, mischte Lexy sich ein. »Und Mr Potts auch. Ihre Wahlkreisvertreterin hat definitiv gesagt, Sie hätten nach der Adresse von einer von Olives alten Freundinnen gesucht. Haben Sie sie gefunden, und können wir sie bitte haben?«

Anderson schüttelte den Kopf. »Dann war es Evelyn, die da etwas missverstanden hat. Ich habe gestern Vormittag mehrere Adressen gebraucht. Alles Leute, die Anfragen an mich gestellt hatten, auf die ich eingehen musste. Wahrscheinlich habe ich dabei von Olives Freundinnen gesprochen, und sie hat das durcheinandergebracht. Um ehrlich zu sein, ich bin mir nicht sicher, ob sie dem Job noch wirklich gewachsen ist. Und jetzt habe ich einiges zu erledigen –

zu entscheiden, wie ich mit *Sky News* umgehe, ist nicht das Unwichtigste davon. Gwen, da du sie reingelassen hast, kannst du die Officers vielleicht hinausbegleiten?« Er drehte sich um und verließ die Küche.

Schweigend ging Gwen zur Haustür voran. Auf der Schwelle wandte sie sich von Neuem an sie. Sie sprach so leise, dass Garry fast nicht verstand, was sie sagte.

»Er hat Angst«, bemerkte sie. »Er wird aggressiv, wenn er das Gefühl hat, dass ihm die Kontrolle entgleitet. Ich habe das schon mal erlebt, als Eloise im Sterben lag.«

»Völlig verständlich«, beteuerte Lexy beschwichtigend.

»Und irgendjemand hat seinen schönen neuen Wagen demoliert«, stellte Garry fest und betrachtete den Blechschaden an der Stoßstange von Andersons Audi, hinten links. Der Lack war bis aufs Metall darunter abgeschrammt. So ein Jammer.

## 52

*Donnerstag, 13. Dezember, vor zwei Jahren*

Es war Eloises letzter Abend auf der Station. Im Hospiz war ein Bett frei geworden, und sie sollte am nächsten Tag verlegt werden. Olive sah Michael durch das Fenster in der Tür des Einzelzimmers, in das seine Frau gebracht worden war, und brühte einen Becher Tee auf.

»Ich habe Sie schon vermisst«, meinte sie und blieb im

Türrahmen stehen. »Sie haben sich reingeschlichen, als ich gerade am anderen Ende der Station war.«

»Ich werde Sie vermissen«, antwortete er.

Rasch schaute Olive zum Stationszimmer hinüber – Stella beobachtete sie immer ganz genau, wenn Michael auf der Station war –, dann trat sie ins Zimmer und schloss die Tür hinter sich.

»Im Hospiz wird es leichter«, versicherte sie, als Michael den Tee entgegennahm. »Die sind besser für die Pflege ausgestattet, die Ihre Frau jetzt braucht. Und für Sie und die Mädchen.«

»Aber *Sie* werden nicht dort sein.«

Olive schielte nervös zu Eloise hinüber, doch allem Anschein nach schlief sie. Im spiegelnden Glas des Fensters nach draußen sah sie Stella im Flur. Auch Michael hatte die andere Krankenschwester bemerkt. Sie warteten beide, bis sie außer Sicht war.

»Spricht sie viel mit Ihnen?«, wollte Michael wissen.

»Von Zeit zu Zeit«, sagte Olive. »Es gibt da einen Idealpunkt, zwischen dem Nachlassen der Medikamentenwirkung und dem Einsetzen der Schmerzen. Da kann sie recht gesprächig sein.«

»Worüber spricht sie denn?«, fragte er, und vielleicht bildete sie sich das nur ein, doch in seiner Stimme schien eine gewisse Schärfe zu liegen.

»Vor allem über die Mädchen«, antwortete Olive wahrheitsgemäß. »Und ab und zu über Sie.« Sie hielt seinem Blick unbeirrt stand, doch wenn da irgendetwas hinter seinen Augen war, so konnte sie es nicht sehen.

Und dieses Gefühl, dass ihr die Zeit davonlief, war stärker geworden. Selbst wenn Eloise noch Tage zu leben hatte, morgen würde sie verlegt werden, weg von Olive.

»Sie haben bestimmt jede Menge Freunde«, fuhr sie fort und wechselte den Kurs. »Aber wenn Sie mal jemanden zum Reden brauchen ...«

Sie hielt inne. Zwei andere Kolleginnen waren direkt vor der Tür aufgetaucht. Beide konnten ins Zimmer sehen, doch wenn sie nicht ebenfalls Abhörgeräte darin angebracht hatten, würden sie keine Ahnung haben, was gesprochen wurde.

»Wenn Sie's anbieten, sage ich Ja«, erwiderte Michael.

»Ich biete es an«, sagte Olive mit leiser Stimme. »Ich weiß, wie es ist, jemanden zu verlieren.«

»Ich glaube, das habe ich schon gewusst«, meinte er. »Das sieht man in Ihren Augen.«

Olive spürte, wie ihr etwas in der Kehle stecken blieb. »Sieht man das wirklich so deutlich?«

»Sie sehen traurig aus. Das ist das Erste, was mir an Ihnen aufgefallen ist. Na ja, fast das Erste.«

Michael holte tief Luft, und als er sie wieder ausstieß, schien er in sich zusammenzufallen, als entwiche mehr als Luft aus ihm.

»Ich will, dass es vorbei ist«, stieß er hervor. »Und ich weiß genau, wie sich das anhört, aber ...«

»So empfinden die Leute am Ende sehr oft«, erklärte Olive ihm.

Er sah ihr in die Augen, abrupt, fast begierig. »Und sind wir da jetzt? Am Ende?«

Schweigend nickte sie. Ihrer Ansicht nach hatte Eloise noch etliche Tage zu leben, Olives Zeit mit den Andersons jedoch endete. Für sie war dies wahrscheinlich das Ende.

Michael wühlte in seinem Jackett, zog eine Visitenkarte hervor und kritzelte eine Telefonnummer darauf. Olive nahm sie und wusste, dass Michael ihr seine Nummer gegeben hatte, würde sich im halben Krankenhaus herumgesprochen haben, bevor der Abend vergangen war.

»Wie erreiche ich Sie?«, wollte er wissen.

Rasch blickte Olive auf die Karte. Abgesehen von der hingekritzelten Handynummer standen dort die Kontaktdaten seines Wahlkreisbüros. »Ich schicke Ihnen eine E-Mail«, sagte sie. »Wenn ... etwas passiert. Eine kurze Beileidsbekundung. Wenn Sie dann immer noch ...«

»Danke«, sagte er.

»Ich muss weiter.« Olive trat rückwärts auf die Tür zu. »Viel Glück, Michael. Ich werde an Sie denken. An Sie alle.«

Sie blickte kurz zurück, als sie das Zimmer verließ. Michael schaute ihr nach. Er sah nicht, dass die Augen seiner Frau weit offen waren.

## 53

Am Ende der einspurigen Straße stieg Garry aus, um die Flügel des riesigen Metalltors zu öffnen. Lexy, die wahrscheinlich damit gerechnet hatte, den Lunch bei ihm zu Hause zu essen, war ungewöhnlich still. Er stieg wieder ein, fuhr ein Stück vorwärts und zog abermals die Handbremse an. Das Tor musste stets geschlossen sein, das war Vorschrift.

»Ich mach das schon.« Lexy legte die dampfenden Packungen in den Fußraum, ehe sie ausstieg. Gleich darauf war das Tor zu und sie wieder da. »Sie haben mich zum Schrebergarten Ihres Großvaters gekarrt.«

»Ich kann verstehen, wieso Sie beruflich auf der Überholspur sind.« Nach weiteren hundert Metern hielt Garry an. »Von hier aus gehen wir zu Fuß.«

Nicht einmal heftiger Schneefall konnte die Unordnung rund um sie herum verbergen: für Lagerfeuer gesammeltes Altholz, große Kunststoffwannen für Regenwasser oder Kompost, dicke schwarze Plastikplanen, zerrissene grüne Netze, Wigwams aus Bambusstangen. Leere Pflanztöpfe und Schläuche, die wie tote Schlangen aussahen, ragten aus dem Schnee hervor, als Garry den makellos weißen Weg hinunter voranging. Ihre Fußstapfen waren die ersten, die ihn verunstalteten; heute waren selbst die wetterhärtesten Schrebergärtner weggeblieben. Viele der Beete, an denen sie vorbeikamen, waren für den Winter abgeräumt worden, doch zwischen den toten Stängeln und den verwelkten Beerensträuchern konnte man ein paar Rosenkohl-, Winterkohl- und Zwiebelpflanzen sehen.

Lexy drückte die Tüten mit Fish and Chips als behelfsmäßige Wärmflasche an ihren Brustkorb, und Garry kamen jäh Bedenken. Er hatte eine junge Frau, die ihm ungemein gefiel – Grundgütiger, wann war *das* passiert? –, am wahrscheinlich kältesten Tag des Jahres in einen Schrebergarten geschleppt.

Sie erreichten den unsichtbaren Rand von Garrys Parzelle, und er lotste Lexy zum Schuppen hinüber. Dabei war er einen Augenblick lang geradezu lächerlich stolz, denn die immergrüne Klematis hatte nie besser ausgesehen. Der Schuppen war eine einzige Blütenmasse, cremeweiße Blütenblätter mit violetten Sprenkeln und einer hellgrünen Mitte. Lexy könnte vielleicht erfrieren, doch sie würde vor einem Hintergrund erfrieren, der einer Feenkönigin würdig war.

»Moment«, sagte er und suchte nach seinem Schlüssel.

Im Schuppen fand er einen Spaten und kratzte damit rasch den Schnee von der Bank, die neben der Tür stand. Dann legte er eine Plastikplane darüber, um die Feuchtigkeit abzuhalten, und als Lexy sich setzte, breitete er ihr eine Decke über die Knie. Sie sah ihn mit einem Blick an, der besagte, dass sie sich nicht ganz sicher war, was sie von dem Winterpicknick-Plan halten sollte. Doch als er neben ihr Platz nahm, rückte sie näher, damit sie sich die Decke teilen konnten.

»Ich sehe gar kein Gemüse«, stellte sie fest, während sie der köstliche Duft des Essens einhüllte wie eine warme Umarmung aus Salz und Essig. Ihre Finger – sie hatte zum Essen die Handschuhe ausgezogen – waren leuchtend rosa vor Kälte. Allmählich begann er, die Farbe Rosa mit Lexy zu assoziieren, wurde ihm klar, und er ertappte sich dabei, wie er sich die Blumen vorstellte, aus denen ein Strauß für sie bestehen müsste. Rosen natürlich, Sorten wie Pink Martini oder Alnwick, aber auch ein paar dicke Pfingstrosen und rot geränderte Ranunkeln als Kontrast. Kamelien wären genau das Richtige und später im Jahr dann Dahlien. Als grünes Beiwerk würde er Myrte nehmen.

»Hier wächst auch keins«, gestand er. »Das hier ist mein Schnittblumengarten. Im Moment gibt's hier nicht viel zu sehen, aber wahrscheinlich können Sie die Nieswurz da ganz hinten erkennen. Das sind die flachen weißen Blumen mit den gelben Staubgefäßen. Die Leute nennen sie Christrosen. Die kleinen Gelben da, das ist Winterling, und da ist auch ein Beet mit Heidekraut, das kann man von hier aus nicht sehen.« Er zeigte mit dem Finger dorthin. »Da drüben sind meine Alpenveilchen, und die Schneeglöckchen sollten bald rauskommen. Im Winter blühen hauptsächlich Sträucher – Sie wissen schon, Seidelbast, Mahonien, Zierquitten –, und die habe ich in meinem Garten zu Hause.«

Lexy aß weiter.

»Ich ziehe alles in Hochbeeten«, fuhr er fort, »damit ich dafür immer für optimale Bodenverhältnisse sorgen kann. Und ich mische die Sorten, also Blumenzwiebeln für Frühlingsblumen und Dahlien für den Herbst, damit kein Beet irgendwann zu hart arbeiten muss.«

In seinem Rosenbeet entdeckte er eine späte Blüte.

»Hinterm Schuppen ist das Gewächshaus«, berichtete er weiter. »Das ist für das, was hierzulande nicht gut wächst – Gardenien, Orchideen und so was.«

»Sie sind ein Florist«, verkündete Lexy. »Ich weiß, dass Sie die Gestecke bei Ihnen zu Hause gemacht haben. Ich habe Ihr Werkzeug gefunden, als ich nach Besteck gesucht habe. Sie haben eine ganze Schublade voller Klebeband, Draht und Zweigscheren.«

»Und Sie haben gewusst, dass das Floristenwerkzeug ist? Sie sind echt gut.«

»Ich hab mit fünfzehn mal samstags in einem Blumengeschäft gejobbt. Hab drei Wochen durchgehalten. Die haben mich rausgeschmissen, als ich auf einen Eimer mit Rosen gefallen bin, die zwei Pfund pro Stück gekostet haben. Sind alle abgeknickt.«

Garry zuckte schmerzlich zusammen. »Da hätte ich Sie auch rausgeschmissen.«

»Und was ist das jetzt? Geheimer Zweitjob? Pensionsplan? Heiß geliebtes Hobby?«

»Ich glaube, es ist ein Traum.« Als er das sagte, fiel Garry abrupt sein Traum von heute früh wieder ein. »Wo wir gerade von Träumen sprechen ...«

»Nein, Sekunde mal. Das können Sie mir nicht so hinklatschen. Ein Verkehrspolizist, der davon träumt, Florist zu sein? Warum? Ich meine, Blumen sind ja nett, aber sie halten ja nun nicht gerade die Welt in Gang. Was wir tun, was *Sie* tun, ist doch wichtig.«

Garry wusste, dass das stimmte – tief im Herzen jedoch konnte er es einfach nicht fühlen.

»Blumen sind nicht nett, Lexy, sie sind perfekt«, hörte er sich erwidern. »Floristen nehmen simple, vollkommene Schönheit, und sie erschaffen daraus so viel mehr. Blumen haben eine Struktur. Ordnung. Meistens tun sie, was man ihnen sagt. Blumen beschimpfen einen nicht oder spucken einen an oder kotzen einen voll. Sie prügeln einen nicht nieder und treten einem in die Nieren, wenn man am Boden liegt. Sie bauen nicht immer wieder und wieder denselben Mist, sodass man daran verzweifelt, die Welt auch nur ein bisschen besser zu machen. Alles, was sie tun, ist, ein paar Tage lang vollkommen auszusehen und dann den Nächsten Platz zu machen.«

Garry konnte sich nicht erinnern, wann er das letzte Mal so viele Worte auf einmal von sich gegeben hatte.

Lexy schwieg ein paar Sekunden lang. »Warum wechseln Sie dann nicht den Beruf?«

»Kennen Sie meine Mum?«

Sie antwortete nicht.

»Ich stamme von einer langen Polizisten-Ahnenreihe ab.« Er seufzte. »Mein Ururgroßvater hat Jack the Ripper gejagt, er wird in den Original-Polizeiberichten erwähnt. Beim CID sprechen sie immer noch von meinem Dad. Meine Cousine zweiten Grades ist Detective bei der Londoner Polizei, die hat da bei jeder Menge wichtiger Fälle mitgemischt. Mein Grandad hätte mir nie diesen Garten hinterlassen, wenn er geglaubt hätte, ich würde Florist werden, von dem Haus und dem Geld ganz zu schweigen. Mein Dad würde denken, ich hätte ihm Schande gemacht.«

Einen Moment lang sagte Lexy nichts. Dann: »Sie sind ein echt sonderbarer Typ, Garry Mizon.«

»Was Sie nicht sagen.«

»Aber ich mag Sie.«

Das hatte er irgendwie auch gewusst, aber das sagte er ihr nicht.

# 54

Drei Uhr morgens. Nachtdienst. Die Patienten schliefen alle. Manche stöhnten und murmelten vor sich hin, bekamen jedoch nichts von dem mit, was um sie herum vorging. Zwei der Schwestern hatten gerade Pause, was bedeutete, dass sie im Personal-Aufenthaltsraum ein Nickerchen machen würden.

Halblaute Gespräche im Stationszimmer und die regelmäßigen leisen Geräusche Dutzender Apparate lieferten ein sanftes Summen als Hintergrundgeräusch. Lampen waren so weit wie möglich heruntergedimmt. Gedämpfte Schritte, das Quietschen von Rollwagen. Ein Telefon klingelte durchdringend und schrill, rasch wurde der Hörer abgehoben.

Auf dem Rückweg von der Personaltoilette schaute Olive zufällig kurz zu Eloises Zimmer hinüber. Sowohl vor dem Fenster zum Flur als auch vor dem in der Tür waren die Rollos heruntergezogen, sodass man nicht hineinsehen konnte. Vorhin war das noch nicht so gewesen, während Michaels Besuch waren die Rollos oben gewesen. Jemand hatte sie geschlossen, und das war nachts nicht üblich.

Geräuschlos griff sie nach der Klinke und drückte die Tür auf. Das Zimmer dahinter wurde nur von den Leuchten der paar Geräte erhellt, die eingeschaltet waren. Eloise war nicht an irgendwelche Monitore angeschlossen. Sie konnten nichts mehr für sie tun, außer ihre Schmerzen zu lindern, und die Medikamente dafür wurden durch eine einfache Kanüle verabreicht, die mit einem Pflasterstreifen an ihrem linken Handrücken fixiert war.

Eloises zierliche Gestalt war im Bett kaum zu erkennen, doch Olive wusste sofort, dass irgendetwas nicht so war, wie es sein sollte. Eine Stille herrschte im Zimmer, eine Leere. Etwas Essenzielles fehlte.

»Eloise?« Ihre Stimme drang kaum durch das Schweigen, und Olive merkte, dass sie zitterte. Und dann begann ihr Herz zu pochen. Sie konnte fühlen, wie es gegen ihren Brustkorb hämmerte. Ihre rechte Hand streckte sich nach dem Lichtschalter, doch irgendetwas hielt sie zurück. In der Düsternis trat sie zwei Schritte näher an das Bett heran. Wenn die Patientin atmete, so atmete sie lautlos.

Ein schwacher Lichtstrahl hatte sich zwischen den Rollos hindurchgezwängt, doch Olive stand ihm im Weg. Solange sie nicht noch einen Schritt näher trat, konnte sie Eloises Gesicht nicht sehen. Sie machte den Schritt. Und stellte fest, dass Eloise vor geraumer Zeit aufgehört hatte zu atmen.

Der Mund der Toten stand offen. Auch ihre Augen waren offen und starrten auf etwas jenseits der Zimmerdecke.

Olive fasste das Handgelenk ihrer Patientin und tastete nach einem Puls, obgleich ihr klar war, dass es nicht nötig war. Der Arm war kalt, die Haut merkwürdig feucht. Sie war seit mindestens einer Stunde tot, vielleicht auch schon länger.

Es war zehn nach drei, und es würde Olives Aufgabe sein, den Tod zu verifizieren.

Rasch schaute sie zur Tür und zum Flurfenster hinüber, obwohl sie wusste, dass man sie nicht sehen konnte. Dann ging sie schnell um das Bett herum und bückte sich, um das Abhörgerät von der Unterseite zu lösen. Es würde einige Zeit dauern, bevor sie überprüfen konnte, wie viel von dem Gespräch, das sie und Eloises vorhin geführt hatten, aufgezeichnet worden war.

Fürs Erste hatte sie eine Aufgabe.

## 55

»Ich kann Anderson nicht leiden«, bemerkte Garry, als er fast mit seinen Fish and Chips fertig war.

Lexy, die genauso viel gegessen hatte wie er, lachte leise. »Echt jetzt? Wäre ich nie drauf gekommen.«

»Und wenn er nun derjenige war, mit dem sich Olive in Hexham getroffen hat? Er hatte doch genug Zeit, um da hinzufahren, mit ihr abzuhauen und … zu tun, was immer er getan hat, und dann wieder zu Hause zu sein, bevor irgendwer gefragt hätte, wo er war.«

»Wirklich?« Lexy rückte näher an ihn heran. »Bei diesem Wetter?«

»Ja. Ich hätte das schaffen können. Er vielleicht auch.«

»Warum sollte er seiner Frau, sechs Monate nachdem er sie geheiratet hat, etwas antun wollen?«

»Eloise wollte ihrer Mutter etwas Wichtiges sagen. Sie ist gestorben, bevor sie Gelegenheit dazu hatte. Was ist, wenn sie es stattdessen Olive gesagt hat?«

Lexy zögerte, bevor sie antwortete. Es schien, als denke sie zumindest über seine Worte nach. Dann sagte sie: »Selbst wenn sie das getan hat, Olive hat ihn anderthalb Jahre später geheiratet. Warum hätte sie das tun sollen, wenn sie gewusst hätte, dass er ein Schurke ist?«

Garry hatte seine Antwort parat. »Okay, was ist, wenn sie später irgendetwas herausgefunden hat, das sie nicht hätte wissen sollen? Gwen hat gesagt, sie ist hinterlistig, wissen Sie noch? Dass sie sie mehr als einmal dabei erwischt hätte, wie sie im Haus herumgestöbert, sich in Michaels Büro herumgedrückt und vielleicht versucht hat, sich Zugang zu seinem Computer zu verschaffen. Was ist, wenn sie dasselbe herausgefunden hat, was Eloise gewusst hat? Dann müsste er sie doch auch beseitigen.«

»Entschuldigung, was? Sie wollen sagen, er hat auch Eloise um die Ecke gebracht? Garry, sie war unheilbar krebskrank.«

»Wollte ich eigentlich nicht, aber jetzt bin ich da gar nicht so sicher. Eloise ist früher gestorben als erwartet. Es war eine Frage von Wochen, vielleicht auch nur von Tagen, aber trotzdem. Wenn es da nun etwas gab, das sie loswerden musste? Vielleicht hatte es ja etwas mit der Familie Tricks zu tun. Was wäre, wenn Anderson das nicht zulassen durfte? Und achtzehn Monate später findet Olive dasselbe heraus.«

»Ich höre da eine Menge ›was wäre, wenn‹.«

Garry fing an, unruhig herumzuzappeln, wollte schon aufstehen. »Wir müssen rausfinden, ob er bei Eloise war, als sie gestorben ist. Wir müssen noch mal ins Kranken-haus.«

»Ho, Brauner! Sie sind gerade im Begriff, dem Parlamentsabgeordneten unseres Wahlkreises einen Doppelmord anzulasten. Ich weiß nicht recht, ob ich da mitziehen kann.«

»Woher kann Howie Tricks wissen, dass Michael Andersons Frau verschwunden ist?«

Lexy seufzte. »Howie dürfte Kontakte auf dem Revier haben, das wissen Sie doch. Diese Typen habe Mittel und Wege, alles Mögliche rauszufinden.«

Garry war satt. Er wickelte die wenigen übrig gebliebenen Pommes ein und stand auf, um sie zum Komposthaufen zu tragen. Dort vergrub er sie tief, damit die Füchse sie sich nicht holten. Lexy hatte recht. Er zählte hier zwei und zwei zusammen und bekam eine geradezu lächerliche Zahl heraus.

Auf dem Rückweg machte er einen Abstecher zum Rosenbeet und bückte sich, um die einsame Blüte abzupflücken, die er vorhin entdeckt hatte. Es war eine Gabriel Oak, eine Masse dicht gerüschter Blütenblätter. Von dunklerem Rosarot, als er es für Lexy ausgewählt hätte, doch ihr Duft war betörend. Er ging zum Schuppen zurück, drehte den Stiel der Rose zwischen den Fingern und fragte sich, ob er wohl den Mumm haben würde, sie ihr zu schenken. Dann steckte er sie in die Brusttasche seiner Jacke und kam sich vor wie ein Trottel.

»Wie geht's jetzt weiter?«, wollte er wissen, als Lexy aufstand und sie die Decke und die Plane wieder in den Schuppen brachten. »Jetzt, wo *Sky News* sich die Story geschnappt hat?«

»Jetzt gibt's keine andere Option mehr, als die Vermisstensuche anzuleiern.« Falls Lexy die Rose in seiner Brusttasche aufgefallen war, so äußerte sie sich nicht dazu. »Jede Dienststelle wird informiert, sämtliche Social-Media-Accounts werden aktiviert. So bekannt, wie die Andersons sind, kommt das wahrscheinlich in den Nachrichten.«

»Suchaktionen?« Garry schloss den Schuppen ab, und sie machten sich auf den Weg zum Auto.

Lexy antwortete mit einem leichten Kopfschütteln. »Wo sollen wir anfangen? Bei diesem Wetter werden sie den Hubschrauber nicht anfordern, solange sie sich nicht ziemlich sicher sind, wo sie ist und dass sie sie holen können. Drohnen bringen nichts, solange wir keine Ahnung haben, wo wir suchen sollen. Dasselbe gilt für Suchmannschaften zu Fuß und für Suchhunde. Solange wir keine Informationen bekommen, nach denen wir uns richten können, kann die Polizei eigentlich nichts unternehmen, was Sie und ich nicht eh schon tun.«

Garry ging voraus, als sie sich dem Wagen näherten, entriegelte die Türen mit der Fernbedienung und hielt Lexy die Beifahrertür auf. Dann zog er die Rose aus der Brusttasche und sah erleichtert, dass sie keinen Schaden genommen hatte. »Die Letzte dieses Jahres«, sagte er und hielt sie ihr hin. »Wäre doch ein Jammer, sie dem Frost zu überlassen.«

Einen unbehaglichen Moment lang dachte er, sie könnte sie zurückweisen, doch dann zuckten ihre Mundwinkel. »Danke«, sagte sie und blickte zu ihm auf, sah ihm direkt in die Augen, als warte sie darauf, dass er …

»Träume.« Abrupt wandte er sich ab und ging um den

Wagen herum zur Fahrertür. »Gestern Nacht hatte ich einen«, fuhr er fort, als sie beide im Wagen saßen.

Während der Fahrt schilderte er ihr seinen Traum von den Plakaten.

»Ich habe Ihnen eine geklebt?«, fragte sie, als er geendet hatte.

»Davon bin ich aufgewacht. Aber das, was Sie gesagt haben, bevor Sie mir eine geknallt haben, das könnte wichtig sein.«

»*Es geht nur um die Ohren, Dumbo?* Verstehe ich nicht. Hat das Ganze etwas mit Olives Ohren zu tun?«

»Nicht mit Olives, mit meinen.«

Lexy überlegte kurz. »Nö. Ich stehe immer noch auf der Leitung.«

»Meine Familie nennt mich nicht Dumbo, weil ich als Kind dick war.«

»Das wusste ich.«

»Bitte lassen Sie mich ausreden. Sie haben mich Dumbo genannt, weil ich als der Familienelefant bekannt war. Ich vergesse nie etwas. Im Ernst, absolut nichts. Ich kann Ihnen sagen, welcher von meinen Cousins ein Spiderman-Auto zu Weihnachten bekommen hat und welche Cousine eine Barbiepuppe, und ich kann Ihnen auch sagen, in welchem Jahr.«

Sie nickte. »Passt«, sagte sie halblaut.

Er hatte keine Ahnung, was das heißen sollte, doch er wollte sich nicht ablenken lassen. »Seit ich gehört habe, dass Olive verschwunden ist, hatte ich die ganze Zeit so ein total abgefahrenes Déjà-vu-Gefühl. Als ob ich mich an etwas erinnere. Als wäre das schon mal passiert.«

Ihre Augen wurden schmal. »Sie glauben, Olive ist schon einmal verschwunden?«

»So einfach ist es wahrscheinlich nicht, aber wir sollten das überprüfen. Ich glaube, der Traum gestern Nacht, das war mein Unterbewusstsein, das mir sagen wollte, dass das wichtig ist. Wenn ich ausknobeln kann, an was genau ich mich erinnern soll, dann könnte das helfen.«

»Für übermäßig gefühlsbetont habe ich Sie eigentlich nicht gehalten.«

Auf der Hauptstraße herrschte – nicht überraschend – nur wenig Verkehr. Schon um kurz nach zwölf Uhr mittags hatte sich eine Art trübes Zwielicht über die Welt gelegt. Es war ein Tag von der Sorte, an dem Firmen früher Feierabend machten und alle außer den ganz Harten sämtliche Verabredungen absagten, die sie vielleicht gehabt hatten.

»Der beste Fahrer der ganzen Truppe. Gut darin, Probleme zu erkennen, oft noch bevor es Ärger gibt. Lässt sich leicht ablenken und konzentriert sich gern jeweils auf eine Aufgabe. Kriegt Schreibkram nicht so richtig gebacken und floppt bei Prüfungen total. Fällt ab und zu über die eigenen Füße. Das kriege ich, haben sie gesagt. Stattdessen bekomme ich Traumdeutungen und Blumenarrangements.«

Sie machte sich schon wieder über ihn lustig.

»Und was machen wir jetzt?«, fragte er.

»Wir fahren zurück aufs Revier und löffeln die Suppe aus.«

»Es gibt Suppe?«

»O ja. Anderson ist stocksauer auf uns, und der wird sich das nicht gefallen lassen. Machen Sie sich auf einen ziemlichen Anschiss gefasst, Garry, und halten Sie die Klappe. Da braut sich was zusammen.«

## 56

*Freitag, 14. Dezember, vor zwei Jahren*

Olive war noch immer dabei, Eloises Leichnam herzurichten, als Michael eintraf. Normalerweise fand sie den Ritus des »Aufbahrens« tröstlich, diesmal nicht.

»Danke«, sagte er von der Zimmertür her. Er trug Jeans und einen dicken hellgrünen Pullover mit Reißverschluss. Es war seit Afghanistan das erste Mal, dass Olive ihn nicht im Anzug sah.

Olive hatte darauf bestanden, alles selbst zu tun, und hatte Eloise gerade das Haar gekämmt. Gewissenhaft und langsam, denn das Letzte, was sie wollte, war, dicke Strähnen herausreißen. Sanft legte sie den Kopf der Toten wieder hin, dankbar, dass die unangenehmste Aufgabe – das Beseitigen austretender Körperflüssigkeiten – bereits erledigt war. Sie hatte sogar Lufterfrischer im Zimmer versprüht.

»Kommen Sie herein«, sagte sie. »Ich bin noch nicht ganz fertig, aber Sie können ruhig reinkommen und helfen. Es sei denn, Sie möchten lieber im Besucherzimmer warten. Ich kann dafür sorgen, dass Ihnen jemand etwas Heißes zu trinken bringt.«

Michael trat ins Zimmer, den Blick auf das Gesicht seiner Frau geheftet. »Wann ist es passiert?«, fragte er.

Das hatte sie ihm bereits am Telefon gesagt, doch der Schock des Verlusts brachte das Gedächtnis oft vollkommen durcheinander.

»Zwischen Mitternacht und zwei Uhr, glauben wir. Das letzte Mal hat ein paar Minuten nach zwölf jemand nach ihr geschaut, und da war sie noch am Leben. Der Arzt meint, es war ein plötzlicher Herzstillstand. Wir haben nicht damit gerechnet, auf jeden Fall nicht heute, aber in diesem Stadium ist das nichts Ungewöhnliches.«

Michaels Augen schlossen sich, und er schien zu schwanken. Sofort war Olive an seiner Seite und legte einen Arm um ihn.

»Sie müssen sich setzen«, sagte sie und schob ihn auf den Stuhl neben dem Bett zu. »Das ist ganz schön viel, was Sie hier verarbeiten müssen. Sie hätten nicht allein herkommen sollen.«

»Gwen wollte mitkommen, aber wir konnten die Mädchen doch nicht allein lassen. Und aufwecken wollten wir sie auch nicht. Sie wissen es noch gar nicht.«

Olive ging kurz zur Tür und machte der Schwester, von der sie wusste, dass sie herüberschauen würde, ein Zeichen. Sie mimte »Trinken« und deutete ins Zimmer, bevor sie wieder hineinging.

»Ich weiß, es ist ein Schock«, sagte sie. »Aber irgendwann denken Sie vielleicht, dass es so besser war. Ihr sind eine Menge Schmerzen erspart geblieben.«

»Ich hätte hier sein sollen«, sagte er. »Sie hätte nicht allein sterben sollen. Wieso ist ihr Mund so komisch?«

»Das passiert sehr oft.« Olive ging wieder auf die andere Seite des Bettes, wo der Rollwagen stand. »Die Kiefermuskeln erschlaffen nach dem Tod, und dann klappt der Mund auf. Ich habe ihr ein zweites Kissen unter den Kopf geschoben, um es auf ein Minimum zu beschränken, aber im Beerdigungsinstitut kriegen sie das schon hin. Da sieht sie ganz schnell wieder schön aus. Vielleicht sollten Sie warten, bis sie in der Kapelle liegt, bevor die Mädchen sie sehen?«

Michael hatte die Hand seiner Frau ergriffen. »Sie war wunderschön. Wahrscheinlich war sie die schönste Frau, die ich je gesehen habe. Ich dachte, ihre Schönheit zu verlieren, würde für sie am schwersten sein, aber es war ihr anscheinend fast egal. Sie hat immer nur an die Mädchen gedacht ... und an mich.«

»Ich habe hier ein paar Schmuckstücke für Sie.« Olive hielt ihm einen kleinen Plastikbeutel hin. Darin waren Eloises Armbanduhr, eine einfache goldene Halskette und zwei Paar Ohrringe. »Was soll mit ihrem Ehering passieren? Wir empfehlen immer, den so bald wie möglich abzunehmen, aber es ist Ihre Entscheidung.«

Als Antwort hob er Eloises Hand an und drehte den schlichen Goldreif von ihrem Finger herunter. »*Ich* habe ihn ihr angesteckt«, sagte er. »Ist nur richtig, dass ich ihn auch abnehme.«

Olive hielt den Beutel auf, und der Ring fiel hinein. »Stecken Sie das ein«, sagte sie und staunte innerlich, wie fügsam die Angehörigen soeben Verstorbener waren. »Sie wollen die Sachen doch nicht verlieren.«

»Gestern Abend hat sie kaum ein Wort zu mir gesagt«, meinte Michael. »Sie hat praktisch die ganze Zeit geschlafen, während ich hier war. Das scheint mir jetzt so eine Verschwendung zu sein.«

Doch Eloise hatte nicht geschlafen, sie hatte gehört, wie Michael und Olive Telefonnummern ausgetauscht und verabredet hatten, sich zu treffen, wenn die Ehefrau nicht mehr da war.

»Ich habe mich gar nicht verabschiedet.«

»Es ist sehr gut möglich, dass sie ganz friedlich im Schlaf gestorben ist«, sagte Olive, obgleich sie wusste, dass das nicht der Fall gewesen war. Eloises Augen waren weit offen gewesen, als sie sie gefunden hatte. Auch das Bett war zerwühlt gewesen, als hätte sie versucht aufzustehen. »Das hätte ja auch nichts geändert. Jedenfalls nicht für sie.«

»Hat sie irgendwas gesagt, nachdem ich weg war? Ist sie überhaupt noch mal aufgewacht?«

Eloise war in der Tat aufgewacht, nachdem ihr Mann heimgefahren war. Und Eloise hatte eine Menge zu sagen gehabt.

»Sie war ganz kurz wach«, erwiderte Olive. »Sie hat mir vom Segeln erzählt, damals mit Ihnen. Irgendetwas von einem Spinn…«

»Ein Spinnaker?« Michaels Augen waren schmal geworden. Er sah angespannt aus. »Wieso hat sie von einem Spinnaker geredet?«

Olive schüttelte den Kopf. »Ich weiß nicht mal, was ein Spinnaker ist.«

Michaels Stimme wurde schärfer, als hätte sie ihn gekränkt. »Scheint mir ein merkwürdiges Thema zu sein. War sonst noch etwas?«

»Nein, eigentlich nicht.«

Er stand auf. »Wird sie obduziert?«

»Nein. Der Arzt hat den Totenschein unterschrieben. Wie gesagt, ein plötzlicher Tod ist nichts Ungewöhnliches, wenn Patienten so krank sind wie Ihre Frau.«

Ein Geräusch auf dem Flur ließ sie beide zusammenfahren. Die Tür ging auf, und zwei Pfleger schoben eine Rollbahre herein.

»Sie müssen sich jetzt fürs Erste verabschieden«, sagte Olive zu Michael. »Sie können sie später sehen, wenn sie fertig zurechtgemacht ist.«

Der Leichnam wurde rasch und effizient umgebettet, und die Zimmertür schloss sich aufs Neue. Michael stützte sich auf die Stange am Fußende des Bettes. Sein Kopf sank herab, sodass sein Kinn fast auf seiner Brust lag.

»Es ist also vorbei«, sagte er. »Wirklich vorbei.«

Olive trat neben ihn. Sie spürte, wie ihre linke Hand seine rechte streifte, und dann, nur einen Augenblick später, schlossen sich seine Finger um die ihren. Er drückte ihre Hand einmal und ließ sie dann los.

# 57

»Tja, die Katze ist aus dem Sack«, stellte der Deputy Chief Constable fest, nachdem der Beitrag in den Vorabendnachrichten gesendet worden war. Die Nation war davon in Kenntnis gesetzt worden, dass Olive Anderson, die Gattin des amtierenden Parlamentsabgeordneten von Middlesbrough South and East Cleveland, seit fast achtundvierzig Stunden vermisst wurde. Weder die Familie Anderson noch Olives Eltern waren vor die Kamera getreten. Stattdessen hatte der Reporter ein Statement verlesen, in dem um Informationen gebeten wurde.

»In einer Stunde hören wir von ihr«, gähnte einer der DIs. »Den eigenen Mann öffentlich zu blamieren, ist eine Sache, 'ne Anzeige zu riskieren, weil man die Zeit der Polizei verschwendet hat, das ist was anderes.«

»Wir wollen's verdammt noch mal hoffen«, knurrte der Chief. »In der Zwischenzeit, PC Mizon, ein Wort unter Männern.«

»Sir.« Als Garry auf den Boss zutrat, spürte er Bewegung rund um sich herum. Die meisten Officers der Wochenend-Notbesetzung kehrten an ihre Schreibtische zurück. Einer oder zwei sahen mit unverhohlener Schadenfreude zu.

»Erinnern Sie mich doch noch mal kurz, für welchen Job wir Sie bezahlen, PC Mizon.«

»Sir.« Lexy trat vor.

»Sie kommen schon noch dran, DS Thomas. Erst mal beschäftige ich mich mit einer Beschwerde gegen PC Mizon, wegen unangemessen und aggressiven Auftretens dem Angehörigen eines potenziellen Opfers gegenüber. Und obendrein hat die Familie Tricks jetzt offiziell Beschwerde eingereicht.«

»Sir, das ist unfair. Zumindest das mit Anderson. Ich war die meiste Zeit bei den Befragungen dabei, als wir bei der Familie waren, und Garry hat nichts Ungehöriges getan. Tatsächlich verdanken wir ihm ...«

»Noch ein Wort, Thomas, und ich melde Sie. Also, Mizon, sind Sie im Dienst?«

»Nein, Sir.«

»Dann schlage ich vor, Sie gehen nach Hause, tun, was immer Sie an den Wochenenden eben so treiben, schlagen sich den Anderson-Fall aus dem Kopf und drücken die Daumen, dass Michael Anderson seine Beschwerde nicht auch noch offiziell einreicht. Und wenn Sie aufhören könnten, sich wie ein totaler Vollpfosten zu benehmen, dann wäre das ein zusätzlicher Bonus.«

»Sir, ich glaube, Michael Anderson könnte bei Olives Verschwinden involviert sein«, sagte Garry. »Ich halte ihn für einen Lügner, und ich glaube, er verbirgt etwas.«

»Wie oft sind Sie noch mal durch Ihre Detective-Prüfungen gefallen, Mizon?«

Garry holte tief Luft und war gleichzeitig erstaunt, dass er noch immer Blickkontakt mit seinem Vorgesetzten hielt.

»Ich warte, Mizon.«

Ach, zum Kuckuck, es wussten doch sowieso alle.

»Zweimal, Sir. Nichtsdestotrotz …«

Der Deputy Chief trat einen Schritt näher. Er würde nicht zurückweichen, sagte sich Garry. Nicht vor jemandem, der eine Handbreit kleiner war als er.

»War irgendetwas an meiner Anweisung, nach Hause zu fahren und zu Hause zu bleiben, nicht eindeutig?«, wollte der Deputy Chief wissen.

»Nein, Sir.«

»Und warum sind Sie dann noch hier?«

Garry war klar, dass seine Zeit abgelaufen war. Er drehte

sich um, verließ den Raum und vermied es dabei, irgendjemandem in die Augen zu sehen.

»Garry!« Auf dem Parkplatz holte Lexy ihn ein. »Wo wollen Sie denn hin?«

»Nach Hause«, antwortete er. »Wie befohlen.«

»Das ist doch alles Schwachsinn«, beteuerte sie. »Sie haben nichts falsch gemacht. Überhaupt nichts!«

Er zuckte die Achseln. »Wie Sie gesagt haben, ich bin ein Sonderling.«

Verdammt, die Vorstellung gefiel ihm ganz gut: Garry Mizon, der Sonderling.

»Sie wollen gar nicht nach Hause, stimmt's?« Lexy trat einen Schritt zurück, um ihn eingehend zu mustern, und Misstrauen blitzte in ihren Augen auf.

»Doch«, log er.

»Jetzt mal im Ernst, Sie müssen nach Hause fahren. Überlassen Sie das alles jetzt mir. Eigentlich hätte ich Sie da überhaupt nicht reinziehen dürfen. Ich hab ein furchtbar schlechtes Gewissen. Sobald irgendwas passiert, sage ich Ihnen Bescheid, ich versprech's. Aber Sie müssen nach Hause und unterm Radar bleiben.«

»Roger, Sarge.« Er salutierte ein bisschen.

Sie trat noch einen Schritt zurück und funkelte ihn immer noch an. »In einer Stunde rufe ich Sie an. Unter Ihrer Festnetznummer. Und wehe, Sie gehen nicht ran.«

»Ich freu mich drauf.« Er schwang sich auf den Fahrersitz und ließ den Motor an. Als er vom Parkplatz fuhr, konnte er sehen, wie Lexy ihm vom Hinterausgang des Reviers aus nachblickte. Er bog nach links ab, in die Gegenrichtung von zu Hause, und dachte bei sich, dass er vielleicht tatsächlich gefeuert werden würde, noch ehe der Tag zu Ende war.

Egal. Er fand den Job doch sowieso ätzend.

»Gibt es irgendwas Neues?«, wollte die Krankenschwester Stella Cook von Garry wissen, als die beiden sich an einen leeren Tisch in der Cafeteria des Krankenhauses setzten.

Stella, die gerade in die Pause hatte gehen wollen, als Garry im Stationszimmer aufgekreuzt war, hatte sich bereit erklärt, mit ihm einen Kaffee trinken zu gehen.

»Bisher nicht«, antwortete er Olives Kollegin, die nicht besonders besorgt wirkte. »Ich habe gehört, sie war Eloise Warners persönliche Betreuerin, als die hier auf der Station gelegen hat. Das dürfte jetzt so um die zwei Jahre her sein.«

Stella schnitt eine Grimasse. »Persönliche Betreuerinnen gibt's bei uns eigentlich nicht. Sagen wir einfach, die Angehörigen – oder einige Angehörige – hatten ihre Vorlieben.«

»Wollen Sie damit andeuten, dass Michael Anderson eine Schwäche für Olive hatte? Ich bin hier nicht auf Klatsch und Tratsch aus, aber Olives Beziehung zu ihrem Mann könnte wichtig sein.«

Die Frau nickte. »Da hat es von Anfang an ganz offensichtlich gefunkt. Manche Leute könnten behaupten, Olive hätte ein Auge auf einen Mann geworfen, der bald ein hochinteressanter Witwer sein würde, und ihr Bestes getan, sich mit ihm gut zu stellen.«

Garry dachte gründlich nach, bevor er antwortete. Zu versuchen, Olive zu verteidigen, wäre im Augenblick nicht hilfreich.

»Das würde andeuten, dass sie ziemlich berechnend war? Sich an einen Kerl ranmachen, während seine Frau an Krebs stirbt?«

»Eh, na ja, komisch ist sie ja schon. So 'n hübsches Mädchen und nie einen Freund? Meines Wissens nach haben viele nette Jungs es bei ihr versucht – Ärzte, Pflegeleiter, Manager. Kein Interesse. Und dann kommt Michael Anderson, und plötzlich trägt sie mehr Make-up, hat immer gewaschene Haare, macht ihm Tee – was ich sie noch nie für jemand anderes habe tun sehen – und drückt sich im Stationszimmer oder in der Nähe von Eloises Bett rum, wenn er zu Besuch ist.«

»Sie meinen, sie war die treibende Kraft bei dem Ganzen?« Garry sagte sich, dass dies kein unnützer Klatsch war. Es war doch sein Job, herauszufinden, was Olive zugestoßen war. Und dann fiel ihm ein, dass das eigentlich überhaupt nicht sein Job war. Rasch sah er auf die Uhr. Noch etwa eine halbe Stunde, bis Lexy bei ihm zu Hause anrufen würde.

»Oh, ich denke, er ist ihr da ein gutes Stück entgegengekommen. Ich weiß, dass er ihr seine Telefonnummer gegeben hat.«

»Sie haben das gesehen?«

Stella nickte. »Vor der Nase seiner Frau. Genau an dem Abend, an dem sie gestorben ist.« Sie schaute ebenfalls auf die Uhr.

»Können wir ein bisschen vorspulen?«, fragte Garry. »Wie ist Ihnen Olive während der letzten paar Monate vorgekommen? Hat ihr irgendetwas zu schaffen gemacht? Hat irgendetwas darauf hingedeutet, dass es mit der Ehe nicht so klappt, wie sie gehofft hatte?«

Stella trank ihren Kaffee aus und griff nach ihrer Tasche. »Um ganz ehrlich zu sein, ich weiß nicht genau, ob ich Olive jemals glücklich erlebt habe. Und jetzt ist meine Pause vorbei. Danke für den Kaffee.« Sie erhob sich.

»Eins noch.« Garry stand ebenfalls auf und wusste, dass er kaum genug Zeit hatte, es bis nach Hause zu schaffen, bevor Lexy anrief. Er überlegte, ob sie Samstagabend wohl schon etwas vorhatte und ob … Nein, das war bescheuert. Aber die Rose hatte sie behalten. Sie hatte einen Becher zu einer behelfsmäßigen Vase umfunktioniert und auf ihrem Schreibtisch einen Platz für ihn gefunden. »In der Nacht, als Eloise gestorben ist, hatten Sie da Dienst?«

Stella nickte knapp. »Ja, das habe ich Ihnen doch schon gesagt.«

»Stimmt, Entschuldigung. Wissen Sie noch irgendetwas von dem Abend davor? Um wie viel Uhr Mr Anderson gekommen ist, wann er gegangen ist?«

Stella runzelte die Stirn. »Spät, nach der normalen Besuchszeit. Ich würde sagen, er ist so gegen halb neun gekommen und vielleicht eine Stunde geblieben. Olive hat ihm eine Tasse Tee gebracht, wie immer, und er hat ihr seine Nummer gegeben.«

»Und wie ist Ihnen Eloise vorgekommen, nachdem er weg war?«

»Mehr oder weniger unverändert. Müde. Ich habe ihr zur Toilette geholfen, kurz nachdem er gegangen war, und ich bin mir ziemlich sicher, dass sie danach eingeschlafen ist. Ein paar Stunden später ist sie gestorben.«

Also war Eloise noch am Leben gewesen, als Anderson

gegangen war. Damit war eine weitere idiotische Theorie widerlegt.

»Ich versuche hier nicht, Ärger zu machen oder so«, sagte Stella, und ihr Blick huschte hektisch durch den Raum. »Wahrscheinlich ist da gar nichts weiter dabei«, fuhr sie fort. »Und sonst hätte ich es auch nie erwähnt.«

Garry war sich plötzlich der Uhrzeit sehr bewusst. Er wollte Lexys Anruf nicht verpassen. »Was immer Sie mir sagen können.«

Stella schaute zum Tresen hinüber. »Sie sollten mal mit Rick reden«, sagte sie. »Der hatte Nachtdienst, als Eloise gestorben ist. Er hat etwas gesehen.«

»Was denn?«

Sie wandte sich zum Gehen. »Sie sollten ihn selbst fragen. Ist besser, wenn's von ihm kommt.«


# 58

*Freitag, 14. Dezember, vor zwei Jahren*


Nachdem Michael Anderson die Station zum zweiten Mal innerhalb von vierundzwanzig Stunden verlassen hatte, verging noch eine weitere Stunde, bevor Olive sich das Abhörgerät vornehmen konnte, das die letzten paar Tage unter dem Bett seiner soeben verstorbenen Ehefrau verbracht hatte. Sie verzog sich in eine Kabine in der Personaltoilette, verriegelte die Tür und schaltete es ein.

Die Aufnahme war fast dreißig Minuten lang, und es würde nicht lange dauern, bis jemand sie suchen kam. Hastig hörte Olive das Band ab, spulte immer wieder vor und hielt wieder an. Als sie am Ende der Aufnahme angekommen war, konnte sie sich nicht rühren. Die Batterie hatte im schlimmstmöglichen Moment den Geist aufgegeben. Die Aufnahme war nutzlos. Vollkommen scheißnutzlos.

Nur die Gewissheit, dass sie das niemals würde erklären können, in einer Million Jahre nicht, hielt sie davon ab, alles um sie herum kurz und klein zu schlagen.

Anderson irrte sich. Es war nicht vorbei. Sie fing gerade erst an.

## 59

Rick konnte nicht vom Tresen weg, doch in der Cafeteria war nicht viel los. Am Samstagabend um kurz vor acht und bei solchem Wetter hielten sich nur wenige Leute in einem Krankenhaus auf, die nicht unbedingt dort sein mussten.

»Stella hat gesagt, Ihnen ist in der Nacht von Donnerstag, den 13., auf Freitag, den 14. Dezember, vor zwei Jahren etwas aufgefallen«, begann Garry. »In der Nacht, als Eloise Warner gestorben ist, die Frau des Abgeordneten.«

Ricks Gesicht verschloss sich. »Ist ja schon 'ne ganze Weile her.« Er nahm einen Lappen und begann mit weit ausgreifenden Bewegungen, den Tresen abzuwischen.

»Es ist wichtig. Also, haben Sie etwas gesehen?«

»Wer will das wissen?«

Garry unterdrückte einen Seufzer; er hatte sich doch bereits als Polizist außer Dienst vorgestellt.

»Im Augenblick nur ich«, erwiderte er. »Aber ich kann mich ans Telefon hängen und einen von meinen Kollegen kommen lassen. Vielleicht wollen die ja lieber auf dem Revier mit Ihnen reden. Am Samstagabend kann's da ganz schön abgehen, vor allem so kurz vor Weihnachten. Könnte 'ne ganze Weile dauern.«

Rick legte los. Zehn Minuten später war Garry im Büro des Sicherheitsdienstes.

»Die Aufnahmen von der Nacht vom 13. auf den 14. Dezember. Vom Erdgeschoss und vom Haupteingang der Cafeteria bitte. Zwischen neun Uhr abends und vier Uhr morgens.«

Der Wachmann brauchte eine Weile, um die Datei zu finden, doch schließlich sahen sich beide Männer ein unscharfes Schwarz-Weiß-Video an. In der Nacht, in der Eloise gestorben war, war die Cafeteria genauso leer und öde gewesen wie vor wenigen Minuten. Eine alte Frau saß an einem Tisch ganz hinten. Zwei Schwestern kamen auf den Tresen zu, holten sich Heißgetränke und nahmen sie mit. Rick begutachtete seine Fingernägel und scrollte auf seinem Handy herum.

»Die Cafeteria schließt um zehn«, bemerkte der Wachmann.

»Ich weiß. Der Mann, den ich suche, hat abends gegen halb zehn die Station verlassen, auf der seine Frau lag«, erwiderte Garry. »Rick aus der Cafeteria sagt, er hat ihn an diesem Abend bedient.«

»Hier. Ist das Ihr Mann?«

Es war in der Tat sein Mann. Um 21 Uhr 36 trat Michael Anderson an den Tresen. Nachdem er ein paar Worte mit Rick gewechselt hatte, nahm er sein Getränk und setzte sich an einen Tisch ganz dicht beim Eingang. Dann saß er einige Zeit da, ohne sich zu rühren.

»Ich kann vorspulen«, erbot sich der Wachmann und ließ seinen Worten Taten folgen.

»Anhalten«, befahl Garry, als Anderson sich ruckartig erhob. Rick war zu ihm getreten. Die beiden Männer sprachen miteinander, dann wandte Anderson sich zum Gehen. Rick folgte ihm hinaus und zog die Schranken herunter, die die Cafeteria bis zum nächsten Tag absperrten. »Punkt zweiundzwanzig Uhr«, murmelte Garry vor sich hin. »Also, verlässt er jetzt das Krankenhaus?«

»Schauen wir doch mal.«

Minuten verstrichen, während der Wachmann eine andere Videodatei aufrief, bis die beiden Männer Aufnahmen vom Empfang am Haupteingang des Krankenhauses vor sich hatten. Sie spulten gelegentlich vor, bis sie fast bei elf Uhr abends angekommen waren. Nirgends war zu sehen, wie Michael Anderson das Gebäude verließ.

»So gegen vier ist er wiedergekommen«, meinte Garry. »Schauen Sie doch mal, ob Sie ihn finden.«

Noch mehr Zeit verging, und dann konnten sie beobachten, wie Michael Anderson mit großen Schritten durch den Haupteingang des Krankenhauses eilte.

»Der muss zu Hause gewesen sein«, stellte der Wachmann fest. »Hat sich umgezogen.«

Garry nickte. Auch ihm war die legere Kleidung aufgefallen, die Anderson bei seinem zweiten Besuch trug. »Gibt es noch mehr Möglichkeiten, wie er das Gebäude verlassen haben könnte?«

»Mehrere.« Der Wachmann stand auf und trat vor einen Gebäudeplan des Krankenhauses. »Im C-Flügel gibt es eine Tür, die führt direkt auf den Parkplatz auf der Westseite. Da könnte er rausgegangen sein. Und dann noch ein paar Türen, die Besucher nicht benutzen dürfen, aber viel hindert sie nicht daran.«

»Können wir die überprüfen?«

Der Wachmann machte ein betretenes Gesicht. »Geht leider nicht. Wir haben 'ne Liste mit Datenschutz-Vorschriften, das verdammte Ding ist mehrere Seiten lang. Wahrscheinlich verstoße ich schon gegen alle möglichen, indem ich mit Ihnen rede. Im Großen und Ganzen werden nur Aufnahmen vom Haupteingang und den größeren öffentlichen Bereichen wie der Cafeteria länger als ein Jahr gespeichert. Wenn Ihr Parlamentarierfreund auf einem anderen Weg hier raus ist, dann ist die Aufnahme schon vor Monaten gelöscht worden.«

Garry holte Luft. »Und wenn er wieder zur Station zurück ist?«

»Dasselbe. Und auf den Stationen gibt's sowieso keine Kameras. Auf einigen von den Hauptfluren, ja, aber nicht auf den Stationen.«

»Okay, vielen Dank, dass Sie sich Zeit genommen haben.« In zehn Minuten wollte Lexy ihn anrufen.

»Ich geh mal davon aus, dass jemand in ihren Spind geguckt hat?«, meinte der Wachmann.

»Bitte?«

»In den Personalspind. Wir haben alle einen. Die Leute vom Hausdienst wie ich hier in diesem Stockwerk, das Pflegepersonal ein Stockwerk höher.«

Garry konnte sich nicht erinnern, dass irgendjemand etwas von Olives Spind gesagt hätte. »Ich weiß, das ist ganz offensichtlich, aber Spinde sind abgeschlossen, richtig?«

Der Wachmann nickte. »Die Besitzer haben Schlüssel, aber es gibt Ersatzschlüssel, falls mal einer verloren geht.«

»Und aufbewahrt werden die Ersatzschlüssel …?«

Der Wachmann drehte sich um und deutete mit dem Kopf auf einen flachen weißen Wandschrank.

»Und gibt es Vorschriften zur Herausgabe von Schlüsseln an jeden x-Beliebigen?«

»Natürlich. Aber nichts, was mich davon abhält, einen Spind zu öffnen, schon gar nicht in Begleitung eines Polizisten.«

»Gehen Sie vor.«

In Olives Spind war eine Sporttasche, an deren Griff ein dekorativer Schlüsselanhänger befestigt war. Keine Schlüssel, nur der Anhänger. Wohl wissend, dass er sein Glück überstrapazierte, holte Garry sein Taschentuch heraus und wickelte es sich um die rechte Hand, bevor er vorsichtig den Reißverschluss aufzog. Er konnte einfach nicht widerstehen. Über seiner Schulter konnte er den Wachmann atmen hören. Das Innere der Tasche roch nach Wäsche, die auf die Waschmaschine wartete, und nach chemischem Blumenduft. Garry sah schwarzen Stoff, die Ferse eines Turnschuhs, ein Kosmetiktäschchen. Er zog den Reißverschluss wieder zu.

»Die darf ich nicht mitnehmen«, erklärte er dem Wachmann. »Ich lasse sie abholen und in die Asservatenkammer bringen. Können Sie dafür sorgen, dass bis dahin niemand außer ein Polizist im Dienst in diesen Spind guckt?«

»Kein Problem«, versicherte der Wachmann. »Ich nehme den Schlüssel an mich.«

Garry schaute auf die Uhr. Wenn er sich nicht nach Hause beamte, würde er Lexys Anruf verpassen, aber über das mit der Sporttasche würde sie sich doch freuen, oder? Aus einem Impuls heraus machte er ein Foto von der Tasche und dann eine Nahaufnahme von dem Schlüsselanhänger.

Und jetzt: Mal sehen, wie schnell er nach Hause fahren konnte.

## 60

Es schneite wieder. Olive konnte die Flocken in die Leere dort unten fallen sehen. Zuerst hatte sie überlegt, ob der Wind bloß Schnee vom Auto und von den Ästen um sie herum wehte, doch die Schneeflocken waren jetzt schon seit einiger Zeit zu dicht und zu beständig herabgerieselt, als dass es irgendwelche Zweifel geben könne.

Ihr war so kalt, so unheimlich kalt. Immer wieder driftete sie in den Schlaf hinein und wieder heraus, hatte manchmal Mühe, zu erkennen, wann sie wach war und wann sie träumte. Die Krankenschwester, die sie früher einmal gewesen war, wusste, dass sie sich im Frühstadium der Hypothermie befand, der schweren Unterkühlung. Wenn sie Glück hatte, war es ein Frühstadium. Wie dem auch sei, sie glaubte nicht, dass sie hier im Auto nach lange durchhalten würde.

Vor einiger Zeit – es fiel ihr schwer, sich genau zu erinnern – hatte sie Paracetamol und eine Packung Pfefferminzbonbons im Handschuhfach gefunden. Zornig auf sich selbst, weil sie nicht schon früher daran gedacht hatte, hatte sie vier Paracetamol geschluckt, sie mit Schnee hinuntergespült und sich dann eine Handvoll Bonbons in den Mund gestopft. Als die sich aufgelöst hatten, hatte sie noch mehr gelutscht, bis die Packung leer war. Minuten später hatten die Schmerzmittel und der Zucker begonnen, ihre Magie zu wirken. Seitdem hatte sie die schlimmsten Schmerzen in Schach halten können, obwohl die Bonbons längst alle waren.

Ihr war klar, dass sie noch eine weitere Nacht nicht überleben konnte. Wenn sie handeln wollte, dann musste sie es jetzt tun.

# 61

Bevor er vom Parkplatz des Krankenhauses fuhr, rief Garry die Nummer von Olives Eltern auf.

»Entschuldigen Sie, dass ich noch mal störe«, sagte er, nachdem Olives Dad George abgenommen und Garry ihm erklärt hatte, dass sich bis jetzt nichts Neues ergeben hätte.

Er und seine Kollegen seien aber zuversichtlich, dass Olive sich melden würde, wenn sie erfuhr, dass die Leute sich Sorgen machten, setzte er noch hinzu. »Aber mir geht da etwas nicht aus dem Kopf.«

Er schilderte das eigenartige Déjà-vu-Gefühl bei Olives Verschwinden.

»Ich habe ein ziemlich gutes Gedächtnis«, schloss er, als er etliche Sekunden lang nichts von George gehört hatte, außer vielleicht stumme Missbilligung. »War Olive schon einmal weg? Ein paar Stunden vielleicht? Möglicherweise während der Schulzeit?«

Es war nicht während der Schulzeit gewesen. Er hätte es gewusst und hätte es sich gemerkt, wenn Olive damals verschwunden gewesen wäre.

»Nein, mein Junge.«

»Überhaupt nichts dergleichen?«

»Unsere Olive hat nie Ärger gemacht. Ist ein anständiges Mädchen, unsere Olive. Nie irgendetwas Ungehöriges.«

»Verstehe. Vielen Dank, Mr Charles.«

Er sprach ins Leere. Olives Vater hatte aufgelegt. Okay, jetzt ging das ihm auch noch im Kopf herum. Warum hatte er allmählich das Gefühl, dass George Charles immer fast schon auf Defensive schaltete, wenn er über seine Tochter sprach? Ein bisschen zu versessen darauf, der Welt mitzuteilen, dass sie ein braves Mädchen war. Und außerdem konnte er noch immer nicht sagen oder beweisen, wann Anderson in der Nacht, in der Eloise gestorben war, das Krankenhaus verlassen hatte.

Als er bei seinem Bungalow ankam, ging ihm auf, dass es vielleicht doch eine Möglichkeit gab, das herauszufinden.

Eloises Mutter könnte es ihm sagen. Ohne aus dem Wagen zu steigen, rief er ihre Nummer auf und wusste, dass er tief in einem Riesenhaufen übel riechender Materie sitzen würde, wenn Anderson abnahm.

»Home Farm«, sagte Gwens unverwechselbare Stimme.

»Ich habe gehört, man hat Sie von den Ermittlungen abgezogen«, erwiderte sie frostig, als Garry seinen Namen nannte.

»Ich war nie daran beteiligt, Mrs Warner. Ich bin Verkehrspolizist. Aber ich war in der Schule mit Olive befreundet.« Okay, das war übertrieben. »Ich mochte sie gern. Und Ihre Tochter mochte ich auch, ich bin ihr ein paar Mal begegnet. Eine ganz reizende Lady. Einmal ist sie mit dem Absatz in einem Lüftungsgitter stecken geblieben. Ich war zufällig dabei. Das hat sie Ihnen wohl nicht …«

Ein leises Lachen. »Doch, davon hat sie mir erzählt.«

Er hielt den Atem an. »Was kann ich für Sie tun?«, erkundigte sie sich nach kurzem Schweigen.

Hier ging er jetzt ein Mordsrisiko ein. »Ich habe mit Leuten im Krankenhaus über die Nacht gesprochen, in der Ihre Tochter gestorben ist«, sagte er. »Und ich kann nicht genau sagen, um wie viel Uhr Mr Anderson gegangen ist. Ich weiß, dass er bis mindestens zehn im Krankenhaus war. Können Sie mir irgendwie helfen?«

»Das ist eine sehr merkwürdige Frage.«

»Das ist mir klar.«

Sekunden verstrichen.

»Ich fürchte, ich kann Ihnen nicht helfen. Ich habe damals versucht, wach zu bleiben, bis Michael nach Hause kommt. Ich wollte wissen, wie es Eloise geht. Aber ich war völlig erschöpft. Ich bin ins Bett gegangen, bevor er nach Hause gekommen ist. Das Nächste, woran ich mich erinnere, war, dass er mich geweckt und mir gesagt hat, dass sie tot ist. Das war um kurz nach drei.«

»Es tut mir sehr leid, wenn ich traurige Erinnerungen wachrufe. Wissen Sie noch, um wie viel Uhr Sie ins Bett gegangen sind?«

»Zehn? Halb elf? Ich kann's nicht genau sagen. Und Sie rufen keine traurigen Erinnerungen wach. Die sind immer da.«

Garry holte tief Luft. »Mrs Warner …«

Er hörte Bewegung am anderen Ende der Leitung, als hätte Gwen oder jemand anderes eine Tür geöffnet.

»Ist Ihre Tochter obduziert worden?«

Ein Augenblick des Schweigens, dann: »Ich kann jetzt nicht reden.« Ihre Stimme war zu einem Flüstern geworden. »Michael will gerade weggehen. Ich rufe Sie zurück.«

Sie legte auf.

Als Garry die Tür öffnete, kam ihm sein Haus ungewöhnlich kalt vor. Er machte den Gaskamin im Wohnzimmer an und wusste, dass er sich etwas kochen sollte. Etwas, das nicht Fish and Chips oder Pizza war. Er war sich nicht sicher, ob er sich dazu aufraffen konnte.

Die LED-Anzeige an seinem Anrufbeantworter leuchtete nicht. Lexy hatte nicht angerufen.

# 62

Das Auto hatte sich seit einiger Zeit nicht mehr bewegt. Olive wusste, wenn sie es auf den Rücksitz schaffte, dann könnte sie an den Kofferraum herankommen, wo die Taschen waren. Und wenn sie an ihre Tasche herankäme, dann hätte sie ein Telefon, etwas zum Anziehen und Medikamente, die die Schmerzen lange genug dämpfen konnten, um sich in Sicherheit zu bringen. Außerdem konnte sie den Laptop der Fremden nehmen und ihn in die Schlucht pfeffern.

Mit hämmerndem Herzen und trotz der Kälte schwitzend, setzte sie sich in Bewegung, hangelte sich vorsichtig im Innenraum des Wagens hoch.

Es ging unendlich langsam, und ihr Verstand trieb immer wieder ab, als nagten die Auswirkungen von Kälte, Schock und Schmerz an ihrem Gehirn. Sie war sich nicht ganz sicher, wie lange sie schon im Auto aufwärtskroch, doch der Schalter, der das hintere Seitenfenster öffnen würde, war fast in Reichweite. Wenn die Elektrik nicht den Geist aufgegeben hatte, sollte er noch funktionieren. Wenn das Fenster aufging und wenn die Äste hielten, dann könnte sie hinausklettern.

An ihre Tasche heranzukönnen, wäre ein Bonus, das Wichtigste jedoch musste sein, aus dem Auto herauszukommen.

Ihr linker Knöchel konnte ihr Gewicht nicht tragen, nicht einmal einen Augenblick lang, und das Atmen tat immer noch weh. Sie nahm an, dass mehrere Rippen gebrochen waren. Aber sie kroch weiter, auf die Armlehne zwischen Fahrer- und Beifahrersitz und in den hinteren Fußraum. Jede Bewegung unendlich behutsam, immer in dem Wissen, wie zerbrechlich die Äste sein mussten, die sie hielten.

Zentimeter von der hinteren Tür entfernt, riskierte sie es, sich nach oben zu strecken. Der Wagen ächzte und sackte weg wie ein Flugzeug in Turbulenzen. Noch während ihr Magen abstürzte, streckte sie die Hand nach dem Handgriff über dem hinteren Fenster aus. Ein schmerzhaftes Reißen in der Brust, doch sie bekam ihn zu fassen und ließ nicht los.

Das Auto rutschte nicht weiter. Sie war so dicht dran.

Den Griff mit der einen Hand umklammert, drückte sie mit der anderen auf den Schalter. Das Fenster protestierte knarrend gegen das Eis, das es festhielt, doch es bewegte sich – einen Zentimeter, fünf Zentimeter, zehn. Schneeflocken berührten Olives Gesicht, und ein Schwall kalte Luft fauchte durch den Wagen. Wieder drückte sie auf den Schalter, und das Fenster öffnete sich. Keine dreißig Zentimeter darüber war ein Ast, der dick genug aussah, um ihr Gewicht auszuhalten. Vorsichtig streckte sie sich danach. Ihre Finger streiften ihn, schickten sich an, sich um ihn zu schließen.

Eine Hand packte ihren verletzten Knöchel und ließ eine weitere Schockwelle des Schmerzes durch ihren Körper schießen. Olive schaute nach unten. Blaue Augen blickten in die ihren.

Doch nicht tot. Die Fremde war am Leben. Und jetzt bewegte sich das Auto von Neuem, Schnee rutschte vom Dach, es neigte sich noch weiter. Olive starrte in den Innenraum hinab und wusste, dass das Entsetzen im Gesicht der Fremden das exakte Spiegelbild ihres eigenen war.

## 63

Garry verbrachte die erste halbe Stunde zu Hause damit, sich etwas Ordentliches zu kochen – Lachs mit Gemüse –, das er sich dann zu essen zwang, weil er wusste, dass es vernünftig war. Er ließ den Fernseher an, drehte ihn lauter, wenn er das Zimmer verließ, doch es gab keine Updates im Fall Olive Anderson. Und auch nichts im Twitter-Feed der Polizei. Und auch keine Textnachrichten.

Um sechs Uhr saß er an seinem Küchentresen, scrollte durch sein Handy und fragte sich, wie er den Rest des Abends überstehen sollte.

Lexy war inzwischen vermutlich zu Hause. Wahrscheinlich war es nicht nötig gewesen, dass sie auf dem Revier blieb, es sei denn, irgendetwas Wichtiges war passiert. Also hatte es entweder Entwicklungen gegeben, die der Öffentlichkeit – und ihm – fürs Erste vorenthalten wurden, oder sie hatte doch Pläne für ihren Samstagabend.

Etwas so Signifikantes, dass es nicht öffentlich gemacht wurde, das konnte nur bedeuten, dass Olive gefunden worden war, und zwar weder gesund noch munter. Und das wollte er auf keinen Fall. Andererseits – der Gedanke an Lexy in einem lauten, vorweihnachtlichen Pub, wie sie mit vor Hitze und Alkohol rosigen Wangen zu einem von den DIs hinauflächelte: Nein, da kam auch keine Freude auf. Er wusste ganz ehrlich nicht, was ihm lieber wäre, und was sagte das über ihn aus?

Etliche Minuten lang spielte er mit der Idee, Lexy anzurufen – er musste ihr doch von der Sporttasche erzählen –, bevor er zu dem Schluss kam, dass er sich heute schon genug zum Idioten gemacht hatte. Er kannte sie gerade mal seit zwei Tagen, und trotzdem wusste Lexy mehr über ihn als jeder andere außerhalb seiner eigenen Familie. Mehr als irgendjemand aus seiner Familie, um ehrlich zu sein, und er hatte nicht vor, ihr noch mehr Munition zu liefern, um ihn auf dem Revier blöd dastehen zu lassen. Was würde er sich alles anhören müssen! Ein heimlicher Florist. Es würde Jahre dauern, bis das Gerede aufhörte. Wenn es überhaupt jemals aufhören würde.

Bis sieben Uhr würde er ihr Zeit lassen, dann würde er seinen Bericht über das Auffinden der Sporttasche per Telefon ans Revier weiterleiten.

Aber er hatte wirklich geglaubt, dass sie anrufen würde.

Genug. Er würde nicht den ganzen Abend lang sein Handy hypnotisieren wie eine Vierzehnjährige. Garry stand auf, ließ es auf dem Tresen liegen und verließ die Küche. Er würde ein Bad nehmen, ein bisschen fernsehen und dann früh ins Bett gehen und versuchen, ein wenig Schlaf nachzuholen. Ganz ehrlich, es gab im Moment nichts, was er noch tun konnte.

Sein Handy klingelte. Garry stieß sich die Hüfte am Türrahmen, als er in die Küche zurücksprintete. Lexy. Er atmete tief durch und befahl sich, die Mailbox anspringen zu lassen. Sie musste ja nicht sofort merken, dass der kein nennenswertes Sozialleben hatte. Vier Klingeltöne lang hielt er durch.

»Was gibt's denn?«, meldete er sich in einem passablen Versuch, ganz locker zu klingen, und wünschte dabei, er hätte daran gedacht, Musik anzumachen. Irgendetwas Unaufdringliches, Leises. Etwas, das vielleicht suggerieren könnte, dass er nicht allein war.

»Garry, das tut mir jetzt echt leid, ehrlich, aber ich hab sonst niemanden, den ich anrufen könnte.«

Sie weinte doch tatsächlich. Er konnte das unterdrückte Schluchzen in ihrer Stimme hören.

»Was ist passiert? Wo sind Sie?«

Die Verbindung knisterte und war ganz kurz weg. Wo immer sie auch war, toll war der Empfang dort nicht.

»Lexy. Sagen Sie doch was.«

Wieder ein Knistern, dann: »Sie werden ja so was von sauer auf mich sein. Und das, nachdem ich Sie rundgemacht habe, von wegen verantwortungslosem Verhalten.«

»Wo sind Sie?«

Sie schniefte. »In einem Graben.«

Einen Herzschlag lang Schweigen.

»Wie war das?«

»Ich dachte, ich schaff das schon. Sind ja alles Hauptstraßen, und die sind doch gestreut. Aber die Straße nach Hartlepool war gesperrt, also bin ich die A19 rauf und dann nach Osten abgebogen. Ich dachte, was kann schon

Schlimmes passieren, ich hab doch den ganzen Tag zugesehen, wie Sie im Schnee gefahren sind. Sah gar nicht so schwer aus.«

Sie war bei diesem Wetter mit ihrer albernen Karre losgefahren. »Wo? Wo sind Sie nach Osten abgebogen?«

»In einem Dorf namens Enwick? Ewick? Gott, ich weiß es nicht mehr.«

Sie war auf der Straße hinter Elwick. »Ist Ihnen etwas passiert?«

»Nein, mir ist nur saukalt. Seit einer Stunde sitze ich hier fest. Ich hab beim AA angerufen, aber die vom Pannendienst schlagen sich mit Massen von gestrandeten Fahrzeugen rum und wissen nicht, wann sie bei mir sein können. Und ich bin auch nicht in den Graben reingekracht, sondern mehr reingerutscht. Der Wagen ist ins Schleudern geraten. Das ist mir noch nie passiert. Und dann habe ich die Kontrolle verloren. Ich konnte überhaupt nicht mehr steuern.«

Beim Schleudern immer gegenlenken. Jeder wusste es, so wenige schafften es. Es widersprach so total jeder Intuition.

»Wissen Sie genau, wo Sie sind?«, fragte er.

»Ein paar Minuten vor dem Schleudern bin ich an einem Bauernhof vorbeigekommen. Auf der linken Seite. Weiß nicht, wie der hieß.«

Okay, alles klar. Von Middlesbrough nach Hartlepool brauchte man bei guten Witterungsbedingungen eine halbe Stunde. Dies hier waren keine guten Witterungsbedingungen. Sie zu finden, könnte eine Stunde oder länger dauern, wenn er überhaupt so weit kam – natürlich würde er so weit kommen, er war der beste Fahrer der Polizei –, und sie hörte sich gar nicht gut an.

Sagten die Leute das wirklich über ihn? Der beste Fahrer der Polizei?

Konzentrier dich. Erstens: Abschleppseil, Taschenlampen, Schaufel, Schneeketten, Erste-Hilfe-Kasten. Alles seit Anfang November im Kofferraum. Zweitens: Benzin, Scheibenwaschwasser und -flüssigkeit. Alles im Winter mehrmals die Woche nachgefüllt, kein Grund zur Sorge, was das anging. Drittens: Heißgetränk, Wärmflasche, zuckerhaltige Snacks, warme Decken, frische Klamotten. Das konnte er alles in fünf Minuten parat haben. In maximal zehn Minuten konnte er abfahrbereit sein. In der Küche schaltete er den Wasserkessel ein und holte eine Thermosflasche hervor.

»Garry, sind Sie noch da?«

»Wo zum Teufel wollten Sie denn hin?«

»Zum Jachthafen in Hartlepool.«

Er goss einen Viertelliter Milch in eine Kanne und stellte sie in die Mikrowelle. »Warum?«

»Das sage ich Ihnen lieber persönlich. Sie kommen doch, oder?«

Er schaute auf die Uhr und sagte ihr, wann er vermutlich da sein würde. »Bleiben Sie im Auto, Lexy. Lassen Sie den Motor an.«

## 64

Das Auto rutschte. Ein Ast brach. Metall kreischte, und die beiden Frauen schrien auf. Olive sah, wie der Ast, nach dem sie gegriffen hatte, in die Nacht davonglitt. Sie wappnete sich für ein paar Sekunden freien Fall, gefolgt von unerträglichen Schmerzen und dann …

Der Wagen kam zur Ruhe. Wundersamerweise hielt irgendetwas – vielleicht ganz, ganz dünne Ästchen – ihn am Rand der Schlucht fest.

»Nicht bewegen.« Finster starrte sie in die blauen Augen der Fremden. »Nicht einen Muskel.«

Die Augen waren nicht länger angsterfüllt, sondern trüb vor Schmerzen. Sie sahen aus wie Augen, die drauf und dran waren, sich im Schlaf zu schließen. Oder vielleicht auch in etwas sehr viel Dauerhafterem. Der Griff um Olives Bein lockerte sich. Ein jähes Schütteln, und sie wäre frei. Olive wappnete sich gegen den Schmerz und schickte sich an, sich loszureißen.

»Maddy?«, sagte die Fremde, und ihre Augen, verzweifelt und flehend, blickten immer noch in Olives. »Wie ist das möglich?«

Und mit fünf simplen Worten änderte sich alles.

# Teil 3

**Das seltsame Verschwinden
der Maddy Black**

## 65

*Juli, vor drei Jahren*

Olive war schon kurz davor, den Club zu verlassen, als sie das Mädchen auf der Tanzfläche erblickte. Rückblickend dachte sie, dass ihr zuerst das Outfit aufgefallen war, denn selbst im *Strawberry Palace*, dem angesagtesten Club für Schwule und Lesben, wirkte es ein bisschen … abgefahren. Wenn das Royal Ballett mal eine Zombie-Version von *Schwanensee* auf die Bühne bringen würde, dann … ja, so ein Tutu würden die Tänzerinnen dann tragen. Der Rock aus Netzstoff in Grau- und Violett-Schattierungen, hing in zerfetzten Schichten von einem hautengen Mieder herab, eine riesige silberne Schleife thronte auf der rechten Hüfte des Mädchens, und farblich passende Handschuhe reichten ihr bis über die Ellenbogen. Sie trug schwarze Spitzenstrümpfe und Plateaustiefel mit bestimmt zwei Dutzend Schnallen an jedem Schaft, vom Knöchel bis dicht unters Knie.

Sollte eine Elfe als Leadsängerin in einer Grunge-Band auftreten, dann würde sie so aussehen.

Also, wahrscheinlich war es das Outfit, aber es könnte auch das Gesicht des Mädchens gewesen sein, denn Olive hatte noch nie ein Gesicht von solcher Schönheit gesehen. Herzförmig, mit kleinem, spitzem Kinn und vollendet geformter Nase, Augen, die drohten, einen zu verschlingen, und Brauen, bei denen es einen in den Fingerspitzen juckte, sie zu liebkosen.

Es war ein Gesicht, das man anstarren, das man das ganze restliche Leben mit anderen vergleichen konnte, in der vergeblichen Hoffnung, eins davon könnte sich vielleicht annähernd mit ihm messen.

Es könnte sogar das Haar gewesen sein, das Olive aufgefallen war. Lang und dicht, reichte es dem Mädchen fast bis zur Taille, schimmerte schwarz im Kunstlicht des Clubs und schien zu funkeln und zu vibrieren.

Was es nicht gewesen sein konnte – denn nachdem sie das Mädchen mehrere Minuten lang auf der Tanzfläche hatte hüpfen und herumwirbeln und rocken sehen, konnte sie immer noch nicht ganz glauben, was sie da sah –, war, dass das Mädchen sie ansah. Sie. Olive. Sie ansah und sie anlächelte, als hätten sie beide das allerfrechste, allerköstlichste Geheimnis. Wohl wissend, dass sie sich damit zum Volltrottel machte – sie konnte einfach nicht anders –, drehte Olive sich um, um zu schauen, wem diese Aufmerksamkeit in Wirklichkeit galt.

Sie sah niemanden.

Rasch wandte sie sich wieder um und sah gerade noch das Frohlocken im Gesicht der dunklen Elfe. Sie sah, wie die linke Hand gehoben wurde, wie zwei Finger auf die Augen der Elfe zeigten und sich dann ihr Zeigefinger auf Olive richtete. *Ich sehe dich.* Wie sie Olive beobachtete.

Beinahe wäre sie davongelaufen.

Dann kam das Mädchen auf sie zu, wand sich zwischen den Tanzenden hindurch, achtete nicht auf die Blicke, die von Interessenten beiderlei Geschlechts wie Geschosse auf sie loszuckten. Olive umklammerte ihren Drink so fest, dass sie dachte, das Glas würde gleich zerspringen. Das Mädchen blieb direkt vor ihr stehen. Ohne die Plateauschuhe wäre sie winzig. Sie sagte nichts, sondern schaute einfach nur zu ihr auf, wartete auf etwas.

»Hi.« Olive räusperte sich und versuchte es noch einmal. »Hi, ich bin …«

Das Mädchen hielt Olive eine Hand vors Gesicht. »Sofort aufhören.« Sie brauchte nicht einmal zu schreien, um die Musik zu übertönen. Ihre Stimme war hell und klar, mit einer Spur Nordost-Akzent. »Erzähl mir drei Dinge über dich, die mich davon abhalten zu gehen.«

»Bitte?« Olive konnte sich einen Blick in die Runde nicht verkneifen. War das ein Witz? Würde sie auf YouTube enden? Wie sie versuchte, in einem queeren Club jemanden abzuschleppen? Sie hatte gewusst, dass es riskant gewesen war, herzukommen, doch in Newcastle kannte sie praktisch niemand, und manchmal war das Bedürfnis, unter ihresgleichen zu sein, einfach …

»Du bist süß, Fremde, aber ich habe nicht die ganze Nacht Zeit. Drei Dinge, ab jetzt, oder ich bin weg.«

»Ich bin angeschossen worden. In Afghanistan. Als ich versucht habe, einem Soldaten das Leben zu retten. Die Narbe habe ich immer noch, an der rechten Schulter.«

Die Elfe schürzte die Lippen und legte den Kopf schief. »Okay«, meinte sie gedehnt, »besser als bei den meisten anderen. Lass noch was hören.«

Mein Gott, was sollte sie sagen? So was nannte man, jemanden in Verlegenheit bringen. »Gestern habe ich den

Vormittag damit verbracht, einer PTBS-Patientin, die sich auf dem Männerklo eingeschlossen hatte, klarzumachen, dass ich kein nordkoreanischer Auftragskiller mit Sonderauftrag von Kim Jong Un bin.«

Das war halb Wahrheit, halb Fantasiegebilde. Sie hatte eine halbe Stunde auf die Frau eingeredet, aus der Toilette herauszukommen, und eine zweite halbe Stunde damit zugebracht, Scheiße von den Wänden zu putzen. Einmal hatte die Frau Olive beschuldigt, sie versuche, sie umzubringen. Von Nordkorea war keine Rede gewesen.

»Ich höre«, sagte die Grunge-Elfe.

»Ich bin in Zirkus geboren worden«, behauptete Olive verzweifelt. »Mein Dad war Trapezkünstler, und meine Mum war ein Clown.«

Die Elfe streckte die Hand aus. »Ich heiße Maddy.«

Die Elfenhand fühlte sich in Olives Fingern warm und klein an. Sie hielt sie fest; es widerstrebte ihr, dieses seltsame, wunderbare Geschöpf gehen zu lassen.

»Olive«, antwortete sie.

Die Elfe – Maddy – sah sie verblüfft an. »Echt jetzt? Du heißt Olive? Ich bin noch nie einer Olive begegnet. Damit hättest du anfangen sollen.«

»Na ja, streng genommen hab ich das ja versucht.«

Die Hand wurde sanft weggezogen, doch das Lächeln wurde breiter. »Also, Olive, wollen wir hier abhauen?«

## 66

Es schneite wieder, als Garry aus Middlesbrough herausfuhr, doch die Straße war gestreut und war im Laufe des
Tages viel befahren worden. Selbst Lexy hatte es in ihrem
lachhaft untauglichen Wagen die A19 hinaufgeschafft. Die
Schwierigkeiten würden weiter im Norden anfangen, wo
auf weniger frequentierten Straßen sowohl Schneeverwehungen als auch liegen gebliebene Fahrzeuge wahrscheinlicher waren. Es ging auf sieben Uhr abends zu, als
er an Stockton-on-Tees und dann an Billingham vorbei-
fuhr und die Straße nach Hartlepool noch immer gesperrt
vorfand.

Er empfand einen Stich der Angst, als er ausstieg. Die
Temperatur war noch weiter gefallen, während er unterwegs gewesen war. Das Schneetreiben wurde von Minute
zu Minute dichter, und er konnte sich des unguten Gefühls
nicht erwehren, dass er gerade gefährlich abgelenkt wurde.
Olive war diejenige, die in Schwierigkeiten steckte, irgendwie wusste er das ganz genau, und sie war seit fast achtundvierzig Stunden verschwunden. Sie sollte er suchen, nicht
seinen Sergeant aus einer Schneewehe ausgraben.

*Verflixt noch mal, Lexy, ich dachte, du hättest mehr Grips im
Kopf.*

»Bei Greatham hat sich 'n Laster quergestellt.« Der
diensthabende Verkehrspolizist hatte die Schultern hoch-

gezogen und die behandschuhten Hände in die Achsel-
höhlen geklemmt. »Acht Fahrzeuge sitzen fest, und wir
haben keine Möglichkeit, die vor morgen früh da wegzu-
kriegen.«

»Wie sieht die A19 Richtung Norden aus?«, wollte Garry
wissen.

»Ist im Moment noch frei. Würde da nicht langfahren,
wenn's nicht sein muss, Gazza.«

Der Mann hatte recht. An einem Abend wie diesem
sollte er nicht unterwegs sein. Lexy war eine erwachsene
Frau, sie hatte sich selbst in diese Lage gebracht, und niemand würde ihm Vorwürfe machen, wenn er sie ihrem
Schicksal überließ. Was war denn das Schlimmste, das ihr
passieren konnte?

»Sieht aus, als müsste's sein«, erwiderte er. »Schönen
Abend noch, Kumpel.«

Garry ging zu seinem Auto zurück und dachte bei sich,
dass er seinen Ruf als verlässlichster Fahrer der Polizei
ruckzuck los wäre, wenn sein Kollege wüsste, dass er vorhatte, von der A19 auf die Straße nach Elwick abzubiegen.
Das konnte natürlich bereits geschehen sein. Jetzt war er
Garry, der Sonderling.

Trotz allem lächelte er beinahe, als er wieder in seinen
Wagen stieg. Er war Garry, der Draufgänger, Garry, der
Unberechenbare. Und wenn es ganz dicke kam, konnte er
immer noch ein oder zwei Weidetore aufschneiden und sich
über die Wiesen zu Lexy vorarbeiten. Er machte Musik
an – die Playlist, auf die er immer zurückgriff, wenn er hinterm Lenkrad ein bisschen nervöser war, als er zugeben
mochte –, und drehte laut auf. Das dramatische Finale von

Rossinis Ouvertüre von *Wilhelm Tell* ertönte – ta da da, ta da da, ta da da ta ta –, weltweit bekannt als die Titelmusik von *The Lone Ranger.*

Hi-ho, Silver!

## 67

*Juli, vor drei Jahren*

Zu Olives Überraschung und Erleichterung hatte Maddy nicht vor, auf kürzestem Wege zu ihr oder zu Olive zu hasten. Der Gedanke an Sex mit dieser bezaubernden Wildfremden war fast schon beängstigend – sie wüsste gar nicht, wo sie anfangen sollte. Stattdessen gingen sie durch die dunkle Stadt, und Olive ließ sich in mehr als einer Hinsicht von Maddy führen. Sie nahmen den Weg, den Maddy vorgeschlagen hatte. Sie machten an der Kebab-Bude halt, von der Maddy behauptete, sie sei ihr Lieblingsimbiss, und es schien ausgemachte Sache zu sein, dass Olive bezahlte. Sie redeten über Themen, die Maddy für akzeptabel erachtete. Nichts Langweiliges oder Sachliches. Sie wollte nicht wissen, wo Olive wohnte oder wo sie arbeitete oder was für ein Auto sie fuhr. Sie wollte wissen, was sie dachte, wie sie empfand, was ihr wichtig war.

»Das ist wunderschön«, stellte Olive fest, als sie an einer Stelle hoch über der alten Burg stehen blieben. »Als wäre die Stadt aus Gold.« Sie war viele Male durch Newcastle geschlendert, hatte die Stadt bisher jedoch nie wirklich betrachtet. Der Bergfried stand auf einem Felsenufer – das Einzige, was noch von der einst gewaltigen Festung übrig war, der die Stadt ihren Namen verdankte. Nicht allzu weit entfernt schimmerte goldenes Licht unter den Eisenbahnbögen hervor und breitete seinen Schein über die umliegenden Straßen.

»Ich weiß.« Maddy drängte sich dichter an sie heran. Die Nacht war kalt, und sie trug nur eine dünne Lederjacke über ihrem Kleid. »Das mit dem Zirkus war gelogen, stimmt's?«

»Ich fürchte ja«, antwortete Olive. »Heißt das, wir müssen wieder zurück in den Club?«

»Nö, ich lass es dir durchgehen, weil du dir so schnell was hast einfallen lassen. Also, bist du verheiratet, Olive? Liiert?«

Es war die erste persönliche Frage, die sie zugelassen hatte.

»Nein«, sage Olive. »Mit Beziehungen ist es nicht so ganz einfach, ich habe sehr altmodische katholische Eltern.«

»Wohnst du noch zu Hause?«

»Nein, aber sie sind immer präsent. Und was ist mit dir? Bist du verheiratet?«

Sie fand es schlimm, wie wichtig die Antwort auf diese Frage geworden war.

»Ganz tief im Herzen nicht.« Maddy ließ den Satz quälend vage in der Luft hängen.

»Was heißt das?« Olive merkte, wie sie gegen Widerstand ankämpfte, und achtete nicht auf die warnenden Alarmglocken. Maddy hatte doch zuerst gefragt, verdammt noch mal.

»Es ist besser, wenn ich Bescheid weiß«, fügte sie hinzu, als Maddy noch immer nicht geantwortet hatte. »Ich stehe eigentlich nicht auf One-Night-Stands. Und mit Zurückweisungen kann ich nicht gut umgehen. Oder damit, verlassen zu werden. Hab ich schon erwähnt, dass ich im bewaffneten Nahkampf ausgebildet bin? Du hättest nach vier Dingen fragen sollen.«

»Das ist wieder gelogen. Du bist Krankenschwester. Sag mir, was dich anmacht.«

»Ich war fast elf Jahre in der Army. Im Sanitätskorps. Ich könnte dich ruckzuck plattmachen. Und bitte – wir haben uns doch gerade erst kennengelernt.«

Maddy lächelte wieder. »Ich meine nicht im Bett. Alles zu seiner Zeit. Ich meine im Leben. Wofür brennst du?«

Olive trat einen Schritt zurück. »Warum kriege ich allmählich das Gefühl, dass das hier ein Vorstellungsgespräch für einen Job ist?«

»Sag ›vakante Stelle‹, und du bist nahe dran.«

Olive spürte, wie ihr Herz schneller schlug. »Also, bist du mit jemandem zusammen?« Warum ritt sie immer wieder darauf herum? Warum konnte sie nicht cool sein?

»Die Stelle der Hüterin meines Herzens ist gegenwärtig vakant. Also komm schon, wofür brennst du?«

*Für dich,* dachte Olive. *Es wäre so leicht, für dich zu brennen.*

## 68

Nach anderthalb Kilometern auf der A19 klingelte Garrys Handy. Er drehte die Musik – *Fluch der Karibik* – leiser und hätte beinahe »Hallo, Lexy« gesagt, so sicher war er sich, dass sie es war. Gerade noch rechtzeitig sah er den Namen auf dem Display.

»Mrs Warner.« Er machte die Musik ganz aus. »Danke, dass Sie noch mal zurückrufen.«

»Michael ist weggegangen.« Ihre Stimme war leise. »Ich weiß nicht, für wie lange, wir müssen uns also beeilen. Er hat mir gesagt, ich soll nicht mehr mit Ihnen reden, unter keinen Umständen.«

In Garrys Brust zog sich irgendetwas zusammen. Das hier konnte er im Moment überhaupt nicht brauchen. »Mrs Warner, sind Sie und die Mädchen in Gefahr?«

»Nein. Nichts dergleichen. Nein, da bin ich mir sicher. Sie haben nach einer Obduktion gefragt. Würde es Ihnen etwas ausmachen, mir zu sagen, warum?«

Nein, *das* war eine Katze, die unbedingt in ihrem Sack bleiben musste. Aber wie konnte er bekommen, was er wollte, ohne mehr zu sagen, als unbedingt sein musste?

»Um ehrlich zu sein, Mrs Warner, ich bin wahrscheinlich mal wieder auf dem besten Weg in eine Sackgasse. Aber solange wir nichts Konkretes haben, woran wir uns halten können, müssen wir jedem Hinweis nachgehen, auch wenn die meisten davon nirgendwo hinführen. Tut mir leid, dass ich Sie damit behelligen muss, aber …«

Sie schwieg etliche Sekunden lang. Garry konnte den Wind um die Stallgebäude pfeifen hören. Das Schnauben eines Pferdes, das Klappern von Hufeisen auf Beton. Obwohl Anderson nicht im Haus war, hatte Gwen es vorgezogen, hinauszugehen, um mit ihm zu telefonieren.

»Es gab keine Obduktion, allerdings war damals die Rede davon«, sagte Gwen. »Normalerweise macht man so etwas nicht bei unheilbar Kranken, die im Krankenhaus sterben, aber in Eloises Fall war da ein Fragezeichen, weil sie früher gestorben ist als erwartet.«

»Und wer hat das entschieden?«, wollte Garry wissen.

»Michael. Fairerweise muss ich sagen, dass er mit mir darüber gesprochen hat. Er hat gefragt, was das nützen solle, und meinte, es wäre besser für die Mädchen, wenn wir die Beerdigung vor Weihnachten über die Bühne bringen. Ich bin gar nicht auf die Idee gekommen, ihm zu widersprechen.«

»Nein, natürlich nicht.«

»Das hätte ich aber tun sollen. Ich hätte besser darauf achten müssen, was meine Tochter mir zu sagen versucht hat, bevor sie gestorben ist.«

Garry wartete. Der Wind heulte, ein Scheppern, Mrs Warners Atmen.

Schließlich verlor er die Geduld. »Mrs Warner, Sie haben gesagt, Eloise hätte Ihnen etwas mitteilen wollen, als Sie sie zum letzten Mal gesehen haben. Haben Sie irgendeine Ahnung, was das war?«

»Ich dachte nein, aber Ihre Frage nach diesem grauenvollen Paar bei der Hochzeit hat mich an etwas erinnert. Dieser Mann war mal hier im Haus, einmal. Da hat er einige Zeit mit Michael im Arbeitszimmer gesessen.«

Okay, das war ein ziemlicher Hammer. »Wissen Sie noch, wann?«

»Kurz nachdem Eloise ihre Diagnose bekommen hatte, ich würde also sagen, so vor zweieinhalb Jahren. In diesem Jahr hatte meine Tochter sich verändert. Lange habe ich gedacht, das läge an ihrer Krankheit, aber es hat schon angefangen, bevor wir wussten, dass irgendetwas nicht in Ordnung ist. Jetzt frage ich mich also, ob es nicht etwas anderes war, etwas, das mit dem Krebs überhaupt nichts zu tun hatte. Irgendetwas hat an ihr genagt. Sie war nicht mehr dieselbe, und jetzt überlege ich, ob das vielleicht nicht nur von dem Krebs kam.«

Garry atmete tief durch. Er war so was von überfordert.

»Ich weiß, sehr logisch klingt das alles nicht«, fuhr Gwen fort, »aber an dem Tag, als dieser Mann hierhergekommen ist ...«

»Sie meinen Howie Tricks?«, stellte Garry klar.

»Genau. Sie ist ihm aus dem Weg gegangen, aber wir haben ihn wegfahren sehen. Und da hat sie etwas gesagt, also, mir ist das Blut in den Adern gefroren.«

»Über Howie Tricks?«

»Nein, über Michael. Sie hat gesagt, er wäre die Sorte Mensch, die Chaos um sich herum erzeugt. Und dass er nichts dagegen tun könne, aber früher oder später würde er jeden um sich herum da mit hineinziehen.«

Michael Anderson hatte also irgendetwas mit der Familie Tricks laufen. Die Positionierung gegen das organisierte

Verbrechen, um die alle Welt so viel Aufhebens gemacht hatte, war nur gespielt gewesen. Wie konnte das nichts mit Olives Verschwinden zu tun haben?

»Da ist noch etwas«, berichtete Gwen weiter. »Ich weiß nicht, ob es wichtig ist, aber Michael war gestern Nacht lange weg. Er hat gesagt, er fährt bei Leuten vorbei, die Olive kennen, um zu fragen, ob einer von ihnen etwas von ihr gehört hat. Heute Morgen hat er behauptet, er wäre so gegen elf wieder da gewesen und hätte nichts erfahren. Aber eins von den Mädchen, Jessica, hat mir erzählt, sie hätte ihn zurückkommen hören, und da wäre es nach zwei Uhr früh gewesen. Also, wo kann er um diese Zeit gewesen sein? Und bei diesem Wetter?«

Sehr gute Fragen. Und jetzt war Anderson von Neuem unterwegs.

»Mrs Warner, Sie müssen das jetzt uns überlassen. Versuchen Sie nicht, Ihrem Schwiegersohn noch weitere Fragen zu stellen. Halten Sie unbedingt den Ball flach. Versprechen Sie mir das?«

»Ja, sicher. Und wie geht's jetzt weiter?«

Wenn er das nur wüsste.

Er bedankte sich bei Gwen Warner, beendete das Gespräch und holte tief Luft. Dann machte er die Musik wieder an und fuhr weiter.


Es dauerte fast eine Stunde, Lexy zu erreichen, hauptsächlich, weil Garry ein paar Meter hinter Elwick einen Augenblick lang unkonzentriert gewesen und in eine Schneewehe geraten war. Als er den Wagen ausgegraben und Schneeketten aufgezogen hatte, war ihm schön warm geworden. Von dort aus waren es nicht einmal mehr fünfhundert Meter bis dorthin, wo Lexy festsaß.

Hätte er allerdings nicht nach einem liegen gebliebenen Fahrzeug Ausschau gehalten, vielleicht hätte er ihr Auto glatt übersehen. Lexys knallroter Mazda war beinahe völlig zugeschneit, als er ihn fand, sodass man das Auto kaum von dem unebenen Gelände zwischen Straßenrand und Hecke unterscheiden konnte. Als er sich sicher war, hupte er und ließ das Fernlicht aufblitzen. Gleich darauf ging die Fahrertür des Mazda auf, und Lexy kam viel zu langsam herausgeklettert.

Garry fuhr neben ihr an den Straßenrand. Lexy schien kaum zu merken, dass sie bis an die Knie im Schnee stand. Sie starrte ihn an wie ein Reh im Scheinwerferlicht. Er hielt an und sprang aus dem Wagen. Lexy machte einen Schritt auf ihn zu und strauchelte.

Himmelherrgott noch mal, warum zog sich niemand, nicht einmal kluge Leute wie Lexy, bei schlechtem Wetter richtig an? Ihre Jacke war geradezu lächerlich, und diese dünnen Lederhandschuhe waren doch beim ersten Kontakt mit Schnee sofort klatschnass. Nicht einmal richtige Stiefel trug sie, sondern solche bescheuerten modischen Dinger. Er legte den Arm um sie und trug sie halb zu seinem Auto. Sie zitterte wie ein ausgesetzter Hundewelpe.

»Hat Ihnen die Kälte die Sprache verschlagen?« Garry zog die Beifahrertür auf und schob Lexy hinein. Während die Titelmusik von *Mission Impossible* begann, suchte er auf dem Rücksitz zusammen, was er brauchte. Die erste Decke kam über Lexys Knie, die zweite um ihre Schultern, und er zog ihr eine Fleecemütze über das feuchte Haar. Sie ließ ihn machen und äußerte weder Dank noch Widerspruch. Ihr Blick war nicht ganz fokussiert.

Das war nicht gut.

Besorgter, als er es sich eingestehen wollte, zog Garry ihr Stiefel und Socken aus – beides völlig durchweicht – und ersetzte sie durch ein Paar seiner dicken Wollsocken. Ihre Haut fühlte sich feucht und kalt an.

»Stecken Sie sich die in die Jacke.« Er hielt ihr die Wärmflasche hin. Als sie sich nicht rührte, öffnete er den Reißverschluss ihrer Jacke, stopfte die Wärmflasche vorne hinein und zog ihn wieder zu. Als Nächstes streifte er ihr die nassen Handschuhe ab und legte sie zum Trocknen über die Schlitze des Heizgebläses. Dann nahm er die Thermoskanne und goss die Hälfte des Inhalts in den Becher. Die Situation könnte tatsächlich ernster sein, als er erwartet hatte.

»Lexy, sehen Sie mich an.« Er fasste ihr Kinn, zwang sie, Blickkontakt aufzunehmen. »Ich will Ihren Namen, Ihren Dienstgrad und Ihre Schulternummer wissen. Und wo wir schon mal dabei sind, wie heißt der Premierminister und wie viel ist acht mal sechs?«

Ihre blauen Augen blickten in seine. Da drin war nicht gerade viel zu sehen.

»Lexy, ich mein's ernst. Gleich fange ich an zu brüllen.«

Sie schüttelte sich ein klein wenig. »Lexy Thomas«, brachte sie hervor. »Detective Sergeant, 3079, dieser Arsch mit der bescheuerten Frisur und keinen blassen Dunst, ich bin scheiße in Mathe. Danke, Garry.«

Okay, also nicht *allzu* schlimm.

»Trinken Sie das.« Er legte ihre kalten Finger um den Becher. »Kleine Schlucke, ganz langsam. Essen Sie ein

KitKat. Die Heizung ist an und die Sitzheizung auch. Nicht dran rummachen. Sie dürfen nicht zu schnell warm werden. Ich schau mir mal Ihr Auto an.«

Zehn Minuten später saß er wieder in seinem eigenen Wagen. Lexy hatte den Becher geleert, und auf dem Armaturenbrett lag ein KitKat-Papier. Gute Zeichen.

»Okay, DS Thomas, Ihre Entscheidung.«

Lexy schielte rasch zu ihm hinüber, doch ob sie sich ärgerte oder ob ihr einfach nur kalt war, konnte er aus ihrem Blick nicht herauslesen.

»Ich kann Sie wahrscheinlich aus dem Graben ziehen und nach Middlesbrough zurückschleppen. Allerdings bin ich mir nicht sicher, ob Sie sich in Ihrem Zustand hinter ein Lenkrad setzen sollten, nicht mal im Schlepp. Klüger wäre es, wenn ich Sie sofort nach Hause fahre und ins Bett stecke.«

Das hätte er nichts sagen sollen – das war eine unpassende Bemerkung von der Sorte, für die er gemeldet werden könnte.

Rasch redete er weiter: »Oder wir können nach Hartlepool weiterfahren und tun, was Sie vorhatten, als Sie losgefahren sind. Aber zuerst müssen Sie mich davon überzeugen, dass Sie nicht unterkühlt sind.«

»Mir fehlt nichts.« Sie klang erschöpft. »Zum Jachthafen von Hartlepool, bitte. Aber ich brauche meine Tasche. Die liegt auf dem Beifahrersitz. Und was trinke ich hier eigentlich? Schmeckt wie Kaffee und heiße Schokolade. Haben Sie da was durcheinandergebracht?«

»Es ist beides. Mochaccino. Ist in den hippen Coffee-Bars der Renner, aber ich mache ihn selber. Kaffee macht wach, und Schokolade verpasst einem einen Zuckerschub. Und Ihre Tasche liegt hinten auf dem Rücksitz, ich habe sie gerettet.«

Sie hielt ihm den Becher hin. »Kann ich noch was haben?«

Er lächelte in sich hinein, als er sich vorbeugte und den Rest aus der Thermosflasche einschenkte. Dann drehte er die Musik lauter – *Indiana Jones* – und löste die Handbremse.

»Noch ein KitKat«, wies er sie an.


Der Schnee schien weniger zu werden, als sie weiterfuhren, doch Garry wusste, dass das nur die Wärmewirkung der See war. An der Küste blieb der Schnee selten lange liegen. Im Landesinneren konnte es genauso schlimm sein wie eh und je, und es gab keine Garantie, dass er und Lexy es heute Abend nach Middlesbrough zurückschaffen würden.

Eine Nacht im Auto wäre nicht gut. Lexy brauchte trockene Klamotten, ein warmes Bad und ein Bett.

»Ich habe einen Arzt angerufen, den ich noch vom Studium her kenne«, sagte sie, als ein schwacher gelber Schein am Himmel zeigte, dass sie sich der Stadt näherten. »Ich wollte von ihm wissen, wie er einen todkranken Patienten auf der Krebsstation ermorden würde.«

»Ich hoffe doch, er hat gesagt, gar nicht.«

Als sie den Stadtrand erreichten, rief Garry im Geist eine seiner zahlreichen mentalen Straßenkarten auf. Er könnte etwa anderthalb Kilometer direkt nach Osten fahren, und die Straße würde ihn zum Jachthafen führen. In traditionellen Küstenstädten führten alle Straßen zum Meer.

»Ehrlich gesagt, wie viele Gedanken der sich zu dem Thema gemacht hatte, das war schon ein bisschen beängstigend«, meinte Lexy. »Ich dachte ja, Kopfkissen aufs Gesicht, weil Eloise doch in einem Einzelzimmer war, aber er hat gesagt, das gibt so Einblutungen in den Augen. Eine Überdosis Morphium geht auch nicht, weil das Zeug sehr streng überwacht wird. Er würde es folgendermaßen machen, hat mein Arztkumpel gesagt: Er würde eine kleine Menge von irgendwas richtig Fiesem in die Station schmuggeln und das in die Kanüle an ihrer Hand injizieren.«

»Wir können nicht sagen, wo sich Anderson in der Nacht, in der Eloise gestorben ist, zwischen zehn Uhr abends und vier Uhr früh am nächsten Morgen aufgehalten und was er getan hat.« Rasch fasste Garry zusammen, was er im Krankenhaus in Erfahrung gebracht hatte.

»Wir können aber nichts beweisen«, erwiderte Lexy. »Er braucht nur zu behaupten, er hätte das Gebäude über den Parkplatz auf der Westseite verlassen, und das war's dann. Garry, jetzt mal im Ernst – was hören wir hier gerade?«

Sie hatten die Außenbezirke von Hartlepool erreicht, und die Titelmusik von *Star Wars* dröhnte aus den Lautsprechern.

»Meinen Schlechtwetterfahrten-Soundtrack. Schon mal mitten im Winter acht Stunden Dienst hinterm Lenkrad geschoben? Nein? Dann ziehen Sie keine voreiligen Schlüsse.«

An einer Straßenkreuzung überlegte Garry kurz. Beide Routen könnten gesperrt sein, aber wenn er nach links fuhr, hatte er eine bessere Chance, sich durch die zahlreichen Nebenstraßen zu winden. Während er nachdachte, berichtete er Lexy von seinem Gespräch mit Gwen.

»Michael Anderson ist heimlich mit dem Kerl befreundet, der zumindest in der Öffentlichkeit sein schlimmster Feind ist«, schloss er, während er aus der Kreuzung herausfuhr. »Seine erste Frau weiß davon und ist nicht glücklich darüber. Seine zweite Frau verschwindet an dem Abend, an dem wir das Anwesen der Tricks' durchsuchen. Wie kann das ein Zufall sein?«

Weniger an das schlechte Wetter gewöhnt als ihre Mitmenschen im Landesinneren, zogen die Bewohner von Hartlepool es vor, in ihren Häusern zu bleiben. Fünf bis acht Zentimeter Schnee bedeckten den Boden, doch keine gestrandeten Autos versperrten die Straßen. Während die Minuten verstrichen, verschwand der neongelbe Schein der Straßenlaternen um sie herum und wich einer Mauer aus undurchdringlicher Finsternis vor ihnen. Sie fuhren auf die Nordsee zu.

»Ist ja schon unappetitlich«, pflichtete Lexy ihm nach einer oder zwei Minuten des Schweigens bei. »Aber ein Abgeordneter könnte auf keinen Fall eine Polizeirazzia verhindern. Egal, wie bekannt er ist und ob seine Frau entführt worden ist oder nicht. Was würde das also bringen?«

Garry wurde vor einer scharfen Kurve langsamer.

»Eine Frau zu verlieren, Mr Anderson, könnte man für Pech halten, zwei zu verlieren, sieht nach Unachtsamkeit aus«, sagte er. »Wo habe ich das her?«

»Keine Ahnung«, antwortete Lexy. »Fahren Sie zur Schleuse. Wir treffen uns da mit jemandem.«

Der Jachthafen von Hartlepool war eine große, rundum

geschlossene Wasserfläche am östlichen Stadtrand. Zwei Molen streckten sich wie riesige graue Schlangen in die Brandung und hielten die schlimmsten Nordseewogen ab. Zwei weitere, kleinere boten zusätzlichen Schutz. Um in den Hafen zu gelangen, fuhr man durch eine Schleuse, die vom Hafenmeister beaufsichtigt wurde. Im Hafen waren Liegeplätze für mehrere Hundert Boote. Wohnungen säumten die eine, Restaurants, Geschäfte und Imbissbuden die andere Seite. Selbst bei schlechtem Wetter schien hier eine Menge los zu sein.

Als Garry so weit gefahren war, wie es ohne Wasserfahrzeug möglich war, parkte er auf einem schmalen Landstreifen zwischen dem Meer und dem ruhigeren Wasser des Hafenbeckens. Gischt klatschte gegen die Windschutzscheibe, während eine Böe den Wagen erbeben ließ.

Die Gebäude entlang des Wassers schimmerten im Schein der Hafenlichter in warmem Kupferrot. Fünf Stockwerke hoch, im pseudo-georgianischen Stil aus Ziegelsteinen gebaut und mit zahlreichen Balkonen. Jachtmasten, die im selben Licht glänzten, ragten wie goldene Zauberstäbe in den schwarzen Himmel empor. Auf der andren Seite des Hafens stand ein Premier Inn. Beim Anblick des Hotels fühlte Garry sich unbehaglich, und er wollte nicht hinterfragen, wieso. Er wandte sich an Lexy und sah erleichtert, dass sie wieder ein bisschen mehr aussah wie sonst. Noch nicht ganz, aber genug.

»Und es sind drei«, sagte sie. »Nicht zwei.«

In diesem Moment stieß eine Möwe herab und kam ihnen so nahe, dass sie beinahe die Windschutzscheibe gestreift hätte. Lexy quietschte hörbar auf.

»Wie bitte?«, fragte Garry.

»Ich habe vorhin an meinem Schreibtisch gesessen und auf ganz unauffällig gemacht, weil der Deputy Chief bis lange nach seiner Schlafenszeit im Büro geblieben ist. Und ich habe darüber nachgedacht, was Sie gesagt haben.«

Lexy wartete, als solle Garry die Bedeutungslücke selbst füllen. Das konnte er nicht. Er hatte eine ganze Menge gesagt.

»Über Ihr Déjà-vu-Gefühl bei Olives Verschwinden«, half sie nach.

»Da habe ich mich geirrt«, gestand Garry. »Ich habe ihre Eltern angerufen. Sie war noch nie verschwunden.«

»Sie haben sich nicht geirrt. Ich habe ein bisschen gegoogelt. War ein bisschen so, als ob man versucht, aus einer Reihe x-beliebiger Zahlen die richtige Kombination rauszukriegen, und es hat eine Ewigkeit gedauert. Ich habe *Olive Anderson Verschwunden* eingetippt, *Olive Charles Verschwunden, Eloise Warner Verschwunden, Eloise Anderson Verschwunden*. Am Ende habe ich *Michael Anderson Verschwunden* eingegeben, wahrscheinlich aus Versehen. Bingo.«

»Was?«

»Ich brauche meine Tasche.«

Lexy angelte die Tasche vom Rücksitz und holte ihren Laptop heraus. Sie schaltete ihn ein und drehte ihn dann so, dass sie beide den Text auf einem Screenshot lesen konnten. Eine Vermisstenanzeige.

Unter dem in Rot gedrucktem VERMISST war ein Foto von einer jungen Frau mit dunklem Haar, die Garry geradezu aufdringlich bekannt vorkam. Ihr Name war Madeleine Black, sie war eine Künstlerin aus Whitley Bay nördlich von Newcastle. Das letzte Mal war sie am 1. November vor drei Jahren gesehen worden. Ihre Kleidung erschien Garry ein wenig exzentrisch: ein dunkelroter Pullover mit einem Cape in derselben Farbe um die Schultern. Durchsichtige Glasperlen hingen von dem Cape herab. Ihre Ohrringe waren riesige Klumpen aus regenbogenbuntem Glas. Das Ganze wirkte ein bisschen punkig, vielleicht auch hippiemäßig, aber irgendwie auch nicht so richtig eins von beidem.

Was entging ihm hier?

Und dann sah er es. »Meine Güte«, stieß er hervor.

»Hab ja gewusst, dass Sie's gleich kapieren würden.«

Er hatte schon einmal ein Bild von dieser Frau gesehen, an der Wand von Michael Andersons Wahlkreisbüro in Guisborough. Darauf hatte sie neben Anderson gestanden, hatte zu dem Team gehört, das Wahlkampf für den Kandidaten der Labour Party gemacht hatte.

»Sie wurde Maddy genannt«, sagte Lexy. »Und sie ist immer noch verschwunden.«

## 69

*August, vor drei Jahren*

»Ich glaube, in Whitley Bay war ich noch nie«, sagte Olive, als Maddy die Innentür des nichtssagenden Betongebäudes aufschloss und hineingriff, um das Licht anzumachen.

Es war auf den Tag vier Wochen her, dass sie sich kennengelernt hatten, und Olive konnte sich nicht mehr an ein Vorher erinnern, in dem nicht jeder Gedanke, vom Aufwachen bis zum Versinken in wundervollen, erotisch aufgeladenen Träumen, von einem einzigen Wesen beherrscht worden war. Maddy.

»Ich bin hier in der Nähe aufgewachsen.« Sie führte Olive in einen hohen Raum, der ungefähr so groß war wie die Doppelgarage eines Vorstadthauses. »Meine Großeltern sind oft mit mir hergefahren, als ich klein war.«

In Maddys Studio roch es nach Farbe, Alkohol und Feuer, und außerdem ein bisschen nach Maddy selbst. Nicht nach dem Parfüm, das sie heute trug, sondern nach einem, an das sich Olive von einer früheren Begegnung her erinnerte. Ein Echo von Maddy hallte in diesem Studio wider, von einer Maddy aus vergangener Zeit. Es gab viele Maddys, hatte Olive im Laufe der letzten vier Wochen gelernt, und sie wollte sie alle.

Wie so oft in diesen Tagen voller Angst vor ihrem eigenen Verlangen, fragte sie: »Bist du deswegen hergezogen? Wegen der Kindheitserinnerungen?«

Maddy Stimme wurde ausdruckslos. »Sams Haus ist in Whitley. Vom Schlafzimmer im Obergeschoss können wir das Meer sehen.«

Olive wandte sich ab, vorgeblich um sich umzuschauen, tatsächlich jedoch um einem Gespräch aus dem Weg zu gehen, von dem sie wusste, dass es unerfreulich sein würde. Maddy wollte nie über Sam reden.

Das Studio war unaufgeräumt, doch unter dem oberflächlichen Chaos herrschte eine Art Ordnung. Ein

Arbeitstresen zog sich an drei Wänden entlang, und in Regalen darunter stapelten sich Unmengen von Schachteln in allen Größen und Farben. An einer vierten Wand reihten sich Metallregale, und auf einem Tisch in der Mitte des Raumes lagen Zeichenutensilien. In einer Ecke stand ein Brennofen, und fertige dekorative Glasobjekte hingen im Fenster und an den Wänden. Maddy malte hier auch. Olive konnte eine zusammengeklappte Staffelei sehen, mehrere hintereinander an die Wand gelehnte Leinwände, Becher mit Pinsel und Farben.

Manchmal fühlte Olive sich betrogen. An dem Abend, an dem sie sich begegnet waren, hatte Maddy ganz gezielt gefragt, ob Olive Single sei, als wäre es undenkbar, sie mit jemandem zu teilen. Und doch wurde von Olive erwartet, dass sie Maddy mit einer fremden Person teilte, die ihr nur als Sam bekannt war. Dass sie nie ihre Freunde oder Verwandten kennenlernte, nie zu ihr nach Hause mitkam, dass sie sie nicht einmal anrufen oder SMS schicken durfte. Dass sie immer warten musste, bis Maddy sich meldete, bis sie Zeit für sie hatte.

Ein Arbeitsplatz an dem Tresen schien erst vor Kurzem verlassen worden zu sein. Ein Hocker lag daneben, Schneide- und Zeichenwerkzeug war nicht weggeräumt worden. Ein Briefbeschwerer hielt eine grobe Skizze, und ein Foto war direkt darüber mit Klebestreifen am Fenster befestigt. Olive konnte Männer in Uniform erkennen. Neugierig auf das letzte Projekt, an dem Maddy gearbeitet hatte, trat sie ein wenig näher.

Jedes Mal, wenn sie sich verabschiedeten – und sie hatten so wenig Zeit miteinander –, war sie fest entschlossen,

Maddy das nächste Mal Druck zu machen. Zu fragen, wie lange das so weitergehen würde, ob sie jemals etwas anderes sein würde als eine heimliche Liebschaft. Was sie betraf, so hatte sie sogar beschlossen, dass sie endlich bereit war, ihren Eltern die Wahrheit zu sagen und sich als Lesbe zu outen.

Wenn Olive dann wieder von Maddy hörte, hatte sie unweigerlich das Stadium erreicht, in dem sie bereit war, alles zu tun, um diese wunderbare Frau in ihrem Leben zu halten.

»Im Garten von dem Cottage ist ein Schuppen«, fuhr Maddy fort und überraschte Olive damit. Sie hatte noch nie über ihr Zuhause gesprochen. »Ich glaube, Sam hat gehofft, ich würde da drin arbeiten, aber das Licht ist nicht gut genug. Und ich kann keine Ablenkungen gebrauchen; ich muss allein sein, wenn ich arbeite.« Sie strahlte Olive an. »Wie die Garbo.«

»Und trotzdem bin ich hier.«

Maddy kam mit jenen merkwürdigen, fast tänzerischen Stelzschritten auf Olive zu, die sie immer machte, wenn sie allein waren. »Du bist zum Arbeiten hier.«

»Na, dann arbeiten wir mal.« Olive widerstand mit einiger Mühe der Versuchung, einen Schritt vorwärtszumachen und sie zu küssen.

Lächelnd reichte Maddy ihr eine steife Leinwandschürze und eine Schutzbrille, dann schob sie Olive auf den Tisch in der Mitte des Studios zu. »Etwas, das ich vorhin gemacht habe«, verkündete sie. »Das da ist eine grobe Skizze.«

Auf der Tischplatte klebte eine Wachskreidezeichnung von Bäumen auf unebenem Gelände. Eine Gestalt in Blau lehnte im Vordergrund an einem Stamm. Das Bild war primitiv, fast kindlich.

Maddy bedachte Olive mit einem schelmischen Blick. »Mehr brauche ich nicht, das Bild ist in meinem Kopf. Und das hier ist Stufe eins.«

Sie wickelte eine Glasplatte aus, ungefähr fünfzig Zentimeter breit und nicht ganz so hoch. Sie war größtenteils mit Grüntönen bedeckt: die tiefe, stumpfe Tönung eines schmutzigen Smaragdes, die gedämpften Schattierungen vertrockneter Blätter. Hier und da schimmerten Flecken von sanftem Blau durch. Sehr viel machte sie nicht her.

»Verlass dich auf mich, ich habe einen Plan«, versicherte Maddy. »Das da ist Grundierung. Im Grunde genommen die eigentliche Idee, in groben Strichen mit farbigem Glaspulver auf eine Glasscheibe gemalt und dann gebrannt. Ich habe immer einen Plan.«

»Hast du auch einen Plan für uns beide?«, fragte Olive, noch während eine Stimme in ihrem Kopf schrie *Nein, tu's nicht, mach keinen Aufstand!*

Maddy faltete den Baumwollstoff zusammen, in den die Scheibe gewickelt gewesen war, und legte ihn zur Seite. »Ich wollte, es wäre so einfach«, antwortete sie nach etlichen Sekunden. »Künstlerinnen verdienen nicht gerade viel. Und Krankenschwestern auch nicht.«

»Du musst nicht alles glauben, was du hörst«, erwiderte Olive. »Ich komme gut zurecht. Und ich habe eine Dreizimmerwohnung. Ich habe Platz.«

Sie würde nicht zulassen, dass Geld – oder der Mangel daran – sie voneinander fernhielt.

Maddys perfekte Brauen hüpften. »Einen Monat, und du willst, dass wir zusammenziehen? Was ist, wenn du wieder auf einen Auslandseinsatz gehst? Eine Soldatenfrau zu sein, das ist ganz schön viel verlangt. Erst recht eine lesbische Soldatenfrau.«

Olive seufzte. »Ich frage mich gerade, ob ich jemals mehr sein werde als eine Affäre.«

»Du warst nie eine Affäre.« Jetzt war Maddys Miene vollkommen ernst. »Ich liebe dich.« Sie lachte nervös. »Das weißt du doch, oder?«

Olive trat zu ihr, packte sie und zog sie fest an sich, drückte das Gesicht in Maddys Haar. Bald schon würde sie glücklich sein; im Moment zitterte sie vor Erleichterung. Einige Sekunden lang rührten die beiden sich nicht. Maddy hatte eines von ihren weiten, geblümten Kleidern an, und sie trug niemals einen BH. Manchmal auch keinen Slip, und Olive verspürte ein heftiges Kribbeln im Schritt, als sie daran dachte, wie sie das zum ersten Mal entdeckt hatte. Als läse sie ihre Gedanken, machte Maddy sich steif und löste sich von ihr.

»Dafür sind wir nicht hier. Und auch nicht, um uns zu streiten. Wir machen Kunst.« Sie schob Olive wieder vor das Glasrechteck. »Kannst du schon erkennen, was das ist?«

»Landschaft?«, meinte Olive. »Ein Obstgarten?«

»Fast. Also, jetzt kommen da noch Bäume dazu.« Von der anderen Seite des Studios holte Maddy eine zweite Glasplatte, deren Farbe irgendwo zwischen Braun und Grau lag. »Das wird nicht ganz einfach, die Bäume, die ich im Sinn habe, sind nämlich alt und knorrig. Ich zeig's dir mal.«

Mit einem Filzstift begann Maddy windschiefe vertikale Linien auf das braune Glas zu malen, die sich alle nach oben hin verjüngten.

»Und jetzt versuch du es mal.«

Mit Schmetterlingen im Bauch – in Kunst war sie immer eine Niete gewesen – fing Olive an, den Umriss eines Baumes zu zeichnen.

»Mach ihn ein bisschen krumm«, drängte Maddy. »So ein richtig verkrümmtes altes Teil. Jetzt noch ein paar dickere Äste, und dann können wir das alles ausschneiden.«

Das Schneiden dauerte lange. Nach einer halben Stunde klingelte Maddys Handy. Sie schaute kurz aufs Display und verließ dann den Raum, nachdem sie Olive angewiesen hatte, ohne sie weiterzumachen.

Froh über die Pause – das Schneiden war ziemlich anstrengend – trat Olive von dem Arbeitstisch weg. Nicht zu Tür, denn dann hätte sie ja gelauscht, sondern wieder zu dem Foto, das ihr vorhin aufgefallen war.

»Entschuldige.« Maddy war wieder da. »Bist du fertig?«

»War das Sam?«

Maddys Züge verspannten sich. »Nein.« Ihr Blick huschte an Olive vorbei. »Jemand anderes.«

»Weiß Sam von mir?«

»Großer Gott, nein.« Maddy runzelte die Stirn. »Olive, das ist mein Ernst. Mit Sam möchtest du dich nicht anlegen.«

»Hast du Angst?« Es war nicht das erste Mal, dass Olive dieser Gedanke gekommen war.

»Nein, eigentlich nicht.« Maddy seufzte. »Ich möchte mit dir zusammen sein, okay? Und wir werden auch zusammen sein. Bald.« Sie schüttelte sich ein wenig. »Und jetzt bauen wir das Bild zusammen. Komm schon, das hier ist der Teil, der Spaß macht.«

Maddy liebte sie, sie würden eines Tages zusammen sein. Das war mehr, als sie bisher jemals bekommen hatte. War es genug?

Maddy nahm Olives Hand und führte sie zu einem langen Glassplitter. »Denk an die Perspektive. Die dickeren, höheren Bäume nach vorn.«

Es musste genug sein. Maddy zu verlassen, war undenkbar.

Zusammen legten die beiden Frauen die braunen Glasbäume auf die farbige Glasplatte, bis das Ganze allmählich einem Obstgarten ähnelte.

»Ich glaube, ich weiß einen Ausweg«, sagte Maddy, als sie fast fertig waren. »Kannst du mir ein bisschen Zeit lassen?«

Die Frau war ein ständiges Rätsel. Aber war es nicht gerade das, was sie so erregend machte?

»Kann ich irgendwie helfen?«, wollte Olive wissen.

»Nein, ich will nicht, dass du da mitmischst. Jetzt kommen die Glasfritten, damit das Ganze Konturen bekommt.« Maddy streckte sich über den Tisch nach ein paar Plastikgefäßen. Jedes enthielt winzige Glassplitter – braune, beigefarbene, cremeweiße, stumpfrosafarbene, krokodilgrüne.

»Das wird ein ganz schön tristes Bild«, stellte Olive fest.

»Wir haben es hier mit einer kargen Landschaft zu tun«, blaffte Maddy. »Das ist kein blühender Kirschgarten.«

»Was denn dann?«, fragte Olive, während sie die Glasfragmente verstreute.

»Geduld. Und jetzt das Hellgrün«, wies Maddy sie an. »In die Bäume.«

Olive ließ leuchtende Sprenkel zwischen das gedecktere Grün des Laubs rieseln.

»Noch ein paar mehr«, meinte Maddy. »Man muss sie sehen können. Und jetzt ungefähr ein Dutzend Schwarze.«

Olive tat wie geheißen.

»Und das war's«, verkündete Maddy. »Mehr können wir erst mal nicht tun.«

Olive tat der Rücken weh. Sie bog ihn durch, bearbeitete die Kreuzgegend mit den Fingerknöcheln wie nach einem langen Dienst.

»Das Bild da«, sagte sie und schaute abermals zu dem Foto hinüber, »ist das Helmand?«

»Wahrscheinlich.« Maddys Blick war fest auf die Arbeitsplatte gerichtet, während sie Werkzeuge wegräumte. »Ich arbeite an etwas für einen von den Männern. Ein Typ namens Anderson. Der ist sogar im Parlament.«

Olive ging zu dem Foto von den Männern in Army-Uniform. Michael Anderson stand in der Mitte, der Größte und Attraktivste der Gruppe – wenn man auf so etwas stand. »Den kenne ich«, sagte sie. »Ich war zur selben Zeit in Afghanistan. Hab ganz vergessen, dass er aus dem Nordosten ist.«

Als sie sich umdrehte, konzentrierte Maddy sich voll und ganz auf den Arbeitstisch, räumte die Behälter, die Werkzeuge und übrig gebliebene Glassplitter zusammen.

»Was machst du denn für ihn?«, erkundigte sich Olive. »Kann ich's mal sehen?«

»Hab noch nicht angefangen.« Maddy blickte nicht auf.

Olive wartete mehrere Sekunden lang. Dann: »Hab ich was Verkehrtes gesagt?«

Maddy hielt bei dem, was sie tat, inne. Nämlich nichts, begriff Olive jetzt. Sie hatte einfach nur alles Mögliche auf dem Tisch hin und her geschoben.

»Was ist los?«, fragte sie.

»Gar nichts. Achte gar nicht auf mich. Jetzt müssen wir deine Arbeit brennen.« Maddy ging zum Brennofen und drückte auf einen Schalter. »Und dann kommt noch eine letzte Schicht obendrauf.«

»Was ist in dieser letzten Schicht drin?«

»Wir nehmen schwarze Emaille«, antwortete Maddy über die Schulter hinweg. »Um ein paar Details der Bäume und der Figur im Vordergrund richtig hervorzuheben, und vielleicht etwas Gold für einen richtigen Knalleffekt.«

»Da ist doch gar keine Figur im Vordergrund.«

»Die machen wir ganz zuletzt.« Maddy trat wieder zu ihr und ließ einen Finger über der Glasplatte schweben, ein bisschen neben der Mitte, wo der größte Baum aus dem Boden ragte. »Sie wird an dem hier lehnen. Vielleicht schläft sie, vielleicht denkt sie nach, das werden wir nicht genau wissen. Sie wird Blau tragen, um den Himmel zu reflektieren und um einen richtigen Farbimpuls im Vordergrund zu setzen.«

Sie sah Olive an, als wolle sie sie herausfordern.

Ganz bewusst schaute Olive an sich hinab. »Ich trage Blau«, bemerkte sie.

»Natürlich.« Maddy trat näher an sie heran. »Das ist ein Olivenhain. Olive im Olivenhain.«

Olive spürte, wie ihr Tränen in die Augen traten. »Ich will, dass du auch auf dem Bild bist.«

Maddys Arme schlangen sich um Olives Taille. »Bin ich doch auch. Ich bin immer bei dir, auch wenn du mich nicht sehen kannst.«

## 70

»Garry«, fragte Lexy, »was ist das für ein fürchterlicher Krach?«

Nachts war der Jachthafen wunderschön, nur der Lärm, den er machte, vor allem bei starkem Wind, war nicht schön. Selbst bei laufendem Motor und geschlossenen Fenstern war das unaufhörliche Klirren, das mit dem Wind auf sie zuflog und den Wagen einhüllte, misstönend und nervtötend. Nach der lastenden Stille der verschneiten Landschaft tat die metallische Kakofonie beinahe in den Ohren weh, und dass alle paar Sekunden eine Windböe das Auto erbeben ließ, machte es auch nicht gerade besser.

»Das dürfte der Wind in den Takelagen sein. Hier können bis zu fünfhundert Boote liegen, die meisten davon Segeljachten. Soll ich die Musik wieder anmachen?«

»Definitiv nicht. Was ist eine Takelage?«

»Ganz genau weiß ich das auch nicht. Vage und allgemein sind das alle Schoten und Leinen und so Zeugs auf einem Segelboot. Bei starkem Wind scheppern die gegen den Mast. Ist ganz schön unheimlich, vor allem nachts.«

»Segeln Sie?«

»Nein, aber ich war schon öfter hier. Und ich habe dasselbe gefragt. Also los, erzählen Sie mal von Maddy.«

»Sie war Künstlerin und politische Aktivistin und hat in Whitley Bay gewohnt, ein bisschen nördlich von hier.«

»War?«

»Wenn sie noch lebt, müsste sie dreiunddreißig sein. Offiziell wissen wir's nicht. Sie ist vor drei Jahren verschwunden, im November. Die Kollegen in Northumbria haben den Fall bearbeitet, aber ich habe heute Abend niemanden überreden können, mir die komplette Akte rüberzuschicken.«

»Sagen Sie's nicht – die durften die Akte nicht ohne ordnungsgemäße Ermächtigung rausrücken, und niemand auf dem Revier war bereit, Ihnen die nur auf Grund der Tatsache zu erteilen, dass Michael Anderson mit der Frau bekannt war.«

»Genau. Bestimmt kriegen wir sie Montagmorgen, aber ...«

Sie ließ den Gedanken in der Luft hängen. Olive hatte vielleicht nicht mehr bis Montagmorgen Zeit.

»Die gute Nachricht ist, ich habe jemanden gefunden, der bereit war, mir die wesentlichsten Punkte zu erläutern. Hören Sie zu?«

»Wie gebannt.«

»Also, Maddy wurde das letzte Mal in ihrer Werkstatt in Whitley Bay gesehen, und zwar am ...« Lexy blickte rasch auf ihren Laptop hinunter. »1. November. Sie hat anderen Leuten im Gebäude gegenüber in keiner Weise angedeutet, dass sie verreisen wolle oder eine Zeit lang nicht da sein würde. Zehn Tage später wurde sie von ihrer Ehefrau Samantha Elliott offiziell als vermisst gemeldet.«

»Zehn Tage? Und die beiden waren verheiratet?«

»Ich weiß. Zum Teil kann man das dadurch erklären, dass Elliott eine Woche auf einer Baustelle in Schottland war. Trotzdem, sie war drei ganze Tage zu Hause, bevor sie zur Polizei gegangen ist, und sie hat es nicht sofort gemeldet. Weil Maddy schon öfter weg war. Irgendwie war das ihr Ding, und Elliott hat gehofft, dass sie von selbst zurückkommt.«

»Was hatte sie mitgenommen?«

»Gute Frage. Ihren Pass, ein paar andere Schlüsseldokumente, Kleidung für eine Woche und das bisschen Geld, das sie hatte. Die beiden haben ihre Einkünfte zusammengelegt, und Maddy hatte keinen Zugang zu den Konten, die hat Elliott kontrolliert.«

»Hört sich an, als wäre das nicht alles, was sie kontrolliert hat.«

»Genau. Und die Kollegen in Northumbria waren eine Weile auch ganz scharf auf sie. Die Nachbarn haben davon geredet, dass die beiden sich laut gezofft haben, dass sie gehört hätten, wie alles Mögliche zu Bruch gegangen ist.«

»Also wurde Elliott verdächtigt?«

»O ja. Sie ist mehrmals zur Vernehmung geholt worden, aber dabei ist nichts rausgekommen. Anscheinend ist Maddy verschwunden, während Elliott in Schottland war und absolut wasserdichte Alibis hatte. Maddy ist auf der Vermisstenliste geblieben, aber nach mehreren Wochen wurde die Suche zurückgefahren. Gegen Ende des Jahres wurden keine aktiven polizeilichen Maßnahmen mehr durchgeführt.«

Garry nickte. Das war das übliche Vorgehen. Nicht jede vermisste Person wurde gefunden.

»Und ihre Verbindung zu Michael Anderson besteht darin, dass sie Wahlkampf für ihn gemacht hat? Haben die Kollegen sich mit seinem Büro in Verbindung gesetzt?«

»Ja. Aber da keine Wahl anstand, war es nicht nötig, dass sie näheren Kontakt zur Partei hält. Die konnten nicht helfen.«

»Es heißt, Männer bleiben ihrem Typ treu«, bemerkte Garry. »Das hat doch dieser Labour-Vorsitzende gesagt. Hat angedeutet, dass Anderson und Maddy enger befreundet waren, als sie hätten sein sollen.«

Lexy machte mit beiden Händen eine *Da haben Sie's*-Geste. »Und das ist die Anderson-Connection.«

»Nur war Maddy lesbisch«, meinte Garry. »Möglicherweise auch bi.«

»Genau«, pflichtete Lexy ihm bei.

»Also haben drei Frauen, denen Anderson nahegestanden hat, möglicherweise ein ungutes Ende gefunden.«

Lexy lachte kurz und humorlos. »Ich hätte gesagt ›sind total und endgültig fertiggemacht worden‹, aber Ihre Version tut's auch.«

»Und warum sind wir jetzt hier? Erzählen Sie mir nicht, der Typ, mit dem Sie gesprochen haben, war bereit, sich an einem Abend wie diesem mit uns zu treffen. Dessen Sozialleben muss ja noch kümmerlicher sein als meins.«

*Warum? Warum hatte er das gesagt?*

Lexy sah ihn an. »Oh, ich würde sagen, Ihres könnte sich

demnächst verbessern. Aber nein, so weit wollte er nicht gehen. Etwas Nützliches hat er mir allerdings noch gesagt. Es gab eine nicht bestätigte und sehr unglaubwürdige Zeugenaussage, nach der Maddy im Jachthafen aufgetaucht ist, möglicherweise nachdem die Leute sie in der Werkstatt gesehen hatten. Fast hätte er es nicht erwähnt, aber ich hatte den Eindruck, das treibt ihn um.«

»Und Michael Anderson hat hier ein Boot liegen. Also, wer ist dieser Zeuge?«

»Der Schleusenwärter. Allerdings halte ich das für einen Ehrentitel. Das Hafenamt ist rund um die Uhr besetzt, und die sind für die Schleuse verantwortlich. Hier geht's um so einen kleinen alten Opa, der schon seit zig Jahren hier ist, so eine Art Hausmeister-Schrägstrich-Mädchen für alles. Hat ein Häuschen neben dem Hafenamt. Und habe ich schon erwähnt, dass er kein glaubwürdiger Zeuge ist?«

»Sie haben ›unglaubwürdige Zeugenaussage‹ gesagt.«

»Weil er kein glaubwürdiger Zeuge ist. Bisschen schlicht gestrickt, nach allem, was man so hört. Und ein bisschen zu gut mit der Schnapsflasche befreundet. Allem Anschein nach wird allgemein erwartet, dass er irgendwann im Wasser landet, und niemand wird ihn vermissen.«

»Wieso ist er dann hier angestellt? Jachthäfen sind doch gefährlich.«

»Ich glaube, er könnte ihm gehören.«

»Was? Der Jachthafen?«

Sie schauderte. »Ich weiß nicht. Ist ganz schön kompliziert. Reden wir mit ihm und bringen's hinter uns.« Sie zwängte die Füße mit den Wollsocken daran in ihre halb getrockneten Stiefel.

Garry verspürte ein jähes Aufwallen des Zweifels. »Lexy, sind Sie sicher, dass Sie das schaffen? Hier liegt nicht so viel Schnee, und es ist nicht so kalt, aber da draußen weht ein sehr starker Wind.«

»Es geht schon.« Sie öffnete die Tür. »Na los, Gazza.«

Trotz ihres demonstrativ zur Schau gestellten Mutes schien die Wucht des Windes Lexy zu verblüffen, und sie erhob keine Einwände, als Garry ihren Arm nahm und sie am Wasser entlang lotste.

»Was zum Teufel ist denn das?« Sie blieb wie angewurzelt stehen.

»Das ist der Affe von Hartlepool«, erläuterte Garry, während sie auf die Bronzestatue des riesigen, traurigen Affen zuschritten.

Sie drängte sich ein wenig näher an ihn, als sie stehen blieben.

»Anfang des 18. Jahrhunderts ist ein französisches Schiff hier vor der Küste gesunken. Der Einzige, der überlebt hat, war ein Affe. Fragen Sie mich nicht, wieso französische Seeleute einen Affen an Bord hatten. Er hat es an Land geschafft, nur um dann von den Leuten von hier geschnappt zu werden, die noch nie einen Affen gesehen hatten – oder einen Franzosen, was das betrifft. Sie haben ihn gehängt, als Staatsfeind.«

»Echt jetzt? Ich meine, sind die Männer aus dem Norden wirklich so blöd?«

Garry ertappte sich dabei, wie er gegen die Versuchung ankämpfte, den Arm um sie zu legen. »Inzwischen gehen wir zur Schule. Ein bisschen besser ist es schon geworden.«

Lexy wandte sich ab, und diesmal nahm sie seinen Arm. »Nur, um Sie zu warnen, man hat mir eindringlich geraten, mir nicht die Mühe zu machen, hier rauszufahren. Vielleicht war die Tour ganz umsonst.«

»Oh, ich amüsiere mich königlich«, versicherte Garry, als sie weitergingen. Das war nicht ganz gelogen, ging es ihm auf. Mal abgesehen von seiner wachsenden Angst um Olive – Zeit mit Lexy verbringen … also, es gab nichts, was er im Augenblick lieber täte.

Das Häuschen des Schleusenwärters trug diese Bezeichnung zu Unrecht. Es war ein Haus von beachtlicher Größe, und zwar echt georgianisch, soweit Garry derlei beurteilen konnte. Sowohl im Erd- als auch im Obergeschoss gab es jeweils drei Fenster, Koppelfenster mit morschen Holzrahmen, die nach Osten, Nordosten und Südosten hinausgingen, um einen Blick aufs Meer zu ermöglichen. Die Existenz des Hauses verhinderte wahrscheinlich eine wertvolle Neubebauung in erstklassiger Lage innerhalb des Jachthafens, doch es stand mit an Sicherheit grenzender Wahrscheinlichkeit unter Denkmalschutz. Kurze, gedrungene Flügel ragten zu beiden Seiten des Hauptgebäudes hervor. Die Dächer waren mit Schieferschindeln gedeckt, von denen etliche fehlten, und ein Zierschornstein war eingestürzt. Treibholz, Hummerreusen und große Muscheln zierten einen schmalen, sehr gepflegten Gartenstreifen. Ein als Dekoration genutzter Gummistiefel, in den Grasnelken gepflanzt worden waren, war umgekippt. Während Lexy mit dem Klopfer in Form eines Ankers gegen die Tür hämmerte, stellte Garry ihn wieder hin. Es war ein Frauenstiefel, blau mit einem fantastischen Muster aus Feen und Elfen. Rund um den Rand hingen Glasperlen. Die Farbe war verblasst und der Rand ausgefranst, als habe er einige Zeit im Wasser gelegen. Er richtete sich auf, als die Haustür aufging, volle drei Minuten, nachdem Lexy geklopft hatte.

Der Mann auf der Türschwelle war nach Garrys besten Schätzungen etwa eins achtundachtzig groß und wog bestimmt gut hundert Kilo. Sein Haarschopf war schlohweiß, und er trug eine senfgelbe Hose, eine rote Halsbinde über einem gestreiften Hemd und ein Tweedjackett, das nach nassem Labrador und Secondhandläden roch.

»Richard Hamilton-Minor?«, fragte Lexy.

»Dick.« Er musterte die beiden von oben bis unten. »Kommen Sie rein, alle beide. Aber flott.«

Der Teppich in dem trübe erleuchteten Hausflur war abgetreten. Das Paisleymuster in Gelb und Grün erinnerte Garry an das Haus seiner Großmutter. Ein schwerer Vorhang fiel hinter der Tür zu, als der Mann sie schloss, und auf einer Seite des Flurs stand ein Ständer mit einem Dutzend oder mehr aus Treibholz geschnitzten Spazierstöcken darin.

Hamilton-Minor führte sie in den hinteren Teil des Hauses. Es war sogar noch größer, als es von außen den Anschein gehabt hatte.

»Die großen Zimmer heize ich nicht«, erklärte er. »Kostet 'n verdammtes Vermögen.«

Er brachte sie in ein kleines Wohnzimmer. Bücherregale bedeckten die eine Wand, und überall lagen weitere Beweise dafür verstreut, dass der Hausherr Strandgutsammeln zu seinem Hobby gemacht hatte – Muscheln, Treibholz-Schnitzereien und eine riesige orangerote Krabbe, deren spillrige Beine von einem kleinen Tischchen herabhingen. Über dem großzügigen und hochwillkommenen Feuer im Kamin hing ein in Holz geschnitztes Familienwappen: ein Ritterhelm über einem Schild, Federn, eine bourbonische Lilie, eine Distel.

»Nehmen Sie Platz, wenn Sie irgendwo einen finden«, wies ihr Gastgeber sie an. »Ich setz mal Wasser auf. Sie sehen beide verdammt noch mal völlig durchgefroren aus.«

Garry überließ es Lexy, eine Sitzgelegenheit für sich aufzutreiben, er selbst hatte das bereits als hoffnungslos abgeschrieben. Die meisten verfügbaren Sessel waren von schlafenden kleinen Tieren besetzt. Zumindest musste man hoffen, dass sie schliefen. Besonders gut roch es in dem Haus nicht.

Ein Foto auf einem Schränkchen fiel ihm ins Auge. Es war ein förmliches Hochzeitsbild, vor der Kirchentür aufgenommen. Auf den ersten Blick sah es ganz gewöhnlich auf: eine hübsche junge Braut, ein eleganter Bräutigam, ein paar Brautjungfern und eine Schar Gäste, die das glückliche Paar umringten. Die Blumen waren angemessen, wenn auch nicht weiter aufregend. Eine ganz gewöhnliche Hochzeit, abgesehen davon, dass es sich bei den beiden Gästen gleich rechts neben der Braut um Queen Elizabeth II und ihren Gemahl, den Duke of Edinburgh, handelte.

»Hochzeit meiner Schwester.« Hamilton war mit drei Bechern auf einem Tablett zurückgekehrt. »Ende der Sechziger. Das da bin ich, ganz rechts außen. War damals noch 'n ziemlich dürrer Hänfling.«

Garry konnte nicht anders. »Die verstorbene Queen war wohl eine gute Freundin, oder, Sir?«

»Hatte sie seit Jahren nicht mehr gesehen. Der Duke und Pa waren eine Zeit lang ziemlich dicke miteinander. Hatten vielleicht zusammen gedient. Könnte auch von der Schule her sein. Was man sich alles merken soll.« Er trug das Tablett vorsichtig zu einem kleinen Tischchen.

»Und Ihr Vater ist … wenn Sie meine Frage gestatten?«

»Wenn Sie *mir* meine Frage gestatten. Bekommt ihr denn keinen Grammatikunterricht mehr? Der Earl of Glenmoran. Ist bloß ein schottischer Titel, hat nicht viel zu bedeuten. Heutzutage nicht mehr. Ich war der dritte Sohn, war also kein Hosenknopf mehr da, als ich dran war. Nicht dass Bunter – der war der Älteste – viel gekriegt hätte, außer Gerümpel, alten Hunden und Erbschaftsteuern. Ich bin zur Handelsmarine gegangen. Das heißt, ich kenne mich mit Wasser aus. Setzen Sie sich doch hin, ich sag's nicht noch mal. Kommen Sie schon, die Katzen beißen nicht. Der Hund vielleicht schon.«

Garry hob einen dicken roten Kater hoch und machte eine einladende Geste in Lexys Richtung. Mit weit aufgerissenen Augen nahm sie auf dem frei gewordenen Sessel Platz. Garry reichte ihr den Kater. Sie erstarrte, doch das Tier ließ sich fast augenblicklich auf ihrem Schoß nieder.

*Körperwärme,* formte er mit den Lippen. Sie antwortete mit einem bösen Blick.

Der einzige andere Sessel außer dem direkt vor dem Feuer, bei dem es sich eindeutig um Hamilton-Minors Platz handelte, war von einem West Highland Terrier belegt. Finster starrte der kleine Hund zu Garry empor. *Na los doch, trau dich nur.*

Hamilton-Minor beugte sich in der Ecke über irgendetwas. Garry hörte leises Gläserklirren.

»Etwas gegen die Kälte.« Der Mann drehte sich um und hielt Lexy und Garry je ein Glas hin. Geschliffene Gläser, angeschlagen und nicht allzu sauber, doch in jedem war ein ordentlicher Schuss von irgendetwas.

Lexy hatte beide Hände um ihren Kaffeebecher gelegt. »Nein danke, Sir. Ich bin im Dienst, und Garry muss fahren.«

Garry streckte die Hand aus. »Vielen Dank, Sir. Genau das Richtige.«

Lexy machte ein böses Gesicht. »Garry«, setzte sie an.

»Wenn ich zwanzig Kilometer fahren und Sie aus einer Schneewehe ziehen kann, dann bin ich mir ziemlich sicher, dass ich es mit einem kleinen Scotch intus bis nach Middlesbrough zurückschaffe. Sie sollten sich auch einen genehmigen, Sergeant. So richtig gut sehen Sie immer noch nicht aus.«

Es war kein kleiner Scotch, aber egal. Er nippte daran. Das Zeug war gut.

»Angst vor Hunden?«, erkundigte sich ihr Gastgeber mit einem kleinen Funkeln in den Augen.

»Bin heute viel gefahren, Sir. Muss meinen Rücken mal strecken.«

Hamilton-Minor ließ sich in seinen Sessel sinken. »Und was kann ich jetzt für Sie tun, Officers?«

Vorsichtig, um den Kater nicht zu stören, klappte Lexy ihren Laptop auf und drehte ihn so, dass der Hausherr das Bild von Maddy Black sehen konnte.

»Ich habe gehört, Sie hätten diese Frau hier im Jachthafen gesehen, etwa um die Zeit, als sie verschwunden ist«, fing sie an. »Das war vor drei Jahren, im November.«

»Ponton C, ungefähr auf halber Höhe, auf dem Weg weg vom Ufer«, antwortete der Mann. »Ich hatte gerade die *Loose Lips* von 'nem Ankerplatz oben bei der Rettungs-bootstation reingebracht, damit sie für den Winter ins Tro-ckendock gekrant werden konnte. Da mussten mal die Muscheln unten dran abgekratzt werden. Wissen Sie, dass Boote traditionell nach der ersten sexuellen Erfahrung ih-rer Besitzer benannt werden? Meins hätte *Duchess's Cobbler* geheißen, aber ich habe nie ein eigenes Boot besessen. Wie würde Ihres heißen, junge Frau?«

»So weit kann ich mich nicht zurückerinnern, Sir. Könn-ten Sie mir ein Datum sagen?«

Hamilton-Minor leerte sein Glas und legte die Hände auf die Armlehnen, als wolle er aufstehen. »Zwei Stunden nach dem Tidenhochwasser. Das weiß ich, weil ich aufpas-sen musste, wann ich sie hole, um durch die Schleuse zu kommen. Normalerweise würde ich bei solchem Wetter kein Boot verholen. Ekliger Wind. Und Springtide. Hat nur so gefetzt. Mindestens drei Knoten. Ging aber nicht an-ders. Musste sein, sonst hätte sie ihren Termin auf der Werft verpasst.«

»Ein Datum, Sir?« Lexy sah aus, als hätte sie kein Wort verstanden.

»Vor Weihnachten, aber nicht allzu dicht dran, wir hatten nämlich im Hafenamt noch kein Lametta aufgehängt. Noch mal nachschenken?«

»Für uns nicht, danke, Sir«, antwortete Lexy mit einem finsteren Seitenblick auf Garry.

»Springtide bedeutet ein besonders hoher Tidenhub, nicht wahr, Sir?«, erkundigte sich Garry. »Kommt zweimal im Monat vor, bei Vollmond und Neumond.«

Hamilton-Minor knallte sein Glas hin. »Guter Mann. Es war Vollmond. Exakt. War früh aufgegangen. Ich konnte ihn am Himmel über den Gebäuden sehen, als ich um Ponton B rumgeschippert bin.«

»Sind Sie sicher?«, fragte Garry.

»Klar bin ich sicher, verdammt noch mal. Man verbringt doch nicht sein ganzes Leben auf Booten und kennt sich nicht mit dem verfluchten Mond aus.«

»In diesem Fall könnten wir das Datum doch ermitteln, oder? Vielleicht sogar die Uhrzeit?«

»Kluger Bursche. Hören Sie auf Ihren Boss, junge Frau. Der wird Sie das eine oder andere lehren.«

»Oh, das hat er schon getan«, grummelte Lexy halblaut.

»Bin gleich wieder da.« Der Hausherr torkelte aus dem Zimmer.

»Wo will er denn hin?«, wollte Lexy wissen.

»Ich hoffe, er holt einen Almanach«, erwiderte Garry. »Der wird uns die Uhrzeiten und die Daten des Tidenhochwassers im November vor drei Jahren verraten. Wenn wir die dann damit abgleichen, wann der Mond aufgegangen ist, wissen wir, an welchem Tag und um welche genaue Uhrzeit er Maddy im Jachthafen gesehen hat.«

Lexy rief eine neue Seite auf ihrem Laptop auf und begann zu tippen.

Hamilton-Minor war wieder da, mit einem Buch in den Händen, das als Türstopper hätte dienen können. Er blickte auf eine aufgeschlagene Seite hinunter, sein Glas balancierte gefährlich auf dem Papier. »Freitag, 3. November«, verkündete er. »Zwei Stunden nach dem Tidenhochwasser, das wäre am Nachmittag um zehn nach drei.«

»Und der Mond ist an diesem Tag um halb drei aufgegangen«, bestätigte Lexy. »Vielen Dank, Sir, das ist sehr hilfreich.«

»Hatten Sie sie vor diesem Tag schon einmal gesehen?«, erkundigte sich Garry.

»Oh, sicher. Mehr als einmal. Zwei-, vielleicht dreimal. Könnte Ihnen aber kein Datum und keine Uhrzeit sagen.«

»Haben Sie eine Ahnung, wo sie auf dem Ponton hinwollte? Wie viele Boote hatte sie denn noch vor sich.«

»Ein Dutzend oder so. Aber ich weiß genau, wo sie hinwollte. Zur Jacht von dem Abgeordneten. Bisschen linkslastig, nach dem, was man so hört, aber ein ganz anständiger Kerl.«

Garry und Lexy wechselten Blicke.

»Haben Sie Mr Anderson an diesem Tag gesehen?«, fragte Garry.

Hamilton-Minor schüttelte den Kopf. »Nein. Aber ich war auch die meiste Zeit im Hinterzimmer vom Hafenamt und hab da die Elektrik auf Linie gebracht.«

»Woher wussten Sie dann, dass sie zur Jacht der Andersons wollte?«

»Ich hatte sie da schon mal drauf gesehen. 'n paar Mal. Und einmal habe ich gesehen, wie sie mit ihnen im Auto angekommen ist.«

»Mit Mr Anderson?«

»Nein, mit seiner Frau. Mit der ersten, meine ich. Die, die gestorben ist. Komisch, die ist so um dieselbe Zeit verschwunden; ich habe sie nach diesem Tag nicht wieder gesehen. Anderson selbst schon, und die Kinder, sogar eine ältere Frau, aber nicht die erste Mrs A. Andererseits, sie ist ja auch krank geworden, nicht wahr? Heißt es jedenfalls.«

Garry hoffte inständig, dass Lexy sich das alles merkte. Maddy war regelmäßig im Jachthafen gewesen, war offenbar sowohl mit Eloise als auch mit Michael befreundet gewesen. Eloise war ebenfalls verschwunden? Das ergab doch keinen Sinn. Maddy war im November vor drei Jahren verschwunden. Eloises Krankheit hatte sich erst etwa sechs Monate später bemerkbar gemacht. Warum also war Eloise nicht mehr gesegelt?

Doch irgendetwas hatte Eloise ihrer Mutter zufolge zu schaffen gemacht. Seit Anfang des Jahres. Seit Maddys Verschwinden?

»Die ist aber nicht verschwunden«, meinte Hamilton-Minor, während Garry noch versuchte, mental aufzuholen. »Oder jedenfalls jetzt nicht mehr. Ich hab sie dieses Jahr ein paar Mal gesehen. Sie war vor ein paar Wochen hier.«

*Was?*

»Wirklich?« Lexy warf Garry einen verwirrten Blick zu.

»Na, die sind doch jetzt verheiratet, oder? Ich bin mir ganz sicher, dass ich irgendjemand so was hab sagen hören.«

»Sir, Mr Andersons jetzige Frau heißt Olive. Sie und Maddy sehen sich wirklich ein bisschen ähnlich, aber ich verspreche Ihnen, es sind zwei verschiedene Personen.« Lexy tippte auf ihre Tastatur ein und rief schließlich Olives Vermisstenanzeige auf. »Sehen Sie?«, fragte sie und drehte den Laptop abermals in Hamilton-Minors Richtung. »Nicht dieselbe Frau.«

Hamilton-Minor pfiff durch die Zähne. »Ja, jetzt seh ich's«, stellte er fest. »Und die wird auch vermisst? Meine Herren, der Kerl hat 'nen Lauf.«

Lexy schwieg, doch Garry hätte darauf gewettet, dass er genau wusste, was sie dachte. Allmählich sah es exakt so aus, als hätte Anderson einen Lauf.

»Allmächtiger!« Hamilton-Minor klatschte sich eine fette Hand gegen die Stirn. »Sie sind nicht die Ersten, die ich aufs Glatteis geführt habe. Da war schon mal jemand hier und hat sich nach dem Mädel erkundigt. Nach dem ersten, meine ich jetzt.«

»Es ist durchaus wahrscheinlich, dass unsere Kollegen aus Northumbria hier waren, um Nachforschungen anzustellen«, entgegnete Lexy. »Vor drei Jahren hat die Polizei nach Maddy Black gesucht. Wenn bekannt war, dass sie Verbindungen zum Jachthafen hatte, dann würde ich annehmen, dass sie auch hier gesucht haben.«

Der Schleusenwärter furchte die Stirn. »Das war letztes Jahr. Genauer gesagt, es war Anfang Oktober, ich habe nämlich an den Wasserhähnen auf den Pontons gearbeitet. Hab sämtliche Schläuche abmontiert. Angeblich Stolperfallen. Wenn Sie mich fragen, die vom Arbeitsschutz haben sie nicht mehr alle. Jetzt müssen alle Boote einen eigenen Schlauch dabeihaben, und die Hälfte von denen vergessen die Dinger andauernd. Und kommen dann zu mir, damit ich das regele.«

Lexy machte ein verdutztes Gesicht. »Okay, also hat die Polizei von Northumbria letztes Jahr Nachforschungen angestellt. Ich frage mich ja …«

»Sie hat nicht gesagt, dass sie von der Polizei war«, fiel

Hamilton-Minor ihr ins Wort. »Um ehrlich zu sein, ich bezweifele es. Wie 'ne Polizistin kam mir die nicht vor.«

»Eine Frau, Sir?«, stellte Garry klar. »Hat sie Ihnen ihren Namen gesagt?«

»Nein. Hat auch keinen Ausweis vorgezeigt so wie Sie beide. Andererseits habe ich auch nicht gefragt, ich hatte alle Hände voll zu tun, und das Wetter war grauenhaft.« Er stieß einen Finger in die Luft. »Das war im Oktober. Wir hatten Sturm gehabt, es hat immer noch geweht wie nichts Gutes, und meine Reparaturliste war so lang wie 'n Eselspimmel.«

»Eine Polizeibeamtin hätte sich wahrscheinlich ausgewiesen«, meinte Lexy. »Können Sie sie beschreiben, Sir?«

»Jung. Kein kleines Mädchen mehr, aber jung. Würde mich überraschen, wenn sie die vierzig schon geknackt hätte. Groß für 'ne Frau, kurze Haare. Sah nett aus. Hatte aber kein nettes Wesen. War sehr schroff zu mir.«

»Können Sie uns sonst noch etwas sagen, Sir? Erinnern Sie sich noch an das Gespräch?«

»Na ja, ich habe ihr gesagt, ich hätte das Mädchen gesehen, nach dem sie gesucht hat. Hatte ich gar nicht, ich hatte die andere gesehen – was haben Sie noch mal gesagt, wie die heißt? Olive? Ich habe ihr gesagt, ich hätte sie mit diesem Abgeordneten auf dem Boot gesehen. Also, ich werde Sie nicht anlügen, als ich da ihr Gesicht gesehen habe, habe ich glatt einen Schritt rückwärts gemacht. Wäre beinahe von dem verdammten Ponton gekippt.«

»Aber Sie haben Olive Anderson definitiv vor nicht allzu langer Zeit im Jachthafen gesehen?«, wollte Garry wissen.

»Definitiv. Sie kommt ziemlich oft mit der Familie, vor allem am Wochenende. Bei schlechtem Wetter nicht so häufig. Die Wellen können hier ganz schön heftig werden. Ich habe sie auch schon allein gesehen. Letzte Woche war sie ungefähr eine Stunde lang hier.«

Garry empfand ein Aufwallen der Erregung. Hatte irgendjemand daran gedacht, auf dem Boot nach Olive zu suchen?

»Fährt sie allein mit dem Boot raus?«, erkundigte sich Lexy.

»Hab ich noch nie gesehen. Nein, das letzte Mal war sie eine Weile unten in der Kajüte. Ich war auf Ponton D und hab die Stromkästen überprüft. Ich habe sie kommen und wieder gehen sehen.« Er richtete sich in seinem Sessel auf. »Gut, dass Sie das geklärt haben. Ich wollte ihr nämlich schon ihren Gummistiefel zurückgeben. Wäre ja ein bisschen schade gewesen, der macht sich gut als Blumentopf. Jetzt bin ich froh, dass ich's nicht getan habe. Sie haben's mir erspart, mich zum Trottel zu machen.«

»Wie bitte, Sir?«, fragte Lexy. »Gummistiefel?«

»Draußen vor der Haustür«, erklärte Hamilton-Minor. »Sie sind auf dem Weg ins Haus dran vorbeigekommen. Ich habe ihn am Strand gefunden, kurz nachdem ich sie zum letzten Mal gesehen habe – die Erste, meine, die, die vor drei Jahren verschwunden ist.«

*Maddy.* Der Stiefel neben der Haustür, der mit den Grasnelken drin, die im Frühling violett blühen würden, hatte Maddy gehört.

»Hat tief im Sand gesteckt, aber ich habe irgendwas glitzern sehen, also habe ich ihn ausgebuddelt.« Hamilton-

Minor redete noch immer. »Ich habe gewusst, dass es ihrer ist, weil ich sie damit gesehen hatte, und na ja, so was sieht man ja nicht oft. Bin davon ausgegangen, dass sie ihn irgendwann im Schlamm verloren hat.«

Lexy erhob sich. »Garry«, sagte sie, »ich glaube, es wird Zeit, dass wir uns mal auf Mr Andersons Boot umsehen.«

# 71

*September, vor drei Jahren*

Es hatte seit Stunden geregnet, als Olive in der Finsternis kurz vor dem Morgengrauen nach Hause kam. Eigentlich war erst September, doch der Herbst im Nordosten konnte kurz und brutal sein und der Winter ihm dicht auf den Fersen. Obendrein hatte der für die kalte Jahreszeit übliche Patientenansturm bereits eingesetzt – die Menschen verletzten sich häufiger, bekamen mehr Infektionskrankheiten, fingen sich die für die Saison typischen Viren ein –, und der Kampf um freie Betten war in vollem Gange. Es war nicht gerade ein leichter Dienst gewesen. Doch in ihrer Wohnung waren genug Lebensmittel für mehrere Tage, sie war mit der Wäsche nicht in Verzug und hatte erst letztes Wochenende ausreichend Pflichtzeit mit ihren Eltern verbracht. Olive brauchte nichts zu tun, außer zu schlafen und zu chillen, bis sie wieder zur Arbeit musste. Sie fand einen Parkplatz, der nicht allzu weit vom

Eingang des Wohnblocks entfernt war, und stellte ihren Wagen ab.

»Olive!«

Die vertraute Stimme, ihr allerliebstes Geräusch auf der ganzen Welt, schnitt durch den Schneesturm. Olive fuhr herum und sah Maddy mit nackten Füßen heranstolpern.

Ohne daran zu denken, wer vielleicht zusah – die Straße war um diese Zeit völlig verlassen, aber trotzdem –, ließ Olive ihre Tasche fallen und stürzte an Maddys Seite. Im krankhaft gelben Schein einer Straßenlaterne sah sie die Schwellungen um Mund und Wangenknochen, das beginnende Hämatom um Maddys linkes Auge, die Platzwunde quer über dem Nasenrücken.

»Ab ins Auto mit dir«, sagte sie. »Die werden uns schnell drannehmen – das ist einer der wenigen Vorteile davon, wenn man jeden in der Notaufnahme kennt.«

»Nein.« Maddy trat einen Schritt zurück. »Mach du das. Ich will, dass du es machst.«

Olive bog Maddys Gesicht ins Licht. »Vielleicht muss das genäht werden, und das geht hier nicht.«

»Na klar geht das. Du hast doch eine Nadel, oder? Ich geh nicht ins Krankenhaus, Olive.«

In der Wohnung säuberte Olive die Wunde, gab Maddy eine Packung Gefriererbsen, die sie auf die Schwellung drücken sollte, und ließ sie Paracetamol schlucken. Sie überprüfte Temperatur, Blutdruck und Sehvermögen – alles normal – und stellte die üblichen Routinefragen in Sachen Medikamente. Erst als sie sicher war, dass die junge Frau nicht in akuter Gefahr war, zog sie ihr die nassen

Kleider aus und steckte sie in ihr eigenes Bett. Allem Anschein nach völlig erschöpft, ließ Maddy sich zurücksinken und schloss die Augen.

»Wer war das?«, fragte Olive, obwohl sie die Antwort bereits kannte.

Keine Antwort.

»Ich weiß, dass du nicht schläfst. Mit einem potenziellen Schädeltrauma darf ich dich auch gar nicht schlafen lassen, du kannst also genauso gut reden. Wer war das, was ist passiert, und wieso darf ich dich nicht in die Notaufnahme bringen? Du wirst eine Narbe behalten, wenn die Platzwunde da nicht genäht wird.«

Maddys Augen blieben geschlossen. »Narben können sexy sein. Deine ist sexy. Dich wird es nicht stören, wenn ich eine Narbe habe.«

»War es Sam?« Natürlich war es Sam.

»Ich bin hingefallen«, sagte Maddy. »Im Studio. Auf Glasscherben.«

»Blödsinn.«

Ihre Augen öffneten sich kurz. »Olive, ich bin völlig fertig. Ich habe seit Mitternacht auf dich gewartet. Lass es gut sein, ja?«

Mitternacht war über sieben Stunden her.

»Ist das schon mal passiert?«, wollte Olive wissen.

Keine Antwort.

Olive fühlte, wie die Wut in ihr anwuchs. »Du redest mit mir, Maddy, oder du redest mit den Ärzten in der Notaufnahme. Und die sind verpflichtet, die Polizei zu verständigen, wenn sie glauben, dass ein Straftatbestand vorliegt. Also, überleg's dir.«

Maddys Augen öffneten sich und enthüllten einen finsteren Blick. »Tyrannin.«

»Ich warte.«

Sie seufzte. »Eigentlich nicht. Schon sehr lange nicht mehr.«

Olive hatte fast von Anfang an gewusst, dass Maddy in einer Beziehung lebte, die von Kontrolle geprägt war, vielleicht auch von Misshandlungen. Sie hätte schon früher etwas unternehmen sollen.

»Also, was ist passiert?«, fragte sie.

Noch ein tiefer Seufzer, dann senkte Maddy den Blick auf die Bettdecke. »Sie glaubt, ich hätte was mit jemand anderem.«

Irgendetwas packte Olives Innerstes. »Sam weiß von mir?«

Ein Kopfschütteln. »Nein, sie denkt, es ist jemand anderes.«

»Und wer?«, fragte Olive, und die Enge tief in ihrem Innern wurde hart und eiskalt. Jemand anderes? *Es gab noch jemand anderes?*

Beinahe scheu blickte Maddy auf, als hätte sie jetzt ein bisschen Angst vor Olive. »Jemand aus der Partei. Ein Freund, das ist alles. Ein Mann, ist das zu glauben? Sie denkt, ich habe was mit einem Kerl.«

Die Partei, das bedeutet die Labour Party. Politik, soziale Gerechtigkeit, Reform – nur ein paar der Dinge, für die Maddy brannte.

»Wie kommt sie denn darauf?«

Aus Maddys besänftigenden Blick wurde ein Starren. »Willst du, dass sie hinter dir her ist? Im Ernst?«

Im Augenblick war das genau das, was Olive wollte. »Oh, ich glaube, ich kann mich schon wehren. Wo ist sie jetzt gerade?« Es war ihr nicht ernst, nicht ganz. Zum einen sollte Maddy nicht allein bleiben, aber Olive war sich verdammt sicher, dass Sam ihr keine Angst machte.

Maddy packte ihre Hand und hielt sie fest. »Nein. Du darfst keinen Aufstand machen. Nicht jetzt. Bitte.«

»Verlass sie«, sagte Olive und war sich darüber im Klaren, dass sie drauf und dran war zu betteln. »Heute noch. Geh nicht zurück. Bleib hier bei mir. Es ist mir egal, wer über uns Bescheid weiß. Das Einzige, was zählt, bist du.«

»Bald. Ich versprech's. Bald ist es so weit.«


## 72


Das Boot der Andersons war eine Zwölf-Meter-Jacht namens *Dora* aus der Hanse-Bauserie und lag mit der Backbordseite zum Land am Ponton C, drei Liegeplätze von dessen Ende entfernt. Während Lexy sich dicht hinter ihm hielt, öffnete Garry das Hauptschott im Cockpit mit dem Schlüssel, den ihnen der Hafenmeister ausgehändigt hatte – nach langem Überreden und erst, als Lexy ihm sehr deutlich klargemacht hatte, dass sie nach einer gefährdeten Vermissten suchten, die sich vielleicht, ganz vielleicht auf einem der Boote in seinem Jachthafen befinden könnte.

Besagter Hafenmeister hatte darauf bestanden, dass sie selbst für den kurzen Fußweg den Ponton hinunter

Schwimmwesten anzogen, und als Garry kurz zurückschaute, konnte er ein Fernglas blinken sehen. Der Mann im Büro beobachtete sie, und das störte Garry nicht. Der Ponton, dazu gedacht, sich mit den Gezeiten zu heben und zu senken, war bei starkem Wind genau das Gegenteil von stabil. Das Holz unter ihren Füßen war nass und hier und dort von Seetang bedeckt, und sollten sie ausrutschen, war er nicht sicher, ob er sie beide ohne Hilfe aus dem Wasser kriegen könnte. Hamilton-Minor war klugerweise in sein Haus zurückgekehrt.

Als sie das Boot erreichten, fror Garry heftiger bisher als an diesem Abend, was bedeutete, dass Lexy ebenfalls kalt war. Und um ihre Kerntemperatur war es von Anfang an nicht zum Besten bestellt gewesen.

»Wir können nicht lange hierbleiben«, sagte er, nachdem sie sich auf dem Boot umgesehen und nichts gefunden hatten, was sie weiterbrachte. Die Jacht hatte einen weißen Fiberglas-Rumpf und war innen mit Kirschholz getäfelt. Außerdem hatte sie drei kleine Kabinen und eine mittlere Kajüte mit einem Tisch, gepolsterten Bänken und winziger Küchenzeile. Kombüse, so sollte er das wohl nennen. Hinter einer letzten Tür war eine Toilette, und er hatte so ein Gefühl, dass es für die auch einen nautischen Fachbegriff gab. Doch er erinnerte sich schon wieder daran, dass er seekrank geworden war, als er sich das letzte Mal auf einem Boot aufgehalten hatte. Und die Art und Weise, wie dieses hier schaukelte, sagte ihm überhaupt nicht zu.

Lexy lehnte sich gegen den Kartentisch. Ihr Gesicht war blass geworden, und ihre Hände, noch immer ohne

Handschuhe, zitterten. Ihr Kiefer war verspannt, weil sie die Zähne zusammenbiss, damit sie nicht klapperten.

»Es ist zu kalt«, fuhr Garry fort. »Und Sie sehen schon wieder richtig krank aus.«

Eine Windböe ließ das Boot an seinen Tauen zerren. Garry konnte hören, wie die Fender an der Seite des Pontons scheuerten.

»Es geht schon«, versicherte Lexy beharrlich und quetschte sich dann auf eine der Bänke. »Also, wir haben heute Abend eigentlich ziemlich viel herausgefunden.«

»Ach ja?« Wenn das, was sie bisher in Erfahrung gebracht hatten, irgendeinen Sinn ergab, so konnte er ihn nicht erkennen.

»Dank der Tatsache, dass Sie mehr so der sensible Typ sind, wissen wir, dass Anderson etwas mit einer Frau zu tun hatte, die schon vor einiger Zeit verschwunden ist.«

»Maddy«, sagte Garry, um zu zeigen, dass er mitkam. »Eine Lesbe, die möglicherweise in einer missbräuchlichen Beziehung gelebt hat und deren Ehefrau Samantha Elliott anfangs verdächtigt wurde.«

»Laut dem Vorsitzenden des hiesigen Labour-Party-Landesverbandes waren Maddy und Anderson enger miteinander, als sie hätten sein sollen«, fuhr Lexy fort.

»Und Maddys Partnerin Samantha ist vermutlich im Wahlkreisbüro aufgeschlagen, nachdem sie verschwunden ist, und hat Michael beschuldigt, sie weggezaubert zu haben.«

»Gut, das hatte ich vergessen. Und Eloise war damals dabei. Und was am allerbesten ist, wir haben die Bestätigung, dass Maddy am 3. November hier im Jachthafen gesehen worden ist, zwei Tage nachdem sie das letzte Mal in ihrem Studio angetroffen wurde. Das hat Lord Durchgeknallt den Kollegen aus Northumbria auch gesagt, aber weil er kein genaues Datum nennen konnte und weil er, na ja, so ist, wie er eben ist, haben sie ihn nicht ernst genommen. Wenn Sie ihm nicht mit Ihren astronomischen Kenntnissen Starthilfe gegeben hätten, wären wir jetzt auch nicht weiter.«

Garry setzte sich Lexy gegenüber und bemerkte, dass ihr Gesicht eine merkwürdige wächserne Farbe angenommen hatte.

»Ist ja schon ideal für ein verbotenes Rendezvous.« Lexys Blick wanderte zur Hauptkabine im Bug des Bootes. Sie war größer als die beiden am Heck, und den meisten Platz nahm darin ein großes dreieckiges Bett ein. »Weit weg von Giusborough und hier ist nicht viel los, vor allem abends und im Winter. Das hier könnte durchaus Andersons Bumsschuppen sein.« Sie schauderte. »Na ja, sieht ja schon verdammt verlockend aus.«

Viel Platz zum Manövrieren wäre hier nicht. Garry könnte da drin kaum aufrecht stehen, und Anderson war so groß wie er. Und war das im Moment wirklich wichtig?

»Sie können Ihr gesamtes Kleingeld darauf wetten, dass der Hafenmeister Anderson bereits angerufen hat. Uns auf dem Boot umzusehen, können wir rechtfertigen, die Nacht hier zu verbringen, eher weniger.«

Sich etwas Heißes zum Trinken zu machen, ging wahrscheinlich auch nicht.

»Und außerdem«, fuhr er fort, »ist Maddy hier mit Michael und Eloise aufgekreuzt, wenn Lord Durchgeknallt recht hat. Sie war eine Freundin der Familie.«

»Aber am letzten Tag ist keiner von den beiden gesehen worden«, wandte Lexy ein. »Maddy könnte allein hier gewesen sein.«

»Dann wäre sie nicht in das Boot reingekommen«, gab Garry zu bedenken. Der Hafenmeister hatte sehr deutlich gemacht, dass die Bootsschlüssel nur mit ausdrücklicher schriftlicher Genehmigung der Besitzer herausgegeben wurden und dass derlei stets dokumentiert wurde. Der Schlüssel der Andersons war in jenem November überhaupt nicht ausgegeben worden.

»Wie dem auch sei, Maddy verschwindet, Eloise hört um dieselbe Zeit auf zu segeln, und ihre Mutter sagt, dass ihr irgendetwas zu schaffen gemacht hat. Kriegen Sie allmählich auch den Eindruck, dass ihr etwas zugestoßen ist?«

»Was glauben Sie, wer diese andere Frau war? Die, die letzten Oktober hier war und nach Maddy gesucht hat? Könnte das Samantha gewesen sein, ihre Frau?«

»Wenn sie es war, dann glaubt sie jetzt dank Lord Durchgeknallt, dass ihre verschollene Ehefrau noch am Leben ist.«

»Was für ein Durcheinander.«

Lexy antwortete nicht. Sie sah nicht aus, als wäre sie anderer Meinung.

»Warum war Olive also allein hier?«

»Zeit für sich?«, schlug Lexy vor.

»Ganz schön weiter Weg für so was.«

»Hat nach etwas gesucht?«

»Hat etwas versteckt?«, konterte er.

»Wir kommen hier nicht wirklich weiter, oder?«

»Nein«, pflichtete er ihr bei.

Lexy ließ den Kopf mit einem dumpfen Knall auf die Tischplatte fallen. Das musste wehgetan haben. Einen Moment lang fürchtete Garry, sie sei ohnmächtig geworden. Er streckte die Hand aus, berührte sie seitlich am Kopf.

»Lexy?« Ihr Haar war unfassbar weich.

Sie blickte auf. »Tun Sie mir einen Gefallen, Garry. Finden Sie raus, ob diese Samantha noch immer an derselben Adresse in Whitley wohnt. Das kann ja nicht allzu weit weg sein.«

Garry war sich nicht sicher, ob ihm die Richtung gefiel, die das hier nahm, doch er antwortete: »Kein Problem. Und was machen Sie?«

Sie ließ sich zur Seite sinken, verschwand hinter dem Tisch und rollte sich auf der Bank zusammen. »Ich mach kurz ein Nickerchen. Wecken Sie mich, wenn Sie's wissen.«

»O nein, das tun Sie nicht.« Er beugte sich über den Tisch, packte sie unter den Armen und zerrte an ihr. »Kommen Sie, hoch mit Ihnen. Ich bringe Sie irgendwohin ins Warme. Hier drin ist es saukalt. Kommen Sie schon, Lexy, ich mein's ernst.«

Garry zog sie auf die Füße und schob sie den Niedergang hinauf und ins Cockpit. Während sie auf einen der feuchten Sitze dort sackte, schloss er das Schott ab. Er legte einen Arm um sie, als sie sich den Ponton entlang auf den Rückweg machten. Erst als sie wieder in seinem Auto saßen und die Heizung auf vollen Touren lief, sagte er wieder etwas.

»Ich rufe in dem Premier Inn an und frage, ob die zwei Zimmer haben. Nein, ich frage nach einem Doppelzimmer, ich glaube nämlich nicht, dass Sie allein sein sollten. Heute Nacht können Sie doch nichts weiter unternehmen.«

»Wir fahren nach Whitley Bay. Zwischen Maddy und Olive gibt es irgendeine Verbindung.«

»Lexy, ich weiß, wie Unterkühlung aussieht, und Sie sind verdammt nahe dran.«

»Wow.« Sie sah ihn mit ihren großen blauen Augen an. »Was?«

»Ich hab Sie dazu gebracht zu fluchen.«

Genau jetzt wäre es das Leichteste der Welt, sich vorzubeugen und sie zu küssen. Und das Allerschlimmste, was er tun könnte.

»Sie fluchen nie«, sagte sie. »Das ist auch etwas, was man mir über Sie gesagt hat.«

»Tja, also, jetzt tu ich's.« Er fuhr los. »Premier Inn. Was Anständiges zu essen, ein warmes Bett, und ich werde nicht anbieten, Körperwärme zu spenden, weil, ob Sie's glauben oder nicht, das hier ist nicht meine Vorstellung von einem romantischen Date.«

Er rechnete damit, dass sie widersprach, doch ihm reichte es. Sergeant oder nicht, er war nicht im Dienst, man hatte ihn gewarnt, die Finger von den Ermittlungen zu lassen, und das hier war sein Auto. Selbst Lexy konnte ihn nicht zwingen, heute Abend noch weiterzufahren.

Doch sie widersprach nicht, und es dauerte nur fünf Minuten, um den Jachthafen herumzufahren und einen freien Platz auf dem Parkplatz des Hotels zu finden.

»Ich hab eine Tasche im Kofferraum«, sagte er. »Sekunde.« Er ging zum Kofferraum und öffnete ihn. »Ach du Schande.«

»Was denn?« Lexy war ihm gefolgt.

Garry starrte die Sporttasche an, die er mit warmer Kleidung gefüllt hatte. »Sie werden mich umbringen.«

»Das bezweifele ich, aber was ist los?«

»Ich habe vorhin Olives Sporttasche gefunden. In ihrem Spind im Krankenhaus. Ich wollte es Ihnen sagen, wenn Sie anrufen, aber dann haben Sie nicht angerufen. Und dann doch, und da saßen Sie ziemlich in der Patsche, und ich hab nicht mehr daran gedacht.«

»Haben Sie reingeschaut?«

»Nur ganz kurz. Ich weiß, das Ding muss offiziell in die Asservatenkammer eingecheckt werden, also hab ich es gelassen, wo es war. Aber die Sache ist die ...«

»Was?«

Garry zog sein Handy hervor und rief das Foto auf, das er vorhin gemacht hatte. Olives Schlüsselanhänger. An dem Ring war ein Glasanhänger befestigt, der einen Olivenzweig darstellte. Es war ein wunderschönes Stück, eindeutig keine Massenware.

»Ich glaube, das hier hat Maddy gemacht. Erinnern Sie sich noch an die Glasperlen an dem Gummistiefel? Sie war Glaskünstlerin und Malerin. Ich glaube, Sie und Olive haben einander gekannt.«

»Sie haben recht, ich bringe Sie um. Langsam und qualvoll.«

»Tut mir leid.«

»Sind da frische Klamotten in Ihrer Tasche?«

Verdattert wegen des Themenwechsels nickte er. »Für den Fall, dass Sie nass wären. Sind Sie ja auch. Sie können sich umziehen, wenn wir im Hotel sind.«

»Ich ziehe mich im Auto um«, erwiderte sie. »Wir fahren nach Whitley Bay.«

## 73

*Oktober, vor drei Jahren*

Olive kam vom Duschen zurück und sah Maddy vor ihrer Kommode stehen. Die oberste Schublade, in der Olive ihre Unterwäsche aufbewahrte, war ein kleines Stück offen, und Maddy hielt etwas in der Hand.

»Tee«, verkündete Olive lauter als nötig. Maddy fuhr zusammen und drehte sich um. In der einen Hand hielt sie ein Blatt Papier, und Olive wusste sofort, was es war. Sie stellte ihren Becher auf den Nachttisch und überlegte, wie sie das hier handhaben sollte. Nie hätte sie Maddy für eine Schnüfflerin gehalten, doch sie war ja auch noch nie allein in Olives Wohnung gewesen. Ihre gemeinsame Zeit war so kostbar. Niemals würde Olive sie freiwillig allein lassen.

Anstatt sich zu entschuldigen – Maddy entschuldigte sich nie –, hielt sie Olive den Brief hin. »Hattest du vor, das hier irgendwann zu erwähnen?«

Olive spürte, wie Ärger in ihr hochstieg. Maddy behielt so viel von ihrem Leben für sich, verheimlichte es sogar, aber Olive musste sie wegen allem und jedem fragen? Ganz bewusst ging sie an ihr vorbei und stellte den anderen Becher auf Maddys Seite des Bettes ab, bevor sie die Schublade schloss. Sie würde sie gleich wieder öffnen müssen, um sich anzuziehen, doch das schien ein wichtiges Argument zu sein. Maddy sollte nicht herumschnüffeln.

»Warum hast du's mir nicht gesagt?«, fragte Maddy.

»Hab ich doch.« Olive drehte ihr weiter den Rücken zu. »An dem Abend, als wir uns kennengelernt haben, habe ich gesagt, dass ich nicht mehr lange in der Army sein würde.«

»Du hast aber nicht gesagt, dass es so bald sein würde. Hier steht August.«

»In zehn Monaten ist ja wohl kaum bald.«

Der Brief, auf den Maddy gestoßen war, den sie gestern Abend eilig versteckt hatte, war die offizielle Bestätigung der Army von Olives Kündigung. Nach den Bedingungen ihres Vertrages hatte sie noch zehn Monate zu dienen.

»Ist es meinetwegen?«, wollte Maddy wissen. »Tust du das für mich?«

Jetzt verkrampfte sich in Olives Innerem alles. »Wäre das ein Problem? Du sagst andauernd, wir werden zusammen sein, dass ich deine Zukunft bin. Wie soll das gehen, wenn ich monatelang außer Landes bin?«

Maddy machte den Mund auf, schien sich eines Besseren zu besinnen und drängte sich stattdessen an Olive vorbei ins Wohnzimmer. Olive widerstand der Versuchung, ihr zu folgen, und zog sich an. Ganz langsam. Zehn Minuten verstrichen, bevor sie zu Maddy ins Wohnzimmer ging, die direkt vor dem Fenster stand und auf das regennasse Newcastle hinausblickte.

»Was soll das eigentlich?«, erkundigte sich Olive und reichte ihr den vernachlässigten Teebecher.

»Ich mag den Gedanken nicht, dass du Opfer für mich bringst.«

»Wieso nicht? Geht es beim Verliebtsein nicht genau darum?«

Maddy streckte die Hand aus, um die beschlagene Fensterscheibe abzuwischen. »Ich bin nicht die Frau, für die du mich hältst, Olive.«

In dem nunmehr sauberen Fensterglas konnte Olive Maddys Gesicht sehen. »Was heißt das?«

Maddy zuckte ganz leicht die Schultern. »Ich verdiene keine Opfer, schon gar keine wichtigen.«

Olive wünschte, Maddy würde sie ansehen. Sie ließ sich Zeit mit der Antwort. »Ist das nicht meine Entscheidung?«

»Es wäre deine, wenn du alle Fakten kennen würdest. Tust du aber nicht.«

»Dann klär mich auf.«

Maddy holte tief Luft, als wappne sie sich für etwas Unerfreuliches. »Es gibt Seiten an mir, die dir nicht gefallen werden.«

»Das sehe ich. Die, die ich jetzt sehe, gefällt mir nicht. In meinem Schlafzimmer rumstöbern und dann versuchen, mich irre zu machen, weil ich beim Organisieren meines Lebens an uns beide denke.«

»Das tue ich doch gar nicht.« Maddys Augen schimmerten, eine Träne drohte überzulaufen. Olive hatte die Frau, die sie liebte, schon in vielen Stimmungen erlebt. In dieser noch nie.

»Was tust du dann?«

Maddy schüttelte den Kopf, und ihre Unterlippe begann zu zittern.

»Maddy, ich habe mehr Frauen gesehen, die von ihren Partnern kontrolliert und misshandelt worden, als du dir vorstellen kannst.« Zum ersten Mal fragte sich Olive, ob sie vielleicht gerade selbst zu einer dieser Frauen wurde: Maddy gab in ihrer Beziehung eindeutig den Ton an. »Die haben alle ihre Geschichten, sie haben alle einen Grund, nicht wegzugehen, und sie finden alle jede Menge Ausreden, warum sie die Hilfe nicht annehmen können, die ihnen angeboten wird. Du bist vieles, Maddy, und das meiste davon ist toll. Als Klischee habe ich dich noch nie betrachtet.«

Maddy fuhr zu ihr herum. »Komm mir ja nicht so! Du hast keine Ahnung, was ich durchmache, damit wir beide zusammen sein können.« Sie rammte Olive den Finger gegen die Brust, heftig und schmerzhaft. »Keine. Verschissene. Ahnung.«

Maddy holte noch einmal tief Luft, dann machte sie kehrt und floh aus dem Zimmer. Keine Minute später verließ sie die Wohnung.

Eine Woche verging, bevor sie sich wiedersahen. Diesmal bestand Maddy darauf, dass Olive und sie sich in einem nahe gelegenen Park trafen, obwohl das Wetter seit Tagen nass und kalt war. Überzeugt, dass sie den Laufpass bekommen würde, wäre Olive beinahe nicht hingegangen, und der unerwartet dichte Verkehr führte dazu, dass sie eine Viertelstunde zu spät dran war. Zu ihrer Überraschung wartete Maddy noch immer, eine winzige Gestalt auf einer Bank unter einer schützenden Eiche. Sie trug einen leuchtend gelben Regenmantel und diese albernen blauen Gummistiefel, die sie selbst dekoriert hatte. Als sie Olive näher kommen sah, hob sie den Kopf und lächelte. Ein trauriges Lächeln.

*Gleich wird mir das Herz gebrochen,* dachte Olive und ließ sich diskret auf die Wange küssen.

»Es tut mir leid«, flüsterte Maddy.

*Natürlich tut es dir leid,* dachte Olive. *Du bist ja kein schlechter Mensch. Du bist nur … du.*

Maddy ergriff Olives Hände. Ohne sich darum zu scheren, wer vielleicht zusah, ließ Olive es zu. »Ich möchte dir etwas versprechen, Olive, und dafür musst du mir dann auch etwas versprechen. Wenn du das nicht kannst, verstehe ich's, aber ohne das geht es nicht.«

Es schüttete. Olive fühlte, wie ihr der Regen in den Kragen lief und den Nacken hinunterrann, konnte die Tropfen von Maddys Kapuze abprallen sehen. »Ich verstehe nicht.«

»Ich zuerst.« Maddys Hände waren nass und kalt. »Wenn wir zusammen sind – richtig zusammen, meine ich, und uns nicht nur gelegentlich treffen, so wie jetzt –, dann werde ich tun, was ich kann, um der Mensch zu sein, den du verdienst. Ich werde mir solche Mühe geben zu sein, wofür du mich hältst. Ich werde mich ändern, Olive. Ich werde besser sein.«

Olive verlor die Übersicht über die widerstreitenden Gefühle, die durch sie hindurchfluteten. Freude, weil Maddy nicht mit ihr Schluss machte. Verwirrung, denn wovon in aller Welt redete sie überhaupt, Maddy war doch mit Abstand der wundervollste Mensch aller Zeiten. Und unter all dem eine tiefe, unerklärliche Furcht. Sie war im Begriff, etwas zu erfahren, was ihre Welt auf den Kopf stellen könnte.

»Und was verspreche ich?«, fragte sie.

»Dass du mir verzeihst«, antwortete Maddy.

## 74

Das Cottage in Whitley Bay stand unter einer überhängenden Klippe, einen knappen Kilometer vom nördlichen Stadtrand entfernt. Es hatte einen Nachbarn, ein identisches Haus. Zusammen bildeten sie eine kurze, verwitterte Häuserzeile. Das Meer war hinter ein paar Hecken außer Sicht, als Garry anhielt, doch er konnte das Murmeln der Wellen hören, die sich an einem langen, flachen Ufer brachen, und die Schreie der Seevögel, die von dem Sturm aufgescheucht worden waren. Als er das Fenster ein paar Zentimeter herunterließ, konnte er die durchdringenden, faulig-schlammigen Ausdünstungen eines Flusses riechen, der bei Niedrigwasser ins Meer floss, und einen Moment lang wünschte er – nicht zum ersten Mal –, sie säßen beide wohlbehalten in dem Premier Inn.

Lexys Handy gab ein Signal von sich und schreckte ihn auf. Während der Fahrt hatte sie auf dem Revier angerufen und veranlasst, dass Olives Sporttasche abgeholt, durchsucht und in die Asservatenkammer gebracht wurde. Sie erwartete einen Anruf, sobald klar war, was die Tasche enthielt.

Jetzt schüttelte sie den Kopf. »Mein Dad«, sagte sie und drückte den Anruf weg. Er wusste praktisch nichts über Lexy, begriff Garry, und doch hatte sie in kurzer Zeit so viel über ihn in Erfahrung gebracht. Detective versus Verkehrspolizist, das würde nie ein fairer Wettstreit sein.

Im Dunkeln war unmöglich zu erkennen, ob die Klippe eine natürliche Höhlung aufwies oder diese irgendwann einmal durch Steinbruch- oder Tagebauarbeiten entstanden war. So oder so, sie wölbte sich wie eine überfütterte Schlange um die beiden Häuschen. Die Fenster waren klein und mit schweren Fensterläden versehen, die Haustüren waren schmal und die herabgezogenen Dächer mit Schiefer gedeckt. Da drinnen gab es sicher nur sehr wenig Tageslicht. Garry hätte nicht erwartet, dass eine Künstlerin in so einem Haus wohnte.

Ein Nissan Leaf parkte vor Cottage Nr. 1. In Nr. 2, dem Haus von Samantha Elliott, brannte nirgends Licht hinter den Fenstern, und keiner der Vorhänge war zugezogen.

»Ich habe wirklich gedacht, wir würden Olive hier finden.« Lexy klang niedergeschlagen. »Ich dachte, wir haben es.«

»Sieht aus, als wäre Elliott auch nicht zu Hause. Sie bleiben im Auto. Ich schaue mich mal um.«

»Garry.« Jetzt hörte sich Lexy müde an. »Ich bin Ihre Vorgesetzte, nicht Ihre betagte Mutter, und ich brauche keinen Aufpasser.«

Ohne ein weiteres Wort stieg sie aus. Garry folgte ihr und öffnete den Kofferraum, um seine Taschenlampe herauszuholen. Lexy hatte bereits ihre Handylampe eingeschaltet, doch der schwache Strahl reichte nicht weit.

»Entschuldigung«, sagte sie, als er sie einholte. »Ich weiß, ich bin Ihnen mächtig was schuldig, aber Sie müssen mich meinen Job machen lassen.«

»Lassen Sie bloß meine Mum nicht hören, dass Sie sie als betagt bezeichnen, sonst können Sie das Weihnachtsessen abschreiben.«

Lexy verkündete mit dem gusseisernen Klopfer ihre Anwesenheit, und beide lauschten angespannt. Kein anderer Laut als das unablässige Branden der Wellen ein kurzes Stück entfernt und das Heulen des Windes oben am Rand der Klippe.

Garry trat zurück und betrachtete das Cottage von oben bis unten. Er hätte darauf gewettet, dass es leer war.

»Ich schau mich mal hinten um«, sagte er. »Es sei denn, Sie wollen das machen, Sarge.«

»Gehen Sie nur. Ich versuch's mal nebenan.«

Sie trennten sich, und Garry suchte sich einen Weg um das Haus herum. Ein lautes Klopfen ließ ihn zusammenzucken, dann wurde ihm klar, dass das bestimmt Lexy war, die versuchte, die Leute in dem anderen Cottage auf sich aufmerksam zu machen. In einem hohen Gartenzaun entdeckte er ein Tor, das nicht abgeschlossen war. Er drückte es auf und ließ es offen stehen, es schadete ja nie, einen brauchbaren Fluchtweg zu haben. Besonders fantasiebegabt war er nicht – wahrscheinlich hatte er es deswegen nie zum Detective gebracht –, doch er wusste, dass ihm dieser Ort hier nicht gefiel.

Einmal durch das Tor, leuchtete Garry mit der Taschenlampe in einem ungefähr fünfzehn Quadratmeter großen Hofgarten umher. Irgendwer hatte sich Mühe gegeben und Blumenkübel bepflanzt, allerdings hatte der oder die Betreffende eine schlechte Wahl getroffen. Terrakottatöpfe sprangen bei Frost, und hier war seit Monaten nicht mehr gegossen worden. Ein paar hölzerne Gartenstühle und ein kleiner Tisch standen nahe beim Haus, alle dick mit Moos bewachsen. In der hinteren linken Ecke des Gartens befand sich ein Schuppen, größer als der in seinem Schrebergarten.

Der Wind wehte Stimmen zu ihm herüber – Lexy sprach mit den Nachbarn –, und das Wissen, dass es ganz in der Nähe Leben gab, verlieh ihm den Mut, von dem er bis jetzt gar nicht gewusst hatte, dass er ihn brauchte. Irgendetwas zog ihn zu dem Schuppen hin. Er war mit einem Vorhängeschloss gesichert, doch der Bügel war dünn. Er sah sich um, erblickte eine liegen gelassene Handharke aus Metall auf dem Boden und knackte den Bügel mit einer der Zinken. Dann wappnete er sich und zog die Schuppentür auf.

Leinwände in verschiedenen Größen lehnten an der Wand, und ein unordentliches Gemenge aus alten Farbdosen, Eimern und Gläsern bedeckte den Boden. Garry trat ein und fühlte, wie irgendetwas Zerbrechliches unter seinen Füßen knirschte. Glasscherben in allen Farben lagen auf dem Boden, als hätte jemand in einem Wutanfall irgendetwas dort hingeknallt und sich dann nicht die Mühe gemacht, sauber zu machen. Es roch nach alter Farbe und Terpentin.

Neugierig auf Maddys Arbeit ging Garry zum nächsten Stapel Leinwände und hob eine an. Ein Porträt eines Mannes in der Kleidung des 17. Jahrhunderts, der in einem hochlehnigen Ohrensessel saß und den Maler wehmütig anstarrte. Unter dem Kinn hielt er eine Geige, seine Linke krallte sich um die Saiten. Sein Gewand war von einem satten Dunkelblau und die Federmütze auf seinem Kopf von leuchtendem Gold. Der Hintergrund war dunkel, das Licht fiel im Stil der alten Meister auf die Haut des Mannes und auf das Gold seiner Mütze.

Eine Hand legte sich auf Garrys Schulter, und er ließ die Leinwand mit einem Knall wieder gegen die Wand kippen.

»Mann!« Lexy trat einen Schritt zurück. »Ganz schön schreckhaft.«

»'tschuldigung.« Garrys Nerven vibrierten. »Ich find's hier echt gruselig.«

»Ein netter Vorstadtbungalow ist das nicht, so viel ist sicher. Ist das eins von Maddys Bildern?«

Sie betrachtete das Porträt etliche Sekunden lang, während Garry Bild und Lampe hielt.

»Nicht das, was ich erwartet habe«, stellte sie fest. »Erscheint mir zu traditionell. Ein bisschen bieder.«

»Schauen Sie genauer hin«, wie Garry sie an.

Lexy hockte sich hin und tat wie geheißen. »Er hat Tattoos«, sagte sie. »Auf den Fingerknöcheln. Ziemlich modern.«

Es waren die Tattoos gewesen, die Garry zuerst aufgefallen waren. Schlichte, vollendete Strichbilder: eine Blume, ein Schiff, eine Palme, zwei gekreuzte Pfeile.

»Sehen Sie sich die Geige an«, sagte er und sah zu, wie ein Lächeln ihr Gesicht weicher machte.

»Kunst ist … Was steht da?« Ihr Finger streckte sich vor, berührte fast das Graffito auf der blanken Holzoberfläche der Violine.

»Kunst ist alles, womit du durchkommst«, antwortete Garry. »Ein Andy-Warhol-Zitat.«

Lexy trat als Erste wieder ins Freie. »Nebenan wohnt ein junges Paar«, berichtete sie. »Sie glauben, Elliott ist nicht da, aber das ist nichts Ungewöhnliches, das kommt oft vor. Über Maddy können sie mir nichts sagen, weil sie erst hier eingezogen sind, nachdem sie verschwunden ist. Ich habe ihnen ein Bild von Olive gezeigt, aber sie können sich nicht erinnern, sie je gesehen zu haben.«

An der hinteren Hauswand leuchtete Garry in das größere der beiden Fenster und konnte einen Herd, gefliese Arbeitsflächen und ein Regal mit Töpfen sehen.

»Verschwunden, aber nicht vergessen.« Lexy stupste ihn gegen den Arm. Er folgte ihrem Blick und sah eine Reihe Früchte und Gemüse im Fenster hängen, wo sie das wenige Licht einfangen würden, das der Garten abbekam. Alle perfekt, alle aus Glas.

»Wir müssen da rein«, sagte er.

»Das geht nicht.«

Garry trat zur Seite, vor das kleinere Fenster. »Schauen Sie sich das mal an, Sarge.« Es war ein Milchglasfenster, ungefähr anderthalb Meter über dem Boden. »Die Farbe da am Rahmen. Sieht das nicht aus, als wäre das Fenster möglicherweise aufgehebelt worden?«

»Sie glauben, jemand ist hier eingebrochen?« Lexy zog sich den Ärmel über die Hand und versuchte, das Fenster aufzudrücken. Es bewegte sich nicht.

»Es ist von innen wieder zugemacht worden«, sagte Garry. »Was bedeutete, dass der- oder diejenige entweder durch die Haustür raus oder noch da drin ist. Wir müssen da rein«, wiederholte er.

Sogar er wusste, dass es vom Gesetz her erlaubt war, sich

mit Gewalt Zutritt zu einer Privatwohnung zu verschaffen, wenn es einen überzeugenden Grund zu der Annahme gab, dass darin jemand in Gefahr war.

»Ich bin schon in den Schuppen eingebrochen«, gestand er.

Lexy schien darüber nachzudenken. »Wie viel Schaden wird das anrichten?«

»Vorn geht's besser«, sagte er. »Haben Sie Handschuhe dabei?«

Während er voranging, zog Garry seine Brieftasche aus der Tasche und holte seine Supermarktkarte heraus. Er hatte bereits gesehen, dass das Cottage sowohl ein Riegel- als auch ein Sicherheitsschloss hatte. Wenn er recht hatte, würde das Riegelschloss nicht eingerastet sein.

Er hatte recht. Es dauerte keine zehn Sekunden, die Karte zwischen Tür und Rahmen zu schieben, um den Schließmechanismus zurückzudrücken.

»Unser Eindringling hat versucht, seine oder ihre Spuren zu verwischen«, sagte er, als er die Tür aufdrückte. »Hat das Badezimmerfenster zugemacht und ist dann durch die Haustür raus. Aber ohne Schlüssel konnte er sie nicht abschließen.«

»Ich weiß nicht, ob ich beeindruckt oder erschrocken sein soll«, bemerkte Lexy.

»Wenn man zu so vielen Einbrüchen gerufen worden ist wie ich, dann merkt man sich das eine oder andere.« Er zog die Einmalhandschuhe an, die Lexy ihm reichte, und knipste das Deckenlicht an.

Die Haustür führte direkt ins Wohnzimmer. Als ein Windstoß hinter ihnen hereinfauchte, stieg eine kleine

Aschewolke aus dem leeren Kamin auf und hing in der Luft. Lexy machte die Tür zu. Es war kalt in dem Cottage, als wäre die Heizung schon seit einiger Zeit aus gewesen.

Im Wohnzimmer standen zwei Sessel, ein kleines Sofa, Bücherregale, ein Fernseher, ein paar Beistelltischchen und einige Lampen. Nichts Ungewöhnliches und ganz sicher keine offensichtlichen Einbruchsspuren. Kein Gefühl, dass eine dritte Person im Haus war. Trotzdem befahl Garry sich, wachsam zu sein.

»Ich gehe nach oben«, verkündete Lexy.

Garry öffnete den Mund und bremste sich gerade noch rechtzeitig. Sie war sein Boss, nicht seine Mum. Und außerdem, das lernte er allmählich, wurde sie unwirsch, wenn sie müde war.

»Seien Sie vorsichtig«, konnte er sich nicht verkneifen, als sie an der Treppe war. »Nie irgendwelchen Schranktüren den Rücken zukehren.«

Garry war sich Lexys Schritte über seinem Kopf sehr bewusst, während er das Erdgeschoss überprüfte und überall Spuren von Maddy fand. Im Badezimmer hing ein Bild von Badenden im Stil eines Monet-Gemäldes, allerdings tollten sie mit modernen Schwimmbrillen und in Neoprenanzügen in einem Seerosenteich umher. Dekorative Glasbilder hingen in allen Fenstern. Vor allem aber lächelte Maddy ihn aus zahlreichen Fotos an, die im Wohnzimmer verteilt waren. Auf dem Kaminsims nahm eins den Ehrenplatz ein: Maddy am Strand, in denselben blauen Gummistiefeln, von denen sie einen im Jachthafen von Hartlepool gesehen hatten. Sie stand neben einer hochgewachsenen jungen Frau mit kurzem dunklem Haar in einer weiten Tweedjacke.

Garry empfand einen Augenblick lang tiefe Trauer um eine Frau, der er nie begegnet war. Der Stiefel, der in Hartlepool aus dem Schlamm gezogen worden war, bedeutete wahrscheinlich, dass Maddy tot war.

Und dann sah er, was ihm geradewegs ins Gesicht starrte.

»Garry, können Sie mal raufkommen?«

Er stieg die schmale Treppe mit der niedrigen Decke hinauf. Ein Tau war an einer Wand befestigt und diente als Geländer.

»Hier drin.«

Lexy stand in einem kompakten Büro, ordentlich bis auf den Papierkorb, der umgekippt war und seinen Inhalt – hauptsächlich Papier – über den Teppich verstreut hatte. An einer Wand war eine große Korkpinnwand mit Zetteln, Karten und Fotos bedeckt, meist Bilder von Maddy.

»Was gibt's, Boss?«, fragte er.

Ein Zusammenkneifen der Augen zeigte ihm, dass sie den Seitenhieb registriert hatte. »Hab ein paar Dinge über unsere Freundin Mrs Elliott herausgefunden.« Sie trat zur Seite, damit er den Schreibtisch sehen konnte. »Eine Art Amateurspionin.«

Auf der großen Schreibunterlage vor dem Bildschirm eines Desktopcomputers lag ein Stapel Bücher über forensische Informatik, darunter auch eins mit dem Titel *Die Geheimnisse deiner Endgeräte*. Garry schob eins zur Seite und sah drei Worte, die mit der Hand auf das Löschpapier der Schreibunterlage geschrieben worden waren: *Richter, Balken, begeistert.*

»Und dann ist da noch das hier.« Lexy hielt ein Blatt Papier hoch, das mit winzig kleiner Schrift bedeckt war.

»Die Gebrauchsanweisung für eine Kamera, mit der man heimlich Videoaufnahmen machen kann. Der Karton war im Papierkorb. Die Kamera kann ich nicht finden.«

Garrys Fuß stieß gegen den umgekippten Papierkorb. »Waren Sie das?« Er deutete mit dem Kinn auf das Durcheinander auf dem Boden.

»Nein. Ich hab's so vorgefunden. Also, wem hat sie nachspioniert?«

»Ich habe noch eine andere Frage für Sie. Kommen Sie wieder nach unten.«

Im Wohnzimmer führte Garry Lexy zu dem Foto von Maddy und der hochgewachsenen Frau am Strand.

»Schauen Sie sich die Jacke an«, sagte er und zeigte auf die Tweedjacke, die die andere Frau trug. »Sieht das für Sie aus wie das, was die Person anhatte, die Olive aus dem Hotel in Hexham gefolgt ist?«

Lexy nickte bedächtig. »Das ist definitiv Samantha Elliott«, verkündete sie. »Im Schlafzimmer war ein Bild von ihr und Maddy. Sehr viel intimer als dieses hier.«

»Also hat Olive das Hotel in Hexham mit Elliott verlassen«, meinte Garry. »Wo immer sie jetzt ist, Olive ist mit dieser Frau zusammen.«

Was in aller Welt hatte diese beiden zusammenbringen können?

# 75

*November, vor drei Jahren*

Noch nie hatte Olive solche Qualen erlebt. Jeden Morgen beim Aufwachen fielen sie über sie her, ein brutaler Schmerz in der Brust, der im Laufe des Tages immer größer und schwerer zu werden schien. Schmerzen, die sie niederdrückten, die ihr Denken abstumpften und sie ihrer Kräfte beraubten. Bei der Arbeit funktionierte sie nur gerade eben so und war beim Umgang mit schwer kranken Patienten fast schon gefährlich. Und wenn sie nach Hause kam, wollte sie nur noch Wein trinken und dann schlafen.

Maddy war verschwunden. Maddy ghostete sie.

Das ergab überhaupt keinen Sinn. Ihr Treffen im Park, bei dem sie sich im Regen gegenseitig die Versprechen gegeben hatten – das hatte sich spirituell angefühlt, fast wie eine Art Heirat. Olive hatte all ihre Bedenken beiseitegeschoben und versprochen, Maddy zu verzeihen – ohne die leiseste Ahnung, *was* –, weil ihr klar war, dass sie Maddy alles verzeihen würde.

Und eines Tages, hatte sie geschworen (allerdings nur sich selbst), würde sie Maddy dazu bringen, ihr alles zu erzählen. Was immer sie getan hatte oder wozu sie gezwungen worden war oder was sie demnächst tun würde, sie hasste sich dafür. Olive würde Maddy verzeihen und ihr helfen zu heilen.

Aber jetzt war sie verschwunden.

Olive war zweimal zu der Werkstatt gefahren und hatte sie dunkel und verschlossen vorgefunden. Beim zweiten Mal hatte sie bei ein paar benachbarten Studios geklopft, doch niemand hatte Maddy in letzter Zeit gesehen oder wusste, wie man sie erreichen konnte. Ein Mann, dessen Overall mit feinem Sägemehl bedeckt war, sagte, sie sei die Zweite innerhalb von zwei Tagen, die nach Maddy suche. Die andere sei eine große, dunkelhaarige Frau gewesen, die ihre Wut kaum habe beherrschen können.

»Sind Sie Olive?«, erkundigte sich der Mann und wischte Staub von seiner Brille.

Olives Herz schlug schneller, als sie antwortete, ja, sie hieße Olive. »Warum?«, fragte sie, als der Mann anscheinend nicht recht weiterwusste.

Er machte ein verlegenes Gesicht. »Diese Frau hat mich nach jemandem namens Olive gefragt«, gestand er. »Ob ich Sie kenne? Ob ich eine Ahnung hätte, wo Sie wohnen? Ich hab natürlich Nein gesagt, ich bin Ihnen ja noch nie begegnet, und Maddy war immer allein unterwegs, wenn ich sie gesehen habe.«

»Hat die Frau ihren Namen genannt, oder eine Adresse?«, fragte Olive nervös. Das hörte sich nach Sam an, allerdings hatte Maddy ihr eigentlich nie etwas über die Frau erzählt, die sie geheiratet hatte. Nachfragen konnte sie bei Sam nicht, aber mit einer Kontaktadresse hätte sie wenigstens gewusst, wo Maddy gewohnt hatte.

»Nein«, antwortete der Mann. »Und um ehrlich zu sein,

ich würde sie Ihnen auch nicht geben, wenn sie's getan hätte. Mir hat's wirklich nicht gefallen, wie die nach Ihnen gefragt hat.«

Drei Wochen vergingen. Olive rief Maddy immer wieder an und schickte ihr SMS, obwohl sie das nicht durfte, und jedes Mal kam keine Antwort. Sie hatte den Verdacht, dass Maddy ein geheimes Telefon benutzt hatte, um sie anzurufen. So ein Wegwerfhandy – und jetzt hatte sie es weggeworfen, weil es seinen Zweck erfüllt hatte. Für Maddy war Olive doch nur eine Affäre gewesen, nicht mehr als ein nettes Intermezzo.

Aber Sam suchte ebenfalls nach ihr. Das alles ergab überhaupt keinen Sinn.

Drei lange Wochen. Olive verlor zuerst ihren Appetit und dann Gewicht. Sie schaffte es gerade noch, sich sauber zu halten und sich anständig anzuziehen. Auch ihren Kollegen fiel das auf, und der Offizier, dem sie unterstellt war, fragte, ob es irgendetwas gäbe, worüber sie reden müsste.

Sie besuchte ihre Eltern nicht mehr, weil sie wusste, sie würde den fürchterlichen Zustand nicht verbergen können, in den sie sich hatte abgleiten lassen. In ihrer Freizeit fuhr sie an der Nordostküste entlang und suchte nach dem Cottage, das Maddy mit Sam teilte, doch mit so wenigen Anhaltspunkten war es hoffnungslos, und nie sah sie Maddys Auto. Sie begann, Kunstgalerien, Auktionen und Ausstellungen im Norden des Landes abzuklappern, suchte nach Orten, wo Maddy ihre Arbeiten ausstellen könnte, und wusste, dass sie zu einem Stalker geworden war. Es war ihr egal.

Am Ende der dritten Woche, wütend auf sich selbst, weil sie nicht schon früher daran gedacht hatte, versuchte sie es mit einer Google-Suche und sah die Vermisstenmeldung. Von der Polizei von Northumbria eingestellt, zeigte die Online-Anzeige ein vor Kurzem aufgenommenes Foto. Eins, das Olive augenblicklich wiedererkannte; sie erinnerte sich daran, wie Maddy den dunkelroten Pullover mit den Perlenfransen gekauft hatte. Sie wurde als Künstlerin aus Whitley Bay beschrieben, die das letzte Mal am 1. November gesehen worden war, wenige Tage nachdem sie und Olive sich getroffen hatten.

Olives erste Emotion war Erleichterung – es gab also doch eine Erklärung –, gefolgt von einem Gefühl, das sie als Freude wiedererkannte. Maddy hatte sie nicht verlassen, hatte sie nicht belogen, sie liebte sie doch. Dann schämte sie sich abgrundtief wegen ihrer egoistischen Reaktion und ging zur Polizei.

»Nur eine Freundin, sagen Sie?« Der Detective, der für Maddys Fall zuständig war, musterte sie mit einem langen, durchdringenden Blick. »Und hat sie Ihnen gegenüber irgendwie angedeutet, dass sie wegwollte, dass sie nicht glücklich war? Hat sie von irgendwelchen Problemen gesprochen?«

Olive zögerte. Sie wollte Maddy finden, natürlich wollte sie das, das war das Allerwichtigste, aber dies hier waren nicht gerade ideale Umstände, um der Welt ihr eigenes geheimes Leben zu offenbaren.

»Sie hat gesagt, sie wolle Sam verlassen, ihre Frau, aber das sei kompliziert. Sie wollte nicht viel dazu sagen, nur dass sie Geld gebraucht hat, um wegzugehen. Ich habe ihr angeboten, ihr zu helfen, aber sie hat gesagt, das würde nicht reichen.«

»Würden Sie sagen, dass sie Angst vor Sam hatte?« Der Detective schaute rasch auf seine Notizen hinunter. »Samantha Elliott, richtig?«

»Ja, richtig. Das habe ich sie gefragt. Sie wollte nicht wirklich darüber reden. Sie hat gesagt, sie hätte einen Plan und dass ich Geduld haben müsse.«

Maddy hatte sehr viel mehr gesagt als das, doch Olive war nicht gewillt, irgendetwas zu äußern, das sie in Schwierigkeiten bringen könnte, wenn – falls – sie wieder auftauchte.

Sie musste einfach wieder auftauchen!

Der Kopf des Detective hob und senkte sich, als leuchte ihm das irgendwie ein.

»Glauben Sie, Sam könnte ihr vielleicht etwas getan haben?«, wollte Olive wissen.

Der Detective machte eine abwehrende Geste. »Im Augenblick deutet nichts darauf hin, dass Miss Black etwas zugestoßen ist. Was wir wissen, ist, dass ihr Auto, dessen Leasingraten Miss Elliott gezahlt hat, am Bahnhof Chester-le-Street auf dem Langzeitparkplatz abgestellt worden ist. Während Miss Elliott in Schottland war.«

Wieder spürte Olive, wie die Angst sich regte. Wenn Sam Maddy nichts angetan hatte, wer dann? Vielleicht war ihr ja gar nichts passiert. Vielleicht war sie einfach nur … weg.

»Was unternehmen Sie, um sie zu finden?«, wollte sie wissen. »Haben Sie mit ihren Angehörigen gesprochen? Mit ihren anderen Freunden? Was glaubt denn Sam, wo sie ist?«

»Natürlich. Das ist die übliche Vorgehensweise. Und Miss Black bleibt auf der Vermisstenliste, bis sie sich wieder bei uns meldet.«

Olive starrte ihn an. »Und das ist alles?«

Der Detective lehnte sich auf seinem Stuhl zurück. »Wie gesagt, wir haben keinen Grund, zu glauben, dass Miss Black etwas zugestoßen ist. Wenn Sie beide gut befreundet sind, wird sie sich bestimmt bald bei Ihnen melden.«

»Und wenn nicht?«

»Ohne Beweise für ein Verbrechen können wir nicht viel tun.« Der Detective erhob sich. »Manchmal, Miss Charles, wollen Menschen eben nicht gefunden werden.«

Olive wusste, dass ihre Zeit um war. Sie griff nach ihrer Tasche und stand auf.

Die Hand schon an der Türklinke, drehte der Detective sich noch einmal um. »Hat Maddy je mit Ihnen über Michael Anderson gesprochen?«

Olive brauchte etliche Sekunden, um den Namen zuzuordnen. »Den Abgeordneten von Cleveland?« Nachdem sie sein Bild in Maddys Studio gesehen hatte, war sie neugierig gewesen und hatte ihn kurz gegoogelt. »Eigentlich nicht. Ich weiß, dass er eine Glasarbeit bei ihr in Auftrag gegeben hat; ob sie sie fertiggestellt hat, weiß ich nicht.«

»Laut Miss Elliott hatte Maddy sehr ausgeprägte politische Neigungen. Sie war eine von den Aktivisten der Labour Party in Cleveland.«

»Das stimmt.«

»Miss Elliott denkt anscheinend, Maddy und Michael Anderson hätten sich nahegestanden.« Er hielt kurz inne. »Vielleicht ein bisschen zu nahe?«

»Michael Anderson?« Olive schüttelte den Kopf. »Das ist unmöglich. Maddy ist lesbisch. Sie würde nie etwas mit einem Mann anfangen. Außerdem sind sie und …« Den Tränen nahe, stockte sie einen Moment. »Das ist unmöglich«, schloss sie.

Unmöglich, und doch war Sam so überzeugt gewesen, dass sie Maddy deswegen verprügelt hatte.

Der Detective bedachte sie mit einem freundlichen Lächeln, bei dem sich Olive irgendwie noch mieser fühlte. Nein, nicht freundlich. Mitleidig.

»Wahrscheinlich dürfte ich Ihnen das gar nicht erzählen, aber Maddys Partnerin Sam hat eine Frau namens Olive erwähnt, als wir mit ihr gesprochen haben. Etwas, das sie von einer gemeinsamen Freundin gehört hatte. Genaues wusste sie nicht. Ich nehme mal an, das waren Sie.«

Das war jetzt schon der zweite Beweis dafür, dass Sam ihr auf der Spur war.

»Es könnte sein«, gab sie zu. »Aber ich bin Sam nie begegnet. Ich will keinen Ärger machen, ich will bloß Maddy finden.«

Der Detective bedeutete Olive mit einer Geste, dass sie vorgehen sollte. »Wenn ich das sagen darf, Miss Charles, vier Monate, das ist nicht gerade sehr lange, um jemanden wirklich kennenzulernen«, meinte er. »Vielleicht buchen Sie das Ganze doch lieber als Erfahrung ab?«

## 76

Garry und Lexy saßen zu beiden Seiten des leeren Kamins in dem Cottage, in dem Samantha Elliott und Maddy gewohnt hatten.

Lexy ergriff als Erste das Wort. »Also, haben Olive und Samantha sich schon vor Donnerstag gekannt? Müssen sie doch, woher hätte Samantha sonst gewusst, wo Olive sein würde?«

Garry überlegte. »Olives Dienstplan hing bei ihnen in der Küche an der Pinnwand«, sagte er. »Der Rest der Familie konnte mit einem Blick sehen, wo sie war.«

Hatte also ein Familienmitglied Elliott den Tipp gegeben? Warum landete er immer wieder bei Michael Anderson?

Er stand auf. »Ich will mir da noch mal was ansehen.«

Garry eilte nach oben und hörte, dass Lexy ihm folgte. In dem kleineren der beiden Räume standen sie vor der Pinnwand. Eines der vielen Fotos, eins der sehr wenigen, die nicht Maddy zeigten, war im Jachthafen von Hartlepool gemacht worden. Eine Segeljacht füllte den größten Teil des Bildes aus.

»Das ist Andersons Boot«, sagte er. »Warum hat Elliott dieses Foto?«

»Das könnte doch Maddy gemacht haben«, entgegnete Lexy. »Wir wissen ja, dass sie öfter im Jachthafen war.«

Garry blickte sich um. »Und warum hängt es dann noch an der Pinnwand in einem Zimmer, das für mich ziemlich nach Nachforschungen riecht? Und schauen Sie sich mal den Wasserhahn auf dem Ponton an. Kein Schlauch. Die Schläuche sind laut Lord Durchgeknallt erst letzten Oktober abmontiert worden. Ich würde sagen, das Foto hat Elliott gemacht. Und da ist auch noch das hier.«

Er deutete auf einen Kassenzettel für den Kauf einer Segeljacke. Laut dem Datum war er mehrere Wochen vor Maddys Verschwinden vor drei Jahren ausgedruckt worden. Jemand hatte *Wessen Kreditkarte?* darauf geschrieben.

»Die Beschreibung der Frau, die zum Jachthafen gefahren ist, um nach Maddy zu suchen, passt auf Samantha Elliott«, bemerkte Garry.

»Wenn sie's war, dann hat man ihr gesagt, dass Maddy noch am Leben ist.« Lexy hatte ein Bündel Papiere durchgeblättert, das an die Korkwand gepinnt war. »Kunsthandwerksmärkte«, meinte sie. »Vor drei Jahren. Und schauen Sie mal hier: eine Liste mit Schwulen- und Lesbenclubs nördlich von Birmingham. Samantha hat sehr gründlich nach Maddy gesucht. Man muss schon ziemlich engagiert sein, um drei Jahre lang immer weiter nach jemandem zu suchen.«

»Und dazu noch all die Tiefenrecherche in irgendjemandes Online-Vergangenheit.« Garrys Blick huschte zu dem Schreibtisch mit den Büchern über forensische Informatik hinüber.

Als sie wieder unten an der Treppe ankamen, klingelte Lexys Handy. »Es ist Ben«, sagte sie, bevor sie das Gespräch auf Lautsprecher schaltete.

Ben war der Detective Constable, den Lexy gebeten hatte, Olives Sporttasche aus dem Krankenhaus abzuholen. »Ich schicke Ihnen mal was, Lexy«, verkündete er. »Sollte gleich da sein.«

»Sagen Sie mir, was Sie gefunden haben«, wies Lexy ihn an.

»Na ja, hauptsächlich Sportsachen. T-Shirt, Turnschuhe, Socken, Sport-BH, so was eben. Das, was wir in der Innentasche gefunden haben, das war interessant.«

»Betrachten Sie mich als interessiert.«

»Zuerst mal ein Bild von Olive und irgend so 'nem anderen Mädel, haben beide nicht viel an. Als Nächstes so ein Überwachungteil, um Privatgespräche abzuhören. Kein Polizeistandard, die Sorte, die man für kleines Geld bei Amazon kriegt. Und schließlich zwei USB-Sticks.«

»Was hat die denn getrieben?«, fragte Lexy halblaut, während Garry an die Quittung für die Überwachungskamera denken musste, die sie oben im Büro gesehen hatte. Zwei Amateurspioninnen? Oder arbeiteten sie zusammen?

Am Telefon meldete Ben: »Geht gerade durch. Drei separate Dateien. Sollten jetzt da sein.«

»Der Empfang hier ist nicht gerade super. Moment, da sind sie. Danke, Ben. Ich melde mich.«

Lexy beendete das Gespräch. Garry setzte sich neben sie auf das Sofa und sah ein Bild auf dem Display erscheinen. Ein Selfie, in einem Zimmer aufgenommen. Olive und die Frau, die er jetzt als Maddy kannte, lagen ausgestreckt da, die Köpfe auf Kissen gebettet. Ihr dunkles Haar floss ineinander. Olives Wimperntusche war verschmiert, auf Maddys Schläfe glänzte Schweiß. Beide Frauen waren nur bis knapp unterhalb der Schlüsselbeine zu sehen, doch keine schien bekleidet zu sein, zumindest oben herum nicht. Auf Maddys linker Schulter war ein kleines Tattoo von einer Muschel zu sehen, auf Olives rechter eine wulstige Narbe.

»Also, ich würde sagen, Olive und Maddy haben einander gekannt«, stellte Garry fest.

»Gab's in der Schule irgendwelche Anzeichen dafür, dass Olive für beide Teams spielt?«, erkundigte sich Lexy.

»An meiner streng katholischen Sekundarschule – nie im Leben. Aber das eine oder andere, was ihre Eltern gesagt haben, klingt jetzt logisch. Kein Freund, bevor Michael aufgetaucht ist. Sie waren sehr darauf bedacht, zu betonen, und zwar mehr als einmal, dass Olive ein anständiges Mädchen war. Nie irgendetwas Ungehöriges. Als ich mich nach Freunden erkundigt habe, wurden mehrere Frauen erwähnt, die alle nicht mehr aktuell waren.«

»Aber warum dann Michael heiraten? Und in was für einer schrägen Dreiecksbeziehung haben sie, Maddy und Samantha Elliott da gesteckt?«

»Sehr gute Fragen, Boss.«

»Ich klebe Ihnen gleich eine, nur dass Sie's wissen. Schauen wir mal, was Ben mir noch geschickt hat.«

Sie klickte auf eine andere Datei, diesmal der Inhalt einer der USB-Sticks. Es war ein Video, und Lexy tippte auf *PLAY*. Einige Sekunden lang sahen sie stumm zu.

»Meine Güte«, stieß Garry hervor.

»Heilige Scheiße«, sagte Lexy.

»Sie haben recht«, stimmt Garry zu. »Heilige Scheiße.«

# 77

*März, vor zwei Jahren*

»Also, das wird schön, dich ein bisschen näher bei uns zu haben.« Anne Charles stand in der Tür zwischen Schlafzimmer und Wohnzimmer, und ihr Tonfall gab zu verstehen, dass die Nähe zu ihrem Elternhaus das einzig Vorteilhafte war, was man über Olives neue Wohnung sagen konnte. »Vielleicht bekommen wir dich dann ja tatsächlich von Zeit zu Zeit zu Gesicht. Vor allem jetzt, wo du draußen bist.«

So wie sie es sagte, hörte es sich an, als wäre Olive aus dem Gefängnis entlassen worden. Nur Wochen, nachdem sie Maddy kennengelernt hatte, hatte Olive ihren Abschied bei der Army eingereicht. Die bemerkenswerte Wendung, die ihr Leben seit jenem Abend in Newcastle genommen hatte, war der Impuls gewesen, den sie gebraucht hatte, um diesen Schritt zu tun und eine Zukunft zu planen. Verdammt, damals hatte sie gedacht, sie würde sich vielleicht sogar outen.

Normalerweise betrug die Kündigungsfrist zwölf Monate, doch Olive war wegen schwerer und andauernder Depressionen früher aus dem Militärdienst entlassen worden.

Sie blickte nicht von dem Karton auf, den sie gerade auspackte. »Ich wohne seit über einem Jahr in Newcastle, Mum. Ist nicht gerade Afghanistan.«

Ein Moment des Schweigens, dann: »Nun, es ist ja nicht immer eine Frage der Entfernung, nicht wahr? Wo soll ich diese Narzissen hinstellen?«

Blumen arrangieren – genau das, was sie jetzt brauchte.

»Hast du überhaupt eine Vase?«, fuhr Anne fort.

Olive hielt einen Augenblick inne, um sich in dem viel zu vollen Wohnzimmer umzusehen. Mehr als ein Dutzend Kartons mussten noch ausgepackt werden, und ihre Mutter hatte immer noch ihren Mantel an. »Ziemlich sicher«, antwortete sie. »Wahrscheinlich ganz unten in einem von diesen Kartons.«

Anne sog die Luft durch die Nase. »Ich dachte, die machen das Zimmer ein bisschen wohnlicher.«

Ein Zimmer, das Olives Mutter bis vor einer halben Stunde noch nie gesehen hatte. Gab es etwas Passiv-Aggressiveres, als jemandem Blumen zu schenken, um sein Zuhause aufzuwerten?

»Und du hast da das Sagen, in diesem Krankenhaus?« Olives Dad versuchte zumindest zu helfen und hatte den Inhalt eines Kartons mit der Aufschrift *Schlafzimmer* zum größten Teil auf dem Wohnzimmerteppich ausgebreitet.

»Ich bin nicht die Stationsschwester«, erklärte Olive, »auch wenn ich denselben Rang habe, um mal einen Army-Begriff zu bemühen. Ich bin mehr eine Art Trauma-Spezialistin. Ich werde in allen Kliniken im Nordwesten tätig sein und hoffentlich dafür sorgen, dass überall die besten Verfahren übernommen werden.«

»Jetzt, wo ich dran denke, Susan Robinsons Ältester arbeitet in Middlesbrough.« Anne umklammerte noch immer den Narzissenstrauß. »In der Orthopädie, glaube ich. Du erinnerst dich doch an Martin, Olive, er war mit dir in der Schule. Ist ein paar Jahre älter als du. Er ist auch Single. Wir könnten sie ja mal sonntags zum Lunch einladen, jetzt, wo du wieder zu Hause bist. Nach der Kirche. Du kommst doch mit in die Kirche, oder?«

»Wenn ich nicht arbeiten muss. Sei vorsichtig damit, Dad!« Olive sprang auf, um ihrem Dad Maddys Glasbild aus den zittrigen Händen zu nehmen. Sie hatte es in Blasenfolie gewickelt, bis es dreimal so dick war wie sonst, aber trotzdem. »In dem Karton da sollte so ein Metallständer sein. Kannst du mal nachsehen?«

In dem Wissen, dass es sich nur um Minuten handeln konnte, bis einer oder beide ihr folgten, brachte Olive das Glasbild in ihr neues Schlafzimmer. Dort schob sie – in der Hoffnung, dass sie es nicht merken würden – die Tür sachte mit dem Fuß zu und lehnte sich an die Wand.

Tief atmen, es würde vorbeigehen. Sie durfte vor ihren Eltern nicht weinen.

Vier Monate, und noch immer hatte sie die Hoffnung nicht aufgegeben, dass Maddy zurückkommen würde. Jedes Mal, wenn das Telefon klingelte, war der erste Gedanke in ihrem Kopf: Maddy. Ein unerwartetes Läuten an der Tür: Maddy?

Eine SMS von einer unbekannten Nummer: Maddy?

Sie wickelte das Olivenhainbild aus und legte es vorsichtig aufs Fensterbrett.

*Wo bist du, Maddy? Du hast doch gesagt, du wirst immer bei mir sein?*

»Okay.« Umgeben von Schlafzimmerkrempel, stand ihr Dad da, als sie wieder ins Wohnzimmer kam. »Wieder einer geschafft. Ich glaube, wir müssen nach Hause, wenn wir nicht zu spät zum Conservative Club kommen wollen, Mutter.«

Olives Mum, Narzissen in der Hand, hatte den Weg in die Küche gefunden. »Ja, gut.« Sie sah sich um, als könne eine perfekte Kristallvase erscheinen, wenn sie nur lange genug dort wartete. »Wenn du sicher bist, dass du allein zurechtkommst, Liebes. Ich lasse die dann mal hier.« Sie legte die Blumen auf das Abtropfbrett der Spüle.

»Das hier solltest du lieber irgendwo verstauen.« Im Mantel, den Hut in der Hand, hielt Olives Dad ihr etwas hin. »Hab ich in dem Karton gefunden. Irgend so ein Computerdings. Könnte verloren gehen, wenn's hier rumliegt.«

Er ließ einen USB-Stick in Olives Hand fallen.

Als sie an diesem Abend endlich die Kartons ausgepackt und das meiste eingeräumt hatte, als ihr Laptop am Strom hing und lief, fiel Olive der USB-Stick wieder ein. Wenn das ihrer war, so konnte sie sich nicht an ihn erinnern. Ihr Dad hatte ihn in einem Karton voller Sachen fürs Schlafzimmer gefunden: Unterwäsche, Kosmetika, Sportsocken. Und sie hatte keine Ahnung, warum sie einen USB-Stick in ihre Wäscheschublade gelegt haben sollte. Sie war neugierig und hatte sonst nicht viel zu tun, also steckte sie ihn in den Port ihres Laptops. Sekunden später war ihr klar, dass sie den Stick noch nie gesehen hatte. Maddy hatte ihn in Olives Wohnung zurückgelassen.

Nachdem sie sich den Inhalt der Datei angesehen hatte, war ihr erster Gedanke, dass das eine oder andere langsam endlich doch verständlich wurde. Ihr zweiter war, dass sie wahrscheinlich den Rest der Nacht damit zubringen würde, sich zu übergeben.

## 78

Er fühlte sich unbehaglich dabei, so dicht neben Lexy zu sitzen. Garry wünschte, er könnte aufstehen, ohne dass sie das merkte.

»Lexy«, begann er und wusste, dass er im Begriff war, das Offensichtliche laut auszusprechen. »Das ist ein Porno.«

Und noch nicht einmal ein Lesben-Porno, was ja in Anbetracht des Selfies, das sie gerade gesehen hatten, vielleicht eingeleuchtet hätte. Drei Personen – zwei Frauen und ein Mann – hatten bei diesem Amateurfilm mitgewirkt. Die Blondine saß mit dem Rücken zur Kamera rittlings auf einem nackten Mann. Eine zweite Frau mit langem dunklem Haar saß in derselben Haltung da, nur befanden sich ihre Schenkel zu beiden Seiten seines Gesichts. Die rechte Hand des Mannes wölbte sich um den Arsch der Blonden, seine Linke hielt die andere Frau fest, und er drückte beide rhythmisch gegen sich.

»Das ist auf dem Boot der Andersons gefilmt worden.« Garry erkannte die winzige Kabine wieder, die merkwürdige dreieckige Form des Raumes.

»Könnte die Brünette Olive sein?«, fragte Lexy.

»So gut habe ich sie wirklich nicht gekannt.«

Fast als hätte sie sie gehört, drehte die Brünette sich zu der Blondine herum und schaute dabei ganz kurz heimlich in die Kamera. Die Blonde beugte sich vor, und als die beiden Frauen sich küssten, wurde das Gesicht des Mannes sichtbar. Noch immer mit den Hüften pumpend, sah er ihnen zu.

»Das ist Maddy«, stellte Garry fest. »Muscheltattoo auf der linken Schulter.«

»Und das ist Michael Anderson«, fügte Lexy hinzu. »Glauben Sie, die Blondine ist Eloise?«

Garry antwortete nicht.

»Kommen Sie schon, Sie sind ihr doch mal begegnet. Ich nicht.«

Garry zog die Figur der Frau in Betracht, die Muskulatur und ihre Haut. Kein Teenager, aber noch jung. Das Haar war der deutlichste Hinweis: schulterlang, lockig und im richtigen Licht wahrscheinlich von jenem ganz besonderen Rotblond, an das er sich erinnerte.

»Könnte sein. Wahrscheinlich.«

Das Video war drei Minuten und sechsundzwanzig Minuten lang. Als es endete, hatten sie ihre Antwort. Die drei Teilnehmer waren Michael und Eloise Anderson und Maddy Black, und der Film war auf der Jacht der Andersons gedreht worden.

Als Lexy es ausmachte, erhob sich Garry. »Ich musste jetzt nicht unbedingt sehen, wie Anderson beim Höhepunkt aussieht«, knurrte er. »Okay, Boss, wir sind hier fertig. Wir fahren zurück nach Middlesbrough, und unterwegs bringen Sie den Deputy Chief auf den neuesten Stand. Der kann das Ganze dann jemand anderem übergeben.«

»Nein!«

Lexys Vehemenz verblüffte ihn.

»Ich bin erst seit fünf Monaten hier, Garry. Überlegen Sie doch mal, was es für meinen Ruf bedeuten würde, wenn sich herumspricht, dass ich aus einer Schneewehe gerettet werden musste und dann eine laufende und extrem wichtige Ermittlung nicht weiterführen konnte. Und Sie wissen doch, was die sagen werden, wenn wir ihnen erzählen, was wir gefunden haben. Wie kann ein drei Jahre altes Video von drei Erwachsenen bei einvernehmlichem Sex für Olives Verschwinden vor zwei Nächten relevant sein?«

»Wir haben durch die gesicherte Tatsache, dass Samantha Elliott, die ehemalige Partnerin von Maddy Black, zusammen mit Olive das Hotel in Hexham verlassen hat, eine ganz offenkundige Verbindung«, entgegnete Garry. Ihm war klar, dass er langsam sprach, wie mit einer Idiotin, und er hoffte, sie würde ihn nicht wieder anbrüllen. »Außerdem wissen wir, dass Olive und Maddy einander gekannt haben. Möglicherweise sogar sehr gut.«

Lexy runzelte die Stirn, als hätte sie Mühe, sich zu konzentrieren, aber sie hörte zu.

»Das Erste, was wir tun – und zwar jetzt gleich –, ist herauszufinden, was für ein Fahrzeug auf Samantha Elliott zugelassen ist, und es ausfindig machen zu lassen«, fuhr Garry fort. »Rufen Sie Ben noch mal an. Nein, tun Sie's im Auto, wir müssen los.«

»Sie sind doch in Olives Wagen aus Hexham weggefahren«, wandte Lexy ein.

»Und wenn ich Samantha wäre, hätte ich mein eigenes Auto irgendwo ganz in der Nähe abgestellt, damit wir das

Fahrzeug wechseln können. Wenn wir das Auto finden, finden wir die beiden.«

Lexy blieb, wo sie war, auf dem Sofa. »Aber ich verstehe so viel von all dem nicht. Wenn Olive lesbisch ist, wieso hat sie Michael geheiratet? Und wenn Michael und Eloise auf schrägen Sex standen, wieso hat er zugelassen, dass sie dabei gefilmt werden? Er war doch im Parlament, Herrgott noch mal.«

»Er hat nichts davon gewusst. Und seine Frau auch nicht. Maddy hat die Aufnahme heimlich gemacht, möglicherweise mit der Kamera, für die wir oben die Quittung gesehen haben.«

»Woher wollen Sie das wissen?«

Garry seufzte. »Von allen dreien war Maddy die Einzige, die von der Kamera gewusst hat. Sie war die Einzige, die sich bewusst zur Schau gestellt hat, sich der Kamera von ihrer besten Seite gezeigt hat. Sie hat den Bauch eingezogen und den Busen vorgestreckt. Die beiden anderen hatten keine Ahnung, dass sie gefilmt werden.«

Lexy sah nicht überzeugt aus.

»Lexy, ich habe schon den einen oder anderen selbst gemachten Porno gesehen, ich weiß, wovon ich rede. Wenn Sie es anders sehen, bitte, aber tun Sie's auf dem Rückweg im Auto.«

Endlich stand sie auf. »Warum hat sie das Video überhaupt gemacht? Erpressung?«

»Wahrscheinlich. Und Sie sollten noch eine zweite Frage stellen.«

»Ach ja?«

»Was in aller Welt hat Olive mit diesem Stick zu schaffen gehabt?«

Zu Garrys Überraschung setzte Lexy sich wieder hin. »Warten Sie mal. Ben hat doch drei Dateien geschickt. Da ist noch eine.«

# 79

*Juni, vor zwei Jahren*

Der Tag des Sommerfestes im Learning Campus von Salt-burn-by-the-Sea brach strahlend und wolkenlos an. Es war nicht warm, aber sonnig genug, dass eine Frau mit Base-ballkappe und Sonnenbrille nicht auffiel. Olive bezahlte an der Schultür Eintritt und ging einen Flur voller Kinder-zeichnungen entlang zur großen Halle.

Stände, an denen von Pflanzen über Marmelade bis hin zu Getöpfertem alles verkauft wurde, säumten den großen Raum, während Buden für Jahrmarktspiele wie Büchsen-werfen einen Mittelgang bildeten. Es mussten an die zwei-hundert Personen hier sein, was bedeutete, dass sie mit an Sicherheit grenzender Wahrscheinlichkeit weder auffallen noch erkannt werden würde.

Erregtes Summen erfüllte den Raum, Vorfreude auf et-was, das unmittelbar bevorstand. Der Parlamentsabgeord-nete für Middlesbrough South and East Cleveland war mit einer kleinen Schar Parteifunktionären und -funktionärin-nen in dunklen Anzügen und matronenhaften Kleidern auf die Bühne gekommen. Der Abgeordnete war der Größte der Gruppe, der, der alle Blicke auf sich zog. Seine physische Präsenz war selbst von ganz hinten in der Halle unverkennbar. Olive rief sich ins Gedächtnis, dass sie wusste, wie er beim Sex aussah.

Ein untersetzter Mann Mitte fünfzig klopfte zögernd gegen das Mikrofon, als versuche er, es aus einem langen Schlaf zu erwecken und hätte ein bisschen Angst, dass es beißen könnte.

Andersons Ehefrau Eloise, deren Online-Biografie Olive auswendig kannte, stand mit zwei dünnen blonden Mädchen dicht neben der Bühne. Sie trug weiße Jeans und hochhackige rote Riemchensandalen, eine gestreifte Bluse (natürlich rot-weiß) und eine rote Jacke. Ihr welliges rotblondes Haar wurde von einer Designersonnenbrille aus dem Gesicht gehalten. Für eine Frau, die zwei Kinder geboren hatte, war sie geradezu unfair schlank, und für eine, die in Vollzeit arbeitete, unfassbar straff und muskulös.

Es war natürlich unsinnig, dass Eloise die volle Wucht ihres Hasses abbekam, seit sie das Video entdeckt hatte. Doch tief in ihrem Inneren wusste Olive, dass Maddy beim Sex mit Anderson nur so getan hatte. Maddy stand nicht auf Männer. Aber Eloise? Welche Frau wäre nicht scharf auf Eloise?

In dem Video hatte Maddy Eloise auf den Mund geküsst, ihr Haar gestreichelt, ihr tief in die Augen geschaut und ihr ganz besonderes Maddy-Lächeln gelächelt. Nichts davon hatte sie mit Anderson gemacht. Maddy hatte Eloise gemocht, und Olive könnte Eloise dafür mit Freuden umbringen.

Noch schlimmer jedoch als der Inhalt des Videos war, dass es im Oktober aufgenommen worden war. Etliche Wochen nachdem Olive und Maddy sich kennengelernt hatten. Von Sam hatte sie natürlich gewusst, fast von Anfang an, und sie hatte sich eingeredet, dass sie mit ihr klarkommen könne, weil Sam nicht mehr lange im Spiel sein würde. Sam würde eines Tages Geschichte sein. Aber zu erfahren, dass Maddy noch etwas mit jemand anderem gehabt hatte, mit zwei anderen, und dass einer davon ein Mann war, daran war Olive fast zerbrochen. Hatte sie sie eigentlich überhaupt gekannt?

*Ich glaube, ich weiß einen Ausweg. Kannst du mir ein bisschen Zeit lassen?*

War ihre Verbindung zu den Andersons, war dieses Video Maddys Ausweg? Maddy musste es selbst aufgenommen haben. Ein bekannter Politiker, noch dazu ein Familienvater, hätte sich niemals bei unkonventionellem Sex filmen lassen. Er hatte nichts davon gewusst, was bedeutete, dass Eloise ebenfalls nichts gewusst hatte.

Erpressung. Das war die einzig mögliche Antwort. Maddy hatte vorgehabt, die Andersons zu erpressen, um an das Geld zu kommen, das sie brauchte, um Sam zu verlassen. Das und die sexuelle Beziehung, die die Erpressung möglich gemacht hatte, waren die furchtbaren Taten, die Olive ihr hatte verzeihen müssen. Maddy hatte ein sehr gefährliches Spiel gespielt. Und irgendetwas war schiefgegangen.

Die Polizei war da. Erschrocken und mit schlechtem Gewissen, obwohl sie doch gar nichts getan hatte – noch nicht –, trat Olive hinter einen hochgewachsenen Mann und schielte zu dem Polizisten hinüber, den sie auf der einen Seite der Bühne entdeckt hatte. Er war groß, mit breiten Schultern und kurzem Haar, das vor Jahren rot gewesen war. Seither war es dunkler geworden und der einst klapperdürre Körper muskulöser, doch Olive erkannte ihn sofort. Garry Mizon, der schüchterne Crossläufer, der nie den Mut aufgebracht hatte, ihr in die Augen zu sehen, der sie jedoch einmal bei einem wichtigen Rennen gerettet hatte. Sein Blick wanderte über die Menge und kehrte oft zu Anderson zurück, zu Eloise und den Mädchen. Er nahm seine Aufgabe als Personenschützer sehr ernst. Olive hatte nicht gewusst, dass er zur Polizei gegangen war. Aber irgendwie passte das zu ihm; er war doch immer so fest entschlossen gewesen, das Richtige zu tun.

Sollte sie jetzt das Richtige tun?

So viele Male war Olive dicht davor gewesen, sich an die Polizei zu wenden, seit sie das Video entdeckt hatte. Doch ihr zweiter Versuch bei dem für Maddys Fall zuständigen Detective hatte sie davon abgehalten. Es hätte sich rein gar nichts getan, hatte er gesagt, und es gäbe absolut keine Beweise dafür, dass ein Verbrechen begangen worden war. Und er hatte deutlich zu verstehen gegeben, dass er sich um viele wichtigere Dinge zu kümmern hätte.

Das Video, so explosiv es potenziell auch sein mochte, war kein Beweis für ein Verbrechen. Es war nicht illegal, wenn drei Erwachsene in privaten Räumlichkeiten einvernehmlichen Sex hatten. Wenn es an die Öffentlichkeit gelangte, könnte es Andersons Karriere als frisch gewählter Parlamentarier ruinieren, aber wäre das genug?

Wenn sie Maddy etwas getan hatten, wäre nichts genug.

Und so hatte Olive geschwiegen und abgewartet.

Und jetzt hatte das Schicksal ihr ihren alten Freund Garry über den Weg geschickt. Garry hatte sie sehr gemocht, das hatte er auf seine schüchterne, unaufdringliche Art klargemacht, und Olive hatte sich mehr als einmal gewünscht, sie könne ihm sagen, dass es hoffnungslos war. Dass sie sich nie zu ihm hingezogen fühlen würde oder zu irgendjemand anderem wie ihm. Jungs interessierten sie einfach nicht.

Garry würde ihr zuhören. Garry würde sie ernst nehmen.

Andersons kurze Rede ging zu Ende. Applaus ertönte – eher aufrichtig als höflich, er hatte der Menge gefallen – und er verließ die Bühne. Olive sah zu, wie er zu seiner Frau trat und ein Gratulationsküsschen auf die Wange bekam und wie ihn die Parteifunktionäre dann auf die Wiese hinter dem Gebäude hinauslotsten, wo noch mehr Stände aufgebaut worden waren. Garry folgte ihnen, und nach kurzem Zögern tat Olive es ihm gleich. Dies war ihre Chance. Wenn sie heute nicht mit ihm redete, könnte es unmöglich sein, ihn wieder zu fassen zu bekommen. Streifenpolizisten saßen nicht am Schreibtisch und warteten auf Anrufe, und Nachrichten konnten so leicht verloren gehen. Wenn sie es tun wollte, dann musste sie es heute tun.

Draußen im Sonnenlicht waren die Funktionäre ein Stück vorausgegangen, doch Middlesbroughs neue First Family war getrennt worden. Michael und die Mädchen strebten auf die Arena zu, wo gleich die Hundeschau anfangen sollte – vielleicht sollte er als Preisrichter fungieren –, und Eloise war auf dem Weg zurück in die Halle, als hätte sie etwas vergessen. Garry verharrte unschlüssig an

Ort und Stelle. Sein Blick huschte vom Ehemann zur Ehe-frau, als wüsste er nicht recht, wenn er folgen sollte. Und dann stolperte Eloise und fiel beinahe hin. Ihr Absatz war in einem Gitter am Rand des Spielplatzes stecken geblie-ben.

Sofort war Garry bei ihr und hielt sie fest, den Arm um ihre Schultern. Als sie das Gleichgewicht wiedergefunden hatte, half er ihr, aus der Sandale zu schlüpfen. Den nack-ten Fuß in der Luft, lehnte Eloise sich an ihn, während er ihren Schuh behutsam losmachte. Dann streifte er ihn wie-der über ihren Fuß, ein Akt, der an die ikonische Szene aus *Cinderella* gemahnte. Als er aufstand, wechselten er und Eloise ein Lächeln. Sie dankte ihm, er nahm den Dank be-scheiden entgegen. Dann sah er ihr nach, als sie davonging, und auf seinem Gesicht lag ein Ausdruck, der an Verehrung grenzte. Sein Blick huschte über Olive hinweg und ver-weilte nicht eine Sekunde.

Olive wandte sich ebenfalls ab. Garry konnte ihr nicht helfen. Sie war auf sich allein gestellt.

## 80

Lexy öffnete die verbliebene Datei. »Das ist eine Mp3«, meinte sie und machte lauter.

Aus dem Laptop drang erst ein Knistern und dann eine Frauenstimme, gebrochen und erschöpft. »Ich muss mit Ihnen reden.«

Eine zweite Frau antwortete. »Es ist sehr spät, und Sie sind bestimmt müde. Kann ich Ihnen etwas zum Schlafen geben?«

»Olive, Sie müssen mir zuhören. Michael steht auf Sie.«

»*Olive*«, formte Lexy mit den Lippen. Sie und Garry wechselten einen Blick.

»Nein«, antwortete Olive in der Tonaufnahme. »Er ist der Krankenschwester dankbar, die seine Frau betreut. Das erleben wir hier oft. Wir wissen, dass es nichts zu bedeuten hat.«

Lexy hielt die Aufnahme an. »Ist die andere Frau Eloise?«, fragte sie Garry. »Könnte das damals gewesen sein, als sie im Krankenhaus war?«

»Hören wir's uns noch ein bisschen weiter an.«

Lexy klickte auf *START*.

»Glauben Sie mir, es hat etwas zu bedeuten«, sagte die Frau, die vielleicht Eloise war oder vielleicht auch nicht. »Wenn er erst mal anfängt, dann kennt er kein Erbarmen. Er wird Sie mitreißen, und Sie werden nichts dagegen tun können.«

Garry nickte – er hatte Eloises Stimme wiedererkannt.

»Ich kann schon auf mich aufpassen«, meinte Olive.

»Sie müssen wissen, wozu er fähig ist. Sie müssen wissen, womit Sie es zu tun haben.«

»Eloise, Sie überanstrengen sich. Sie dürfen sich nicht so aufregen.«

Als sie wieder zu hören war, klang Eloise sehr erregt. »Nein, *Sie* müssen zuhören.«

»Okay.« Olive blieb ruhig. »Ich höre zu.«

Das Geräusch von Schritten und einer Tür, die geschlossen wurde, dann metallisches Scharren, als zöge jemand –

Olive – einen Stuhl heran. Garry schloss die Augen und stellte sie sich vor, wie sie in ihrer Schwesternkluft an Eloises Bett saß, müde am Ende des Tages, und sich lauschend vorbeugte.

Stille. Dann noch mehr Bewegung in dem Krankenzimmer und das Geräusch von Wasser, das in ein Gefäß gegossen wird. Eloise hustete und räusperte sich.

»Es hat angefangen, als die Army verlassen hat«, sagte sie. »Ich denke, da gab es bestimmt vorher schon ... sagen wir, Geschichten ... aber nichts, wovon ich gewusst habe, bis er seinen Abschied genommen hat.«

»Was genau hat angefangen?«, wollte Olive in der Aufnahme wissen.

Noch mehr Husten, dann sagte Eloise: »Nein, es geht schon, danke.«

Das Geräusch eines Glases, das auf einer harten Oberfläche abgestellt wurde.

»Michael wollte immer – nein, er hat das gebraucht, es war wie ein Zwang – sehr riskanten Sex.«

Garrys Lider flatterten und hätten sich fast geöffnet. Er atmete tief durch und hielt die Augen weiter geschlossen.

Etliche Sekunden vergingen, bevor Olive wieder etwas sagte. »Ich bin nicht sicher, ob ich Sie verstehe.«

»Ich meine nicht ohne Kondom, ich rede hier von wirklich riskant. Mehrere Partner, öffentliche Orte. Es war, als wäre er umso schärfer darauf, je größer das Risiko war, erwischt zu werden.«

»Ich weiß nicht ... Eloise, er ist im Parlament. Er ist ein bekannter Politiker.«

Unfähig, länger zu widerstehen, öffnete Garry die Augen und sah Lexy an. Sie hatte ihn die ganze Zeit beobachtet, doch ihre Miene verriet nichts.

»Genau«, sagte Eloise. »Er wusste, wenn das rauskommt, ist er erledigt. Darum ging's ja.«

»Und Sie wussten davon?«

Eloise antwortete nicht.

»Sie haben mitgemacht, stimmt's?«, fragte Olive.

»Ich dachte, mir bleibt nichts anderes übrig. Wenigstens konnte er sich auf meine Diskretion verlassen. Und ich hatte Angst, ihn zu verlieren. Ich glaube, mit der Zeit habe ich angefangen, ihn dafür zu hassen, was er mir zugemutet hat, aber am Anfang habe ich es aus Liebe getan. Wir ertragen ja so viel aus Liebe, finden Sie nicht?«

Ein kurzes Zögern, dann sagte Olive: »Ja, das tun wir.«

»Es war immer nur Sex zu dritt. Ich, Michael und eine andere Frau. Ich habe mich geweigert, etwas mit einem anderen Mann zu machen, und ich glaube, darauf hat er eigentlich auch gar nicht gestanden. Wir haben uns in Hotelzimmern getroffen, in unserer Londoner Wohnung, sogar in seinem Büro in London.«

»Hört sich ganz schön leichtsinnig an.«

»War es auch.«

Wieder eine kurze Pause, dann: »Wer waren diese anderen Frauen? Fremde, die Sie in Bars abgeschleppt haben?«

»Nein, das wäre nicht annähernd gefährlich genug gewesen. Das waren Frauen, die genauso viel zu verlieren hatten wie wir. Hohe Beamtinnen, andere Parlamentarierinnen. Sie würden sich wundern, wie gut ich die gegenwärtige Arbeitsministerin kenne.«

»Machen Sie Witze?«

»Sehe ich so aus?«

»Entschuldigung. Es ist nur … na ja, das ist ein ganz schöner Schock. Und diese Frauen, die haben da mitgemacht?«

»Nicht so richtig.«

»Wie meinen Sie das?«

»Ich glaube, er hat sie dazu genötigt.«

»Wie denn?«

»Ich glaube, sie dachten, sie fangen eine ganz normale Affäre an. Immer noch riskant natürlich, aber lange nicht so wie das, was schließlich daraus geworden ist. Michael konnte so charmant sein, und Sie haben ja gesehen, wie gut er aussieht. Nicht viele Frauen können ihm widerstehen. Und er hatte ein Händchen dafür, die zu finden, die nicht glücklich waren, die auf der Suche nach mehr waren. Also ein paar Wochen lang eine leidenschaftliche Affäre. Ich habe ihm das immer anmerken können, er war wie ein Kind am Tag vor Weihnachten. Und dann hat er die Frau eines Abends zu sich eingeladen, und ich war auch da. Er hat sie betrunken gemacht oder ihr Koks gegeben, was immer nötig war. Manche brauchte man gar nicht zu drängen. Andere konnten nicht fassen, was sie getan hatten, als sie wieder nüchtern waren. Und Michael war nie derjenige, der die Kotze weggemacht hat.«

Eloises Stimme wurde immer schwächer. Sie hustete, dann hörte man sie schlucken. Nach fast einer ganzen Minute sagte sie: »Wenn die Frau darauf abgefahren ist, auf mich, auf den Sex, dann wurde es ihm schnell langweilig, und er hat sich etwas Neues gesucht. Die, die sich gesperrt haben, die waren monatelang interessant für ihn. Nachdem sie es einmal getan hatten, konnte er sie unter Druck setzen weiterzumachen. Es ging ihm genauso sehr um Macht wie um alles andere.«

Wieder eine Pause, dann sagte Eloise: »Ich habe Sie schockiert. So sieht er gar nicht aus, nicht wahr?«

»Nein«, antwortete Olive. »Und es ist nett von Ihnen, dass Sie mich warnen wollen. Vielen Dank. Aber, wirklich, ich glaube, Sie irren sich. Im Moment hat Michael nur Augen für Sie.«

Eloises Stimme wurde hart. »Sie gestehen mir doch wohl zu, dass ich ihn besser kenne als Sie. Und wenn es nur um Sex ginge, dann wäre es mir egal. Sie sind eine erwachsene Frau, und Sie sehen aus, als könnten Sie ganz gut auf sich aufpassen. Aber das ist nicht alles. Und bei Weitem nicht das Schlimmste.«

»Nicht?«

»Ich habe immer gewusst, dass das eines Tages schiefgehen wird. Dass er in eine Sexfalle tappt oder dass ihm jemand irgendwie ein Bein stellt oder dass er sich die Falsche aussucht. Und genau das hat er getan. Sich die Falsche ausgesucht.«

Noch mehr Geräusche, vielleicht Trinken, ein paar sanfte halblaute Worte. Dann fragte Olive: »Und wer war die Falsche?«

# 81

Schweigen. Garry und Lexy warteten, bis sich das Schweigen veränderte, vom leisen Surren eines laufenden Bandes zu völliger Stille wurde. Lexy wandte sich dem Laptop zu und drückte auf verschiedene Tasten, während die Falten auf ihrer Stirn immer tiefer wurden. Nach fast einer ganzen Minute verkündete sie: »Ende der Datei.«

»War das Band zu Ende?«

»Entweder das, oder der entscheidende Teil ist absichtlich weggelassen worden.« Lexy stand auf und klappte den Laptop zu. »Das Wichtige ist, wenn Eloise auf dem Sterbebett ein finsteres Geheimnis offenbart hat, dann hat Olive es gehört.«

»Wir müssen los«, sagte Garry.

»Stimmt.«

Auf dem Parkplatz vor Samantha Eliotts Cottage war es eng. Trotz aller Eile setzte Garry langsam zurück, und fast augenblicklich piepte der Rückfahrwarner. Er schaute in den Rückspiegel. Hinter ihm waren mindestens anderthalb Meter Platz. Er ließ den Wagen noch ein kleines Stück zurückrollen. Das Piepen wurde schriller.

»Bin gleich wieder da«, knurrte er, stieg aus und ging zum Heck des Wagens.

Nur Zentimeter davon entfernt stand eine niedrige

Mauer, bei Nacht fast unsichtbar und nicht hoch genug, um sie im Spiegel sehen zu können. Er überlegte kurz, dann hob er die Heckklappe an und griff abermals nach seiner Taschenlampe. Gleich darauf rief er Lexy zu, sie solle herkommen.

»Ich weiß, wer hier eingebrochen ist.« Er richtete den Lichtstrahl auf die Farbspuren und die Kratzer im Mauerwerk. »Tangorot metallic«, fuhr er fort. »Die Farbe von Andersons brandneuem Audi. Ich hätte es Ihnen schon früher sagen sollen: Er war Freitagnacht unterwegs, von sieben Uhr abends bis zwei Uhr früh. Der Familie hat er erzählt, er hätte Olives Freunde abgeklappert. Sieht aus, als ob das nicht stimmt. Er war hier.«

»Was bedeutet, dass er von Samantha weiß.«

»Was bedeutet, dass er uns eine ganze Menge verschwiegen hat«, erwiderte Garry.

»Ich lasse ein paar Kollegen herkommen.« Lexy schaute zu dem Cottage zurück. »Das Haus muss von oben bis unten durchsucht werden. Wenn wir nachweisen können, dass die Farbe von Andersons Wagen stammt, haben wir noch mehr Beweise gegen ihn in der Hand. Und ich sage dem Boss Bescheid, dass Samantha Elliott jetzt eine Person von einigem Interesse ist. Er kann jemand zu den Andersons schicken. Mal sehen, ob irgendwer da zugibt, sie zu kennen.«

»Uns könnte allmählich die Zeit knapp werden«, meinte Garry, als sie wieder im Auto saßen. »Gwen hat gesagt, er wäre noch einmal losgefahren, ohne irgendjemandem zu sagen, wohin. Und wenn er hier war, dann hat er vielleicht etwas gefunden, was Samantha zurückgelassen hat. Er könnte wissen, wo die beiden sind.«

Das Resultat der Suche nach Samantha Elliotts Autokennzeichen kam, als Garry und Lexy gerade auf die A1 zufuhren.

»Das Fahrzeug ist am Nachmittag des 17. Dezember zweimal gesichtet worden«, hieß es. »Das erste Mal um 15 Uhr 20 auf der A696 Richtung Norden, bei Kirkhale.«

Der 17. Dezember war der Tag, an dem Olive aus dem Hotel in Hexham verschwunden war. Garry nahm Gas weg – das Wetter war wie erwartet im Landesinnern schlechter – und scrollte durch das Display des eingebauten Navigationsgeräts. Die A696 war die logische Route aus der Gegend um Newcastle heraus, wenn man nach Norden wollte und nicht direkt nach Westen. Und 15 Uhr 20, das war nicht lange bevor Samantha Olive in Hexham begegnet war. Das bedeutete, dass sie wahrscheinlich nicht viel weiter gefahren war als bis nach Kirkhale.

»Das zweite und letzte Mal war auf der A68 in Richtung Süden, kurz bevor sie die A696 kreuzt. Das war um 16 Uhr 18.«

Garry fuhr auf die A1 auf.

»Sonst nichts?«, fragte Lexy.

»Überhaupt nichts. Entweder ist das Auto irgendwo abgestellt worden, oder es war in den letzten zwei Tagen auf Seitenstraßen unterwegs, wo es keine Kameras gibt.« Lexy bedankte sich bei dem Kollegen und beendete das Gespräch. »Hilft das?« Sie sah Garry an.

»Sehr viel.« Nach einem kurzen Blick zurück – hinter ihnen war niemand – scrollte er auf dem Navi nach Westen und zoomte. »Auf der A68 gibt es noch eine Kamera, gut elf Kilometer von der entfernt, die Elliotts Wagen aufgenommen hat. Das heißt, dass er vorher von der Straße abgefahren ist. Und ob das nun hilft oder nicht, wir wissen bereits, dass keine der beiden Kameras am Donnerstagabend Olives Kennzeichen erfasst hat.«

Lexy sah aus, als hätte sie Mühe mitzukommen, und Garry ermahnte sich im Stillen, dass schließlich nicht jeder über sein enzyklopädisches Wissen in Sachen Verkehrskameras verfügte.

»Elliott hat sich schlaugemacht, wo die Kameras sind, damit sie ihnen aus dem Weg gehen konnte«, fuhr er fort. »Am Donnerstagabend hat sie das wahrscheinlich nicht für nötig gehalten, denn sie hat gedacht, sobald sie von der A68 runter ist, haben wir keine Chance, sie zu tracken.«

»Und sie hatte recht, nicht wahr?«

»Nicht unbedingt.« Garry blickte sich in alle Richtungen um, bevor er sich wieder dem Navi zuwandte. Auf der A1 war es ruhig, und die Straße war gestreut worden, doch konnte er durch den Schnee nur sehr wenig von der Asphaltoberfläche sehen. »Zwischen diesen beiden Kameras zweigen zwei Straßen in Richtung Westen von der A68 ab, und auf beiden kommt man zu einem Dorf namens Bellingham.« Er tippte auf den Bildschirm. »Wenn Sie ranzoomen, sehen Sie's. Ich nehme an, da wollte Elliott am Donnerstag hin, was bedeutet, die beiden Frauen könnten jetzt dort sein. Wenn wir ihnen folgen wollen, muss ich die A69 nehmen, und die ist da vorn. Ist nicht mehr weit. Ihre Entscheidung.«

Einen Moment lang schwieg Lexy, dann fragte sie: »Und wenn sie nach Osten gefahren ist?«

»Warum?« Die Frage erschien Garry sinnlos. »Von der A696 zur A68. Das heißt, sie war nach Westen unterwegs. Warum sollte sie umdrehen und nach Osten fahren?«

Lexy antwortete nicht.

»Überlegen Sie doch mal«, drängte er. »Wir wissen, dass sie und Olive von Hexham aus nach Norden gefahren sind, aber nicht auf den Hauptstraßen. Bellingham liegt nordwestlich von Hexham.«

»Da haben Sie wohl recht.«

»Also, fahren wir nach Hause oder nach Bellingham?«

Noch immer machte sie ein unentschlossenes Gesicht. »Und was machen wir, wenn wir da sind? Die ganze Nacht rumfahren und hoffen, dass wir ihr Auto sehen?«

»Schauen Sie mal in meine Tasche«, sagte Garry. »Gestern Abend habe ich eine Liste sämtlicher Feriencottages und Airbnb-Adressen in der Gegend ausgedruckt. Ich hatte vor, die alle abzutelefonieren. Es ist möglich, dass die beiden in einem von denen mit einer Bellingham-Postleitzahl sind. Wenn sie es so weit geschafft haben.«

»Was soll das heißen?«

»Nichts. Gar nichts. Es ist der beste Plan, den wir haben. Fahre ich jetzt da rauf oder nicht?«

Lexy nickte. Im allerletzten Moment bog Garry nach Westen ab.

»Okay, es bleiben noch fünf Möglichkeiten«, verkündete sie vierzig Minuten später. »Ein paar im Zentrum von Bellingham, aber die habe ich nicht berücksichtigt. Wenn Olive nicht freiwillig mitgefahren ist, will Elliott sie bestimmt nicht in Schreidistanz zu anderen Menschen haben.«

Garry nickte einfach nur, um zu zeigen, dass er verstand. Es schneite wieder heftig, und die Scheibenwischer hatten Mühe, die Windschutzscheibe freizuhalten. Obendrein wurden die Straßen auch noch immer schlechter, je weiter sie nach Norden kamen, und er musste sich voll und ganz aufs Fahren konzentrieren.

Trotzdem waren sie inzwischen nur noch sechs Kilometer von Bellingham entfernt, und unter normalen Umständen hätten sie den Rest der Strecke binnen weniger Minuten zurückgelegt. Dies hier waren keine normalen Umstände. Schneeverwehungen zu beiden Seiten hatten die Straße in eine schmale weiße Halfpipe verwandelt, und selbst wenn er sich dort hielt, wo Garys Einschätzung nach genau die Mitte war, verloren seine Reifen alle paar Minuten die Bodenhaftung. Wenn er anhalten und den Wagen aus einer Schneewehe ausgraben müsste, könnte es bis zu einer Stunde dauern, Bellingham zu erreichen. Wenn sie es überhaupt schafften.

Die wenigen Betreiber von Feriencottages, die Lexy hatte erreichen können, hatten gesagt, sie würden in den Wintermonaten nicht vermieten. Bei einigen war keiner ans Telefon gegangen, und trotz der sehr offiziellen Nachrichten, die sie hinterlassen hatte, hatte niemand zurückgerufen.

Als Garry fühlte, wie die Reifen abermals durchdrehten, schlug er das Lenkrad ganz, ganz leicht ein, und sie griffen wieder. Sein Herz schlug so wie sonst nur beim Laufen, und er konnte spüren, wie ihm zwischen den Schulterblättern der Schweiß ausbrach.

»Außerdem gibt's da noch ein paar Wohnwagen-Campingplätze«, berichtete Lexy, während ihre Hand den Türgriff umklammerte – bei einem Beifahrer ein todsicheres Zeichen von Nervosität. »Die müssten doch auch möglich sein, meinen Sie nicht?«

Der erste Platz kam gerade auf der rechten Seite in Sicht. Mit genügend Polizisten könnte das kleine Dorf Bellingham innerhalb einiger Stunde gründlich durchsucht werden, doch Garry bezweifelte, dass die zuständige Dienststelle ihre Leute allein aufgrund seiner Vermutung hier rausschicken würde.

Er fuhr weiter. Campingplätze waren eine Möglichkeit, aber Feriencottages waren wahrscheinlicher. Halt dich an Plan A. Jetzt hatten sie den Rand des Dorfes erreicht, und eingeschneite Fahrzeuge oder gleichermaßen gefährliche Hindernisse waren zu einer echten Bedrohung geworden. Als sie an die erste Kreuzung kamen, sahen sie einen anderen Wagen näher kommen. Als dieser auf sie zuschleuderte und er einen Zusammenstoß nur ganz knapp vermeiden konnte, war ihm klar, dass er eine Pause brauchte.

»Ich halte mal an«, verkündete er, als er ein kleines Stück vor ihnen ein Parkplatzschild erblickte. »Dann können wir uns die Liste anschauen und versuchen, auszuknobeln, welche Adresse am wahrscheinlichsten sind. Vieles davon liegt bestimmt an einspurigen Straßen. Da kommen wir vielleicht nicht hin, nicht mal mit dem hier.« Er tätschelte das Armaturenbrett. »Nicht mal mit mir am Steuer.«

In einer weiten Kurve fuhr er durch den Schnee auf den Parkplatz. Hier war der Schnee sogar noch tiefer als auf der Straße, doch die Gefahr, irgendetwas zu rammen, war nicht mehr so groß. Nur ein anderes Fahrzeug stand auf dem kleinen Platz.

»Okay, also, die meisten von den Cottages sind auf dieser Karte hier.« Lexy balancierte ihren Laptop auf den Knien.

»Ich würde vorschlagen, wir fahren zuerst zu dem, das am nächsten ist. Ich meine, solange wir keine besseren ...«

»Lexy«, sagte er.

»... Informationen haben, bringt es ja nichts, wenn wir's uns schwer machen. Also, Waterfall Lodge. Wenn Sie umdrehen, müssen Sie sich links halten und dann die Nächste links.«

»Lexy«, sagte er. »Das ist sinnlos. Sie haben es nicht bis zu dem Feriencottage geschafft.«

»Wie meinen Sie das?«

Mit einem Nicken deutete er auf das einzige andere Auto auf dem Parkplatz. Ein schwarzer Mitsubishi Warrior.

»Ist das ...?« Lexys Augen waren tellergroß geworden.

»Jep.«

Samantha Elliotts Wagen parkte keine fünfzehn Meter von ihnen entfernt.

Also ...

»Wenn sie es bis nach Bellingham geschafft hätten, egal, welches Cottage Elliott gemietet hat, dann hätte sie ihr Auto inzwischen geholt.«

Lexy machte ein verdutztes Gesicht. »Verstehe ich nicht.«

»Sie hat ihre Spuren verwischt, wissen Sie noch? Am Donnerstagabend hat sie sich bestimmt irgendwo hier im Dorf von einem Taxi abholen und nach Hexham bringen lassen, wahrscheinlich von einem Fahrer mit fragwürdiger Buchführung, der nichts mit der Polizei am Hut haben dürfte. Sie hatte vor, in Olives Auto zum Cottage zurückzufahren, aber dann ihr eigenes zu holen, damit es nicht zu lange draußen rumsteht. Das bedeutet, das Cottage ist wahrscheinlich von hier aus das Nächste.«

»Waterfall Lodge. Wir können sofort dort sein, wahrscheinlich können wir zu Fuß gehen.«

»Sie haben es nicht geschafft. Der Wagen ist noch hier.«

Lexy verstummte, und er ließ ihr Zeit, mental aufzuholen. »Und wo sind sie dann?«

Garry ließ den Motor an und wendete.

»Sie sind von der Straße abgekommen«, sagte er, während er vom Parkplatz fuhr. »Das geht mir schon im Kopf rum, seit ich am Freitag ganz früh morgens auf dem Weg nach Hexham ein paar Leute aus ihrem stecken gebliebenen Auto gerettet habe. Ist 'ne lange Geschichte. Donnerstagnacht war es besonders schlimm draußen. Rapide fallende Temperaturen und frischer Schnee auf nassen Straßen. Zwei Tage später haben wir immer noch überall im Nordosten gestrandete Fahrzeuge, und Olives Auto ist bestimmt eins davon.«

»Und wo fahren wir dann jetzt hin?«

»Die beiden suchen. Halten Sie die Augen offen, Boss.«


»Wonach suchen wir eigentlich genau?«, erkundigte sich Lexy, als sie Bellingham hinter sich ließen und von Neuem in die weiß gesprenkelte Finsternis eintauchten. Diesmal in Richtung Süden, auf der Straße, die – vorausgesetzt, er hatte recht – Olive und Samantha genommen haben mussten, um das Dorf zu erreichen. »Nach Spuren?«

»Sind längst zugeschneit«, erwiderte Garry.

Lexy furchte die Stirn. »Ein Unfallauto wäre doch entdeckt worden. Wir können doch nicht die Ersten sein, die seit Donnerstagnacht hier langfahren.«

»Sind wir auch nicht.« Dafür hatte Garry bereits Beweise gesehen: etliche frische Reifenspuren, die noch nicht vom

Neuschnee zugedeckt worden waren, außerdem ältere auf dem Gras am Straßenrand. »Das Auto werden wir also wahrscheinlich nicht sehen. Das heißt, wir halten Ausschau nach Schäden. Am wahrscheinlichsten sind kaputte Hecken.«

Als Bellingham einen Kilometer hinter ihnen lag und man nicht einmal mehr die Lichter am äußersten Dorfrand sehen konnte, fragte Lexy: »Wenn sie noch im Auto sind, sind sie dann noch am Leben?«

»Gut wird's ihnen nicht gehen«, sagte er. »Denken Sie doch mal daran, in was für einer Verfassung Sie waren, und Sie haben nur ein paar Stunden gewartet.«

Ihre Stimme wurde leiser. »Sie sind tot, nicht wahr?«

Garry wünschte, sie würde so etwas nicht fragen. Wenn sie im Begriff waren, zwei Leichen zu finden, brachte es doch nichts, sich das Grauen vorher auszumalen. Aus leidvoller Erfahrung wusste er, dass das nicht half.

Zwei Kilometer hinter Bellingham hatten sie nichts als Schnee, schnell verschwindende Autospuren und eine scheinbar endlose nächtliche Landschaft gesehen.

Als sie fast drei Kilometer zurückgelegt hatten, zweifelte Garry allmählich daran, dass es klug wäre weiterzufahren. Er fuhr nicht einmal dreißig, aber trotzdem kam ihm das geradezu leichtsinnig schnell vor. Sie näherten sich einer kleinen Steinbrücke über den Oberlauf des Tyne. Die Brücke war steil und schmal und von einer dicken Schneeschicht bedeckt. Garry trat aufs Gaspedal und ermahnte sich, dass man zum guten Fahren hin und wieder Mut brauchte. Der Wagen erreichte die Steigung, und die Reifen hatten Mühe, Halt zu finden.

»Garry, halt!«

Ganz schlechte Idee. Wenn er jetzt bremste, würden sie wegrutschen, und er würde nicht kontrollieren können, in welche Richtung. Er fuhr weiter und nahm den Fuß erst vom Gas, als sie auf der anderen Seite waren und die Brücke wieder hinunterrollten.

Lexy drehte sich auf ihrem Sitz um. »Der Zaun war kaputt. Auf der rechten Seite. Das ist kein Witz, Garry, ich hab's gesehen.«

Garry schaltete die Warnblinkanlage ein, ließ den Wagen ausrollen und lenkte ihn an den Straßenrand. Ihm war nichts aufgefallen, doch ein nervöses kleines Pochen in seinem Kopf sagte ihm, dass Lexy sich nicht irrte.


Wie nicht anders zu erwarten gewesen war, bestand Lexy darauf, ihn zu begleiten. Zu Fuß überquerten sie erneut die Brücke und sanken knietief in den Schnee ein, als sie von der Straße heruntertraten. Garry nahm Lexys Hand, und sie hatte anscheinend nichts dagegen.

Sie hatte recht. Ein ganzes Teilstück des Zauns war niedergemäht worden. Sie fanden es, unter einer Schneedecke noch immer zu erkennen, ungefähr fünf Meter von dort entfernt, wo es gestanden hatte.

»Alles okay?«, erkundigte er sich und sah aus dem Augenwinkel, wie sie nickte.

Das Gelände vor ihnen, das im Mondlicht blass-silbergrau schimmerte, war abfallendes Moorland. Ganz kurz sah Garry Heidelbeer- und Ginsterbüsche aus dem Schnee hervorragen und wusste, dass sie aufpassen mussten, wo sie hintraten. Bestimmt gab es hier tief im Untergrund festsitzende Felsbrocken, auf denen man umknicken konnte, gar nicht zu reden von Brombeerranken, die sich wie Fangschlingen kreuz und quer über den Boden zogen.

Eine spärliche Baumgruppe – Kiefern – lag vor ihnen. Ein außer Kontrolle geratenes Auto hätte da unmöglich weit hindurchrauschen können.

Es gab keine Reifenspuren, denen sie hätten folgen können. Ein paar Tierfährten, die Abdrücke von Vogelfüßen, aber nichts, was gezeigt hätte, dass sie auf der richtigen Spur waren. Alles, was sie tun konnten, war, der wahrscheinlichen Flugbahn eines Autos zu folgen, das ins Schleudern geraten und von der Straße abgekommen war.

Hinter den Kiefern stand eine kleinere, dichtere Baumreihe. Weiden bedeuteten, dass ganz in der Nähe ein Fluss war. Ein stürzendes Auto konnte nicht über einen Fluss hinweggeschossen sein, nicht einmal über einen, der so schmal war wie der Tyne an dieser Stelle.

Garry ließ den Blick über die Baumreihe wandern, sah den zusammengewehten Schnee, die alten, knorrigen Stämme, die Neigung des Geländes.

»Ich sehe was«, sagt er.

Die Unterseite des verunglückten Wagens, nur teilweise von Schnee bedeckt, war ungefähr zwanzig Meter entfernt. Das Fahrzeug lag fast auf dem Dach.

»Ich auch.« Lexys Stimme klang völlig emotionslos. »Ist das Olives Auto?«

»Es ist ein silberner Audi A3«, antwortete er. »Ja, ich würde es melden.«

Er ging weiter, während Lexy auf dem Revier in Middlesbrough anrief. Northumbria würde sich um den

Unfall kümmern, Olive Andersons Verschwinden jedoch war Clevelands Fall. Garrys und Lexys Vorgesetzte würden diejenigen sein, die Michael Anderson davon in Kenntnis setzten, dass das Auto seiner Frau gefunden worden war.

Gleich würde er wissen, was sie dem Abgeordneten außerdem noch mitteilen müssten.

Garry war zehn Meter weit weg, als ihm klar wurde, in was für einer prekären Lage sich der Audi befand. Der Tyne hatte im Laufe der Jahre eine Schlucht in die Landschaft gefräst, und alte Weiden, die einst stolz an seinen Ufern gestanden hatten, klammerten sich jetzt an deren Ränder. Eine von ihnen hatte den rollenden Wagen aufgehalten. Einen oder zwei Meter weiter rechts oder links, und er wäre über den Rand gekracht, was für die Frauen darin fast sicher den Tod bedeutet hätte.

Wahrscheinlich waren sie sowieso tot.

»Olive?«, rief er. »Olive Anderson? Samantha Elliott? Hört mich jemand?«

Das Rascheln eines Vogelschwarms, der aus den Baumwipfeln aufflog, das Wispern von Schnee, der von den Ästen über ihm fiel. In der Ferne bellte ein Fuchs. Sonst nichts.

Noch war keines der Fenster des Autos zu sehen. Er würde ganz dicht herangehen müssen, um hineinsehen zu können. Garry sagte sich, dass er doch schon viele Opfer von Verkehrsunfällen gesehen hatte. Dass diese beiden nichts sein würden, womit er es nicht schon öfter zu tun gehabt hätte. Er überlegte, wer wohl George und Anne Charles sagen würde, dass ihre geliebte Tochter tot war.

»Bleiben Sie bitte hinter mir«, sagte er zu Lexy, als er ihre Schritte näher kommen hörte. »Wir wissen nicht genau, wie das Gelände hier beschaffen ist.«

Er würde das tun, beschloss er. Sie hatten es verdient, es von einem Freund zu erfahren.

Zu seiner Überraschung erhob Lexy keine Einwände. Wahrscheinlich hatte sie noch nie einen Toten gesehen. Einen Moment lang bedauerte Garry es, dass sie diese Erfahrung hinterher für alle Zeit mit ihm assoziieren würde.

Noch fünf Meter. Er war groß genug, um jetzt die rechte Seite des Wagens sehen zu können, die zum Nachthimmel emporschaute. Er konnte deutliche Spuren der brutalen Prügel sehen, die das Auto auf seiner kurzen letzten Reise von der Straße hier herunter bezogen hatte. Der Strahl seiner Taschenlampe fiel auf eine dunkle Schliere auf dem silbergrauen Lack, und er wusste, das war Blut.

Drei Meter. Zwei. Er war fast nahe genug, dass er das Auto hätte berühren können, doch der Boden fiel steil ab, und er wollte nicht auf den Wagen kippen. Dankbar für seine Körperlänge leuchtete er ins Innere hinein.

Das Auto war leer.

# 82

*Zwei Stunden früher*

Mit einer letzten, schmerzhaften Kraftanstrengung zog Olive die Fremde auf den festen Untergrund am Rand der Schlucht. Die alte Weide, die das Auto zwei lange Tage festgehalten hatte, war stark genug gewesen, dass sie sich in Sicherheit bringen konnten.

Ihre Lage war nach wie vor ernst. Sie waren noch immer völlig durchgefroren, standen ein ganzes Stück von der Straße entfernt im tiefen Schnee und waren beide verletzt. Die andere Frau hatte einen schweren Schlag gegen den Kopf bekommen und war stundenlang bewusstlos gewesen. Innere Verletzungen, die sich heimlich zerstörerisch auf ihr Hirn auswirkten, waren durchaus möglich. Olive selbst hatte sich mit an Sicherheit grenzender Wahrscheinlichkeit mehrere Rippen gebrochen – das Atmen tat immer noch höllisch weh –, und ihr Knöchel vermochte ihr Gewicht kaum zu tragen. Außerdem wusste sie, dass sie beide um einiges über das Frühstadium einer gefährlichen Unterkühlung hinaus waren. Das Zittern hatte schon lange aufgehört, und die Versuchung, sich im Schnee zusammenzurollen und zu schlafen, war bedrohlich stark. Und obendrein war es schon seit etlichen Stunden dunkel, und es würde wieder kälter werden.

Die Fremde keuchte noch immer von der Anstrengung, aus dem Wagen zu klettern. »Ich dachte, du wärst Maddy. Als ich dich eben gesehen habe, dachte ich, sie wäre es.«

»Ich weiß«, antwortete Olive. »Wir haben uns wirklich ein bisschen ähnlich gesehen. Die Leute haben uns immer für Schwestern gehalten. Du bist Sam, nicht wahr? Ich hätt's mir denken sollen.«

Olive hatte nie ein Bild von der Frau sehen wollen, die Maddys Leben teilte, von der Frau, die Maddy geheiratet hatte. Sie hatte sie nie als reale Person betrachten wollen. Sie wartete darauf, dass der Hass, den sie so lange empfunden hatte, über sie hinwegflutete, so wie immer, wenn sie an diese Frau dachte. Sam Elliott hatte Maddy misshandelt und genötigt, lange bevor sie Olive erpresst und entführt und sie dabei geschlagen und zu Tode geängstigt hatte.

Jetzt wäre es das Einfachste der Welt, sie hier zurückzulassen. Von ihnen beiden war Sam bei Weitem in schlechterer Verfassung. Allein würde sie nicht in der Lage sein, sich weit von dem Auto fortzubewegen. Niemand würde Olive Vorwürfe machen, wenn sie jetzt wegginge.

Sam drehte sich um, griff nach Olives Hand und sah ihr in die Augen. »Weißt du, wo sie ist? Ich will sie nur finden. Was ich mit dir gemacht habe, tut mir leid, aber ich weiß, dass dein Mann weiß, wo sie ist. Ich weiß, dass er ihr geholfen hat, von mir wegzukommen, und sie hatte ja auch bestimmt ihre Gründe, aber ...«

Im Gesicht der anderen Frau sah Olive das Spiegelbild des Kummers, den sie selbst so lange durchlitten hatte. Sam hatte Maddy ebenfalls geliebt.

Nein. Sam hatte Maddy wehgetan, hatte sie zusammengeschlagen, als sie den Verdacht gehabt hatte, sie würde fremdgehen. Olive dachte an Maddys geschwollenes, blutendes Gesicht, und ihr Herz verhärtet sich. Nichts, was sie jemals getan hätte, wäre leichter gewesen, als wegzugehen und dieses Miststück krepieren zu lassen.

Doch sie brauchte Sam. So einfach war das.

»Wir müssen los.« Mühsam kam sie auf die Beine und streckte die Hand aus, um Sam aufzuhelfen. »Schaffst du's bis zur Straße?«

Als Antwort seufzte Sam und schien in sich zusammenzusinken.

»Steh auf.« Olive zerrte am Arm der anderen. Schmerzdolche bohrten sich in ihren eigenen Brustkorb. »Sam, du musst aufstehen. Wir sterben, wenn wir hierbleiben.«

Die andere Frau rührte sich nicht. Sie sah aus, als wäre sie gar nicht fähig, sich zu bewegen. Rasch schaute Olive zum Auto zurück. Beide Taschen, mit den Handys darin, waren im Kofferraum, und es könnte möglich sein, sie da herauszuholen. Vielleicht waren die Akkus ja noch nicht ganz tot.

»Ich will doch nur mit ihr reden«, sagte Sam.

Es war das Risiko nicht wert. Wenn Olive noch einmal zum Auto ging, wenn sie noch einmal daran herumhantierte, könnte es über den Rand kippen. Und außerdem hielt ihr Handy ohne Aufladen nie länger als ein paar Stunden durch.

»Hoch mit dir.« Sie stieß Sam mit dem Fuß an. »Ich weiß, was mit Maddy passiert ist. Ich erzähl's dir unterwegs.«

Dieses Versprechen schien zu wirken, Sam ließ sich auf die Beine ziehen. Olive schlang den Arm um ihre Taille und machte die ersten schweren Schritte dorthin, wo ihrer Meinung nach die Straße war.

»Ich habe Jahre gebraucht, um dich zu finden«, keuchte Sam, nachdem sie ein paar Meter zurückgelegt hatten. »Damals, als sie verschwunden ist, haben ein paar Freundinnen etwas von einer Frau namens Olive gesagt.« Sie verstummte, um wieder zu Atem zu kommen. Die Farbe in ihrem Gesicht verblasste erneut zu krankhaftem Grau.

»Weiter.« Olive schleppte sie mit.

»Alles, was die wussten, war, dass du Krankenschwester bist«, fuhr Sam ein paar Sekunden später fort. »Ich hab's in jedem Krankenhaus im ganzen Nordosten versucht, aber keiner von denen wollte mir irgendwas sagen.«

Olives unverletztes Bein sank knietief in den Schnee und brachte sie beide aus dem Gleichgewicht. Beide Frauen fielen hin. Beim zweiten Mal war das Aufstehen schwerer.

»Als Michael Anderson eine Frau namens Olive geheiratet hat, da wusste ich, das konnte kein Zufall sein«, sagte Sam, als sie einen langsamen, aber gleichmäßigen Schrittrhythmus gefunden hatten. »Ich wusste, ihr beide musstet unter einer Decke stecken. Ich wusste, dass du mich zu ihr führen würdest.«

Vor ihr und ein Stück über ihnen konnte Olive den Zaun entlang der Straße sehen und die Lücke darin, die der Wagen gerissen hatte. Nicht mehr weit.

»Er wird nach uns suchen«, sagte Sam. Olive staunte, dass sie noch genug Energie zum Reden hatte. Einfach nur einen Fuß vor den anderen zu setzen, war alles, was sie fertigbrachte. Dann wurde ihr klar, was die andere Frau gerade gesagt hatte.

»Wer wird nach uns suchen?«

»Dein Mann. Anderson.«

Olive blieb stehen. »Warum?«

»Ich habe ihm eine SMS geschickt, während du im Hotel ausgecheckt hast. Und ein Bild von dir angehängt. Er weiß, dass du mit mir weggefahren bist.«

Olive zwang sich weiterzugehen und schleifte Sam mit. »Was hast du ihm denn geschrieben?«

»So was Ähnliches wie *Sag mir, was du mit meiner Frau gemacht hast, dann kriegst du deine vielleicht wieder.* Was, glaubst du, wird er gemacht haben?«

»Geh weiter.«

Also hatte Michael Bescheid gewusst, fast noch bevor sie und Sam das Hotel verlassen hatten. Beinahe zwei Tage waren vergangen. Hatte er nichts unternommen?

Direkt neben der Straße fiel das Gelände steil ab, und als die Frauen oben auf der Böschung ankamen, waren beide der Erschöpfung nahe. Sam sank auf die Knie.

»Sag's mir«, bat sie. »Bitte. Ich will nur wissen, dass sie okay ist.«

Olive hockte sich neben sie und wusste, dass ein Teil von ihr bei dem, was sie gleich sagen würde, gemeine, boshafte Freude empfinden würde. Sam hatte es verdient, Schmerzen zu fühlen.

»Maddy ist tot.« Es zu beschönigen, hatte doch keinen Sinn.

Die andere Frau fuhr zurück. »Das kann nicht sein. Der Mann im Jachthafen, der hat gesagt, er hat sie gesehen. Ich habe ihm ein Foto von ihr gezeigt. Er hat gesagt, er hätte sie erst vor ein paar Wochen auf dem Boot der Andersons gesehen.«

»Das ist unmöglich. Wenn du den Schleusenwärter meinst, der hat wahrscheinlich gedacht, du suchst mich. Sie ist tot. Die Andersons haben sie umgebracht.«

## 83

In dem ersten Fahrzeug, das am Unfallort eintraf, saß ein Verkehrspolizist aus Northumberland, der ihnen mitteilte, dass noch weitere Streifen- und Abschleppwagen unterwegs seien. Der Unfall hatte Vorrang vor allen anderen liegen gebliebenen Autos in der Gegend. Während der Mann den Abhang hinunterging, um den Fundort selbst in Augenschein zu nehmen, machte Garry einen Rundgang, den Blick fest auf den Boden geheftet. Lexy saß zu seiner Erleichterung wieder in seinem Auto und hatte die Heizung an.

Der Schneefall hatte im Laufe der letzten Stunde nachgelassen, doch der Wind war stärker geworden und schob Schneewehen über sämtliche freien Flächen. Er konnte keinerlei Fußspuren ausmachen, weder am Straßenrand noch irgendwo in der Nähe des Unfallwagens. Samantha und Olive hatten den Audi schon vor Stunden verlassen, vielleicht sogar vor Tagen. Sie konnten überall sein.

Wohl wissend, dass er sich hier wahrscheinlich an einen Strohhalm klammerte, öffnete er eine App auf seinem Handy, eine, die er bisher kaum jemals benutzt hatte. Er tippte drei Worte in das Suchfeld: *Richter, Balken, begeistert.*

Sein Handy klingelte. Es war Ben auf dem Revier.

»Garry, ich kann Lexy nicht erreichen, können Sie ihr was ausrichten?«

Garry versicherte, dass er das konnte.

»Wir haben das Foto von Samantha Elliot an verschiedene Kontaktpersonen von Michael Anderson schicken lassen. Seine Wahlkreisvertreterin hat sie wiedererkannt. Anscheinend ist sie ein paar Mal im Büro aufgekreuzt, nachdem ihre Frau oder Freundin verschwunden war. Schien zu glauben, Anderson hätte irgendwas damit zu tun. Sie beschreibt sie als unhöflich, sogar aggressiv und sagt, sie hätte ihr mit der Polizei drohen müssen, damit sie Leine zieht.«

»Garry!« Lexy kam auf ihn zu. Er bedankte sich bei Ben und beendete das Gespräch.

»Wir können Anderson nicht finden«, berichtete sie, als sie bei ihm ankam. »Er geht nicht ans Handy, und Gwen sagt, sie hat schon seit Stunden nichts mehr von ihm gehört.«

»Sie müssen wieder ins Auto.« Während er ihr erzählte, was Ben gesagt hatte, nahm er ihren Arm und ging mit ihr die Straße hinauf.

»Könnten die beiden sich verirrt haben?« Lexy schaute zu dem schrottreifen Wagen hinunter. »Die Orientierung verloren und aufgegeben haben?«

»Möglich«, meinte Garry, der gerade Funkellichter in der Ferne erspähte. Die Abschleppwagen rückten an. »Können wir wieder los?«, fragte er, als sie beim Auto ankamen.

»Wohin denn?«

»Wo wir gleich hätten hinfahren sollen, als Sie's gesagt habe. Zur Waterfall Lodge.«

## 84

*Vor zwei Jahren, Donnerstag, 13. September,*
*Eloises letzte Nacht*

Olive stützte Eloises Kopf mit einer Hand, mit der anderen hielt sie der Sterbenden ein Glas Wasser an die Lippen. »Schön langsam«, sagte sie leise, obwohl sie am liebsten geschrien hätte. »Lassen Sie sich Zeit.«

Eloise gab zu verstehen, dass sie genug hatte, und Olive ließ ihren Kopf sanft wieder aufs Kissen sinken. Dann stellte sie das Glas auf den Nachttisch und setzte sich. Sie zwang sich, etliche Sekunden zu warten, ehe sie fragte: »Und wer war die Falsche?«

Eloise gab ein leises, krächzendes Auflachen von sich. »Gott, wenn es nur eine gewesen wäre! Aber auf Michael ist Verlass, er hat sich so ziemlich zur selben Zeit gleich mit zwei Falschen eingelassen. Die Erste hieß Tina Tricks.«

Während Eloise einen Moment innehielt, um wieder zu Atem zu kommen, runzelte Olive die Stirn. »Wahrscheinlich haben Sie noch nie von der gehört, obwohl sie in gewissen Kreisen durchaus berüchtigt ist«, fuhr Eloise nach ein paar Sekunden fort. »Sie ist die Frau eines hiesigen Gangsters. Genau die Leute, die Michael zu erledigen versprochen hat, als er gewählt worden ist. Ich hab's Ihnen doch gesagt, er konnte Gefahr einfach nicht widerstehen.«

»Und diese Tina, die war bei diesen ... diesen flotten Dreiern dabei?«

»Nicht lange. Ihr Mann hat es rausgefunden. Es würde mich nicht überraschen, wenn er das die ganze Zeit geplant und seine Frau als eine Art Sexfalle benutzt hätte.«

Wieder eine Pause, während Eloise vor Schmerz das Gesicht verzog.

»Das Resultat war, dass Michael sich einverstanden erklärt hat, in Sachen organisiertes Verbrechen einen Rückzieher zu machen. Und ich musste einen Geldwäschefall ad acta legen, der kurz davor war, vor Gericht zu kommen. Meine berufliche Reputation hat sich davon nie erholt. Nur eins der vielen Dinge, für die er hoffentlich in der Hölle verfault.«

Michael Anderson war also in Gangstergeschichten verwickelt. Das konnte Olive verwenden, das war ihr klar. Aber es war nicht genug. »Sie haben etwas von *zwei* falschen Frauen gesagt?«

Ganz kurz sah Eloise ihr in die Augen. »Haben Sie schon mal von Maddy Black gehört?«

Jetzt pochte Olives Herz sehr schnell. »Ich glaube nicht. Wer ist das?«

»Sie war eine Aktivistin bei Michaels Wahlkampf. Jung und sehr hübsch. Dunkle Haare, dunkle Augen, sexy Figur. Ganz anders als ich, und damit perfekt. Verstehen Sie, Michael hatte im Bett gern Kontraste.«

Jäh musste Olive an Maddy im Bett denken: an ihre babyweiche Haut, ihre Energie und ihre Verspieltheit. Sie fühlte, wie sich ihre Hände zu Fäusten ballten.

»Ich habe ihm gesagt, das wäre idiotisch und dass sie völlig ungeeignet sei. Sie hatte keinerlei nennenswerte gesellschaftliche Position. War nicht einmal glücklich verheiratet. Ich glaube, sie war auf der Suche nach einem Ausweg aus ihrer Situation.«

Ja, ein Ausweg, um mit Olive zusammen zu sein.

»Aber sie war einverstanden?«, wollte sie wissen.

»Sie hatte eine eigene Agenda, wie wir bald herausgefunden haben. Sie war einverstanden. Also haben wir uns getroffen. Ein paar Mal. Und, nun ja, Sie können es sich ja bestimmt vorstellen.«

Olive schluckte ihre Wut hinunter. Wenn sie jetzt ihre wahren Gefühle zeigte, würde Eloise kein Wort mehr sagen. »Wo haben Sie sich denn getroffen?«, fragte sie.

»Ein paar Mal im Wahlkreisbüro. Meistens auf dem Boot.«

»Auf dem, das Sie im Jachthafen von Hartlepool liegen haben?«

Eloise nickte kaum wahrnehmbar. »Ja, auf dem. Wir haben uns alle drei freigenommen und uns dort getroffen. Manchmal sind wir rausgefahren und haben irgendwo an einer Boje festgemacht, aber da war Michael nie so scharf drauf. Das Risiko, gesehen zu werden, das hat ihn angeturnt.«

»Ehrlich gesagt, ich glaube, ich erinnere mich an eine Maddy Black«, sagte Olive langsam. »Zumindest glaube ich, dass sie so hieß. Ist die nicht vor ein paar Jahren verschwunden? Sie ist aber nie offiziell für tot erklärt worden. Ihre Leiche wurde nie gefunden.«

»Sie ist tot«, sagte Eloise. »Dafür hat er gesorgt.«

Wieder ballten Olives Hände sich zu Fäusten. »Was sagen Sie da?«

»Sie wurde zu anhänglich, wollte ständig wissen, wann sie und Michael sich wieder treffen könnten. Hat angefangen, ihn in seinem Büro in London anzurufen und zu Hause. Ist auch dort aufgetaucht. Michael hat ihr erklärt, dass Schluss sein müsste, und sie hat das nicht akzeptieren wollen. Stellen Sie sich die allerschlimmste, schmerzhafteste Trennung vor, und das dann hoch zehn. So war sie. Und dann ist sie fies geworden, hat gedroht, sich an die Presse zu wenden, hat Geld von uns verlangt. Es schien keinen Ausweg zu geben.«

Olive spürte, wie sich in ihrem Kopf alles drehte. So wie Eloise es schilderte, hörte es sich an, als wäre Maddy von Anderson besessen gewesen. Wie passte das damit zusammen, wie beklommen sie während ihrer letzten gemeinsamen Tage gewesen war?

»Und da das gleich nach der Geschichte mit Tina Tricks war, war Michael wohl ziemlich dicht vorm Ausrasten, glaube ich.«

Olive sagte sich, dass sie das alles später verarbeiten könne. Jetzt musste sie Eloise reden lassen.

»Und was ist passiert?«

»Wir haben sie gebeten, sich nachmittags mit uns auf dem Boot zu treffen. Um das Ganze zu besprechen, haben wir ihr gesagt. Ich glaube, Michael hat angedeutet, dass wir vorhätten, uns zu trennen. Er wollte sichergehen, dass sie kommt. Also habe ich sie vom Bahnhof abgeholt und zum Jachthafen gebracht, wo wir uns mit Michael getroffen haben. Und dann sind wir rausgefahren.«

»Raus?«

»Aus dem Hafen. Nur war das Wetter fürchterlich. Windstärke sechs, in Böen sieben, und sehr hohe Wellen. Und das alles bei einer sehr starken Springtide. Wir hätten auf keinen Fall auslaufen dürfen, aber Michael hat gesagt, wir wollten unseren neuen Sturmspinnaker ausprobieren, und Maddy kannte sich nicht genug aus, um das infrage zu stellen.«

Schweigen.

»Hat es einen Unfall gegeben?«, fragte Olive.

»Eine ganz üble Spinnaker-Räumung.«

»Was ist das?«

»Wir haben den Spinnaker gesetzt. Das ist das große bunte Segel ganz vorn am Bug. Ich war am Ruder, Michael und Maddy waren am Bug, um das Segel zu setzen. Sie haben es hochgezogen, der Wind hat es zu fassen bekommen, es ist ausgeschlagen, und wir sind gekrängt.«

»Und das heißt?«

»Das Boot hat sich auf die Seite gelegt. Fast neunzig Grad, sodass fast das ganze Deck an Steuerbord unter Wasser war. Ich hab's geschafft, mich am Ruder festzuhalten, aber Michael und Maddy sind zur Seite weggeschleudert worden. Michael hat die Fock zu fassen bekommen, aber Maddy ist über Bord gegangen.«

Sie durfte nicht losschreien, sagte Olive sich, nicht jetzt. »Das ist ja furchtbar. Aber es war doch ein Unfall.«

Eloise seufzte. »Es war ein sorgfältig inszenierter Unfall. Michael hat gewusst, was passieren würde, wenn er bei diesem Wetter den Spinnaker setzt.«

Olive befahl sich, weiterzumachen, die notwendigen Fragen zu stellen. »Aber er hätte doch auch umkommen können. Sie alle hätten umkommen können.«

»Eigentlich nicht. Michael und ich waren nämlich gesichert, waren die ganze Zeit mit Gurt und Leine am Boot festgemacht. Vielleicht hätten wir uns ein paar Knochen gebrochen, hätte vielleicht das Bewusstsein verloren, wenn wir richtig Pech gehabt hätten, aber wir waren vorbereitet. Maddy nicht.«

So eine Gelegenheit würde sie nie wieder bekommen. Mach weiter. »Warum war Maddy nicht festgemacht?«

»Sie dachte, sie wär's. Aber als sie und Michael zum Bug gegangen sind, hat er sie an der Reling festgeklippt. Das tut man nie, die ist nicht stabil genug. Die Leine ist sofort abgerissen, als sie über Bord gegangen ist. Das hatte er gewusst. Er hat ihren Tod inszeniert.«

Olive atmete tief durch und zwang ihre Stimme mit reiner Willenskraft, nicht zu zittern. »Haben Sie gewusst, dass er das tun würde?«

»Gesagt hat er's mir nicht. Nicht ausdrücklich, aber ich wusste, dass er irgendetwas plante.«

»Sie hatte aber doch bestimmt eine Schwimmweste an, oder?«

»Ja. Und wir haben sie auch gesehen, ganz kurz, als das Boot sich aufrichtete und wir uns wieder sortiert hatten. Sie ist sehr schnell abgetrieben, aber sie war noch bei Bewusstsein. Ich habe sie schreien hören.«

Olive versuchte zu schlucken. »Sie hätten sie retten können.«

»Wahrscheinlich. Nicht mit Sicherheit. Menschen aus schwerer See zu bergen, ist schwieriger, als Sie vielleicht glauben. Worauf es ankommt, ist, wir haben es nicht versucht. Und es waren keine anderen Boote in der Nähe. Zu diesem Zeitpunkt waren wir schon weit draußen. Sie hatte keine Chance.«

»Und Sie haben nichts gesagt? Sie haben es nicht gemeldet?«

»Niemand wusste, dass sie an diesem Tag mit uns rausgefahren war. Michael hatte sich eine Zeit ausgesucht, zu der im Jachthafen nichts los sein würde. Ich hatte sie abgeholt, also stand ihr Auto nicht im Hafen. Auf dem Ponton, an dem unser Boot liegt, gibt es keine Überwachungskameras. Niemand hat uns mit ihrem Verschwinden in Verbindung gebracht.«

Olive stand auf. »Eloise, ich rufe die Polizei. Sie müssen denen sagen, was Sie mir gerade erzählt haben.«

Eloise riss die Augen auf. »Die Polizei? Nein, ich verpfeife ihn nicht. Es ging mir darum, Sie zu warnen. Weil ich Sie gern mag.«

Olive befahl sich, ruhig zu bleiben. Sie durfte nicht anfangen, eine Patientin anzuschreien, egal, wie sehr sie provoziert worden war. »Sie müssen mit der Polizei reden«, wiederholte sie. »Er hat einen Mord begangen. Sie sind – wie heißt das noch mal – der Beihilfe zum Mord schuldig. Mit so etwas auf dem Gewissen können Sie doch nicht sterben.«

Eloises Stimme wurde hart. »Was ich nicht tun kann, ist, meinen Töchtern beide Eltern wegnehmen. Was ich nicht tun kann, ist, sie zwingen, in dem Wissen aufzuwachsen, dass ihre Mum und ihr Dad abartig waren, denn so wird die Welt uns sehen. Und dass sie eine Frau umgebracht haben, um sich zu schützen.« Sie schüttelte den Kopf, und ihr Blick war unerbittlich. »Tut mir leid, Olive, aber Sie dürfen die Polizei nicht verständigen. Wenn Sie es doch tun, werde ich sagen, Sie haben sich das alles ausgedacht. Und dann werde ich mich bei der Krankenhausleitung darüber beschweren, dass Sie auf unangemessene Art und Weise mit meinem Ehemann geflirtet haben, während ich hier im Sterben lag. Er wird das bestätigen. Er steht auf Sie, aber Selbstschutz kommt bei Michael vor allem anderen.«

Olive trat einen Schritt zurück. »Ich finde, Sie sind genauso schlimm wie er.«

Die Frau lachte doch tatsächlich spöttisch auf. »Tja, mich interessiert es inzwischen nicht mehr allzu sehr, was andere Leute von mir halten. Sie haben recht. Ich bin müde. Ich würde jetzt gern schlafen.«


## 85


Garry erklärte gerade, wie die Handy-App what3words funktionierte und wie die drei scheinbar beliebigen Worte, die er auf Samantha Elliotts Schreibunterlage gekritzelt gesehen hatte – *Richter, Balken, begeistert* – zur Waterfall Lodge führten, als der Deputy Chief Constable anrief.

»Keine Kraftausdrücke«, ermahnte sie Garry leise.

»Super gemacht, Lexy, das war verdammt noch mal ganze Arbeit!« Die Stimme ihres Vorgesetzten wirkte durch den Lautsprecher unnatürlich laut.

Garry wich einer Schneewehe aus und bog nach links auf die Hauptstraße durch das Dorf ein. Weihnachtsbeleuchtung flimmerte in allen Regenbogenfarben auf einer weißen Decke. Unter anderen Umständen hätte das fröhlich gewirkt.

»Das war alles Garry, Sir«, antwortete Lexy. »Er ist darauf gekommen, dass Mrs Anderson und ihre Begleiterin nach Bellingham gefahren sein müssen. Er hat Samantha Elliotts Auto im Dorf stehen sehen und daraus geschlossen, dass sie einen Unfall gehabt hatten. Und er hat gewusst, welche Straße sie entlanggefahren sein mussten.« Sie blickte kurz zu Garry hinüber und zwinkerte. »Aber nicht vergessen, ich habe den kaputten Zaun gesehen, ich will also nicht, dass er die ganzen Lorbeeren einheimst.«

Eine Sekunde lang war es still, dann hustete der Deputy Chief. »Natürlich, Sie haben das auch ganz prima gemacht, Garry. Von den beiden Frauen gibt es wohl nichts Neues, wie? Das wäre das Sahnehäubchen. Da könnte man es sogar entschuldigen, wenn jemand …«

»Ein totaler Vollpfosten war, Sir?«, fragte Garry und sah, wie Lexys Augen riesengroß wurden.

»Aye, also, da wollen wir mal nicht zu sehr drauf rumreiten. Ich meine, was für 'ne Dumpfbacke bewahrt denn die Asche ihrer Mutter in 'nem Teddy auf?« Gelächter in der Leitung. »Das wird der Chief nächstes Jahr um diese Zeit bestimmt in seiner Rede verwursten.«

Irgendwie war es ja schon komisch, das musste man fairerweise zugeben.

»Und ich hab ein paar gute Neuigkeiten, um Sie aufzuheitern, Gazza, ich weiß doch von Ihrem ausführlich geäußerten Misstrauen unserem ehrenwerten Parlamentsabgeordneten gegenüber.«

»Was denn, Sir?«

»Also, ich habe Detective Sergeant Thomas' Bericht gelesen, der Ihre verschiedenen Gründe für Ihren Verdacht darlegt, dass Anderson beim Verschwinden seiner Frau mitgemischt hat. Und ich fand, da war was dran. Also habe ich eine Durchsuchung seines Anwesens in Guisborough veranlasst. Keine Spur von Olive Anderson, aber raten Sie mal, was wir ganz hinten auf dem Heuboden gefunden haben?«

Während Lexy ein *Keinen blassen Schimmer*-Gesicht machte, dachte Garry an seinen einzigen Besuch im Heulager der Home Farm. An das warme Schimmern des Sonnenlichts auf dem, was er für nichts anderes als Heu gehalten hatte.

»Wohl nicht zufällig Goldbarren im Wert von mehreren Millionen Pfund, Sir?«

Der Deputy Chief lachte leise. »Gar nicht so dumm, wie Sie aussehen, wie? Wir werden Mr Anderson also ein paar Fragen stellen, wenn wir ihn zu fassen bekommen. So von wegen, welche Überlegungen genau ihn dazu veranlasst haben, Diebesgut anzunehmen und zu verwahren.«

»Was Neues von der Halskette, Sir?«

»Bisher nicht, aber wir suchen weiter.«

Was Anderson betraf, hatte er recht gehabt. Dieses Wissen würde später ein Trost sein. Jetzt musste er noch immer Olive finden.

»Sir, wär's irgendwie möglich, einen Hubschrauber einzusetzen?«, erkundigte sich Lexy und ließ ihn damit wissen, dass sie auf einer Wellenlänge waren. »Jetzt, wo wir ungefähr wissen, wo die beiden Frauen sein müssen, wäre es doch bestimmt am besten, aus der Luft nach ihnen zu suchen.«

»Wir arbeiten dran. Und die Hundestaffel sollte etwa in einer Stunde da oben sein. Das verdammte Scheißwetter hilft nicht gerade. Was habt ihr beide jetzt vor? Seid ihr auf dem Rückweg?«

»Wir dachten, wir fahren mal durchs Dorf, Sir«, antwortete Lexy rasch. »Man weiß ja nie, was man vielleicht so entdeckt.«

»Gut mitgedacht. Halten Sie mich auf dem Laufenden. Ach, bevor ich Schluss mache, das Cyberteam hat sich gemeldet. Anscheinend hat die wegen der Untersuchung vom Freitag keiner zurückgepfiffen, und die haben der Sache Priorität eingeräumt, weil doch ein Parlamentsmitglied beteiligt war. Wegen der Details müssen Sie selber mit ihnen reden, aber sie haben's geschafft, die Hassbotschaften auszugraben, die Olive Anderson in den Social Media gekriegt hat. Sie hat sie gelöscht, aber wie wir wissen, verschwindet nichts vollständig.«

»Und sagt uns das irgendetwas?«, wollte Lexy wissen.

Der Boss schwieg einen Moment. »Zufälligerweise ja. Sie hat 'ne Menge Feuer von jemandem bekommen, der fand, sie könnte der ersten Mrs Anderson nicht das Wasser reichen. Teilweise ganz schön eklig. Nicht direkt Drohungen, aber auch nicht angenehm.«

Garry sah eine relativ schneefreie Stelle am Straßenrand und hielt an. Er wollte nicht an der Waterfall Lodge ankommen, während der Deputy Chief noch am Telefon war.

»Haben wir eine Ahnung, wer ihr das geschickt hat?«, fragte Lexy. »Ich weiß, dass die Social-Media-Unternehmen es nicht immer eilig haben, bei Informationsanfragen der Polizei zu kooperieren.«

»Stimmt, und normalerweise hätte das auch einige Zeit gedauert, aber diese Userin war nicht allzu geschickt. Hat ein paar gefakte Facebook-Accounts eingerichtet, aber nicht daran gedacht, bei jedem eine andere Kontakt-Telefonnummer anzugeben. Und die Nummer, die sie verwendet hat, ließ sich zurückverfolgen.«

*Sie?* formte Garry lautlos mit den Lippen, gerade als Lexy sagte: »Jemand, den wir kennen?«

»Wie sich herausgestellt hat, war es Gwendoline Warner, Andersons Schwiegermutter.«

Garry stieß einen leisen Pfiff aus.

»Ich hab sie deswegen selbst angerufen«, berichtete der Deputy Chief weiter. »Sie hat gestanden, hat gesagt, sie sei sehr verletzt gewesen, als Michael so schnell wieder geheiratet hat. Und es wäre ihr schwergefallen, dass Olive in dem Haus gewohnt hat, in dem ihre Tochter aufgewachsen ist. Sie hat steif und fest behauptet, sie hätte mit all dem aufgehört, als sie erfahren hat, dass Olive die Mädchen in Verdacht hatte.«

Lexy sah Garry an und schnitt eine Grimasse.

»Jetzt scheint sie's zu bereuen«, fuhr der Deputy Chief fort. »Trotzdem, die werden da ein paar ganz schön schwierige Gespräche führen müssen, wenn Olive jemals zurückkommt.«

»Gibt es irgendwelche Hinweise auf Online-Kontakte zwischen Olive und Samantha Elliott, Sir?«, wollte Garry wissen.

»Gut, dass Sie fragen, Garry, es sieht nämlich so aus, als hätte die da auch mitgemischt. Elliott, meine ich. Wir glauben, dass sie hinter ein paar anderen gefakten Accounts steckt. Subtiler, aber bedrohlicher. So Sachen wie ... Moment ...« Das Rascheln von Papier war zu hören. »Da haben wir's ja. *Ich sehe dich, Olive,* spät nachts geschickt. Und *Soll ich ans Fenster kommen?*«

»Und die sind von Samantha?«, fragte Lexy.

»Wir glauben ja. Sie war ein bisschen erfindungsreicher als Gwendoline, aber bei den ersten Posts hat sie ihre eigene Telefonnummer angegeben – vielleicht hat sie da ja wirklich vor dem Haus gestanden, wie sie behauptet hat –, und die können wir auch ohne Facebooks Beteiligung zurückverfolgen.«

»Wir müssen Samantha und Olive unbedingt finden«, stellte Lexy fest.

»Stimmt. Okay, halten Sie mich auf dem Laufenden«, sagte der Deputy Chief. Dann war die Leitung tot.

»Ich habe gerade mit Ihnen gesprochen«, sagte Lexy zu Garry.

»Ich weiß.« Er ließ den Motor an. Sie waren nur wenige Minuten von der Waterfall Lodge entfernt.

Der Wagen kam nicht vom Fleck. Die Reifen drehten durch, griffen überhaupt nicht. Verflixt noch mal, hatte er tatsächlich auf Glatteis geparkt? Er erhöhte die Drehzahl. Nichts. Er versuchte es mit dem Rückwärtsgang. Das Auto ruckte rückwärts. Und wieder nach vorn. Lexy japste, als sie beide rückwärts gegen ihre Sitzlehnen kippten.

Sie saßen ebenfalls fest.

## 86

Zuerst war das Getöse verwirrend. Wie Verkehrslärm, konstant, schnell und gefährlich nahe. Es dauerte mehrere Minuten, bevor Olives übermüdetes Gehirn die Verbindung erkannte. Waterfall Lodge. Was sie da hörte, war Wasser, eine Sturzflut, die aus großer Höhe herabbrauschte.

Das Cottage war eine Masse aus dunklem Stein vor der grauen Landschaft am Rand des Dorfes Bellingham. Groß war es nicht. Wahrscheinlich ein paar Zimmer oben und noch ein paar im ersten Stock.

Olive war erschöpft und zitterte vor Hunger und vor Schmerzen. Und schlimmer noch, sie war gefährlich unterkühlt. Trotzdem war sie immer noch die Stärkere der beiden Frauen.

Der Mond, fast voll, war aufgegangen und verwandelte das endlose Moorland um sie herum in eine schmutzige, formlose Weite. Es könnten Berge vor ihnen liegen, ein riesiges fruchtbares Tal, sogar ein Dorf oder eine kleine Stadt, und sie konnte nichts davon sehen. Es war, als sei der Schnee zu Säure geworden und ätze alles weg, erzeuge eine gewaltige weiße Leere, die immer näher herankriechen würde, bis nur noch sie übrig war.

Sie verlor schon wieder den Bezug zur Realität, versank in jener von allem losgelösten, halluzinatorischen und halb schlafenden Welt der Hypothermie. Sie musste sich zusammenreißen, sich auf das konzentrieren, was in ihrer Nähe war: das Cottage, das sie gerade erreicht hatten, die Frau neben ihr, und darauf, was zum Teufel sie jetzt machen sollte. Olive stieß das Tor auf, trat in den verschneiten Vorgarten und schleifte Sam mit.

Es war ein langer, mühevoller Marsch vom Unfallort bis zu dem Cottage gewesen, das Sam gemietet hatte. Manchmal war Olive sich nicht sicher gewesen, ob sie es schaffen würden, doch die Notwendigkeit, in Bewegung zu bleiben, hatte ihnen beiden geholfen, ihre Körpertemperatur hochzuhalten. Die schreckliche Wahrheit über Maddy zu erfahren, schien Sam die nötige Willenskraft verliehen zu haben, um weiterzugehen. Sie hatte beim endlosen Trotten durch den Schnee sogar ein bisschen geredet. Darüber, wie sie die ersten Monate nach Maddys Verschwinden damit zugebracht hatte, sie zu suchen, wie sie Kunsthandwerksmärkte und Glaskünstler im ganzen UK und in Europa abgeklappert, wie sie in Schwulen- und Lesbenclubs und auf lesbischen Dating-Websites gesucht hätte. Nach fast einem Jahr des vergeblichen Suchens hatte sie sich selbst forensische Informatik beigebracht und Fotos von Maddy und Olive zutage gefördert, zusammen mit dem Sextape, von dem Maddy eine Kopie in Olives Wäscheschublade versteckt hatte.

Sie und Sam taumelten auf die Haustür zu. Unter der weißen Decke, die den Garten einhüllte, konnte sie die Umrisse von Spielgeräten für Kinder und einem hölzernen Picknicktisch erkennen.

»Sam«, sagte Olive, als die andere Frau sich gegen die Tür des Cottages stemmte, um sie zu öffnen. »Wann warst du das letzte Mal hier?«

Frische Fußspuren verunzierten den ansonsten makellos weißen Gartenweg.

Sam antwortete nicht sofort. Schon seit einiger Zeit waren ihre Reaktionen verlangsamt, und sie lallte beim Sprechen. »Donnerstag«, sagte sie schließlich. »Als ich mir die Schlüssel geholt habe. Warum?«

»Ist hier Post gebracht worden?«

Das war eine dumme Frage. Irgendjemand – der Schuhgröße nach zu urteilen ein Mann – war im Laufe des letzten Tages oder so bis zur Haustür gegangen und dann weiter um das Haus herummarschiert. So etwas taten Postboten nicht.

Sam trat ins Haus. Olive schob ihre Bedenken beiseite und folgte ihr.

Im Cottage war es kalt. Ein Windstoß musste ihnen ins Haus gefolgt sein, denn Olive spürte eisige Luft an ihrem Gesicht, die einen Geruch mitbrachte, der zugleich vertraut und beklemmend war. Sie sollte diesen Geruch kennen, dachte sie. Es war wichtig, ihn zu erkennen, und wenn sie noch ein paar Sekunden länger stehen blieb und tief einatmete, dann würde sie das auch tun.

Vor ihr stolperte Sam gegen eine Wand.

»Wir müssen die Heizung anmachen.« Olive steuerte die andere Frau durch ein gelb gestrichenes Wohnzimmer mit gemütlichen Polstermöbeln und einem bunten Gobelinteppich. Eichenholzbalken zogen sich kreuz und quer über die Decke und schufen über ihren Köpfen eine kunstvolle Struktur. Holzscheite lagen im offenen Kamin bereit.

Der seltsame Geruch war verschwunden.

Der Lärm des Wasserfalls schien lauter geworden zu sein, als verstärkten die Wände des Cottage ihn noch. Olive fühlte, wie ein Schaudern ihren Körper schüttelte, und irgendwo ganz hinten in ihrem Kopf lauerte der Gedanke, dass dies vielleicht nicht nur von der Kälte kam. Sam hatte ihre Folterkammer gut gewählt: eisig, von ohrenbetäubendem Hintergrundlärm erfüllt, kilometerweit von allem und jedem entfernt. Und jemanden an den freiliegenden Balken aufzuhängen, wäre das Leichteste der Welt.

Genug. Seit Donnerstagabend hatte sich viel verändert.

Warm zu werden, hatte oberste Priorität und dann alles an rudimentärer medizinischer Versorgung, was sie Sam bieten konnte. Danach Essen und dann – wer wusste schon, was dann passieren würde. Im Moment mochte die Frau ja harmlos wirken, doch sie hatte sie entführt und erpresst, war aggressiv, unberechenbar und gewalttätig gewesen.

Es könnte durchaus sein, dass sie gerade dabei war, einen Pakt mit dem Teufel zu schließen.

Und dann war da noch Michael, den man einkalkulieren musste. Michael wusste, dass sie und Sam zusammen unterwegs waren. Er hatte zwei Tage Vorsprung und war bestimmt nicht untätig gewesen.

Wieder fing Olive einen Hauch jenes Geruchs auf. Es lag Rauch darin, also musste er aus dem Schornstein kommen. Trotzdem war es nervenaufreibend.

Rasch sah sie sich um. Ein durchaus hübsches Zimmer, geschmackvoll eingerichtet und mit Fenstern in zwei gegenüberliegenden Wänden. Die Sorte Zimmer, die man gut fotografieren konnte und die mittelständischen Familien zusagen würde, die sich im Nationalpark eine Auszeit gönnen wollten.

Eine Treppe führte direkt aus dem Wohnzimmer nach oben. Olive sah noch drei weitere Türen. Hinter einer, die nicht ganz zu war, konnte sie die Küche erkennen, und sie lotste Sam dort hinein. Unter anderen Umständen wäre es ein freundlicher Raum gewesen, mit viel Kiefernholz und salbeigrünen Akzenten. Es war bitterkalt.

»Sam, wo ist der Boiler?«

Sam sah aus, als wüsste sie nicht, was ein Boiler war, doch Olive entdeckte einen Heizkörper unter dem Fenster. Er war warm. Die Heizung war an, was bedeutete, dass das Frieren von ihren feuchten Kleidern herrühren musste. Sie erblickte den Wasserkessel, füllte ihn und schaltete ihn ein.

Sam war auf einen der Küchenstühle gerutscht und hatte den Kopf auf die Tischplatte aus Kiefernholz gelegt.

»Sam, du darfst nicht schlafen, das ist zu gefährlich.«

Gefährlich, aber so verlockend, vor allem, wenn es sich schon anfühlte, als wate man durch Sirup, wenn man bloß hier hin und her ging.

Im Wohnzimmer fand Olive ein paar Plaids und legte sie Sam um. Das würde nicht reichen. Trockene Sachen, etwas Warmes zu trinken, Paracetamol, wenn sie welches finden konnte, und dann – einen Plan? Wenn sie nur aufhören könnte, zu zittern.

Ein plötzliches Geräusch, das durch das Dröhnen des Wasserfalls drang, ließ sie zusammenfahren, und den Bruchteil einer Sekunde lang glaubte sie, Bewegung in der Ecke des Fensters zu sehen.

Das Fenster war mit einer Außenjalousie versehen. Olive konnte nicht anders, sie ließ sie herunter. Wenn sie die riesige leere Finsternis aussperrte, hoffte sie, würde sie vielleicht weniger … Angst haben.

Als das Wasser kochte, suchte sie Tee, Zucker und Milch zusammen. Nachdem sie Tee für sie beide gemacht hatte, stellte sie Sam den Becher hin und legte ihre eiskalten Hände darum.

»Trink«, befahl sie. Sam brauchte wirklich einen Arzt, aber sie hatten kein Auto, selbst wenn Olive hätte fahren können, und die Chance, hier draußen einen Krankenwagen zu bekommen, war klein. Sie hatte kein Telefon im Cottage gesehen, und ihre Handys waren beide in ihrem Auto zurückgeblieben.

»Was sollen wir denn jetzt machen?«, fragte Sam.

Jetzt waren sie also »wir«.

»Hast du irgendwas zum Anziehen hier?«, erkundigte sich Olive. »Wir müssen uns umziehen. Jetzt gleich.«

Keine Antwort.

»Sam, das ist wichtig. Hast du Klamotten dabei?«

»Oben. Da ist eine Tasche.«

Nicht ganz sicher, ob sie die Treppe hinaufsteigen konnte, trank Olive Milch direkt aus der Tüte. Sie war schmerzhaft kalt, aber Nährstoffe jeglicher Art würden helfen. Auf der dritten Stufe von unten kroch ihr noch ein Geruch in die Nase: altes Leder, der Geruch der Sattelkammer der Home Farm.

Das Cottage roch nach Rauch und altem Leder, was ja überhaupt nicht seltsam sein sollte, und trotzdem …

Im Obergeschoss kam es ihr noch kälter vor als unten, das Getöse des Wasserfalls erschien noch lauter. In einem kleinen, viereckigen Flur gab es drei Türen. Olive drückte die auf, die ihr am nächsten war, machte das Licht an und fand sich im Elternschlafzimmer wieder, das zur Vorderseite des Hauses hinausging. Eine zweite Tür führte wohl ins Badezimmer. Sams Tasche stand auf dem Doppelbett. Olive zog den Reißverschluss auf und kippte sie aus.

Das Bett sah ja so einladend aus!

Sie zwang sich, in Bewegung zu bleiben, und suchte Jeans, T-Shirt, einen Pullover und Unterwäsche aus dem Haufen hervor, um sie nach unten zu bringen. Dann zog sie ihre eigenen nassen Sachen aus und schlüpfte in eine dünne Jogginghose und ein langärmeliges T-Shirt, die Sam wohl als Pyjama benutzte. Trockene Kleidung, das half. Hinter der Tür hingen zwei dicke Frottee-Bademäntel. Olive zog einen an, holte ein kleines Handtuch aus dem Bad und legte es sich um den Hals.

Auf dem Weg nach unten roch sie wieder etwas – schwarzen Pfeffer –, und ihre Unruhe wuchs. Schneller, als es so zittrig, wie sie sich noch immer fühlte, klug war, rannte sie die Treppe hinunter und zurück in die Küche. Sam war ein bisschen wacher, sie hatte den Teebecher zur Hälfte ausgetrunken und hielt ihn sich wie eine Wärmflasche an die Brust.


Als Sam umgezogen war, als frischer Tee gebrüht und Käse, Schinken und Brot auf dem Tisch standen, setzte Olive sich. Sam hatte eine gute Frage gestellt. Was sollten sie jetzt machen?

»Was haben wir gegen Michael in der Hand?«, fragte sie. »Haben wir genug, um zur Polizei zu gehen?«

Sam starrte das abgerissene Stück Brot in ihrer Hand an.

»Komm schon, Sam. Deinetwegen sind wir jetzt hier. Du hast mich zum Handeln gezwungen. Was haben wir?«

»Ich hab dich gekidnappt«, antwortete Sam, noch immer nicht imstande, ihr in die Augen zu sehen. »Ich hab dich erpresst.«

»Konzentrier dich. Was haben wir gegen Michael in der Hand?«

Ihn als ihren Mann zu bezeichnen, war das Letzte, was Olive jetzt fertigbrächte.

»Ich habe ein Video gefunden«, sagte Sam. »Auf Maddys Festplatte. Hat eine Ewigkeit gedauert, sie hat es echt gut versteckt, aber ich habe recherchiert, wie man so was macht. Sie hatte Sex mit Anderson und seiner ersten Frau. Aber …«

»Das Video habe ich auch«, unterbrach Olive sie. »Sie hat einen USB-Stick in meiner Wohnung versteckt.«

Sam zuckte ein wenig zusammen. »Ich habe Fotos von dir und Maddy gefunden«, sagte sie. »Als du Anderson geheiratet hast, war ich sicher, dass du etwas damit zu tun hast.«

»Hatte ich aber nicht. Zuerst habe ich nichts davon gewusst, was Maddy passiert ist. Ihr Verschwinden hat mich fast umgebracht.«

Sams kalte blaue Augen wurden schmal. »Und seit wann hast du's gewusst?«

Olive ermahnte sich, dass diese Frau Maddy ebenfalls geliebt hatte, möglicherweise zu sehr, und dass sie gerade erst von Maddys Tod erfahren hatte.

»Ganz sicher erst seit der Nacht, als Eloise gestorben ist«, erwiderte sie. »Also seit zwei Jahren. Als ich das Video gefunden habe, habe ich gewusst, dass ihr Verschwinden irgendetwas mit den Andersons zu tun hatte, aber das war alles. Mir war klar, dass es nichts beweist.«

»Sie war meine Frau«, sagte Sam, und jetzt war eine Anklage in ihren Augen. »Sie hat mich betrogen, mit dir und mit denen. Hat sie uns alle nur benutzt?«

Nein, Olive würde sich nicht erlauben, das zu denken.

»Nicht abschweifen«, befahl sie. »Wir haben Eloises Geständnis. Nur ein Teil davon ist aufgenommen worden, und nicht der entscheidende, aber ich werde als Zeugin aussagen. Ich habe alles aufgeschrieben, woran ich mich erinnern kann.«

Sam sah sie an und blinzelte. »Die werden dich fragen, warum du ihn geheiratet hast.«

»Ich weiß. Das wird nicht gut aussehen, aber es spielt keine Rolle, solange sie mir glauben.«

»Warum hast du's getan?«

Das war eine sehr gute Frage, eine, von der Olive nicht genau wusste, ob sie sie angemessen beantworten konnte, selbst jetzt nicht.

»Geplant hatte ich das nie. Am Anfang habe ich gedacht, ich kann mich nicht von ihm anfassen lassen. Ich hatte noch nie mit einem Mann geschlafen. Aber er schien mich wirklich gernzuhaben. Ich dachte, wenn ich nahe an ihn herankomme, Zeit mit ihm verbringe, dann könnte ich etwas finden – irgendetwas –, womit ich zur Polizei gehen könnte.«

Und außerdem war irgendetwas an dem Gefühl, ihren schlimmsten Feind in ihrer Gewalt zu haben, merkwürdig verführerisch gewesen. Sie hatte Michael Anderson geheiratet, um ihm zu schaden.

»Ich habe auch ein paar E-Mails auf Maddys Festplatte gefunden«, bemerkte Sam.

»Was stand da drin?«

Sam schüttelte den Kopf. »Ich glaube nicht, dass die viel helfen. In einer sagt sie, eine halbe Million Pfund würden reichen, damit sie das neue Leben anfangen kann, von dem sie immer geträumt hat. Aber sie war vorsichtig. Sie hat nichts schriftlich festgehalten, was gegen sie verwendet werden könnte. Außerdem war in der letzten Mail ein Bezug auf einen Bahnhofsparkplatz. Auf den, wo sie Maddys Auto gefunden haben.«

»Das alles wird sich summieren«, meinte Olive.

»Und das waren keine Mails an die Andersons – zumindest machen sie nicht den Anschein. Die sind an einen Gmail-Account geschickt worden, der mir überhaupt nichts sagt.«

»Wenn das ein Account der Andersons war, kann die Polizei sie zu ihnen zurückverfolgen.«

»Das dachte ich auch.« Sam hob ihren Becher und erstarrte. »Was? Was ist denn?«

Wieder hatte Olive Bewegung in der Fensterscheibe gesehen. Nur war die Jalousie doch geschlossen. Was sie gesehen hatte, war eine Spiegelung gewesen, von irgendetwas hinter ihr im Haus.

»Olive, was ist los?«

Langsam drehte Olive sich um. »Sam«, sagte sie. »Bist du fit genug, um mit mir das Haus zu durchsuchen?«

Sam furchte die Stirn. »Wie meinst du das? Wonach denn?«

»Ich glaube, hier ist jemand«, antwortete Olive.

Sam bedachte sie mit einem schwachen Lächeln. »Das ist nicht möglich.«

Olive spürte, wie abermals Wut in ihr emporstieg. Diese Frau hatte keine Ahnung, womit sie es zu tun hatten. »Michael weiß, wo du wohnst«, sagte sie. »Maddys letzte Adresse steht immer noch in den Akten in seinem Wahlkreisbüro. Ich habe sie selbst vor ein paar Monate gefunden. Wenn du da immer noch wohnst, könnte er in deinem Haus gewesen sein. Hast du irgendwas zurückgelassen, das ihm den Weg hierher zeigen könnte?«

Sam begann, bedächtig den Kopf zu schütteln. »Ich habe das Cottage online gebucht«, sagte sie. »Es sei denn, er hat Zugang zu meinem Computer.« Ihre Augen wurden schmal. Ihr war etwas eingefallen. »Das Dorf hat keine Postleitzahl, also habe ich es bei what3words gesucht. Könnte sein, dass ich die auf die Schreibunterlage geschrieben habe. Aber dafür hätte er bei mir einbrechen müssen.«

Olive erhob sich langsam. »Hier drin ist es zu kalt«, stellte sie fest. »Und es hat komisch gerochen, als wir reingekommen sind. Draußen waren Fußabdrücke im Schnee. Und ich habe etwas gesehen. Zweimal. Zuerst das Erdgeschoss. Hast du irgendeine Waffe mitgebracht?«

Sie kannte die Antwort schon, als sie fragte. In der Tasche oben war keine Waffe gewesen.

Mit verwirrtem Stirnrunzeln stemmte Sam sich hoch und ging durch die Küche. Sie öffnete eine Schublade und holte ein Küchenmesser heraus – die Klinge war fast fünfundzwanzig Zentimeter lang. Ein zweites, etwas kleineres Messer reichte sie Olive. Doch ihre Miene zeigte, dass sie das Ganze nicht ernst nahm. Sie kannte Michael nicht so, wie Olive ihn kannte.

»Ich unten, du oben«, sagte Sam. »Na komm, bringen wir's hinter uns.«

Das Messer in der Hand stieg Olive die Treppe hinauf. Das große Schlafzimmer war so, wie sie es zurückgelassen hatte. Ihre Kleider – Jeans, Shirt, Unterwäsche – lagen noch immer neben dem Bett auf dem Boden. Im Bad konnte sich nirgends jemand verstecken. Im Schlafzimmer war ein großer Kleiderschrank zwischen den Dachbalken eingebaut worden. Olive bückte sich und schaute unters Bett. Nichts. Sie richtete sich auf und zog die Schranktüren auf. Leer, bis auf zusätzliche Kissen und Decken auf einem Bord ganz oben. Sonst nichts. Sie wandte sich ab und stolperte beinahe über den Kleiderhaufen auf dem Boden.

Doch nicht so, wie sie sie zurückgelassen hatte. Ihr Pullover fehlte.

»Sam«, rief sie und war schockiert, wie schwach ihre Stimme klang. »Pass auf!«

Keine Antwort.

Die Tür des zweiten Schlafzimmers war angelehnt. Olive war sich sicher, dass sie vorhin zu gewesen war. Nervös drückte sie dagegen, als hätte sie Angst, sie könne explodieren. Dann tastete sie zitternd nach dem Lichtschalter.

Im Zimmer war es eiskalt. Das Fenster ihr direkt gegenüber war offen. Die Scheibe war eingeschlagen worden.

Zwei Einzelbetten, noch ein eingebauter Kleiderschrank, noch ein Badezimmer. Als Olive alles überprüft hatte, war das Messer in ihrer Hand glitschig vor Schweiß, und der Kopfschmerz pochte im Takt ihres hämmernden Herzens.

Von unten kam ein Poltern, als sei Sam hingefallen oder hätte etwas fallen gelassen.

»Alles okay?«, rief Olive.

Keine Antwort.

Der Geruch war wieder da, als Olive die Treppe hinunterging. Altes Leder, Rauch und schwarzer Pfeffer. Schon einmal hatte sie in den letzten paar Tagen etwas gerochen, was fehl am Platze gewesen war. Etwas, das sie hätte warnen sollen, dass nicht alles so war, wie es sein sollte. Zweimal hatte sie ignoriert, was ihre Sinne ihr gesagt hatten. Jetzt würde sie dafür bezahlen.

Ihr Pullover war das Erste, was sie sah. Er lag über der Rückenlehne eines der Sofas. Das zweite war der Kolben eines Gewehrs, das gegen die Sofalehne lehnte. Es war ein Gewehr, das sie schon öfter gesehen hatte – im Waffenschrank ihres Mannes. Ein Remington 223.

Dann sah sie Sam.

Sie stand auf einem Holzstuhl in der Mitte des Raumes. Ein Strick, einer, den Olive aus der Sattelkammer zu Hause wiederzuerkennen glaubte, war als Schlinge um ihren Hals gelegt und das andere Ende um einen der niedrigen Deckenbalken geknotet worden. Als Olive den Mund öffnete, um loszuschreien, trat ein gestiefelter Fuß den Stuhl unter Sam weg. Sie fiel.

»Hallo, Liebling«, sagte Michael, als er in ihr Blickfeld trat. »Ich hab mir Sorgen um dich gemacht.«

Garry und Lexy gingen zu Fuß weiter und stiefelten langsam und mühselig die Straße entlang. Nach fünf Minuten klingelte sein Handy.

»Gwen Warner.« Er hielt das Telefon hoch, sodass Lexy das Display sehen konnte.

»Gehen Sie ran«, drängte sie. »Vielleicht hat sie ja was Nützliches zu sagen.«

»Mrs Warner.« Er konnte ein Gebäude vor ihnen ausmachen, vielleicht einen Kilometer entfernt.

»Ich nehme an, Sie haben von Ihrem Deputy Chief Constable gehört, PC Mizon.«

Als sie das letzte Mal miteinander gesprochen hatten, hatte sie ihn Garry genannt.

»Das mit den Facebook-Nachrichten? Ist im Moment nicht weiter wichtig, Mrs Warner. Nicht solange eine Chance besteht, dass wir Olive lebend finden.«

»Da ist noch etwas. Einer Ihrer Kollegen hat ein Bild geschickt. Von der Frau, von der Sie glauben, dass Olive das Hotel mit ihr zusammen verlassen haben könnte.«

Sie sprach von dem Foto von Samantha Elliott, das Ben gerade an Andersons Kontaktpersonen verschickte.

»Ich wusste nicht, wie sie hieß, aber sie war vor ein paar Wochen hier bei uns auf der Farm«, fuhr Gwen fort. »Sie ist in den Hofladen gekommen und hat nach Olive gefragt.

Hat behauptet, eine alte Freundin von ihr zu sein, aber sie hatte irgendetwas an sich, das mir komisch vorgekommen ist.«

»Was hat denn Olive gesagt, als Sie ihr davon erzählt haben?«

»Habe ich ja nicht.«

»Bitte?«

»Ich habe es ihr nicht erzählt. Stolz bin ich nicht darauf, aber es hat mich wohl geärgert, der Frau, die den Platz meiner Tochter eingenommen hatte, als eine Art Sekretärin zu dienen. Außerdem hat irgendetwas mit dieser Frau nicht gestimmt, das habe ich Ihnen doch gesagt.«

»Okay, ich sorge dafür, dass das an die Kollegen weitergegeben wird. Vielen Dank, Mrs Warner.«

»Warten Sie, da ist noch etwas. Sie ist in die Küche gekommen. Hat gefragt, ob sie ein Glas Wasser haben könnte, und, na ja, ich habe sie hereingebeten. Draußen auf dem Hof waren Leute, für allzu riskant habe ich es also nicht gehalten. Jedenfalls, ich habe sie dabei ertappt, wie sie die Pinnwand angestarrt hat. Die, wo all unsere Termine und all so etwas hängen.«

Und Olives Dienstplan. Daher hatte sie also gewusst, wo Olive am Donnerstagabend sein würde.

Neben ihm stolperte Lexy. Sie war wirklich nicht richtig angezogen, um bei diesen Temperaturen durch den Schnee zu stapfen. Wenn ihr jetzt etwas passierte, wäre es seine Schuld.

»Vielen Dank, Mrs Warner«, sagte Garry, nahm Lexys Arm und hakte ihn in den seinen. Sie erhob keine Einwände, und sie gingen weiter auf die Waterfall Lodge zu.

Sam war nicht tot. Noch nicht jedenfalls, sie hatte sich nicht das Genick gebrochen. Aber sie bekam keine Luft mehr, ihre Augen quollen hervor, und ihr Gesicht lief rot an. Ihre Hände umklammerten den Strick um ihren Hals, und ihre Beine strampelten, als versuche sie zu laufen.

»Was zum Teufel machst du denn? Michael, hol sie da runter!«

Olive schoss vor. Wenn sie Sams Gewicht abstützen könnte, würde das den tödlichen Klammergriff des Stricks um ihren Hals lockern. Gerade noch rechtzeitig sah sie den gusseisernen Türstopper in Michaels Hand. Er hob den Arm, als sei er bereit zuzuschlagen.

»War's jemals echt?«, fragte er.

Wie viel Zeit blieb Sam noch? Eine Minute? Zwei?

»Michael, sie wird sterben!«

Wie viel Zeit blieb *ihr* noch? Dieser Mann hatte schon einmal getötet. Rasch schielte Olive zur Tür hinüber. Als läse er ihre Gedanken, trat er näher. Sie würde es niemals aus dem Haus schaffen, und selbst wenn, das Cottage war fast zwei Kilometer vom Dorf entfernt.

»War es echt, Olive? Du und ich, war das jemals echt?«

Sam pendelte hin und her, ihr verzweifeltes Zappeln gab ihr Schwung.

»Du warst genug für mich. Die einzige Frau, die mir je

genügt hat. Es ist fast zum Lachen.« Er lächelte stattdessen. »Allerdings hätte ich dich und Maddy schon gern mal zusammen gesehen.«

Wut brandete durch sie hindurch. »Du hast Maddy umgebracht!«

Er fuhr ein klein wenig zurück. Nicht die Reaktion, die sie erwartet hatte. Das war kein Schuldbewusstsein in seiner Miene – eher Verwirrung?

»Eloise hat mir alles erzählt, sie hat mir erzählt, wie du den Unfall inszeniert hast.«

Michaels Augen wurden schmal. »Hört sich an, als hätte sie dir einen Bären aufgebunden, Olive. Meine entzückende verstorbene Frau war ganz allein verantwortlich für Maddys Tod. Sie hat die Nähte von ihrem Gurt aufgetrennt, damit er bei Belastung reißt. Sie hat Maddy umgebracht, nicht ich.«

Olive starrte ihn an, unfähig, seine Worte zu verarbeiten. Konnte es möglich sein …

»Und dann hat sie den Zündschlüssel über Bord geschmissen, also gab es keine Möglichkeit, Maddy zu bergen, nicht ohne Motor. Wir beide haben es bei dem Wetter unter Segel gerade eben so in den Jachthafen zurückgeschafft.«

»Lügner.«

»Das musst *du* gerade sagen.«

Sams wildes Strampeln war langsamer geworden. Jetzt zuckte sie, ihre Gegenwehr erlahmte. Olive drehte sich zu der Todgeweihten um.

»Schneid sie ab, bitte. Dann können wir reden.«

Er rührte sich nicht.

»Michael, bitte. Wenn das, was du mir gerade erzählt hast, wahr ist, dann ist das hier doch gar nicht nötig. Wir können das doch alles klären.«

Er schüttelte den Kopf. »Ich gehe trotzdem lange in den Bau, wegen Beihilfe zum Mord. Ich mach's auch ganz schnell, Olive. Ob du's glaubst oder nicht, ich will nicht, dass du leidest. Erschießen kann ich dich nicht, fürchte ich.« Er schaute kurz hinter sich, als wolle er sich vergewissern, dass das Gewehr noch dort war, wo er es hingestellt hatte. »Die Polizei könnte die Waffe identifizieren. Also ziehe ich dir eins über den Schädel.« Er schaute auf den Türstopper hinunter. »Das Ding ist sauschwer. Nach dem ersten Schlag solltest du bewusstlos sein, wenn du dich nicht wehrst.«

Wohl wissend, dass hinter ihr nichts war außer der Zimmerecke, wich Olive zurück.

»Ich muss es jetzt tun, Liebling. Der Pathologe darf nicht merken, dass das Miststück da zuerst abgekratzt ist. Das Ganze ist ein Mord-Selbstmord-Szenario, verstehst du? Sie hat dich kaltgemacht und sich dann erhängt.«

Sam war erschlafft.

»Bitte nicht.« Olive hasste sich dafür, dass sie bettelte, und wusste doch, dass sie alles tun würde, um ein paar Minuten länger am Leben zu bleiben. »Ich muss dir etwas sagen.« Es gab nichts, was sie ihm sagen musste. Sie klammerte sich an einen Strohhalm.

Er hob die schwere eiserne Waffe. Der Türstopper schwebte direkt über ihr. Olive sank zu Boden, kauerte sich in die Ecke und wusste, dass das nichts helfen würde. Als sie das Krachen hörte, war sie sicher, dass es das Zerbersten ihres Gehirns war.

# 89

Garry trat die Tür der Waterfall Lodge ein. Es war nicht das erste Mal, dass er eine Tür aufbrach, noch nie jedoch hatten so viele aufgestaute Emotionen dahintergestanden. Rasch fing das Türblatt mit der Hand ab, damit es nicht zurückschwang, und sah einen Schatten an der Wand zu seiner Rechten tanzen: Bewegung im Zimmer links von ihm.

Er zögerte keine Sekunde.

Als er die Tür zu einem großen, gelb gestrichenen Wohnzimmer erreichte, sah er die Frau von einem Deckenbalken hängen und stürzte auf sie zu. Ein Wimmerlaut und eine Bewegung ließen ihn herumfahren, und er erblickte Michael Anderson, der mit etwas auf ihn losging, das massiv und sehr schwer aussah.

Andersons Arm schnellte vor.

Garry sprang zur Seite und entging dem Schlag um Haaresbreite. Der Schwung brachte Anderson aus dem Gleichgewicht. Garry packte ihn mit der Linken am Jackenkragen und schlug mit der rechten Faust zu. Sie traf Anderson durchaus zufriedenstellend am Unterkiefer, aber es tat höllisch weh. Anderson stolperte und sackte aus Garrys Griff. Er knallte gegen die Wand und ging zu Boden.

»O mein Gott!« Lexy stürzte an Garry vorbei, gerade als er Olive in der Ecke kauern sah. Sie blickte auf und sah ihm in die Augen.

»Alles okay?«, fragte er und dachte dabei, dass er sich möglicherweise die Hand gebrochen haben könnte.

Olive antwortete nicht, doch sie war am Leben und die Frau, die von der Decke herabhing, vielleicht nicht. Er drehte sich um, um Lexy zu helfen.

Sie hatte einen umgekippten Holzstuhl wieder aufgestellt und stand darauf. Mit einem Arm hob sie die hängende Frau an – Samantha Elliott, sah er jetzt –, mit der anderen Hand versuchte sie vergeblich, den Strick von ihrem Hals zu lösen. Garry holte das Messer aus der Jackentasche, das er stets bei sich trug, um dekorative Äste abzuschneiden, und reichte es ihr nach oben. Gleichzeitig hob er die Bewusstlose hoch, um den Druck von dem Strick zu nehmen.

»Garry, er hat ein …«

Olives Stimme. Bevor Garry reagieren konnte, fiel Samantha ihm in die Arme und riss ihn fast um. Auf dem Stuhl verlor Lexy das Gleichgewicht, kippte und landete unelegant auf einem der Sofas. Als er hinter sich schaute, sah Garry, dass Michael Anderson nicht mehr schlaff an der Wand lehnte. Dann traf ein greller Schmerz seine Brust. Plötzlich stand sein Körper in Flammen, und sämtliche Luft war aus seiner Lunge verschwunden. Er spürte, wie Samanthas Gewicht ihn nach vorn zog, und sie gingen gemeinsam zu Boden. Garry starrte den kompliziert gemusterten Teppich an und sah, wie eine leuchtend rote Flüssigkeit eine Lache unter ihm bildete. Er war angeschossen worden.

Wie war das möglich? Gerade als er ganz kurz davor war, glücklich zu sein.

## 90

Er hatte mehrere Sekunden gedauert, bis Olive den Polizisten in Zivil erkannt hatte, der ins Zimmer gestürzt gekommen war. Garry. Ihr alter Freund Garry. Jetzt höchstwahrscheinlich Detective, denn er trug keine Uniform. Aber noch immer ein zäher Hund, noch immer kam er sie retten. Sie sah, wie er Michael die Faust ins Gesicht rammte – durften Polizisten so etwas überhaupt? – und Michael zu Boden ging und aus ihrem Blickfeld verschwand.

Eine Frau, groß und mit kurzem blondem Haar, versuchte, Sam zu retten, doch vielleicht war es ja schon zu spät. Sie bewegte sich nicht mehr. Olive sah, wie Garry den Türstopper von Michael wegkickte und sich dann umdrehte, um den beiden Frauen zu helfen. Garry holte ein Messer hervor. Die blonde Frau, die jetzt auf dem Stuhl stand, machte sich daran, den Strick durchzuschneiden. Es dauerte lange, lange Sekunden, doch Garry hatte Sam in die Arme genommen. Der Strick war durch. Sam fiel und die blonde Frau auch.

Und Michael rappelte sich hoch.

Olive sah, wie ihr Mann das Gewehr nahm und es an die Schulter hob. Er war ein ausgezeichneter Schütze, er würde nicht danebenschießen. Nicht auf diese Entfernung.

»Garry, er hat ein …«

Sam noch immer in den Armen, stolperte Garry. Das Gewehr ging los. Ein Ruck ging durch Garrys Körper, und er fiel vornüber.

Es war kein sauberer Schuss gewesen. Olive hatte gesehen, was Schusswaffen mit lebendem Gewebe machten. Wäre Garry nicht im entscheidenden Moment gestürzt, hätte der Schuss ihm vielleicht den Brustkorb auseinandergerissen.

Michael trat einen Schritt näher an Garry heran und zielte auf den Mann am Boden. Olive merkte plötzlich, dass sie auf den Beinen war und den gusseisernen Türstopper in der Hand hielt. Er war wirklich sehr schwer. Als Michaels Finger sich um den Abzug krümmte, holte sie aus und ließ den Eisenklotz auf den Kopf ihres Mannes niederkrachen.

## 91

*Drei Monate später*

Der 15. März brach hell und wolkenlos an, wenn auch mit einem Hauch von Frost in der Luft und ein wenig Reif auf dem Boden. Während er allein in seiner kleinen, ordentlichen Küche frühstückte, überlegte Garry, ob seine verletzte Schulter wohl endlich ein bisschen ernsthaftes Graben aushalten würde.

Seit seinem Besuch damals mit Lexy war er nicht mehr im Schrebergarten gewesen, und er war verblüfft – vielleicht auch ein bisschen beleidigt –, dass er auch ohne ihn gediehen war. Die Narzissen waren prachtvoll, ein gewaltiger Strom aus Gelb und Weiß, der sich den gesamten Weg entlangzog. Für Arrangements waren sie nicht besonders gut geeignet, aber seine Mum liebte Osterglocken. Er würde nachher einen ganzen Kofferraum voll für sie schneiden.

Die Hyazinthen sahen auch gut aus. Garry atmete ihren süßen Glockenblumenduft ein, während er den Schuppen aufschloss und die Werkzeuge zusammensuchte, die er brauchen würde. Er grub gerade neben der spätblühenden Nieswurz die Erde um, als er die hochgewachsene Frau in Rosa den Gartenweg herunterkommen sah.

Auf den Spaten gestützt, sah er sie auf sich zukommen und war froh, dass er die Thermosflasche mit dem Kaffee noch nicht angebrochen hatte. Den machte er jetzt immer selbst, mahlte sogar die Bohnen selber. Er bekam Herzflattern davon, aber irgendwie brachte er es nicht über sich, wieder zu Instantkaffee zurückzukehren.

Lexy war direkt von der Arbeit gekommen. Das, was sie da unter dem Mantel anhatte, war ein eleganter Hosenanzug, und sie trug Schuhe mit Absätzen. Ihr Lippenstift und ihr Nagellack passten farblich genau zu ihrem Mantel, und sogar von hier konnte er das Blau ihrer Augen sehen. Sie war umwerfend schön. Wieso hatte er das nicht schon vorher gesehen?

»Wenn Sie mit einem Spaten in gefrorener Erde rumfuhrwerken können, dann können Sie auch wieder zur Arbeit kommen, Sie faule Socke«, rief sie, als sie noch etliche Meter weit weg war.

»Am Montag«, erwiderte er, obgleich er den Verdacht hatte, dass sie das bereits wusste.

»Also, was gibt's Neues?«, wollte er wissen, als sie auf der Bank saßen. Sie hatte nichts zu dem Kaffee gesagt. Allerdings trank sie ihn klaglos, und das war wohl ein Fortschritt.

»Andersons Prozess ist für nächsten Februar angesetzt«, berichtete sie. »Da werden Sie gebraucht, also buchen Sie keinen Skiurlaub.«

Michael Anderson war des zweifachen Mordes angeklagt worden – an Madeleine Black und an Eloise Warner – und außerdem des dreifachen Mordversuchs an Olive Anderson, Samantha Elliott und Garry Mizon. Und dazu kam natürlich noch die Anklage wegen Hehlerei.

»Hält die Staatsanwaltschaft es immer noch für unwahrscheinlich, dass die Mordanklage zu halten sein wird?«, fragte Garry.

»Das tun wir alle«, antwortete Lexy. »Der Richter wird sie abweisen. Abgesehen von Olives Aussage – und sie ist nicht gerade die verlässlichste Zeugin – gibt es, was Maddy angeht, nur sehr wenige Beweise gegen ihn. Und wir wissen ja nicht mal sicher, ob Eloise ermordet worden ist, geschweige denn, wer es getan hat.«

»Er hat sie beide umgebracht«, sagte Garry. »Das lasse ich mir nicht ausreden.«

Einen Moment dachte er, Lexy sei im Begriff, seine Hand zu nehmen, doch sie tippte nur kurz ganz leicht mit den Fingern gegen seine Knöchel. Aber das war doch schon etwas. Ja, das war definitiv etwas.

»Seien Sie dankbar, dass an den drei Mordversuchen nicht zu rütteln ist«, meinte sie. »Und da eines der Opfer Polizist war – das sind übrigens Sie –, kriegt er dafür locker zwanzig Jahre.«

Während sie das sagte, spürte Garry das vertraute Ziehen in der rechten Schulter. An dem Abend, als Anderson auf ihn geschossen hatte, hatte er viel Blut verloren, trotz Lexys Versuchen, die Blutung mit sämtlichen Handtüchern zu stillen, die sie in der Waterfall Lodge hatte auftreiben können. Obgleich die Verstärkung schnell da gewesen war, hatte der Krankenwagen fast eine Stunde gebraucht, bis er sich durch den Schnee gekämpft hatte. Wie sie seinen Eltern gebeichtet hatte – jedoch erst als er außer Gefahr gewesen war –, hatte Lexy nicht geglaubt, dass er es schaffen würde.

Natürlich hatte er es geschafft. Er war zäher, als er aussah, und er sah beinhart aus. Abgesehen davon hatte er drei Wochen im Krankenhaus gelegen und zwei weitere qualvolle Wochen bei seinen Eltern verbracht, wo seine Mutter ihn umflatterte wie eine Glucke, der von einem ganzen Nest voll nur ein einziges Küken geblieben war. Sogar jetzt kam sie noch fast jeden Tag vorbei, um sich zu vergewissern, dass er auch ordentlich aß, dass er seine Schmerzmittel nahm, dass er es nicht übertrieb. Sein letzter Krankentag hätte gar nicht früh genug kommen können.

»Was passiert mit seinen beiden Töchtern?«, erkundigte er sich.

»Ihre Großmutter ist noch jung genug, dass sie für sie sorgen kann, bis sie erwachsen sind«, antwortete Lexy. »Sie haben Geld in einem Treuhandfonds von der Lebensversicherung ihrer Mutter. Die kommen schon zurecht.«

»Trotzdem schlimm.«

»Ja. Und von wegen Neuigkeiten, was glauben Sie, wer Olive begleitet hat, als sie letzte Woche gekommen ist, um ihre Aussage zu Protokoll zu geben?«

»Ich nehme mal an, nicht ihre Eltern.«

»Sam Elliott.«

»Sie wollen mich wohl auf den Arm nehmen.«

Lexy lächelte. »Hab sie mit eigenen Augen zusammen auf den Parkplatz fahren sehen.«

Garry überlegte kurz. »Die beiden? Doch ganz bestimmt nicht?«

»Nichts ist seltsamer als die Menschen, Garry.«

»Sie sind schon zu lange im Nordosten.«

Hätte er das sagen sollen? Hörte sich das an, als ob er wollte, dass sie wegzog?

Während er noch darüber nachgrübelte, fragte sie: »Also, sind Sie endlich über Ihre Schwärmerei für Olive weg?«

Er drehte sich zu ihr herum. »Wer sagt denn, dass ich für Olive geschwärmt habe?«

Sie machte ein *O bitte!*-Gesicht. »Ich bin Detective.«

»Nur zu, streuen Sie ruhig ordentlich Salz in die Wunden.«

Sie lachte, dann schien sie einen Entschluss zu fassen. »Haben Sie schon mal daran gedacht, sich auf Legasthenie testen zu lassen?«

Er brauchte einen Moment, um das zu verarbeiten. »Was?«

»Ich glaube, Sie sind Legastheniker«, fuhr sie fort. »Sie haben die klassischen Symptome. Ihre Rechtschreibung ist eine Katastrophe, Sie sind nicht besonders selbstbewusst, und Sie konzentrieren sich gern auf eine Aufgabe nach der anderen. Deswegen fallen Sie auch durch die Prüfungen. Wenn Sie eine Diagnose vorweisen, kann das berücksichtigt werden. Das heißt, falls Sie es noch mal versuchen wollen.«

Nun, darüber konnte man nachdenken.

»Und, wollen Sie?«

Er war sich nicht sicher. »Vielleicht gehe ich auch in Frührente«, meinte er. »Und mache den Laden auf, über den ich immer nachgedacht habe.«

Lexy lehnte sich auf der Bank zurück und hielt ihren Becher mit beiden Händen. »Irgendwas mit Blumen?«

Die Hyazinthen waren wirklich spektakulär. Die könnte er für zwei Pfund pro Stück verkaufen, vielleicht sogar für noch mehr. Nächstes Jahr würde er versuchen, pinkfarbene zu ziehen. »Vielleicht.«

»Haben Sie's Ihrer Mum schon gesagt?«

»War vor einer Woche mit ihr hier. Sie hat gesagt, sie weiß es schon seit Jahren. Sie und Dad kommen ab und zu hier raus, um zu sehen, was ich so anpflanze. Sie meint, sie hat gewusst, dass ich's ihr sage, wenn der richtige Zeitpunkt gekommen ist.«

»Ach, Garry.« Ganz kurz ließ Lexy den Kopf auf seine Schulter sinken. Als sie ihn wieder hob, fühle sich die Stelle, wo er gelegen hatte, kalt an.

»Lexy«, fragte er, »hätten Sie Lust, irgendwann mal was trinken zu gehen? Nur so als Freunde, Sie wissen schon.«

Während Garry die Luft anhielt, schwieg Lexy und saß einen Moment völlig regungslos da. Dann sagte sie: »Nein.«

Mein lieber Schwan! Das kam selbst für sie ziemlich brutal rüber. »Nein?«, wiederholte er.

Jetzt schien sie fest entschlossen zu sein, ihn nicht anzusehen. »Ich habe genug Freunde, Garry. Ich bin nicht auf der Suche nach noch einem.«

Sein Herz schlug plötzlich sehr schnell. »Lexy«, sagte er, »gehst du heute Abend mit mir essen? Als Auftakt einer möglichen romantischen Beziehung?«

Noch immer drehte Lexy den Kopf nicht, doch er sah, wie sich ihr Profil zu einem jähen Grinsen verzog. »Ich hab schon gedacht, du fragst nie«, sagte sie.

## 92

*Dreizehn Monate später*

Es war ein ekliger Tag, selbst für den Frühling im Nordosten. Die Märzwinde hatten sich noch lange gehalten, nachdem ihre Zeit eigentlich um gewesen wäre, und die Aprilschauer waren ihnen mit voller Wucht gefolgt. Die See war eine brodelnde eisengraue Masse, gekrönte von schmutzig weißem Schaum. Möwen kreischten zornig über ihnen, und der nahe gelegene Fluss stank nach Dingen, die schon lange tot waren. Die Flut war hoch aufgelaufen, doch die Ebbe hatte bereits eingesetzt. Es war eine Springtide, das Wasser würde also schnell und weit ins Meer zurückströmen. So hatten sie es geplant.

Sam wartete unten am Strand und starrte hinaus, dorthin, wo der Horizont wäre, wenn man ihn durch die tief hängende Wolkendecke und den unablässigen Regen sehen könnte. Sie war genauso angezogen wie an dem Abend, an dem Olive und sie sich zum ersten Mal begegnet waren.

Es war ein Kiesstrand, und das Laufen darauf war schwer. Sam drehte sich um, als Olive näher kam, und ihr Blick fiel auf den Kranz.

»Hübsch«, stellte sie fest.

Der Kranz war nicht nur hübsch, er war spektakulär. Olive hatte um rote Rosen gebeten, doch Garry – er hatte jetzt ein Blumengeschäft, wer hätte das je gedacht? – hatte sie davon überzeugt, dass Rosen in mehr als einer Farbe zu harsch wirken würden. Er hatte lachsfarbene Rosenknospen und eine kleine, gänseblümchenähnliche Blume im selben Farbton mit ein paar roten und orangefarbenen Tulpen und getrockneten Orangenscheiben kombiniert. Sogar ein paar winzige Erdbeeren aus Glas hatte er aufgetrieben, ein Geniestreich, und sie auf dem Rund verstreut. Der Kranz würde auf dem Wasser treiben, hatte er ihr erklärt, bis der Biolit-Ring, der ihn zusammenhielt, sich vollgesogen hatte, und dann würde er auf den Meeresgrund sinken. Er hatte sie nicht dafür bezahlen lassen.

Maddy wäre von dem Kranz hin und weg gewesen.

»Also, was ist passiert?«, fragte Sam mit der Miene eines Menschen, der sich vor der Antwort auf seine eigene Frage fürchtet.

Sie sprach von der Urteilsverkündung gegen Michael.

»Hast du's nicht in den Nachrichten verfolgt?«

»Ich kann nicht.« Sam schüttelte den Kopf. »Ich will ihn nicht sehen, nie wieder.«

»Zweiundzwanzig Jahre für dreifachen versuchten Mord«, berichtete Olive. »Mindestens die Hälfte davon wird er absitzen. Für die Hehlerei hat er auch eine Freiheitsstrafe bekommen, aber die läuft parallel.«

»Das ist nicht genug«, stellte Sam fest.

Wie erwartet, waren die Mordanklagen vom Gericht nicht angenommen worden.

»Ich habe mir ja gedacht, dass sie vielleicht ertrunken ist«, sagte Sam. »Als ich erfahren habe, dass sie mit den Andersons segeln war. Aber ihr Leichnam ist doch nicht angeschwemmt worden. Ich dachte, alle Leichen werden angeschwemmt.«

»Nein.« Olive starrte auf das eisengraue Meer hinaus. »Das kommt ganz auf die Verwesungsrate an. Verwesung erzeugt Gase, die den Leichnam aufblähen wie einen Ballon. Also treibt er auf. Aber das geht am besten in warmem, flachem Wasser. Jemand, der in kaltem, tiefem Wasser ertrinkt, kommt vielleicht nie wieder an die Oberfläche. Und Maddy ist Anfang November umgekommen.«

»Du meinst, sie ist Anfang November ermordet worden.« Sam seufzte. »Also komm, bringen wir's hinter uns.«

Ohne zu fragen, nahm sie Olive den Kranz aus der Hand und schleuderte ihn ins Meer hinaus. Fairerweise musste man sagen, dass er weiter flog, als Olive ihn hätte werfen können. Eine oder zwei Minuten lang dachten sie, die Wellen würden ihn zurückbringen, doch dann bekam ihn die auslaufende Flut zu fassen, und er glitt allmählich davon. Für Olive fühlte es sich an, als nähme sie ein zweites Mal

Abschied. Nicht dass sie beim ersten Mal wirklich Gelegenheit dazu gehabt hätte.

»Hast du immer noch vor, ins Ausland zu gehen?«, erkundigte sich Sam.

Das hatte sie. Irgendwohin, wo niemand von Michael Anderson und seinen Taten gehört hatte, wo Olive selbst nicht berüchtigt war. Wo eine gut ausgebildete Krankenschwester begehrt genug war, um ungeachtet ihrer Vergangenheit hochwillkommen zu sein.

»Vielleicht nehme ich mir erst mal eine Auszeit«, antwortete sie. »Ein Jahr, vielleicht auch mehr. Ich weiß nicht genau, ob ich im Moment in der richtigen seelischen Verfassung bin, um andere Menschen zu betreuen.«

»Die Scheidung dürfte sich ja wohl gelohnt haben?«

»In gewisser Weise schon.« Olive überlegte kurz, dann öffnete sie den Reißverschluss ihrer Jacke ein Stück und zog den Kragen ihres Pullovers ein wenig herunter, sodass die andere Frau sehen konnte, was um ihren Hals hing. Sams Augen wurden groß.

»Das Ding wird ›Ring aus Blut und Tränen‹ genannt«, erklärte Olive. »Ich habe es eines Tages auf dem Heuboden gefunden, als ich nach irgendwas gesucht habe, das Michael belasten könnte. Dann habe ich es auf dem Boot versteckt, in einem Plastikbeutel in der Bilge. Hab's gerade noch geschafft, es zu holen, bevor die Polizei dazu gekommen ist, das Boot zu durchsuchen.«

»›Ring aus Blut und Tränen‹«, wiederholte Sam. »Wie passend.«

»Ich teile mit dir«, bot Olive an. »Sobald ich einen Käufer gefunden habe.«

Sam lachte auf, kalt und bitter. »Danke, aber ich komm ganz gut zurecht. Erzähl mal, reden deine Eltern schon wieder mit dir?«

Jetzt war es an Olive zu seufzen. »Ich bin mir nicht sicher, ob sie sich jemals damit abfinden werden. Sie halten Homosexualität wirklich und wahrhaftig für eine Sünde. Man kann die Denkweise eines ganzen Lebens nicht ändern.«

»Wahrscheinlich nicht.« Sam schwieg ein paar Sekunden lang und schaute aufs Wasser hinaus. Der Kranz war ein Punkt in der Ferne. »Was glaubst du, wo sie ist?«

»Maddy? Ich glaube, sie existiert nicht mehr, jedenfalls nicht leibhaftig. Sie ist eins mit dem Meer geworden.«

Das war ein schöner Gedanke, und besser als die Realität. Aasfresser würden Maddys Fleisch sehr schnell verschlungen und die Bewegungen des Wassers sodann ihre Gebeine weit verstreut haben. Während der letzten paar Monate hatte es Augenblicke gegeben, in denen Olive sich gewünscht hatte, sie würde sich in Sachen Biologie weniger gut auskennen.

»Ich sollte dich hassen«, sagte Sam.

»Tu dir keinen Zwang an. Ich habe dich sehr lange gehasst. Bis ich Michael dann noch mehr gehasst habe.«

»Na schön. Sag mir eins – was glaubst du, wer es war? Michael oder Eloise? Wer hat wirklich damals dafür gesorgt, dass Maddy über Bord geht?«

»Ich glaube nicht, dass das eine Rolle spielt. Ich halte sie beide gleichermaßen für schuldig.« Olive trat einen Schritt näher an Sam heran. »Wirst du damit klarkommen?«

Sam schüttelte den Kopf. »Maddy ist keine Gerechtigkeit zuteilgeworden. Damit werde ich mich nie abfinden.

Die Andersons haben sie umgebracht, und sie sind damit davongekommen.«

»Na ja, weißt du, Knast ist nicht gerade ein Kindergeburtstag.«

»Ich weiß. Und ich weiß, Eloise ist gestorben, aber das genügt nicht. Deine Beweise sind nicht berücksichtigt worden. Sie ist damit davongekommen.«

Olive holte tief Luft. »Nein, ist sie nicht.«

## 93

*Freitag, 14. Dezember, vor zwei Jahren*

Um zwei Minuten nach Mitternacht schob Olive lautlos den Rollwagen in Eloises Zimmer. Niemand sah es. Die abendliche Medikamentenausgabe war vorbei, und mehrere Schwestern machten Pause. Die, die gerade arbeiteten, kümmerten sich auf der anderen Seite der Station um eine alte Dame, die aus dem Bett gefallen war.

Sie zog das Rollo vor dem Sichtfenster in der Tür herab, schloss sie ab und zog Einmalhandschuhe an.

Eloise lag auf dem Rücken, die Arme neben dem Körper, vollkommen regungslos. Einen Augenblick lang dachte Olive, sie wäre vielleicht zu spät gekommen. Sie trat näher und hielt den Atem an, bis sie sah, wie sich der Brustkorb der anderen Frau ganz sachte hob und senkte. Eloise schlief.

Die lodernde Wut in Olives Kopf, die aufgeflammt war, als die Sterbende den herzlosen Mord an Maddy gestanden hatte, war verschwunden, und an ihre Stelle war Zorn getreten, gletscherkalt und härter als Diamanten. Dem Ungeheuer da auf dem Bett ging es jetzt tatsächlich besser, vielleicht war es nahe daran, Frieden zu haben. Es hatte seine Sünden gebeichtet und dachte, es könne irgendwann im Laufe der nächsten Tage dem Vergessen anheimfallen, schmerzlos und mit reinem Gewissen. Nun, daraus würde nichts werden. Olive war keine Priesterin, und Absolution erteilte sie ganz sicher nicht.

Die Tatsache, dass das Ungeheuer ohnehin im Sterben lag, änderte nichts. Dieses Dahinscheiden würde nicht erleichtert werden. Ganz im Gegenteil.

Olive hatte alles genau durchdacht. Wenn jemand Fragen wegen der abgeschlossenen Tür stellte, würde sie sagen, sie hätte die Patientin im Intimbereich waschen müssen. Für alle Fälle hatte sie sogar Waschutensilien und ein schmutziges Wegwerfhöschen mitgebracht, das sie sich im Spülraum geschnappt hatte.

Lautlos nahm sie die Klingel und legte sie zur Seite, weit außerhalb von Eloises Reichweite. Hier würde keine Hilfe herbeigerufen werden. Außerdem sah sie nach, ob das Rollo vor dem Fenster nach draußen richtig zu war. Dann ging sie um das Bett herum und stopfte die Bettdecke, so weit sie konnte, unter die Matratze. Kurz darauf war Eloise so fest ans Bett gefesselt, als sei sie mit einem Seil daran festgeschnürt. Ein gesunder Mensch im Vollbesitz seiner Kräfte könnte sich binnen Minuten befreien. Es war möglich, dass auch jemand, der so schwach war wie Eloise sich schließlich freistrampeln könnte, doch das würde einige Zeit dauern.

Zeit, die sie nicht haben würde.

Wieder bei dem Rollwagen, hob Olive eine umgekippte Edelstahlschale an und nahm die Spritze darunter zur Hand. Sie war mit hoch konzentriertem flüssigem Kalium gefüllt, dass sie in einem Gartencenter gekauft hatte (das Zeug war ein hervorragender Dünger). Bei jemandem, der so geschwächt war wie Eloise, würde es mehr oder weniger augenblicklich heftige Schmerzen im Abdomen auslösen und gleich darauf einen schweren, sehr schmerzhaften Herzinfarkt. Sie hob Eloises linke Hand an.

»Aufwachen, Dreckstück.«

Keine Reaktion. Olive beugte sich vor und versetzte der anderen eine heftige Ohrfeige. Eloise riss die Augen auf.

»Sie sterben heute Nacht«, verkündete sie der Patientin. »Und zwar unter großen Schmerzen. Ich wünschte, ich könnte dafür sorgen, dass es auch noch sehr lange dauert.«

Olive steckte die Spritze auf die Kanüle in Eloises Handrücken, klemmte den Zylinder zwischen Zeige- und Mittelfinger und legte den Daumen auf den Kolben.

»Was …?« Eloises Stimme war nicht viel mehr als ein Krächzen. »Was machen Sie da?«

Dann zog sie die Hand mit einer Kraft weg, die Olive überraschte. Als Antwort packte Olive das Handgelenk der anderen so fest, dass es mit Sicherheit wehtat.

»Wenn sie eine Autopsie machen, werden sie nach dem suchen, der das getan hat«, fuhr sie fort. »Und ich werde dafür sorgen, dass sie genau diese Spritze und die Flasche mit dem Rest von dem Kalium irgendwo bei Ihrem Mann finden. Er steht auf mich, das haben Sie selbst gesagt. Wir beide werden uns in den nächsten Monaten sehr oft sehen. Zusammen mit der Aufnahme, die ich vorhin von Ihrem Geständnis gemacht habe, wird das mehr als genug sein. Er kommt ins Gefängnis, und der Ruf Ihrer Töchter ist ruiniert. Vielleicht kann ich ja ihre Großmutter auch irgendwie beseitigen; mal sehen, ob ich dafür sorgen kann, dass die beiden ins Heim kommen.«

Da bestand wenig Aussicht, das war Olive klar. Sie war sich nicht einmal sicher, wie sie Michael die Spritze unterschieben sollte, doch im Moment spielte das keine Rolle. Jetzt ging es darum, Eloise zu quälen.

»Das ist für Maddy«, sagte sie, während sie den Kolben ganz langsam hinunterdrückte.

# Dank

Danke von ganzem Herzen an das übliche Team: Anne Marie, Rosie und Jessica, Sam, Sophie und Leodora, Lucy, Alex, Ellen und Paul. Ohne euch ginge es nicht.

Außerdem ein Dankeschön an Gareth für ein paar nützliche, wenn auch ziemlich abgedrehte Ideen, und an Andrew dafür, dass er mir bei meinen vielen Ausflügen in den Norden Gesellschaft geleistet hat.